Ruth Axtell

Esperanzas Weg

francke

Über die Autorin:
Ruth Axtell wusste schon als Kind, dass sie Schriftstellerin werden wollte. Sie studierte Vergleichende Literaturwissenschaften und wohnte zeitweise in Paris, Miami, den Niederlanden und auf den Kanarischen Inseln. Heute lebt sie zusammen mit ihrem Mann und den drei Kindern in Maine.

Bibliografische Information der Deutschen Nationalbibliothek
Die Deutsche Nationalbibliothek verzeichnet diese Publikation in der Deutschen Nationalbibliografie; detaillierte bibliografische Daten sind im Internet über http://dnb.dnb.de abrufbar.

ISBN 978-3-86827-631-2

Originally published in English under the title:
Her Good Name
Published by River North Fiction, USA

35037 Marburg an der Lahn
Deutsch von Dorothee Dziewas
Umschlagbild: © www.fotolia.com / Serg Zastavkin
Umschlaggestaltung: Verlag der Francke-Buchhandlung GmbH / Christian Heinritz
Satz: Verlag der Francke-Buchhandlung GmbH
Printed in Czech Republic

www.francke-buch.de

Ruth Axtell
Esperanzas Weg

Gehört jemand zu Christus, dann ist er ein neuer Mensch.
Was vorher war, ist vergangen, etwas Neues hat begonnen.

2. Korinther 5,17

1. Kapitel

Holliston, Maine, Juni 1892

„Warum bist du so in Gedanken vertieft, Brenty?“

Espy Estrada trat hinter dem dicken Stamm einer Ulme hervor und versperrte Warren Brentwood den Weg.

Er blieb wie angewurzelt stehen. Es war ihm unangenehm, dass er sich erschrocken hatte, und dann ärgerte er sich darüber, dass es ihm unangenehm war, und so nickte er nur kurz. „Hallo, Esperanza.“

„Selber hallo, Warren.“ Sie stemmte eine schmale Hand in die Hüfte und schob eine Schulter vor. Ihre Augen, die von dichten Wimpern umrahmt wurden und deren Farbe irgendwo zwischen Bernstein und Braun changierte, funkelten belustigt.

Durch die hohen Ulmen, die über die Straße hinausragten, warf die Sonne Schattenflecken auf ihren ebenmäßigen Teint. „Was ist los? Hast du deine Zunge verschluckt?“

Sie zog die Mundwinkel nach oben, als wüsste sie ganz genau, wie verwirrend ihr Lächeln war, und als hätte sie vor, dieses Wissen zu ihrem Vorteil zu nutzen. Da Espy in den Slums am Stadtrand von Holliston aufgewachsen war, hätte Warren erwartet, dass sie inzwischen den einen oder anderen Zahn verloren hätte, aber ihre Zähne waren strahlend weiß. Umgeben von ihrer braunen Haut leuchteten sie nur noch mehr.

„Wo kommst du denn her?“

„Ich war die ganze Zeit hier. Du warst ja mit den Gedanken meilenweit fort. Woran hast du denn gedacht?“

Warren schluckte und widerstand dem Drang, einen Schritt von Espy zurückzuweichen. In letzter Zeit schienen ihre Wege sich oft zu kreuzen. Seit er vor einigen Wochen nach Holliston zurückgekehrt war, fiel ihm jedes Mal, wenn er ihr über den Weg lief – oder sie ihm – auf, was für eine ansehnliche junge Frau aus dem barfüßigen Mädchen geworden war, das in seinem ausgeblichenen Kattunkleid in der ersten Reihe des Schulhauses gesessen hatte, in das sie beide früher gegangen waren.

Anstatt ihre Frage zu beantworten, stellte er selbst eine. „Was machst du denn in der Elm Street?“ Immerhin war diese Straße ein ganzes Stück von ihrem Stadtviertel entfernt.

Wenn seine spitze Frage sie aus der Fassung brachte, ließ sie es sich nicht anmerken. Sie schob die Unterlippe ein wenig vor und sah ihn aus großen, tief liegenden Augen an.

„Ich habe hier heute Nachmittag eine *Ver-ab-re-dung.*“ Sie betonte die einzelnen Silben, als wollte sie die Bedeutung des Ereignisses unterstreichen.

„Wirklich?“ Er konnte die Überraschung in seiner Stimme nicht verbergen.

Espy nickte und warf ihm einen kecken Blick zu. Ihr goldfarbener Teint verriet die portugiesische Herkunft väterlicherseits und hob sich deutlich von der modischen Blässe der Frauen ab, die er sonst kannte. Aber er passte gut zu ihren Haaren, die zu einem lockeren Knoten hochgesteckt waren, aus dem Ranken wie glänzende Schlangen über ihren Hals krochen. Ihre Strohhaube war zurückgerutscht und wurde nur noch von dem Band über Espys Schlüsselbein gehalten.

Warren sah, dass ihre Kleidung sich nicht sehr verändert hatte, aber das, was sich darin befand, hatte sich ganz eindeutig verändert. Hastig wandte er den Blick ab, weil die Richtung, in die seine Gedanken wanderten, ihn beunruhigte.

Mit einem kurzen Nicken machte er Anstalten, an ihr vorbeizugehen. „Wenn du mich entschuldigst, Esperanza … ich war gerade auf dem Weg zurück ins Büro.“

„Es gefällt mir, wenn du mich Esperanza nennst. Irgendwie klingt das so steif und spießig. Ist das die Stimme, mit der du den ganzen Tag im Büro sprichst, wenn du in der Mühle hinter deinem großen Schreibtisch sitzt?“

Warren starrte sie an und fragte sich, was sie meinte. Bevor ihm eine passende Entgegnung in den Sinn kam, fiel sie mit ihm in Gleichschritt. Ihre bloßen Arme schlenkerten munter vor und zurück. Er konnte es sich nicht verkneifen, kurz die Straße hinaufzuspähen, um zu sehen, ob jemand in der Nähe war.

Was für ein merkwürdiges Paar sie abgeben mussten; er in seinem Anzug – „spießig“ hatte sie ihn genannt – und sie … erneut musterte er ihre Silhouette. Espy trug einen dunkelblauen Baumwollrock und eine karierte, kurzärmlige Bluse. Als sein Blick zu Boden wanderte, stellte er überrascht fest, dass sie nicht barfuß war, sondern unter dem Saum ihres Rocks staubige Stiefeletten hervorlugten. Als Mädchen war sie im Sommer immer barfuß herumgelaufen.

„Willst du nicht wissen, wohin ich gehe?“

Er ging schneller, um zu zeigen, dass er weder Zeit noch Neigung hatte herumzustehen und Konversation zu betreiben. Doch anstatt mit einem eindeutigen „Nein“ zu antworten und sie ein für alle Mal loszuwerden, ertappte er sich dabei, wie er sagte: „Wohin gehst du denn?“

„Zu den Stocktons.“

Warren riss die Augen auf. George Stockton war Professor an der örtlichen Schulakademie.

„Ja, genau.“ Sie faltete die Hände auf dem Rücken. Aus dem dürren, schlecht ernährt aussehenden Mädchen von etwa acht Jahren war eine große, gertenschlanke Frau geworden.

Er spürte, wie die Röte seinen Hals hinaufkroch.

„Mrs Stockton stellt mich vielleicht ein“, fuhr sie fort.

„Ich verstehe.“ *Natürlich, eine Stellung als Dienstmädchen.*

„Was soll das heißen: ‚Ich verstehe‘?“ Espy ahmte seinen Tonfall nach.

Hatte er wirklich so überheblich geklungen? Nach dem „steif und spießig“ traf ihn das Nachäffen doch ein wenig.

„Das heißt, dass ich angenommen habe, dass Mrs Stockton dich als Haushaltshilfe einstellen könnte.“

Das Funkeln in ihren Augen erlosch und ihre Lippen verzogen sich zu einem Schmollmund. Warren wandte den Blick ab und zwang sich, nur darauf zu achten, was sie sagte.

„Ich habe neulich gehört, wie Mrs Stockton in Watts Bekleidungsgeschäft mit Mrs Ellison gesprochen und ihr erzählt hat, Annie hätte sie verlassen und sie bräuchte ein neues Mädchen, das ihr beim Putzen und den gröberen Arbeiten hilft.“ Jetzt lächelte sie wieder. „Also werde ich meine Arbeit in der Konservenfabrik kündigen und für die Stocktons arbeiten. Mrs Stockton sagte, ich könnte die Bibliothek ihres Mannes abstauben."

Der Professor unterrichtete Geschichte und hatte eine gut gefüllte Bibliothek. Warren hatte sich in seiner Schulzeit so manches Buch von ihm ausgeliehen. „Da dürftest du eine Weile zu tun haben."

„Vielleicht darf ich ja welche von seinen Büchern lesen."

Warren zog seine Augenbrauen fast unmerklich hoch. „Liest du gerne?" Espy war in der Grundschule einige Jahre unter ihm gewesen, also hatte er nicht viel von ihr mitbekommen. Und als er auf die weiterführende Schule gekommen war, hatten ihre Welten sich nicht länger überschnitten.

„Ich lese für mein Leben gern! Aber ich bekomme nicht so oft Bücher in die Hand. Das ist einer der Gründe, warum ich für die Stocktons arbeiten möchte."

Wenn er sich recht entsann, war Espy in der Grundschule eine intelligente Schülerin gewesen. Warren runzelte die Stirn. „Zahlt die Konservenfabrik nicht besser?"

„Ja, aber die Bezahlung ist nicht alles."

Dass sie das sagte, stimmte ihn nachdenklich. „Ich dachte, das Geld, das du von der Arbeit nach Hause bringst, hilft deiner Mutter. Hast du nicht einige Geschwister, die noch zur Schule gehen?"

Er hatte sich die ganzen Estradas nie merken können. Jeden Herbst schien ein neues Familienmitglied in die Schule zu kommen, und die jüngeren liefen hinter den älteren her.

„Sechs gehen in die Schule, Alvaro und Angela sind fertig, und die zwei jüngsten sind noch zu Hause."

Warrens Kopf drehte sich von der Aufzählung. „Wie viele seid ihr insgesamt?"

Sie hob keck das Kinn. „Elf."

Er überlegte, was er sagen sollte. „Was machen denn die älteren im Moment?"

„Angela arbeitet auch in der Konservenfabrik. Weil wir in unterschiedlichen Schichten arbeiten, können sie, Mama und ich uns um die Kleinen kümmern. Alvaro sucht gerade eine Arbeit." Espy warf ihm einen hoffnungsvollen Blick zu. „Vielleicht könnte er ja in eurem Sägewerk arbeiten."

Warren nickte, aber er verlor das Interesse. Die meisten gesunden jungen Männer arbeiteten irgendwann im Sägewerk, wenn sie keine Fischer waren. „Klar, sag ihm, er soll sich bewerben."

„Ich dachte, du könntest vielleicht ein gutes Wort für ihn einlegen, weißt du, weil dein Vater dir doch jetzt die Leitung übergeben hat."

„Mal sehen." Warren holte seine Uhr heraus und warf einen Blick darauf. Sein Vater war sehr pedantisch, was Pünktlichkeit betraf. „Also, Esperanza, jetzt muss ich aber wirklich los."

„Wieso hast du es denn so eilig?" Sie zupfte an dem Band ihrer Haube, sodass seine Aufmerksamkeit auf ihr Schlüsselbein gelenkt wurde. „Du scheinst es immer schrecklich eilig zu haben."

Allmählich wurde Warren ärgerlich. „Hast du nicht eine Verabredung? Ich könnte mir vorstellen, dass du Mrs Stockton nicht warten lassen willst."

Esperanza zuckte mit den Schultern. „Mrs Stockton sagte, ich solle irgendwann heute Nachmittag vorbeikommen."

„Ich hingegen muss um eins wieder im Büro sein, und wenn es nicht etwas ganz Bestimmtes gibt, weswegen du mich sehen wolltest" – er lupfte seinen Hut ein wenig und setzte ihn dann wieder auf, so wie er es Hunderte Male bei seinem Vater gesehen hatte, wenn dieser eine Begegnung abkürzen wollte, ohne unhöflich zu erscheinen, und auch sein Tonfall klang so wie der seines Vaters, als er dessen Worte nachplapperte – „dann sage ich Auf Wiedersehen."

Bevor er zu Ende gesprochen hatte, lächelte Espy. „In Ordnung. Wir können zusammen gehen."

„Wie du willst." Seine Worte klangen kurz angebunden.

Espy war glücklich, dass sie einige Minuten in Warren Brentwoods Gegenwart verbringen konnte. Während sie gemeinsam die Straße hinuntergingen, plauderte sie über die Menschen in Holliston und darüber, was sich alles ereignet hatte, während er fort gewesen war.

An der Kurve vor der Brücke blieb Espy stehen und lächelte Warren an. „Vielleicht laufen wir uns ja morgen wieder über den Weg."

„Vielleicht." Er tippte sich kurz an die Hutkrempe und verließ sie mit langen Schritten, die ihn in Richtung Brücke trugen.

Seine kurze Antwort war weder Ermutigung noch Entmutigung. Sie würde damit zufrieden sein müssen, dass er nicht Nein gesagt hatte.

Espy beobachtete Warren noch einige Augenblicke, während er auf der überdachten Brücke verschwand, die über diesen Abschnitt des Flusses führte. Wenn Warren Brentwood sich überhaupt verändert hatte, dann war er noch attraktiver geworden, als sie ihn in Erinnerung hatte. Sie hatte ihn immer aus der Ferne bewundert, den Schulhelden, dessen sportliche Errungenschaften ebenso beeindruckend waren wie seine schulischen Leistungen und ihn zum meist gepriesenen Schüler des Ortes machten.

Sie selbst war natürlich nicht bis zur Highschool gekommen. Ungefähr zu dem Zeitpunkt hatte ihr Vater seine Verletzung erlitten und als ältestes Kind hatte Espy in der Konservenfabrik anfangen müssen, um Geld zu verdienen.

Aber sie hatte Warren auf dem Spielfeld beobachtet und in der *Holliston News* über ihn gelesen.

Seine Jahre im College hatten seine breiten Schultern nur noch breiter werden lassen und das Grün seiner Augen war jetzt noch intensiver. Er hatte gewonnen an … Espy suchte in Gedanken nach einem angemessenen Wort, fand aber keines. Jedenfalls erschien er ihr mehr Mann zu sein als die anderen Männer seines Alters in dieser Stadt. Ihre Mutter würde sagen: „Er ist ein Sahnebonbon."

Doch Espy wusste, dass Warren Brentwood mehr zu bieten hatte als nur ein attraktives Äußeres. Er trug nicht nur einen klugen Kopf auf den Schultern, sondern hatte auch ein Herz. Sie erinnerte sich noch gut daran, wie freundlich er in der Grundschule jüngeren Kindern gegenüber gewesen war. Und da er ein geborener Anführer war, waren andere seinem guten Beispiel gefolgt. Hinzu kam, dass er kein Schwächling war: Er hatte jeden Jungen verprügelt, der es gewagt hatte, ein Mädchen oder ein kleineres Kind zu ärgern.

Aber seit seiner Rückkehr hatte Warren sich jedes Mal entweder äußert reserviert verhalten oder er war in Eile gewesen, wenn sie ihm begegnet war. Hatten die Zeit auf dem teuren Privatcollege und zwei Jahre Reisen in alle Teile der Welt ihn etwa in eine Kopie seines Vaters verwandelt? Sie hoffte nicht.

Espy spielte mit dem Band ihrer Haube und fragte sich, welche Erinnerung Warren an sie hatte. Ein dürres, kleines Mädchen mit Zöpfen? Wie auch immer, sie gedachte dafür zu sorgen, dass Warren Brentwood bemerkte, wie sehr sie sich in den vergangenen Jahren verändert hatte.

Mit einem zufriedenen Nicken strich sie ihren Rock glatt. Sie hatte dieses Mädchen weit hinter sich gelassen. Doch in ihrem Magen bildete sich ein flaues Gefühl des Zweifels. Konnte Warren die hübsche Frau hinter der verschlissenen Arbeitskleidung überhaupt sehen? Sie war hübscher als die meisten anderen Mädchen, die sie kannte. Espy schalt sich für diesen Gedanken. *Vergib mir meine Eitelkeit, Herr, aber ich weiß, dass es stimmt. Ich hoffe nur, Warren merkt es.* Da sie weder Geld noch eine Ausbildung hatte, gehörte ihr Aussehen zu ihren wenigen Vorzügen, und sie wusste, dass sie es gut nutzen musste, solange sie konnte.

Als Espy bewusst wurde, dass sie seit Minuten an derselben Stelle stand und auf die leere Straße starrte, zuckte sie zusammen. Wenn sie nicht zu ihrer Verabredung ginge, würde sie die Stelle nie bekommen, und dann würde sie Warren Brentwood garantiert nicht mehr über den Weg laufen.

Rasch fuhr sie sich über die Haare und wandte ihre Aufmerksamkeit dann dem weißen Herrenhaus zu, das sich hinter dem Streifen mit leuchtend grünem, ordentlich geschnittenem Rasen erhob. Nirgendwo war ein Löwenzahnblatt zu sehen, fiel ihr auf, als sie das Grundstück mit ihrem eigenen Vorgarten verglich.

Während sie sich dem Lattenzaun näherte, schnürte Espy noch einmal ihre Schürze fester und murmelte ein letztes Stoßgebet. *Du weißt, wie gerne ich diese Arbeit hätte, Gott.* Dann holte sie tief Luft und als sie den Haken des weißen Gartentors öffnete, fühlte sie sich wie Scheherazade auf dem Weg zum König in dem zerfledderten Exemplar von Tausendundeiner Nacht, das sie in der Schule gelesen hatte.

Das Tor öffnete sich lautlos. Mit zitternden Fingern schloss Espy es hinter sich, bevor sie den gepflasterten Weg zur Haustür hinaufging. Glänzende schwarze rechteckige Läden umgaben jedes der acht Fenster des ebenso rechteckigen weiß verkleideten Hauses. Die Blumen in den Kästen vor den Fenstern, leuchtend bunte Petunien und üppige Geranien, waren die einzigen nicht geometrischen Formen und wirkten wie Farbkleckser auf einer weißen Leinwand.

Das Haus war früher der Wohnsitz eines Kapitäns gewesen, erbaut auf der Klippe oberhalb des Flusses. Seit einigen Jahren wohnten der Professor und seine Frau darin. Als sie vor der schwarzen Tür stand, holte Espy tief Luft und streckte dann die Hand nach dem Messingtürklopfer aus. Mit einem dumpfen Schlag ließ sie ihn fallen. Nach einigen Augenblicken fragte sie sich, ob sie ein zweites Mal klopfen sollte.

Bevor sie sich entscheiden konnte, ging die Tür auf und Mrs Stockton erschien höchstpersönlich in dem dämmrigen Hausflur. Sie war eine Frau mittleren Alters, mittlerer Größe und mittlerer Figur, und ihr unauffälliges braunes Haar war zu einem unordentlichen Knoten zusammengebunden. Sie lächelte Espy an. „Da bist du ja. Ich habe dich schon erwartet. Komm herein."

Espy nickte. „Danke, Mrs Stockton. Ich bin gleich gekommen, nachdem ich zu Hause das Geschirr vom Mittagessen abgewaschen hatte."

„Ich verstehe. Aber nun komm erst einmal aus der Sonne. Es ist furchtbar heiß heute, nicht wahr? Gut, dass wir am Fluss leben. Hier drinnen wird es nie zu heiß, weil immer eine Brise durch die Veranda hinter dem Haus hereinweht."

Espy trat ein und genoss die Kühle. Dieses alte Haus mit seinen breiten, unebenen Fußbodendielen und den weichen Teppichen darauf strahlte eine wundervolle Ruhe und Eleganz aus. Ein Blumenstrauß stand in einem glänzenden Kupferkrug am Eingang. Keine Wildblumen, wie sie sie pflückte, sondern gezüchtete Blumen aus dem Garten.

Espy folgte Mrs Stockton den Flur hinunter, der das Haus in der Mitte teilte, und erblickte eine hohe Standuhr mit einem Pendel und Gewichten aus Messing, dunkle Holzschränke, Tische mit ungewöhnlichen Gegenständen darauf und in Gold gerahmte Gemälde an den tapezierten Wänden. Sie hatte kaum genug Zeit, all diese Dinge in sich aufzunehmen, bevor sie eine sonnige Küche im hinteren Teil des Hauses betraten.

„Setz dich doch, Esperanza."

„Bitte sagen Sie Espy zu mir."

„Espy?"

„So nennen mich alle", sagte sie lächelnd, „seit ich klein war."

„Also gut, dann Espy."

Mrs Stocktons Züge waren freundlich und ihre Haut blass. Ein bisschen erinnerte sie Espy an ihre Mutter, obwohl diese Frau ganz eindeutig nicht so verhärmt war.

„Zum Glück hast du davon erfahren, dass ich ein Mädchen für alles brauche. Dieses Haus ist groß und für mich allein zu viel. Es geht mir nicht immer gut, musst du wissen. Wir haben eine Köchin und einen Mann, der sich um Reparaturen kümmert, aber ich brauche ein gutes, kräftiges Mädchen, das die täglichen Arbeiten im Haushalt verrichtet."

Espy lächelte, jetzt selbstbewusster. „Dann bin ich die Richtige für Sie."

Mrs Stockton erzählte ihr einige Einzelheiten in Bezug auf ihre gesundheitlichen Probleme und Espy gab mitfühlende Laute von sich und nickte. Sie hatte gelernt, das zu tun, wann immer ihre Mutter über irgendwelche Beschwerden klagte. „Zeigen Sie mir einfach, was getan werden muss, und dann wird es erledigt, da brauchen Sie sich keine Sorgen zu machen. Meine Mama sagt immer, ich hätte Energie für zwei."

„Genau so eine Person brauche ich. Ich zeige dir alles und sage dir, was deine Aufgaben sein werden. Du kannst heute schon anfangen, wenn du willst. Die Räume unten müssen dringend abgestaubt werden. Ich mache dich auch mit Mr Stockton bekannt. Er ist im Sommer zu Hause, weil keine Schule ist. Aber er verbringt viel Zeit in seinem Studierzimmer."

Espy nickte, beeindruckt von einem feinen Herrn, der ein eigenes Zimmer nur zum Studieren hatte.

Während sie die Runde durch die Räume im Erdgeschoss des großen Hauses machten, bestaunte Espy jeden einzelnen von ihnen, was ihrer neuen Arbeitgeberin zu gefallen schien. Zuletzt klopfte Mrs Stockton leise an die einzige geschlossene Tür.

Als die männliche Stimme im Inneren des Raumes sie hereinbat, öffnete sie die Tür und schob Espy hinein. „Mein Lieber, ich möchte dir gerne Espy vorstellen. Sie ersetzt Annie und wird unser neues Hausmädchen. Ich hoffe, du lässt sie heute Nachmittag hier staubwischen."

Mr Stockton blickte von einem großen Schreibtisch mit geneigter Oberfläche auf. Espy erkannte ihn aus der Kirche und der Akademie, an der er unterrichtete, obwohl sie diese Schule nie besucht hatte. Es war eine private Highschool östlich von Holliston. Obwohl Holliston seit der Mitte des Jahrhunderts eine eigene weiterführende Schule hatte, gab es die Akademie schon seit der Kolonialzeit, und die Brentwoods und andere Holzbarone schickten ihre Söhne und Töchter weiterhin dort ins Internat.

Espy bewunderte Mr Stockton als Gelehrten. Er und seine Frau wohnten erst seit einigen Jahren in Holliston, aber sie hatten sich schnell die Achtung der Gemeinde erworben. Er galt als Autorität in historischen Fragen und seine Frau wurde für ihre ehrenamtliche Arbeit in verschiedenen Komitees und Wohltätigkeitsorganisationen geschätzt.

Er erhob sich, als die beiden Frauen eintraten, und streckte die Hand aus. „Guten Tag, Miss Esperanza, es freut mich, Sie kennenzulernen."

Er war Mitte vierzig, schätzte Espy, mit kurzem braunen Haar, das etwas dunkler war als das seiner Frau, und einem Backenbart und Schnauzer, die seine markanten Züge unterstrichen.

Graublaue Augen lächelten sie an.

Sie ertappte sich dabei, wie sie unter seinem offenen Blick errötete. „Oh, bitte, sagen Sie einfach Espy. So nennen mich alle."

„Also dann: Espy. Willkommen in unserem Haus. Ich hoffe, Sie werden Ihre Arbeit als lohnend empfinden."

„Das werde ich ganz sicher." Ihr Blick wanderte unwillkürlich zu der Wand aus Büchern hinüber. „Hier drin sieht es aus wie in einer richtigen Bibliothek."

Sein Blick folgte dem ihren. „Lesen Sie gerne?"

„Ich lese für mein Leben gern, wenn ich die Gelegenheit dazu habe … und ein Buch", fügte sie wehmütig hinzu. „Und das ist nicht so oft der Fall, wie ich es mir wünsche."

„Das müssen wir unbedingt ändern, nicht wahr?" Mr Stockton wandte sich an seine Frau.

„Ja, natürlich, wenn du es sagst, John. Obwohl ich mir sicher bin, dass Espy viel zu tun haben wird, während sie hier ist."

„Gewiss. Ich will mich nicht in deine Absprachen einmischen, meine Liebe." Sein schmunzelnder Blick wanderte zu Espy zurück.

„Aber wenn Sie fleißig arbeiten und meine Frau zufrieden ist, wüsste ich nicht, warum Sie sich nicht hin und wieder ein Buch von mir ausleihen sollten, solange Sie es zurückbringen, wenn Sie es ausgelesen haben."

Espy riss die Augen auf, als sie dieses Angebot hörte. Noch nie hatte sie jemanden kennengelernt, der mit seinen Büchern so freigebig war. Sie holte tief Luft und sah wieder zu den Regalen hinüber, als würde ein Goldschatz sie daraus anstarren. „Ach, du liebe Güte, da weiß ich ja gar nicht, was ich sagen soll. Ich würde jedes Buch, das Sie mir leihen, ganz sorgsam behandeln und so bald wie möglich zurückbringen. Ich lese schnell."

„So? Das werden wir ja sehen."

Mrs Stockton räusperte sich. „Du wirst hier drin abstauben und aufräumen. Aber die Papiere auf Mr Stocktons Schreibtisch darfst du nicht verrücken."

Espy betrachtete die unter Bergen von Papier begrabene Schreibtischoberfläche. „Nein, Ma'am. Ich werde ganz bestimmt nichts anrühren."

Mr Stockton stieß einen belustigten Laut aus. „Sie brauchen nicht so ängstlich zu gucken. Mrs Stockton ist sehr um meine Arbeit besorgt. Treten Sie ruhig näher, damit Sie sehen können, was ich mache. Ich stelle momentan Nachforschungen für ein Buch an, das ich im Herbst schreiben werde."

Espy folgte ihm, neugierig und fasziniert von einem Mann, der sogar selbst Bücher schrieb.

„Ich beschreibe die Seeschlacht hier vor unserer Küste während des Unabhängigkeitskrieges. Darüber wurde bislang noch nicht viel geschrieben. Ich muss alle möglichen alten Zeitschriften und Unterlagen ausgraben, die in unserem Stadtarchiv und dem der historischen Gesellschaft verstaut sind, um die Ereignisse zusammenzufügen."

Espy hörte aufmerksam zu, während er ihr alte Register und in Leder gebundene Notizbücher mit feinen handschriftlichen Eintragungen auf den gelblichen Seiten zeigte.

„Sie können hier ruhig staubwischen, aber legen Sie bitte alles wieder genau dorthin, wo es war."

„Ja, Sir."

Mrs Stockton trat an den Schreibtisch und räusperte sich. „Komm mit, Espy, ich zeige dir jetzt das Grundstück."

Mit einem letzten Blick zurück in den Raum, der gewiss ihr Lieblingszimmer in diesem Haus werden würde, verabschiedete Espy sich von Mr Stockton und folgte ihrer neuen Arbeitgeberin.

Warren verließ den Firmensitz von Brentwood & Co. um halb sieben und begab sich zur Main Street hinunter, wobei er unterwegs einige Bekannte grüßte. Seit er nach Hause zurückgekehrt war, genoss er den Anblick der geschäftigen Hauptstraße ganz besonders, die ein Stück weit dem Fluss folgte, bevor sie ins Landesinnere zu den Feldern und Wiesen der umliegenden Farmen abbog.

An der Straße befanden sich mehrere Läden und andere Etablissements: zwei Sparkassen, ein Kurzwarengeschäft, ein Bekleidungsgeschäft, eine Schmiede, Buchmacher und Souvenirläden, einige Restaurants, zwei Zeitungsbüros, eine Anwaltskanzlei. Warren überquerte die zweite größere Straße, die die Main Street auf halber Strecke kreuzte und passend Center Street hieß. Dort stand die Bank seines Vaters, ein solides Steingebäude mit weißen Säulen vor dem Eingang.

Das neu erbaute Post- und Zollamt befand sich am Ende dieser Straße, gegenüber dem Gericht und dem Gefängnis. Zwei Hotels und Ställe, von denen aus die Postkutsche zweimal täglich nach Bangor und Calais aufbrach, waren ebenfalls dort angesiedelt.

Die mit Weiß gestrichenen Holzschindeln verkleidete Kirche mit ihrem schmalen, spitzen Turm in der Mitte der Center Street war das Wahrzeichen der Stadt. Sie verlieh der sich am Fluss entlangwindenden Kleinstadt im Tal eine besondere Silhouette.

Auf den hölzernen Bürgersteigen waren viele Menschen unterwegs, da die Sonne an diesem frühen Abend noch hoch am Himmel stand. Warren lief über die Brücke und passierte die beiden Sägewerke und die Getreidemühle auf der kleinen Insel, die den Fluss in der Mitte teilte. Das Geräusch der brüllenden Wasserfälle unter seinen Füßen entspannte ihn immer, wenn er einen langen Tag über den Büchern hinter sich hatte. Die Stromschnellen in diesem Teil des Holliston River bildeten die Trennlinie zwischen dem geschäftigen Treiben der Main Street und dem erfrischenden Schatten und der stillen Eleganz der Elm Street, der hübschesten Wohngegend der Stadt.

Warren trat in den Schatten der überdachten Brücke, die sich über die andere Hälfte des Flusses spannte.

Der Lärm des rauschenden Wassers wurde langsam leiser, als er den Holliston River hinter sich ließ und dem Verlauf der Straße in Richtung Süden folgte. Die Nachmittagssonne lugte durch Jahrhunderte alte Ulmen und Eichen und ließ auf dem Gehweg ein fleckiges Muster entstehen, das an ein riesiges Spitzendeckchen erinnerte.

Warrens Blick wanderte über die breite Straße, während er an seine Begegnung mit Esperanza Estrada am Morgen dachte. Jetzt war sie nicht hier. Außer ihm waren nur einige andere zu sehen, die zu ihrem Abendessen nach Hause eilten.

Seine Schultern lockerten sich und er war froh darüber, einige ungestörte Augenblicke zu haben, in denen er sich innerlich auf die Welt seiner Mutter einstellen konnte.

Diese Stadt war bereits der Wohnort seiner Familie, seit der erste Brentwood vor mehr als hundert Jahren Mitte des 18. Jahrhunderts am Ufer der Holliston Bay gelandet war. Jetzt, nachdem er einen beträchtlichen Teil der Welt gesehen hatte, konnte Warren das alte Sprichwort nachvollziehen, dass es nirgendwo so schön war wie zu Hause.

Nach ungefähr einem Kilometer blieb er vor seinem eigenen Gartentor stehen und öffnete es. Das weiße Haus im klassizistischen Stil stand etwas zurückgesetzt von der Straße, mit einer großen Veranda hinter dorischen Säulen. Sein Urgroßvater hatte es gebaut und Warren ging fest davon aus, dass er eines Tages seine eigenen Kinder hier großziehen würde.

Das würde allerdings nicht so bald geschehen, auch wenn seine Mutter bereits sehnsüchtig darauf wartete, dass er heiratete.

In all den Jahren, die Warren auf Reisen verbracht hatte, war ihm nur eine junge Frau begegnet, die sein Herz berührt hatte. Aber sie hatte seine Gefühle nicht erwidert und so hatte er sich in den vergangenen Jahren darauf konzentriert, sich die Welt anzusehen und in jedem Hafen Station zu machen, der von den Schonern seines Vaters angesteuert wurde.

Anscheinend hatte einer der Bediensteten ihn bereits kommen sehen, denn als Warren die Veranda betrat, öffnete sich lautlos die Tür.

„Guten Abend, Mr Brentwood."

„Hallo, Samuel", antwortete Warren dem guten Geist der Familie. Er war es noch immer nicht gewohnt, so förmlich angesprochen zu werden. Ihm fiel wieder ein, dass Espy ihn „Brenty" genannt hatte, und er runzelte die Stirn. „Mr Brentwood" war dieser Art von Vertraulichkeit eindeutig vorzuziehen.

„Ihre Mutter erwartet Sie auf der Terrasse."

„Danke." Er reichte dem weißhaarigen Mann seine Aktentasche. „Ich gehe gleich durch."

„Wie Sie wünschen, Sir."

Die Nachmittagssonne schien noch immer hell auf den Garten – ein Kontrast zu dem Schatten auf der Terrasse unter einer dunkelblauen Markise. Warren trat auf die breiten Pflastersteine und hörte das Klirren von Gläsern und das Murmeln von Stimmen, bevor er die Personen auf der Terrasse sah.

„Da bist du ja endlich, Warren. Ich habe mir schon Sorgen gemacht."

„Hallo, Mutter." Er ging auf sie zu und beugte sich vor, um ihr einen Kuss auf die Wange zu geben. „Ich musste noch einige Dinge beenden, bevor ich nach Hause gehen konnte."

„Dein Vater ist schon aus der Bank zurück." In ihrer kultivierten Stimme lag ein Anflug von Tadel. „Er kommt gleich herunter. Willst du Christina nicht begrüßen?"

Warren ging zu der gepolsterten Zweisitzerschaukel, wo eine junge Dame, die er schon lange kannte, ihm lächelnd die Hand entgegenstreckte. „Hallo, Warren. Wir dachten schon, du kommst gar nicht mehr. Dein Vater erwartet doch bestimmt nicht, dass du jeden Abend so lange arbeitest."

Er lachte leise, um seine Verärgerung darüber zu verbergen, dass er wegen seiner Ankunftszeit kritisiert wurde. „Mein Vater hat nichts damit zu tun, schließlich arbeitet er in der Bank." Obwohl sein Vater ihm die Leitung des Sägewerks übertragen hatte, schienen alle zu glauben, dass sein Vater immer noch das Sagen hatte, und das ärgerte ihn. Vielleicht, weil er allmählich feststellte, dass es zutreffender war, als ihm lieb war.

Warren ergriff Christinas Hand und hielt sie einen Augenblick, bevor er sie losließ. Wie immer war das Mädchen, mit dem er schon als Kind gespielt hatte, ein hübscher Anblick. Sie wirkte so souverän und selbstsicher mit dem hellblauen Kleid und den dunkelblonden Locken, die auf modische Weise hochgesteckt waren.

„Christina hat mich nach deinem Parisaufenthalt gefragt. Erzähl ihr doch davon, während wir auf deinen Vater und deine Schwester warten."

„Wie du willst, Mutter."

Christina rutschte auf ihrer Schaukelbank zur Seite und Warren blieb nichts anderes übrig, als sich neben sie zu setzen, obwohl er viel lieber einen breiten, bequemen Sessel für sich gehabt hätte. Lässig lehnte er sich gegen die aus Korb geflochtene Rückenlehne. Inzwischen war er daran gewohnt, seine Auslandsreisen mit wenigen Sätzen zusammenzufassen. Er hatte festgestellt, dass die Leute zwar erwartungsvoll lächelten, aber eigentlich gar nicht an den Einzelheiten seiner Erfahrungen interessiert waren.

„Hast du den Arc de Triomphe gesehen?", fragte Christina.

„Oh ja." Das war alles, was gebildeten Personen für gewöhnlich zu Paris einfiel.

„Ich würde Paris ja so gerne einmal selbst sehen." Christina faltete ihre schlanken Hände unter ihrem Kinn und seufzte tief. „Papa verspricht mir jeden Sommer eine Reise nach Europa, aber bisher hat sich noch keine Gelegenheit ergeben."

„Es würde dir sicher gefallen." Sie würde sich mühelos in die Pariser Gesellschaft einfügen. Christina sah ihn mit ihren blauen Augen an und lächelte.

„Meinst du?"

„Bestimmt. Die Pariser wirken vielleicht wie Snobs, aber sie würden dich sofort in ihre Kreise aufnehmen. Du müsstest nur von den richtigen Leuten eingeführt werden."

Ihre Augen leuchteten auf. „Könntest du das für uns arrangieren?" Wenn er es nicht besser gewusst hätte, hätte er schwören können, dass sie bei ihren Worten kokett mit den goldenen Wimpern klimperte. Aber Christina flirtete doch nicht ... jedenfalls nicht so, wie manche anderen Frauen es taten.

„Gerne. Ich werde bei der nächsten Gelegenheit mit deinem Vater sprechen. Eigentlich müsste ich ihn morgen früh beim Frühstück der Geschäftsleute treffen."

Christina legte eine Hand auf seinen Arm. „So eilig ist es nun auch wieder nicht. Wir werden nicht gleich das erste Schiff nehmen, das nach Europa geht. Du bist doch gerade erst nach Hause gekommen. Es kommt mir wie eine Ewigkeit vor, dass wir uns gesehen haben. Fast habe ich das Gefühl, als müssten wir uns wieder ganz neu kennenlernen." Ein leises Lachen folgte ihren Worten.

Warren stützte einen Ellbogen auf die Armlehne der Schaukelbank. Er kannte die subtilen Signale der Ermutigung, die Frauen in seinen Kreisen aussandten. Aber gleich darauf tat er den Gedanken, dass Christina ihre Worte so gemeint haben könnte, als absurd ab. Sie waren schon ihr ganzes Leben lang befreundet. Und was auch immer sie mit ihrer Bemerkung hatte andeuten wollen, er verspürte nicht das Verlangen, darauf zu reagieren.

Seit Charity, die er in seinem zweiten Jahr am College kennengelernt hatte, war ihm keine junge Dame begegnet, zu der er sich hingezogen fühlte. Charity war die Tochter eines Professors gewesen und reizend, damenhaft und schön. Warren war ihr vom ersten Augenblick an verfallen gewesen.

Seine Mundwinkel wanderten nach unten. Neben dem Mann, dem sie ihr Herz geschenkt hatte, war Warren sich wie ein Grisaille-Gemälde vorgekommen, grau und langweilig. Es war eine demütigende Erfahrung für ihn gewesen, denn er war es nicht gewohnt, von anderen Männern ausgestochen zu werden – noch dazu von einem, der lediglich ein Arbeiter war. Aber Charity hatte für keinen anderen Augen gehabt.

Warren kehrte gedanklich zu Christinas Bemerkung zurück. „Ich glaube nicht, dass ein paar Jahre Abwesenheit dich oder mich so sehr verändert haben."

„Wahrscheinlich hast du recht." Sie zupfte an der Spitzenrüsche um ihren Hals und lächelte selbstironisch. „Bitte verzeih meine Besorgnis. Ich habe einfach Angst, dass du durch deine Reisen zu so vielen fernen Ländern so gebildet bist, dass du jetzt auf uns alle hier als hoffnungslose Landeier herabsehen könntest."

Warren lachte und entspannte sich. „Keine Sorge. So ein Snob bin ich nicht. Außerdem habe ich festgestellt, dass die Leute immer noch genauso sind, wie sie bei meiner Abreise waren. Diejenigen, vor denen ich damals Achtung hatte, achte ich immer noch. Eine Reise in ein anderes Land ändert daran nichts."

Seine Mutter reichte ihm ein hohes Glas. Er nahm die kühle Limonade mit einem dankbaren Lächeln entgegen. „Danke."

Sie lehnte sich in ihrem gepolsterten Korbschaukelstuhl zurück und nahm einen Fächer aus Elfenbein in die Hand. „Wo wir gerade von Menschen reden, die du schon dein Leben lang kennst – Mrs Hawkins sagte, sie habe dich heute Mittag mit diesem Mädchen gesehen. Wie heißt es noch? Emily? Nein, es war irgendetwas Ausländisches. Helena?" Seine Mutter schürzte die Lippen und zwischen ihren Augenbrauen bildete sich eine feine Falte.

2. Kapitel

Warren starrte seine Mutter an und dachte wieder an seine Begegnung mit Espy. „Du meinst Esperanza Estrada?“

„Mrs Hawkins sagte, das Mädchen habe sich in unziemlicher Vertrautheit mit dir unterhalten.“

Ihre neugierige Nachbarin musste sie durch ihre Spitzengardine beobachtet haben. Manche Dinge änderten sich in Holliston nie. „Espy und ich sind zusammen zur Schule gegangen. Wir hatten allerdings nicht besonders viel miteinander zu tun, schließlich ist sie ein ganzes Stück jünger als ich.“

„Espy. Was für ein origineller Name“, ertönte neben ihm Christinas Stimme.

„Was wollte sie denn von dir?“ Seine Mutter warf ihm aus ihren grauen Augen einen verständnislosen Blick zu.

„Lass mich raten“, antwortete Christina an seiner Stelle. „Sie wollte eine Arbeit in einer der Firmen deines Vaters?“

Warren wandte sich zu ihr um, ohne auf ihren belustigten Tonfall einzugehen. „Warum sollte sie das wollen?“

Christinas Lippen verzogen sich zu einem Lächeln. „Vielleicht, um bei der Versorgung der vielen Kinder zu helfen, die ihre Mutter ständig zur Welt bringt?“

„Was wollte sie denn nun?“ Der Tonfall seiner Mutter war jetzt nachdrücklicher.

Warren zuckte mit den Schultern, um seine zunehmende Verärgerung und Bestürzung zu verbergen. Würde jede seiner Begegnungen so kritisch hinterfragt werden? Er hatte sich in den Jahren im Ausland daran gewöhnt, sein eigener Herr zu sein, aber seit seiner Rückkehr war er im Büro dem prüfenden Blick seines Vaters ausgesetzt und zu Hause den permanenten Kreuzverhören seiner Mutter. „Sie hat mich nur zu Hause willkommen geheißen.“

Seine Mutter hob ihr Kinn ein wenig. „Was hat sie überhaupt hier in der Gegend gemacht?“

„Sie hat Arbeit in einem der Häuser in dieser Straße gefunden.“

„In dieser Straße? Was will sie denn hier? Arbeitet ihre Familie nicht in der Konservenfabrik unten am Hafen?"

Warren drehte das Glas in seiner Hand, wobei er spürte, wie das Kondenswasser seine Fingerspitzen befeuchtete, und versuchte, gleichgültig zu klingen. „Ja, das hat sie auch gesagt. Aber ich glaube, sie wollte lieber etwas anderes machen."

Christina lachte leise. „Etwas anderes? So wie du das sagst, klingt es, als wäre sie ein junger Mann, der in seinem Betrieb die Karriereleiter hinaufklettern möchte. Wie kann jemand wie sie etwas Besseres finden als in der Konservenfabrik?"

Obwohl er grundsätzlich dazu neigte, Christina recht zu geben, ließ ihr herablassender Tonfall ihn innerlich unwillkürlich Espys Partei ergreifen. Er erinnerte sich daran, dass sie gesagt hatte, sie liebe Bücher. Warren schüttelte den Kopf, weil er sie sich kaum als Bücherwurm vorstellen konnte, auch wenn sie in der Schule intelligent gewesen war. Dann dachte er daran, wie selbstsicher sie ihm gegenüber aufgetreten war.

Während er spürte, wie die Hitze seinen Nacken hinaufkroch, rutschte er auf der Schaukelbank ein Stück zur Seite, in der Hoffnung, dass seine Reaktion unbemerkt blieb. Er wünschte, Christina säße nicht so nahe. „Ich weiß nicht, aber sie wirkte auf mich ziemlich selbstbewusst."

„Was auch immer sie hier tut, ich würde dir raten, dich nicht in ihrer Gesellschaft zu zeigen."

„Ich glaube, dass du überreagierst, Mutter. Es war nur eine harmlose Unterhaltung zweier Klassenkameraden."

Christina legte eine Hand auf seinen Arm. „Ich glaube, deine Mutter meint, dass dies eine kleine Stadt ist, und egal, wie unschuldig eine Unterhaltung zwischen einem Mann und einer jungen Frau auch sein mag, sie kann sehr schnell falsch gedeutet werden."

Er versuchte, angesichts ihres nachsichtigen Tonfalls zu lächeln, aber er spürte, wie sich eine rebellische Ader in ihm regte, weil die beiden Frauen ihn wie einen kleinen Jungen zurechtwiesen. Was würden sie tun, wenn er plötzlich anfing, mit Espy gemeinsam durch die Stadt zu laufen? Bei diesem Gedanken musste er lächeln, weil ihm bewusst wurde, wie unwahrscheinlich das war. „Ihr beide macht aus einer Mücke einen Elefanten, aber ich gehe ohnehin nicht davon aus, dass ich sie noch einmal sehen werde."

Christina tätschelte seinen Arm, bevor sie ihre blasse Hand fortzog. „Da hast du zweifellos recht. Reden wir doch von etwas Interessanterem. Gehst du morgen Abend zu dem Konzert im Pavillon?"

Bevor Warren antworten konnte, betrat seine Schwester die Terrasse. Sofort erhob er sich. „Da bist du ja, Annalise. Wo hast du dich denn versteckt?"

Die Wangen seiner Schwester röteten sich, als sie näher kam. Obwohl sie Warrens Meinung nach das hübscheste Mädchen in der Stadt war, war sie unglaublich schüchtern. „Ich habe nur etwas erledigt", sagte sie leise. „Ich bin sofort heruntergekommen, als ich hörte, dass du hier bist."

„Komm und hilf mir, Christina zu unterhalten, die sich bei meiner beschränkten Konversationsfähigkeit wahrscheinlich zu Tode langweilt."

Warren ergriff den Ellbogen seiner Schwester und zog sie zu dem Platz neben Christina, von dem er sich soeben erhoben hatte. Christina rutschte ein Stück an den Rand der Schaukel, die Lippen aufeinandergepresst.

Annalise wehrte sich gegen den sanften Druck. „Lass nur, ich kann auch dort drüben sitzen."

„Unsinn, das macht doch keine Umstände." Er drückte seine Schwester auf den Sitz und sie protestierte nicht länger.

Mit einem zufriedenen Seufzen setzte Warren sich in den breiten Schaukelstuhl neben seiner Mutter und streckte die Beine aus. Auch wenn er die Bemühungen seiner Mutter, jeden Abend Freunde von ihm einzuladen, zu schätzen wusste, sehnte er sich manchmal danach, einfach nach Hause zu kommen und seine Ruhe zu haben.

Sein Blick wanderte zu dem terrassenförmig angelegten Garten, der in Stufen zum Fluss hinunterführte. Einige Augenblicke lang konnte er die Sorgen im Büro und den leichten, aber unvermeidlichen Konflikt mit seinem Vater vergessen.

„Wirst du morgen Abend auch so ungesellig sein wie heute?"

„Entschuldigung …?" Er blickte um seine Mutter herum zu Christina.

Die Augenbrauen seiner Mutter waren zusammengezogen. „Christina hat dir eine Frage gestellt, Warren."

„Es tut mir leid ..."

Christina lachte mit einem spitzbübischen Blick, den er kannte und der dem Empfänger das Gefühl geben sollte, dass sie an seinen geistigen Fähigkeiten zweifelte. „Ich habe gefragt, ob du vorhast, morgen Abend zu dem Konzert zu gehen."

So weit im Voraus hatte er noch nicht geplant. „Ich denke schon." Er wandte sich an seine Mutter und seine Schwester. „Wie sieht es aus? Steht das im Kalender?"

Seine Mutter hatte die Hände auf dem Schoß gefaltet und die Schultern gestrafft. „Natürlich, mein Lieber. Dein Vater ist Mitglied des philharmonischen Ausschusses. Unsere Anwesenheit wird erwartet."

Er lächelte Christina mit einem lässigen Achselzucken zu. „Siehst du, die Brentwoods werden vollzählig erscheinen."

„Ah, Warren, du bist zu Hause."

Sie drehten sich alle um, als sie die bestimmte Stimme von Warren Brentwood senior hörten. Warren wollte aufstehen, aber sein Vater bedeutete ihm, er solle sich keine Umstände machen, und kam dann mit flotten Schritten über das Pflaster geschritten. „Guten Abend." Er nickte seiner Frau zu und wandte sich dann mit einem Lächeln und einer ausgestreckten Hand an Christina. „Wie schön, dich zu sehen, meine Liebe."

„Danke, Mr Brentwood. Es war sehr freundlich von Ihnen, mich einzuladen." Die Worte flossen mühelos in einem wohlklingenden Tonfall.

„Ach was. Du bist hier immer willkommen. Du brauchst keine besondere Einladung. Wie geht es deinen Eltern?"

„Beiden sehr gut, vielen Dank."

„Ich sehe deinen Vater wahrscheinlich morgen beim Frühstück."

„Davon habe ich gehört."

Als Nächstes trat sein Vater zu ihm und klopfte ihm auf die Schulter. „Auch wenn ich deine Energie bewundere, mein Sohn, wollte ich dir sagen, dass du die Firma nicht in den ersten Wochen nach deiner Rückkehr komplett umkrempeln musst." Er lachte und wandte sich an die anderen. „Brentwood & Co. gedeiht seit beinahe hundert Jahren. Ich gehe nicht davon aus, dass die Firma in nächster Zeit untergehen wird."

Warren lauschte dem nachsichtigen Gelächter der anderen, während er das stählerne Funkeln in den Augen seines Vaters sah. Seit Warren einige Abläufe im Sägewerk hinterfragt hatte, ließ sein Vater keine Gelegenheit aus, um hervorzuheben, wie erfolgreich die Dinge in der Firma bisher gelaufen waren. „Natürlich, Vater. Das behauptet ja auch niemand."

Sein Vater ging zu einem freien Sessel. Warrens Finger lösten sich langsam von der Armlehne seines Schaukelstuhls, während er versuchte, die Worte seines Vaters zu verdrängen. Es war eine Sache, sich gegen seinen Vater behaupten zu müssen, wann immer dieser von seinem neuen Posten als Präsident der Bank in Warrens Büro erschien, nur um zu sehen, „wie er zurechtkam". Etwas anderes war es, zu Hause lächerlich gemacht zu werden.

Espy lief die unbefestigte Straße hinunter, die zum nordwestlichen Stadtrand von Holliston führte. Leuchtend gelbe Gänseblümchen wuchsen in dicken Büscheln am Wegrand. Je weiter sie ins Inland kam und das Flusstal hinter sich ließ, desto schlimmer wurde die Hitze.

Sie pflückte ein Gänseblümchen und schob es sich hinters Ohr. Kurz darauf bog sie mit einem erleichterten Seufzen in einen kleinen Hain aus Bäumen ein, der den Rest von Holliston von ihrem kleinen Stadtviertel trennte. Die Luft um sie herum duftete würzig nach Balsamtannen und Fichten. Der Boden unter ihren Füßen federte durch die Schichten gefallener Fichtennadeln, die ihn bedeckten. Espy folgte dem Pfad vierhundert Meter weit, dann trat sie wieder in die Sonne hinaus.

Wäscheleinen zogen sich kreuz und quer durch die Gärten der verwitterten Häuser. Überall lagen Kinderspielzeug und Werkzeug herum. Espy ging hinter den Häusern entlang und schlug mit einem Zweig an die Zaunpfähle. Lackreste schwebten zu Boden. Als Espy an ihrem eigenen Garten ankam, musste sie über den umgestürzten Zaun klettern. Der letzte Schneesturm hatte ihn umgerissen und er war nie repariert worden.

Sie lief um einen umgefallenen verrosteten Eimer herum und trat an den Drahtzaun, der sich an der einen Gartenseite entlangzog. „Habt ihr heute Eier für mich?“, fragte sie die Hühner, die auf dem sandigen Boden herumpickten. „Wartet, ich hole euch noch etwas Futter.“ Sie ging zu der ausgeblichenen roten Scheune und steckte die Hand in einen Futtersack. Dann ging sie zum Hühnerhof zurück und warf das Getreide über den Maschendrahtzaun. Die Hühner machten sich gackernd über das Futter her.

„Ich komme nachher wieder und erwarte ein paar Eier“, rief sie über ihre Schulter, während sie zur Hintertür ging.

Sie zog an der Tür, die immer klemmte, und ließ sie dann knallend hinter sich zufallen.

Ihre Schwester Angela blickte von der Spüle auf. „Bist du auch endlich da?“

Espy nickte und fächelte sich mit einer Zeitung, die auf dem Tisch lag, Luft zu. In der Küche war es genauso heiß wie in dem sonnigen Garten. Auf dem Holzofen standen ein großer, blubbernder Kochtopf und ein Wasserkessel. „Warum lässt du nicht die Tür aufstehen?“

„Weil dann alle Fliegen reinkommen.“

Trotz der Warnung klemmte Espy einen Stuhl in die Tür. „Wo sind die anderen?“

„Irgendwo. Mama hat sich hingelegt. Sie hat Kopfschmerzen, sagt sie.“ Angela verdrehte die Augen und machte sich wieder daran, Kartoffeln zu schälen.

Ein kleiner Junge betrat die Küche. „Espy ist wieder da!“, brüllte er über die Schulter zurück. Einige ihrer jüngeren Geschwister erschienen barfuß hinter ihm.

„Hallo, Gus.“ Sie fuhr mit der Hand durch das dunkle, glatte Haar ihres zehnjährigen Bruders. „Du brauchst einen neuen Haarschnitt. Du siehst aber hübsch aus, Gina. Wer hat denn das Band in deine Haare gemacht?“, fragte sie ihre achtjährige Schwester und dann bückte sie sich zu der vierjährigen Alicia hinunter, die mit dem Daumen im Mund dastand und die dreijährige Julia an der Hand hielt.

Sanft zog Espy die Hand des Mädchens von dessen Mund. „Ich habe dir doch gesagt, dass es nicht gut ist, wenn du am Daumen lutschst. Du willst doch nicht, dass deine Zähne krumm und schief wachsen oder dass Julia dir das nachmacht, oder?" Sie umarmte die gelockte Alicia, um ihren Worten die Schärfe zu nehmen, dann hob sie die Jüngste hoch, deren pummeliger Körper nur mit einem dünnen Hemd bekleidet war. Espy knuddelte sie und gab Julia einen Kuss auf den Hals. „Wie geht es denn meiner süßen Kleinen?"

„Wo warst du, Espy?" Gus musterte den Beutel.

„In der Stadt und überall." Während sie sprach, kramte sie in ihrer Tasche und holte ein in Zeitungspapier gewickeltes Päckchen hervor. „Hier, ein paar Sardinen fürs Abendessen", sagte sie zu Angela. „Ich brate sie gleich."

„Sonst nichts?", fragte Gus enttäuscht.

„Mal sehen", sagte sie und tat so, als würde sie den Boden der Tasche absuchen. „Hmm. Ich sehe nichts. Aber warte mal, was ist denn das hier?" Mit ehrfürchtiger Miene holte sie zwei Pfefferminzstangen hervor.

Gus und seine Schwestern bekamen große Augen, mit denen sie den rot-weißen Stangen folgten, die Espy so hoch hielt, dass sie nicht danach greifen konnten.

Sie sah in ihre erwartungsvollen Mienen. „Es gibt aber nur zwei und wir müssen auch etwas für eure großen Brüder und Schwestern aufheben. Ich glaube, ich muss sie in Stücke brechen, oder was meint ihr?"

Alle nickten. Espy schlug die Zuckerstange gegen die Kante der verkratzten Tischplatte, bis sie zersprang. Dann gab sie jedem Kind ein Stück.

Die Süßigkeit wanderte sofort in ihre Münder und die Kinder wandten sich zum Gehen.

„Was sagt man da?"

Als sie das hörten, blieben ihre Geschwister stehen und blickten sich zu ihr um. „Danke, Ef-py", nuschelten sie mit vollem Mund.

„Das ist schon besser. Also gut, verschwindet."

Sekunden später verstummte das Getrappel auf den Bodendielen und es wurde in der Küche so still, dass nur noch das Brodeln auf dem Herd und das kratzende Geräusch von Angelas Messer auf den Kartoffeln zu hören war.

Espy hob den Deckel an und rührte mit einem langen, emaillierten Löffel die Suppe um, wobei sie einen Schinkenknochen, einige Selleriestangen, Karotten und gelbe Rüben umdrehte. Sie setzte den metallenen Deckel ein wenig schief auf.

Dann legte sie den Löffel beiseite. „Sogar mit der offenen Tür ist es heiß hier drin." Sie bückte sich, um ihre Stiefel aufzuschnüren und ihre Strümpfe auszuziehen, dann ging sie zur Spüle, nahm eine Kelle aus dem Eimer mit frischem Wasser, und wusch sich damit Hände und Gesicht. Sie ließ die Schultern kreisen. So schwere Hausarbeit wie heute hatte sie seit Jahren nicht mehr verrichtet. „Ich habe heute eine Arbeit gefunden."

Angelas Hände erstarrten beim Kartoffelschälen. „Eine Arbeit?"

Ihre Schwester hatte zwar die gleichen dunklen Haare wie Espy, glich ihr aber ansonsten überhaupt nicht. Statt eines ovalen hatte sie ein rundes, dickes Gesicht.

Espys Lächeln wurde breiter. „Ja." Sie nahm ein Stück Kartoffelschale und drehte es in der Luft.

Angela riss die Augen auf. „Nicht im Ernst!"

Espy stolzierte durch die Küche wie eine Königin bei einer Parade. „Und ob."

„Bei den Stocktons, wie du es vorhattest?"

Espy nickte zufrieden. „Mrs Stockton wollte, dass ich sofort anfange. Deshalb bin ich heute so spät."

Ihre Schwester schüttelte den Kopf und widmete sich wieder der Kartoffel in ihrer Hand. „Du willst also deinen guten Posten in der Konservenfabrik aufgeben, um irgendjemandem das Haus zu putzen."

Espy warf die Schale in den Eimer zu Angelas Füßen. „Ich habe dir doch erzählt, dass es nicht irgendein Haus ist. Es gehört einem Professor. Er hat mir sogar gesagt, dass ich seine Bücher ausleihen darf. Ist das nicht wundervoll?"

Ihre Schwester schüttelte nur den Kopf und schälte weiter.

Espy erkannte, dass sie Angela mit ihrer Begeisterung nicht würde anstecken können und sie ihren Triumph allein genießen musste. Sie sah sich in der Küche um. Nachdem sie noch vor einer Stunde in der ordentlichen, geräumigen Küche der Stocktons gewesen war, wurde ihr nun die Schäbigkeit ihres eigenen Zuhauses erst recht bewusst.

Dreckiges Geschirr stand auf dem Holztisch, über den ein Wachstuch gebreitet war. Neben der Hintertür lagen Arbeitsschuhe in verschiedenen Größen wie ein Haufen Geröll auf dem Boden. Die Tür schloss nicht mehr richtig, seitdem ihr Vater in einer Sommernacht wiederholt dagegen getreten hatte, weil sie nicht aufgegangen war. Er hatte geflucht, als wäre sie ein lebendes Ding, während seine Schimpftiraden immer lauter geworden waren, aber in seinem betrunkenen Zustand hatte er nicht bemerkt, dass seine Hände die Türklinke noch umklammert gehalten hatten, während er gleichzeitig mit dem Stiefel das dünne Türblatt traktiert hatte.

Kurz danach war er zum ersten Mal gegangen.

Die Wände, die früher buttergelb gewesen waren, hatten jetzt hässliche braune Flecken und die Decke wies zahlreiche Spuren von Wasser und Ruß auf.

Espy schüttelte müde den Kopf und räumte das dreckige Geschirr vom Tisch. Als sie zur Pumpe hinausging, schlenderte gerade ihr fünfzehnjähriger Bruder Alvaro in den Garten.

„Wo warst du?“

Ihr Bruder schob den Stängel Lieschgras, auf dem er kaute, von einem Mundwinkel in den anderen. Seine dunkelbraunen Haare fielen ihm in die misstrauisch dreinblickenden Augen. „Wer will das wissen?“

„Du brauchst einen neuen Haarschnitt.“

„Kostet Geld.“

„Hast du dich heute nicht um Arbeit gekümmert?“ Seitdem er seinen Job im Futterspeicher verloren hatte, war es ihm noch nicht gelungen, eine neue Arbeit zu ergattern.

Alvaro zuckte mit den Schultern. „Wozu denn? Die sagen doch sowieso alle Nein.“

Espy drückte den Pumpenschwengel kräftig nach unten, bis ein Wasserstrahl herausschoss. „Mit dieser Einstellung wirst du nie etwas erreichen.“

„Ich war schon überall und alle haben mir die Tür vor der Nase zugeschlagen.“

Mitten in der Bewegung hielt Espy inne. Der Wasserstrahl versiegte zu einem Tröpfeln. „Ich habe eine Idee."

Ihr Bruder reagierte nicht auf ihren begeisterten Tonfall.

Sie versuchte es anders. „Rate mal, wem ich heute über den Weg gelaufen bin."

Alvaro zuckte mit den Schultern und kaute weiter auf seinem langen Grashalm.

Frustriert bewegte sie den Schwengel wieder auf und ab. „Bist du denn überhaupt nicht neugierig?"

„Sollte ich das sein?"

„Vielleicht." Als er nichts erwiderte, fuhr sie schließlich fort. „Dem jungen Warren Brentwood."

„Und was ist daran so besonders?"

Espy füllte den Eimer komplett mit Wasser, bevor sie sich aufrichtete. „Vielleicht hat er ja Arbeit für dich."

Alvaro zog den Grashalm aus seinem Mund und starrte sie an. „Du machst Witze."

„Wieso denn nicht? Er ist jetzt für die Sägewerke seines Vaters zuständig." Sie zuckte mit den Achseln. „Ich habe ihn auf dem Weg zu den Stocktons getroffen und Hallo gesagt. Wir waren zusammen in der Schule."

Alvaros Mund verzog sich zu einem spöttischen Grinsen. „Ich wette, er konnte sich nicht an dich erinnern."

Espy stemmte mit zunehmender Verärgerung die Hände in die Hüften. Warum mussten kleine Brüder, sobald sie ein bestimmtes Alter erreichten, die unausstehlichsten Menschen auf der ganzen Erde werden? „Natürlich hat er sich an mich erinnert."

„Was hast du gemacht? Ihm erzählt, dass du einen jüngeren Bruder hast, der Arbeit braucht?"

Sie errötete, als sie daran dachte, wie unverblümt sie Warren gegenüber gewesen war. „Ja. Ich habe nachgedacht. Seiner Familie gehören zwei Sägewerke, ein Holzhandel und ein paar Frachtschiffe. Sie müssen doch irgendwo einen zusätzlichen Helfer brauchen."

Alvaro schnaubte. „Als wenn der mich einstellen würde."

„Warum denn nicht? Du bist fleißig. Dass du in diesem Frühling Pech hattest, bedeutet schließlich nicht, dass niemand einen guten Arbeiter wie dich zu schätzen weiß."

„Du meinst also, ich soll zu ihm gehen und ihn um eine Arbeit bitten?

Espy tippte mit einem Finger auf ihre Lippen. Sie hatte die Sache noch nicht richtig zu Ende gedacht. Aber Warren war eigentlich ganz nett gewesen – ein bisschen steif vielleicht, aber er schien sich wirklich für ihre neue Tätigkeit zu interessieren. „Warum gehen wir nicht morgen zusammen zu seinem Büro, bevor ich zur Arbeit muss?“, sagte sie laut denkend. „Wenn er dich mit mir sieht, wird er eher geneigt sein, dir einen zweiten Blick zu widmen.“ Je länger sie darüber nachdachte, desto besser gefiel ihr die Idee. Unter anderem deshalb, weil sie dadurch eine Gelegenheit hatte, Warren wiederzusehen.

Sie nickte. „Ja, ich glaube, das wird das Beste sein. Aber du putzt dich besser ein bisschen heraus. Ich schneide dir heute Abend die Haare und bügele ein sauberes Hemd für dich.“

„Ich glaub ja nicht, dass das was bringt“, murmelte Alvaro und wandte sich ab.

Espy nahm den Eimer und folgte ihm in die Küche, während das Wasser auf ihre Füße schwappte. „Natürlich wird es das. Warren Brentwood sieht immer so aus, als käme er gerade aus dem Geschäft eines Herrenausstatters. Es kann nicht schaden, wenn du ordentlich und sauber aussiehst.“

Am nächsten Morgen brütete Warren über den Holzlieferungen des letzten Quartals. Er blickte von seinem Schreibtisch auf, als sein Sekretär sich räusperte.

„Sie haben – äh – Besuch.“

Warren legte seinen Bleistift ab und sah den Mann mit einer hochgezogenen Augenbraue an. „Ja? Wer ist es denn?“

„Eine junge Frau und ein junger Mann.“ Bevor er noch mehr sagen konnte, erschien Espy hinter dem Angestellten, gefolgt von einem jungen Mann, dessen Gesichtszüge und Haarfarbe ihren glichen.

„Hallo, Warren“, sagte sie kess und ging an dem Sekretär vorbei, als wäre er nicht mehr als ein Aktenschrank. Warren stand sofort auf.

„Guten Morgen, Esperanza." Sie trug denselben Rock und dieselbe Bluse – oder jedenfalls sahen sie sehr ähnlich aus – wie am Tag zuvor, aber ihre Strohhaube saß jetzt richtig auf ihrem Kopf und bislang kringelten sich noch keine dunklen Haarsträhnen um ihren Hals.

Warren ließ seinen Blick zu dem jungen Mann weiterwandern. Er sah kaum älter aus als fünfzehn oder sechzehn und war gut gebaut, wenn auch schlank, und seine dunklen Haare waren mit Pomade aus der Stirn gekämmt. Warren erinnerte sich daran, dass Espy gesagt hatte, jemand aus ihrer Familie suche Arbeit. „Was führt euch heute zu mir?", fragte er höflich, obwohl er sich ziemlich sicher war, genau zu wissen, was die beiden herführte.

Espy warf einen Blick auf die Stühle vor seinem Schreibtisch.

Obwohl er sich über ihre Annahme ärgerte, er würde alles stehen und liegen lassen, um sie und ihre Angehörigen zu sehen, deutete Warren auf die Sitzgelegenheiten. „Wollt ihr euch nicht setzen?" Er nickte dem Angestellten zu, der Espy mit großen Augen anstarrte. „Das wäre dann alles, Thurgood. Ich rufe Sie, falls ich noch etwas brauche."

Der Sekretär trat zurück. „Jawohl, Sir."

Als sie alle saßen, faltete Warren die Hände auf der Schreibtischplatte. „Was kann ich für euch tun, Esperanza?"

Sie beugte sich mit eifriger Miene vor. „Weißt du noch, dass ich dir von meinem Bruder erzählt habe?" Sie zeigte auf den jungen Mann. „Das ist Alvaro. Ich dachte, wenn du ihn kennenlernst, wirst du feststellen, dass er genau der Richtige für eines deiner Sägewerke ist."

Der junge Mann sah Warren mit mürrischem Blick an.

„Guten Tag, Alvaro."

Der Junge nickte.

„Was für Erfahrungen hast du denn?"

Espy antwortete an seiner Stelle. „Er kann alles tun, was du von ihm verlangst. Alvaro ist ein fleißiger Arbeiter."

Warren nahm seinen Bleistift und musterte den jungen Mann. Der Junge wich seinem Blick aus. Plötzlich wurde Warren von einer Welle des Mitgefühls erfasst. Er erinnerte sich daran, wie er in diesem Alter gewesen war, gerade noch schüchtern und unsicher, dann wieder bereit, allem und jedem die Stirn zu bieten. „Wie alt bist du, Alvaro?“

Der Junge zog die Nase hoch und zuckte mit einer Schulter. „Fünfzehn.“

Warren nickte. „Hast du schon irgendwo gearbeitet?“

Der Junge sackte noch mehr auf seinem Stuhl zusammen. „Ich habe eine Weile bei Taylor Heu abgeladen, bis er mich gefeuert hat.“

Espy beugte sich vor. „Mr Taylor hat gesagt, Alvaro arbeite nicht genug. Es war klar zu sehen, dass der alte Mann es von Anfang an auf ihn abgesehen hatte, weil ...“

„Esperanza, ich glaube, Alvaro kann für sich selbst sprechen“, unterbrach Warren sie freundlich. „Du hattest Schwierigkeiten mit Mr Taylor?“

Wieder zuckte der Junge mit den Schultern, den Blick fest auf den Boden zu seinen Füßen geheftet. „Er hat gesagt, ich würde nicht gehorchen, aber ich hab alles gemacht, was er gesagt hat. Nur als er gesagt hat, ich soll den ganzen Stall leer machen, nur weil ich am Tor gestanden und mit Lester gesprochen habe und er dachte, ich würde faulenzen ...“

Warren räusperte. „Ich verstehe.“ Er legte den Bleistift sorgfältig auf den Tisch. „Ich weiß nicht, ob wir im Moment eine Stelle frei haben. Ich werde mich informieren und dir Bescheid geben.“ Er sah dem Jungen direkt in die Augen. „Komm am besten, sagen wir ...“ Bevor er den Satz beenden konnte, ging die Tür zu seinem Büro auf und sein Vater trat ein.

„Warren ...“ Sein Vater verstummte, als er die Besucher sah. Er lächelte nicht und schien die beiden auch nicht zu erkennen. „Gibt es hier ein Problem?“

Was machte sein Vater hier?

Warren erhob sich und seine Verärgerung über beide Störungen wurde immer größer. „Keineswegs. Miss Estrada und ihr Bruder Alvaro sind lediglich vorbeigekommen, um zu hören, ob es hier vielleicht Arbeit für ihn gibt.“

Die dunklen Augenbrauen seines Vaters zogen sich zusammen. „Es tut mir leid, dass Sie sich umsonst die Mühe gemacht haben, Mr ... äh ...“ Er sah Warren fragend an.

„Estrada", ergänzte Warren und ein vertrautes Gefühl der Anspannung machte sich in ihm breit.

„Ja, äh, Estrada. Im Augenblick gibt es keine freien Stellen bei Brentwood. Ich bin mir sicher, Sie werden woanders etwas finden. Es gibt immer Möglichkeiten für fähige junge Männer, die bereit sind zu arbeiten – und unten anzufangen."

Alvaro entging die Andeutung nicht, wie Warren an dem Zucken seiner Kiefermuskeln sehen konnte. Espy warf Warren einen Blick zu, aber er schwieg, hin und her gerissen zwischen zwei gegnerischen Mächten.

Sein Vater gab ihnen kaum die Gelegenheit, noch etwas zu sagen, sondern ging zur Tür und hielt sie auf. „Ich wünsche Ihnen einen guten Tag, Mr Espinoza ..." Mit einem scharfen Nicken wandte er sich an Espy, die sich halb von ihrem Stuhl erhoben hatte. „Miss." Er wartete, bis den beiden nichts anderes übrig blieb, als aufzustehen.

Espy sah ihn noch einmal an, aber Warren protestierte nicht. Er sollte froh darüber sein, dass sein Vater ihn so schnell von seinen ungebetenen Gästen befreit hatte, doch stattdessen verspürte er das vertraute Gefühl der Enge in seiner Brust, das die überhebliche Art seines Vaters immer in ihm auslöste.

Mit einem gezwungenen Lächeln trat er zu Espy und ihrem Bruder. „Ich werde dich wissen lassen, wenn sich hier eine Möglichkeit ergibt." Er streckte Alvaro die Hand hin.

Der Junge zögerte eine Sekunde und schlug dann ein. Warren schüttelte die schlaffe Hand energisch. „Ich wünsche dir einen guten Tag und viel Erfolg bei deiner Suche." Er nickte Espy zu. Etwas an ihrem unverwandten Blick beunruhigte ihn. „Wir sehen uns, Esperanza."

Sie zuckte mit den Schultern und wandte sich ohne ein Lächeln ab. „Vielleicht ..." Erhobenen Hauptes stolzierte sie zur Tür hinaus, ihren Bruder im Schlepptau.

Sein Vater schloss energisch die Tür hinter ihnen. „Also, ich bin hier, um dir zu sagen, dass die *Alma Mae* im Hafen ist. Wir können zu den Docks fahren und die Fracht begutachten."

„Du hättest die Estradas nicht so unhöflich behandeln müssen, Vater. Ich hatte die Situation sehr wohl im Griff."

Sein Vater warf ihm einen Blick zu. „Was? Ach, die." Er tat sie mit einer Handbewegung ab und setzte sich auf den Stuhl, von dem Espy gerade erst aufgestanden war. „Ich dachte, ich würde dir damit einen Gefallen tun."

Warren nahm wieder auf seinem eigenen Stuhl Platz und versuchte, seine Wut zu beherrschen. „Warst du nicht ein bisschen voreilig?"

Sein Vater machte es sich ihm gegenüber bequem. „Ich habe eine gute Menschenkenntnis. Man braucht nur ein paar Sekunden, um einen Mann einzuschätzen."

Warren konnte nur frustriert den Kopf schütteln.

„Du glaubst mir nicht? Warte, bis du so alt geworden bist, wie ich es jetzt bin. Sieh dir den Jungen doch nur an. Er lässt die Schultern hängen und traut sich kaum, dir in die Augen zu sehen. Das bedeutet Probleme."

„Ich verstehe." Warren fuhr mit dem Finger über den Rand des Kassenbuches, das er studiert hatte. „Da stellt sich mir doch die Frage, wie du mich einschätzt."

Sein Vater musterte ihn offen, die Fingerspitzen unter dem Kinn aneinandergelegt. „Intelligent und ehrgeizig. Du hast die beste Ausbildung erhalten, die man mit Geld kaufen kann. Du hast Geschäftssinn." Er nickte zufrieden. „Mach dir keine Sorgen. Du wirst dir in der Welt schon einen Namen machen. Ich habe dir jeden möglichen Vorteil verschafft. Deine Zukunft ist gesichert."

Anstatt ihm ein gutes Gefühl zu geben, hinterließen die Worte bei Warren einen merkwürdig schalen Nachgeschmack. In seinen Ohren klang das, als müsste er in eine Schublade steigen, die bereits für ihn vorbereitet war. Oder in einen Sarg. „Ich verstehe."

„Vergiss diese Leute und komm mit zum Anleger."

Warren räusperte sich. „Hast du nicht in der Bank zu tun?"

Er bereute seine voreilige Frage, sobald sie über seine Lippen gekommen war. Eine donnernde Stille machte sich zwischen seinem Vater und ihm breit.

„Ich muss dich doch wohl nicht daran erinnern, mein Sohn, dass ich immer noch der Eigentümer von Brentwood & Co. bin. Wenn ein Schiff einläuft, betrachte ich es als meine Pflicht zu überprüfen, ob mit dem Frachtbrief alles in Ordnung ist."

Warren wandte den Blick von den durchdringenden grünen

Augen ab, die den seinen in der Farbe so ähnlich waren. „Wie du willst. Ich muss nur noch meinen Schreibtisch aufräumen."

„Wir treffen uns draußen an der Kutsche."

Nachdem sein Vater hinausgegangen war, drehte Warren seinen Stuhl vom Schreibtisch weg und starrte zum Fenster hinaus in Richtung Holzlager unten am Fluss. Am Ufer waren Männer damit beschäftigt, Bretter aus frisch geschnittenem Holz aufzustapeln, das auf den Schoner geladen werden sollte, sobald dessen Ladung gelöscht war.

Die leisen Worte seines Vaters hatten ihm klargemacht, wer in der Firma das Sagen hatte. Warren war nur auf dem Papier der Geschäftsführer. Das Ziel seines Vaters war es, ihn so zu erziehen und zu formen, dass er die Geschäfte genauso führte, wie sein Vater es an seiner Stelle getan hätte.

Er dachte darüber nach, wie sein Vater ihn eingeschätzt hatte.

Intelligent und ehrgeizig. Guter Geschäftssinn.

Seine ganze Kindheit über hatte Warren davon geträumt, ein berühmter Sportler zu werden. In den letzten beiden Jahren an der Akademie war er Kapitän der Baseballmannschaft gewesen, aber sein eigentlicher Traum war es gewesen, den Ballsport zu seinem Beruf zu machen. Das hatte er seinem Vater gegenüber natürlich nie laut ausgesprochen; nur seinen besten Freunden hatte er davon erzählt. Er wollte in die Fußstapfen von Joe Start, John Clarson und Charlie Ferguson treten. Wie Jim Creighton würde er die Wurftechnik revolutionieren und zu einer Kunstform erheben.

Warren lächelte. Kindheitsträume und -ziele kannten keine Grenzen.

Er hatte immer gewusst, dass er irgendwann das Familienunternehmen leiten würde. Sein Vater hatte ihn seit Kindertagen darauf vorbereitet, eines Tages die Führung von Brentwood & Co. zu übernehmen. Aber dieser Zeitpunkt war ihm immer sehr fern erschienen. *Die beste Ausbildung, die man mit Geld kaufen kann* – die hatte er laut seinem Vater genossen.

Jetzt war die Zeit gekommen, sich ernsthaft seiner praktischen Ausbildung zu widmen. Doch je eifriger er versuchte, die Rolle auszufüllen, die ihm zugedacht war, desto weniger schien er dazu in der Lage zu sein und desto schwerer fiel es ihm, sich unter das strenge Joch zu fügen, das sein Vater ihm auferlegt hatte.

3. Kapitel

Espy ließ die Scheuerbürste in den Eimer mit Seifenwasser fallen und erhob sich vom Boden der Speisekammer. Während sie sich mit beiden Händen den unteren Rücken rieb, betrachtete sie zufrieden den glänzenden Fußboden.

Vor ihrem geistigen Auge stieg ein Bild von ihrem eigenen dreckigen und baufälligen Haus auf, aber sie wischte es beiseite. Inzwischen hatte sie den Versuch, die Dinge dort zu verbessern, aufgegeben. Kaum hatte sie einen Boden geschrubbt, lief jemand mit schmutzigen Stiefeln darüber.

Nachdem sie das Schmutzwasser ausgeschüttet und alles ausgewischt hatte, ging Espy zurück in die Küche, um nachzusehen, welche Arbeiten sonst noch auf Mrs Stocktons Liste standen.

In diesem Augenblick kam ihre Arbeitgeberin herein. „Du hast heute hervorragend gearbeitet", sagte die ältere Frau mit einem Lächeln auf ihrem faltigen Gesicht. „Im Salon glänzt alles wunderbar und duftet nach Bienenwachs."

Espy atmete erleichtert aus und ihr fiel eine Last von ihren Schultern. Bis zu diesem Augenblick war sie sich nicht sicher gewesen, ob ihre Arbeitgeberin mit ihr zufrieden war. „Danke, Ma'am. Ich habe versucht, alles zu tun, was Sie mir aufgetragen haben." Sie zeigte auf den Zettel, der auf dem Tisch lag. „Ich wollte gerade auf Ihre Liste sehen. Den Boden in der Küche und in der Speisekammer habe ich auch schon geschrubbt."

Mrs Stockton betrachtete den sauberen Fußboden. „Wunderbar. Setz dich doch und trink ein Glas Limonade, dann kannst du dich ein paar Minuten ausruhen. Du hast ja ununterbrochen gearbeitet, seit du heute Morgen gekommen bist."

„Danke, Ma'am, ich hätte nichts dagegen. Aber ich arbeite gerne", fügte Espy eilig hinzu. „Ich mag es, wenn Dinge sauber werden." Sie errötete, als ihr bewusst wurde, wie das klang. „Nicht, dass Ihr Haus schmutzig wäre." Jedenfalls nicht im Vergleich zu Espys Zuhause. „Oder unordentlich. Mir kommt alles schon tipptopp vor."

„Da John und ich allein sind, bleibt es immer recht ordentlich. Aber es gibt Staub. Wir haben so viele Souvenirs von seinen Reisen. Und ich hatte noch nie die rechte Kraft für anstrengende Arbeiten."

„Die überlassen Sie ruhig mir", antwortete Espy, während die Köchin, Mrs Maguire, ihr ein Glas Limonade brachte.

Sobald sie das Glas geleert hatte, erhob sie sich.

„Wie wäre es, wenn du jetzt Mr Stocktons Arbeitszimmer abstauben würdest?", schlug ihre Arbeitgeberin vor. „Um diese Zeit ist er meist mit seiner Arbeit fertig und ich weiß, dass es dort staubig ist. Ich wage es nicht, seine Bücher anzurühren", fügte sie mit einem nervösen Lachen hinzu.

Espy betrat den stillen Rückzugsort des Professors ängstlich und mit einem Gefühl der Vorfreude zugleich. Endlich war der Augenblick gekommen. Der Grund, warum sie diese Arbeit überhaupt angenommen hatte! Sie atmete den Geruch der Bücher ein – Hunderte mit goldener Schrift geprägte Buchrücken standen Reihe über Reihe vor ihren Augen. Leise schloss sie die Tür hinter sich und betrachtete ehrfürchtig den wundervollen Raum mit seinem dicken Teppich in Blau- und Brauntönen, den dunkel glänzenden Bücherregalen und all den Büchern.

Als sie ein Geräusch vernahm, fuhr sie herum und sah erschrocken den Gentleman an, der hinter dem Schreibtisch saß. „Tut mir leid, Mr Stockton, ich wusste nicht, dass Sie noch hier sind."

„Miss …?"

„Espy", half sie ihm schnell aus. „Ich bin hier, um Staub zu wischen."

Mr Stockton stand auf und kam auf sie zu. Er war ein groß gewachsener Mann mit kräftiger Figur und füllte den Raum mit seiner Gegenwart. Als er mit festem Griff ihre Hand nahm, schienen seine Finger die ihren zu verschlingen. „Ach ja, Miss Espy." Seine graublauen Augen funkelten, als er ihren Namen sagte, und sie spürte, wie sie rot wurde. Plötzlich hatte sie das Gefühl, er könnte ihr ansehen, wie armselig ihr Wissen war.

„Mrs Stockton … Ihre Frau … äh, sie sagte, ich … ich könnte jetzt hier abstauben. Ich hoffe, ich störe Sie nicht. Wenn doch, dann sagen Sie es bitte. Ich kann wiederkommen, wenn Sie hier fertig sind." Espy verstummte, als ihr bewusst wurde, wie nervös sie klang.

Mr Stockton lachte leise und ließ ihre Hand los, um dann eine ausladende Armbewegung zu machen. „Keineswegs. Tun Sie, was Sie tun müssen." Sein Blick ruhte noch einige Sekunden auf ihr, bevor er zurücktrat, woraufhin sie wieder freier atmen konnte.

„Danke, Sir. Ich werde ganz leise sein."

Seine Augen lächelten weiter und schließlich ging sie mit einem Kopfnicken an ihm vorbei zu dem ersten Regal.

„Sie brauchen keine Angst davor zu haben. Es sind nur Bücher."

„Was …?" Espy drehte sich zu ihm um und lachte dann, als sie begriff, dass er einen Witz gemacht hatte. „Ja, ich weiß. Ich will nur nichts beschädigen."

„Behandeln Sie sie einfach wie Freunde, dann werden sie auch Ihre Freunde sein."

„Das kann ich mir gut vorstellen." Sie fuhr mit den Fingern über die Buchrücken und spürte das glatte Leder und die Kanten und Einbuchtungen unter ihren Fingerspitzen.

„Sie wissen ja, was ich gesagt habe. Wenn Sie etwas sehen, das Sie interessiert, können Sie es sich gerne ausleihen."

„Ich weiß, Sir." Espy lächelte und fing an, sich in Mr Stocktons Gegenwart wohler zu fühlen. Er war wirklich ein freundlicher Mann.

Mit neuer Begeisterung machte sie sich an die Arbeit und hoffte, dass sie bald fertig sein und noch ein wenig Zeit haben würde, um sich etwas auszusuchen, bevor sie nach Hause ging.

Es dauerte eine gute Stunde, bis sie alle Regalbretter und Tischplatten und Fensterbänke abgestaubt hatte. Außer Büchern gab es in dem Raum auch filigrane Kuriositäten und Vasen. Sie hatte noch nie so ungewöhnliche Gegenstände gesehen, von Messingfiguren bis hin zu Porzellanvasen. Sie behandelte alles, als würde sie ein Neugeborenes hochheben, damit sie nichts zerbrach oder auch nur eine Beule oder einen Kratzer riskierte.

„Das habe ich bei einem Straßenverkäufer in Bombay gefunden."

Als sie Mr Stocktons tiefe Stimme so dicht hinter sich hörte, hätte Espy beinahe das mit Elfenbein besetzte Kästchen fallen lassen, das sie in der Hand hielt. „Bombay?"

„Das ist in Indien."

„Oh." Indien beschwor Bilder von Elefanten und Männern mit Turbanen vor ihrem geistigen Auge hervor.

„Ich war vor vielen Jahren dort, als ich noch ein junger Mann war. Ein faszinierendes Land."

Espy sah den kleinen hölzernen Gegenstand an. „Sie müssen viel gereist sein." Ihr fiel nur eine einzige andere Person ein, die diese Gegend jemals verlassen hatte, und das war Warren. Ihr Gesicht brannte, als sie daran dachte, wie sein Vater sie an diesem Morgen kurzerhand vor die Tür gesetzt hatte.

Und Warren hatte nur dagestanden und kein Wort gesagt.

„Wahrscheinlich werden Sie nie herausfinden, wie man diese Schatulle öffnet." Mr Stocktons Stimme riss sie aus ihren Gedanken. Sie untersuchte das Kästchen. „Man kann es öffnen?" Das Ding schien keine Scharniere zu haben.

Er lächelte und streckte die Hand aus. „Darf ich?"

Espy legte die Schatulle in seine Hand und sah zu, wie er eine Wand zur Seite schob und dann vorsichtig eine andere Seite herunterdrückte. Stück für Stück verschoben sich die Seiten des Kästleins, bis der Deckel sich aufschieben ließ. Er offenbarte einen Hohlraum, dem ein angenehmer Duft entstieg, stellte Espy fest, als Mr Stockton ihr das Döschen lächelnd reichte.

Als hätte er ihre Gedanken erraten, sagte er: „Sandelholz."

„Oh." Sie sog den Geruch tief ein.

„Ganz schön klug, eine solche Schachtel zu erfinden."

„Ja." Das Wort war nur ein Flüstern und sie drehte das Kästchen in ihrer Hand, um zu untersuchen, wie es gearbeitet war.

Als sie es ihm zurückgab, schob seine Hand es wieder zu ihr hin. „Behalten Sie es."

Espy riss die Augen auf. Der Gedanke, dass jemand ihr etwas so Kostbares geben könnte, war außerhalb ihrer Vorstellungskraft.

Wieder schien Mr Stockton zu erraten, was sie dachte. „Es ist nur ein Mitbringsel und ich habe noch viele andere Souvenirs. Sie können etwas Besonderes darin aufheben. Haben junge Damen wie Sie nicht viele Schätze, die sie vor den Augen anderer verbergen wollen?"

Espy errötete, als sie seinem prüfenden Blick begegnete. „Das kann ich nicht annehmen, Sir. Ich habe ja auch gar nichts, was ich darin aufbewahren könnte."

„Irgendwann haben Sie das vielleicht." Er trat einen Schritt nach hinten und ließ die Schatulle in ihren Händen zurück. Espy wusste nicht, was sie damit tun sollte. Es schien ihr nicht recht, etwas so Wertvolles von einem Fremden anzunehmen. „Machen Sie sich keine Gedanken", sagte Mr Stockton. „Es ist nicht viel wert. Kommen Sie, ich zeige Ihnen ein paar Bücher." Er ging zu einem der Bücherregale und zog einen Band heraus. „Haben Sie schon einmal etwas von Emerson gelesen?"

Espy schüttelte den Kopf und folgte ihm, das Kästchen noch immer in der Hand. „Nicht mehr seit der Schule."

Als sie schließlich am späten Nachmittag das Haus der Stocktons verließ, trug sie drei Bücher in ihrem Beutel – zwei Romane und ein Buch mit Gedichten. Und die Schatulle mit dem Elfenbeinbesatz. Wie sollte sie diese Dinge vor den schmutzigen Fingern und neugierigen Augen ihrer Geschwister schützen?

Espys Atem stockte, als sie Warren erblickte, der von ferne auf sie zukam. Ohne es so geplant zu haben, ging sie zum gleichen Zeitpunkt nach Hause, an dem auch er mit der Arbeit fertig war. Sie konnte einfach nicht anders, als ihn zu bewundern. Er sah in Anzug und Hut und mit seinen energischen Schritten so groß und attraktiv aus.

Dann erinnerte sie sich daran, wie ihr Bruder an diesem Morgen von Warrens Vater in Warrens Büro gedemütigt worden war, und ihr Herz verhärtete sich. Anstatt auf ihn zuzugehen, wie sie es noch vor einem Tag getan hätte, überquerte sie die Straße und beschleunigte ihre Schritte. Sie würde ihm schon zeigen, dass Alvaro und sie es wert waren, beachtet zu werden!

Aus dem Augenwinkel beobachtete sie Warren. Er hob einen Arm, als wollte er sie grüßen. Sie wandte absichtlich den Blick ab, aber als er näher kam, rief er: „Esperanza. Hallo!"

Sie straffte die Schultern und reckte das Kinn in die Luft, während sie weiterlief.

„Esperanza. Espy ..."

Sie konnte sich eines wohligen Schauers nicht erwehren, weil er sie dreimal gerufen hatte. Aber dann verstummte seine Stimme und sie wagte es nicht, sich umzusehen.

Ihr wurde bewusst, dass sie ein wenig langsamer ging als vorher, und so beschleunigte sie ihre Schritte wieder, obwohl sie sich mit jeder Faser ihres Wesens danach sehnte, stehen zu bleiben und herauszufinden, was er von ihr wollte.

Aber nein, sie würde ihm beweisen, dass sie kein Dreck war, den man einfach so beiseitewischen konnte.

Warren starrte Espy hinterher und wollte noch einmal rufen, nur für den Fall, dass sie ihn nicht gehört hatte. Aber nein, das war unmöglich. Sie war schließlich nur auf der anderen Straßenseite gewesen. Ihr Name erstarb auf seinen Lippen. Es war eindeutig, dass sie ihn ignorierte.

War sie aufgebracht, weil er ihrem Bruder keine Arbeit im Sägewerk angeboten hatte? Er schüttelte den Kopf. Erwartete sie, dass sie einfach hereinspazieren konnte und alle sich überschlugen, um es einem unzuverlässig aussehenden Jugendlichen recht zu machen? Sein Vater hatte mit seiner Einschätzung zweifellos recht. Der Junge würde wahrscheinlich nur dann zur Arbeit erscheinen, wenn ihm danach war.

Warren wandte sich ab und wunderte sich darüber, dass er enttäuscht war, weil er nicht ein paar Minuten mit Espy hatte reden können. Der Rauswurf durch seinen Vater war ihm unangenehm gewesen und er hatte ihr die Situation erklären wollen. Aber sie wollte offenbar keine Erklärung von ihm.

Vermutlich war es besser so. Verstohlen blickte Warren sich um und ging dann weiter. Wenigstens konnten die Wichtigtuer des Viertels seiner Mutter keinen neuen Klatsch zutragen.

Zwei Stunden später brach die Dunkelheit bereits herein, als Warren und seine Familie ihre Kutsche im Mietstall abstellten und zum Pavillon auf der Stadtwiese gingen. Das Orchester spielte einen mitreißenden Marsch und es hatte sich schon eine Menschentraube gebildet.

Nachdem sie sich in der Nähe des Pavillons von ihren Eltern verabschiedet hatten, hielt Warren seiner Schwester den Arm hin. Seite an Seite schlenderten sie durch den langen, rechteckigen Park.

Warren blickte zu Annalise hinunter. „Gibt es irgendjemanden, den du unbedingt begrüßen möchtest?“

Sie warf ihm einen panischen Blick zu, bevor sie wieder vor sich sah. „Nein. Es sei denn, du suchst jemanden.“

Es tat ihm leid, dass er seine schüchterne Schwester erschreckt hatte, und so legte er eine Hand auf die ihre. „Ich hatte keine Hintergedanken bei meiner Bemerkung. Ich war nur so lange fort, dass ich mich erst wieder mit deinem Freundeskreis vertraut machen muss. Sieh mal, da sind die Whitney-Mädchen. Möchtest du sie begrüßen?“

„Wenn du möchtest.“ Sie schien sich gefasst zu haben und so gingen sie auf die beiden jungen Damen zu.

Während sie sich unterhielten und die Damen ihn mit Fragen über seine Reisen bestürmten, kam Christina mit ihrer Mutter näher. „Guten Abend, Warren, hallo Annalise.“

„Hallo, Christina. Wie geht es dir heute? Guten Abend, Mrs Farnsworth.“

Sie unterhielten sich weiter, bis das Orchester einen Walzer zu spielen begann. Ein junger Mann, der Warren vage bekannt vorkam, trat auf eine der Whitney-Schwestern zu und bat um den Tanz. Warren sah zu, wie andere Paare sich vor dem Pavillon versammelten. Als er sich wieder zu der Gruppe umwandte, sah er, dass zwei erwartungsvolle Augenpaare auf ihn gerichtet waren – das von Christina und das der zweiten Miss Whitney.

Warren spürte, wie ihm die Röte in den Nacken kroch. Ganz offensichtlich warteten sie darauf, dass er sie zum Tanzen aufforderte. Normalerweise hätte ihm das nichts ausgemacht, aber an diesem Abend verspürte er das dringende Bedürfnis, einfach nur herumzulaufen und andere Leute dabei zu beobachten, wie sie sich amüsierten. *Was wäre, wenn ich nicht die Rolle von Warren Brentwood III. und damit die Hauptrolle in dem stillen Drama von Holliston, Maine, spielen müsste?*

Doch anstatt seinem inneren Drang nachzugeben, lächelte er und verneigte sich vor seiner Schwester. „Was hältst du davon, den Tanz mit deinem großen Bruder zu eröffnen?“

Ihre Augen leuchteten. „Es wäre mir ein Vergnügen.“

Warren führte sie mit dem Gefühl, entkommen zu sein, zu den

anderen Paaren. Er tanzte gerne mit seiner Schwester. Sie war leichtfüßig und tanzte sehr gut. Trotzdem wusste Warren, dass er wahrscheinlich seine Freunde dazu würde drängen müssen, sie um einen Tanz zu bitten. Und außerdem würde er dabei sein müssen, damit sie die Aufforderung auch annahm. Annalise war einfach viel zu schüchtern.

Während er mit seiner Schwester tanzte, bemerkte er Espy, die von einem muskulösen jungen Mann in einem zu engen Gehrock und nicht dazu passenden Hosen herumgewirbelt wurde.

Er ignorierte den Anblick und lächelte seine Schwester an. „Wie gefällt dir denn der Sommer bisher?"

Trotz seiner Bemühungen, sich mit Annalise zu unterhalten, folgte sein Blick Espy jedes Mal, wenn sie in sein Blickfeld geriet. Sie schien Herz und Seele in den Tanz zu legen und als ihr Partner etwas sagte, warf sie den Kopf zurück und lachte. Ihre Frisur löste sich allmählich auf und einige Strähnen ihrer dicken braunen Mähne fielen ihr in den Nacken.

Warum fällt sie mir so auf? Trotz der beunruhigenden Frage folgten Warrens Augen ihr weiter.

Er fasste Annalise fester, während er sich bemühte, seine Gefühle zu beherrschen.

„Stimmt etwas nicht?"

Sein Lächeln fühlte sich gezwungen an, als er ihr versicherte, dass alles in Ordnung sei.

Schließlich endete die Musik. Während Warren Annalise zu ihrer Gruppe zurückführte, entdeckte er einen Mann vom Sägewerk. „Wenn ihr mich bitte entschuldigt – ich möchte jemanden begrüßen."

„Das ist aber sehr gütig von dir", schnaubte Christina, „dass du uns Damen allein zurücklässt."

„Ihr werdet bestimmt nicht lange allein bleiben, da bin ich mir sicher", erwiderte Warren schlagfertig. „Aber ich werde auch gleich zurückkommen. Heb einen Tanz für mich auf", fügte er hinzu, um weitere Proteste im Keim zu ersticken.

Sofort wurde ihr Lächeln lieblicher. „Dann beeilst du dich besser, sonst kann es sein, dass ich bei deiner Rückkehr nicht mehr zu haben bin."

Warren stieß angesichts ihres Scherzes automatisch einen Laut der Belustigung aus. „Ich bin gewarnt."

Ohne auf ihre Antwort zu warten, wandte er sich ab und ging über den Rasen, während er sich vorkam wie ein Mann, der gerade noch davongekommen war. Im nächsten Augenblick schalt er sich für den ungnädigen Gedanken. Christina war eine ehrenwerte junge Dame und ganz eindeutig hatte seine Mutter sie sehr gern.

Warren begrüßte seinen Freund und sie unterhielten sich eine Weile über das Sägewerk, während sie den Tänzern zusahen. Es wurde eine lebhafte Polka gespielt und wieder sah Warren zu, wie Espy herumgewirbelt wurde, diesmal von einem anderen jungen Mann.

„Wir haben eine Bestellung aus Boston erhalten – fast zweihundert Raummeter Feuerholz."

„Ja, das habe ich gesehen." Er hatte seinen Freund kaum gehört, weil Espy seine ganze Aufmerksamkeit auf sich zog. Ihre Begeisterung war ungebrochen. So wie sie damals in der Schule die Fragen des Lehrers mit Stolz und Begeisterung beantwortet hatte, tanzte sie jetzt – als drehte ihr ganzes Leben sich um die Bewegung ihrer Füße im Takt der Musik.

Nachdem das Stück endlich geendet hatte, verließ sie die Tanzfläche mit dem jungen Mann, doch dann trennten sich ihre Wege. Espy stellte sich neben eine junge Frau, in der Warren eine ihrer Schwestern erkannte.

„Wahrscheinlich schieben wir morgen eine Doppelschicht, um die Bestellung zu erledigen, bevor die *Alma Mae* ablegt."

„Ja, macht das."

Überrascht stellte er fest, dass Espy zum nächsten Tanz nicht antrat, und augenblicklich entfernte er sich intuitiv einen Schritt von seinem Freund. „Wenn du mich bitte entschuldigen würdest …"

„Natürlich."

Warren umkreiste die Tänzer, froh über die fortschreitende Dämmerung. Die Gaslaternen rund um den Pavillon waren noch nicht entzündet worden.

Ohne groß darüber nachgedacht zu haben, trat er vor Espy. „Darf ich um diesen Tanz bitten?"

Ihre dunklen Augen starrten einige Sekunden lang in die seinen, bevor sie an ihm vorbeisah. „Nein, danke. Ich bin beschäftigt."

Sein Blick huschte zu der anderen Frau, die ihn zögernd anlächelte. Er nickte ihr kurz zu und wandte sich dann wieder an Espy.

„Ähm." Als sie weiterhin unverwandt geradeaus starrte, sprach er ohne zu überlegen weiter. „Ich wollte mich für das entschuldigen, was heute Morgen im Büro geschehen ist."

Sie verschränkte die Arme vor ihrer Brust und blickte unverändert an ihm vorbei. „Schon gut, Mr Brentwood. Alvaro hat sich entschieden, woanders nach Arbeit zu suchen. Sie brauchen sich also keine Gedanken mehr über ihn zu machen."

Ein anderer junger Mann trat näher und sofort wandte Espy sich ihm zu.

„Hast du Lust, die Haxen zu schwingen, Espy?"

„Ich habe mich schon gefragt, wo du so lange bleibst, Will."

Ohne sich zu entschuldigen, zog sie an dem Arm des Mannes von dannen.

Warren starrte ihr hinterher und überlegte, ob er verärgert oder belustigt sein sollte. Er hatte sie zum Tanz aufgefordert, weil ihm keine andere Methode eingefallen war, wie er ihr die Dinge mit einem gewissen Maß an Ungestörtheit erklären könnte. Seinetwegen konnte sie ihren polternden Partner haben, der wie ein Ochse tanzte und ihr wahrscheinlich die Zehen brechen würde, wenn sie nicht aufpasste.

„Ich weiß nicht, was in Espy gefahren ist. Sie ist sonst nie so unhöflich."

Warren besann sich auf Espys Schwester. „Keine Sorge, das macht nichts." Sein Tonfall hatte genau das richtige Maß an Gleichgültigkeit. Mit geübter Nonchalance verbeugte er sich, bat um Entschuldigung und schlenderte davon.

Als er Christina noch immer an derselben Stelle stehen sah, lächelte er. „Möchtest du gerne tanzen?"

Sie neigte den Kopf und erlaubte ihm, ihre Hand zu nehmen und sie zum Pavillon zu führen.

Jeden der nächsten drei Tänze bestritt er mit einer anderen jungen Dame. Als er die Hand der letzten von ihnen losließ, entschuldigte er sich. Wieder ging er um die Rasenfläche herum, diesmal im Dunkeln.

Warren lehnte sich an einen Ahornbaum und verschränkte die

Arme vor der Brust, während er Espy beim Tanzen zusah. Geriet sie nie außer Atem? Der nächste Walzer begann.

Plötzlich kam ihm eine Idee. Er richtete sich auf und schob sich durch die Menschenmenge. Erst vor dem tanzenden Paar blieb er stehen. Mit einem steifen Lächeln tippte er Espys Partner auf die Schulter. Der junge Mann wandte sich ihm mit einem erschrockenen Blick zu.

„Entschuldigung, darf ich Sie ablösen?"

„Äh – natürlich – Mr Brentwood. Jederzeit." Er trat zurück und bevor Espy verschwinden konnte, ergriff Warren ihre Hand und schlang den anderen Arm um ihre Taille.

Das Letzte, was er erwartet hatte, war der Schock, der ihn durchfuhr, als er ihre Hand berührte. Er musste sich extrem konzentrieren, damit seine Füße dorthin traten, wohin sie treten sollten. Als Espy sich nicht wehrte, sondern anfing, seinen Schritten im Rhythmus der Musik zu folgen, entspannte Warren sich ein wenig.

Zunächst sprach keiner von beiden. Auf Espys Stirn war ein feiner Schweißfilm zu sehen, und die Strähnen, die sich im Nacken aus ihrer Frisur gelöst hatten, wirkten ein wenig feucht. „Du tanzt gut."

Ihre dunklen Augen funkelten. „Danke."

Warren räusperte sich. „Du hast mich vorhin nicht ausreden lassen. Ich wollte mich für das Verhalten meines Vaters entschuldigen. Alvaro und du, ihr habt mich überrumpelt, indem ihr einfach so in meinem Büro erschienen seid. Die meisten Menschen machen einen Termin, bevor sie zu mir kommen."

Als Espy nichts erwiderte, ihre großen Augen ihn aber immer noch ernst ansahen, fuhr er fort: „Ich habe die Wahrheit gesagt, als ich versprach, ich würde mich informieren, ob es etwas gibt, was dein Bruder tun kann. Dass mein Vater hereinkommt, hatte ich nicht erwartet."

„Du hast ihm nicht widersprochen."

Die Aussage hatte einen anklagenden Unterton.

Warren schämte sich für sein Benehmen. Aber jede weitere Entschuldigung blieb ihm im Halse stecken. Stattdessen sagte er schließlich leise: „Du kennst meinen Vater nicht."

Sobald er seine Worte ausgesprochen hatte, bereute er sie. Vielleicht hatte sie ihn bei dem Lärm der Blaskapelle nicht gehört.

„Er kann kaum schlimmer sein als meiner."

Warren sah sie an. Tiefes Verständnis und Schmerz waren in den dunklen Tiefen ihrer Augen zu sehen.

Er wusste nicht, was er sagen sollte. Wie konnte sie von seinem Vater sprechen und im selben Atemzug von ihrem eigenen? Von einem Mann, der seine Familie verlassen hatte? Als Mr Estrada noch in Holliston gelebt hatte, war er die Hälfte der Zeit betrunken gewesen und hatte es in der restlichen Zeit nicht geschafft, irgendeine Arbeit zu behalten. Er schien lediglich dazu geeignet gewesen zu sein, jedes Jahr weiteren Nachwuchs zu zeugen oder sich bei Leuten einzuschmeicheln, damit sie ihn einstellten. Doch wenn er bei der Arbeit nicht gefaulenzt hatte, hatte er Streit gesucht. Und irgendwann war er immer betrunken zur Arbeit erschienen.

Doch die unverblümte Ehrlichkeit in Espys Augen fesselte Warren. Das Mitgefühl, das er dort sah, hatte er ihr nicht zugetraut.

Dann zuckte sie mit den Schultern und der Ausdruck war verschwunden. „Aber es spielt jetzt keine Rolle mehr. Wie ich sagte: Alvaro findet mit Sicherheit etwas anderes."

„Ich kann irgendwo ein gutes Wort für ihn einlegen."

Espy schüttelte den Kopf. „Ist schon gut. Mach dir keine Umstände."

Ein Gefühl des Bedauerns erfüllte Warren, so, als hätte er etwas zerstört.

Als die Musik endete, ließ er Espy nur widerwillig gehen. Doch bestimmt standen bereits jede Menge Tanzpartner Schlange.

Als hätte er ihn mit seinen Gedanken heraufbeschworen, erschien der junge Mann, den Warren abgelöst hatte, neben ihnen. „Wie wäre es mit dem nächsten Tanz?", fragte er, während er Espys Arm nahm und Warren einen schnellen Blick zuwarf.

Warren verbeugte sich. „Danke, Miss Estrada. Guten Abend."

„Gute Nacht, Mr Brentwood", erwiderte sie leise.

Ohne den Blick von ihr abzuwenden, trat Warren einen Schritt zurück.

Erst als die Musik wieder einsetzte und die Paare um ihn herum sich in Bewegung setzten, verließ er die Tanzfläche. Er spürte Espys Blick in seinem Rücken, während er sich von den Tänzern entfernte.

4. Kapitel

Am nächsten Tag ging Warren von seinem Büro in der Stadt zu einem der Sägewerke. Das Brüllen der Stromschnellen schallte mit dem Kreischen der Bandsägen um die Wette und beides zusammen produzierte einen ohrenbetäubenden Lärm, der alle anderen Geräusche übertönte. Der Fluss stürzte über die Talsperre, der die ursprüngliche Sägemühle angetrieben hatte. Sein Urgroßvater hatte sie mit den ersten Siedlern der Stadt gebaut. Im Hof unten am Flussufer ragten unzählige Holzstapel auf.

Die Männer blickten nicht einmal von ihrer Arbeit auf, als Warren die Halle betrat. Der hölzerne Boden war mit Sägemehl bedeckt. Nachdem er den Arbeitern einige Augenblicke zugesehen hatte, ging er durch den Hintereingang hinaus.

Als er den Vorarbeiter auf der anderen Seite des Hofes entdeckte, ging er zu ihm.

„Was kann ich für Sie tun, Sir?"

Warren rieb sich den Nacken, weil er nicht so recht wusste, wie er seine Bitte formulieren sollte. Er blickte zu den Männern hinüber, die ihre Arbeit verrichteten. „Ich habe mich gefragt, ob Sie … äh … vielleicht noch Hilfe gebrauchen können."

Hodgdon folgte seinem Blick. „Wir sind ziemlich voll, aber für einen, der anpacken kann, gibt es immer etwas zu tun. Haben Sie jemand Bestimmtes im Auge?"

Warren zögerte, weil er wusste, dass er ganz bewusst den Wünschen seines Vaters zuwiderhandelte, und das hatte er noch nie getan. „J...ja." Er räusperte sich. „Es handelt sich um einen jungen Mann – eigentlich noch ein Knabe. Er hat keine Erfahrung, aber ich dachte, wir könnten ihm eine Chance geben – aber nur, wenn Sie damit einverstanden sind." Beinahe hoffte er, der Vorarbeiter würde Nein sagen. Das wäre die Lösung seines Problems.

Andererseits auch wieder nicht. Er hatte gestern Abend und heute Morgen darüber nachgedacht. Wenn er wollte, dass Espy noch einmal mit ihm sprach, dann musste er die Unhöflichkeit seines

Vaters wiedergutmachen. Und ihr beweisen, dass er keine Marionette war.

Warum ihm das so wichtig war, wusste er nicht.

„Überhaupt kein Problem. Schicken Sie ihn her, dann sehe ich ihn mir an." Der Vorarbeiter lachte. „Wenn er was taugt, finden wir auch Arbeit für ihn. Einen guten Arbeiter kann man immer gebrauchen."

Espys Füße taten weh und ihre Schultern schmerzten von dem Gewicht der Bücher, als sie das Haus betrat. „Hallo", begrüßte sie alle Familienmitglieder, die in der Küche waren.

Ihre Mutter saß am Küchentisch und schälte Kartoffeln. Julia spielte zu ihren Füßen mit den heruntergefallenen Schalen. „Da bist du ja. Kannst du mal gucken, was Alicia macht? Ich habe zu Gina gesagt, sie soll auf sie aufpassen."

„Natürlich." Espy legte ihre Sachen ab und nahm den Hut vom Kopf, um ihn an einen Haken zu hängen. „Brauchst du Hilfe beim Kochen?", fragte sie Angela, die auf dem Herd etwas briet.

„Nein. Sieh nach Alicia und leg die Füße hoch", sagte ihre Schwester lächelnd.

„Danke."

„Alicia, Gina, wo seid ihr?", rief Espy und verließ das Haus wieder. Als sie ihre kleinen Schwestern ein Stück vom Garten entfernt an einem Bach hocken sah, gesellte sie sich zu ihnen. „Was macht ihr?"

„Wir suchen Fische", antwortete Alicia.

„Habt ihr welche gesehen?"

„Nein, aber die hier habe ich gepflückt." Gina streckte ihre kleine Faust aus, in der sie ein Büschel Butterblumen hielt.

Espy schnupperte daran. „Wie hübsch. Wir stellen sie nachher gleich ins Wasser."

Alicia stocherte mit einem Stock im sprudelnden Wasser.

„Ich habe euch ein Buch zum Vorlesen mitgebracht."

Alicia sah sie mit großen grauen Augen an. Sie war die Einzige in der Familie, die die helle Augenfarbe ihrer Mutter geerbt hatte. „Welches denn?"

„Es ist eine Geschichte über einen kleinen Waisenjungen, der bei seinem reichen Großvater in England lebt."

„Kannst du sie uns jetzt vorlesen?"

„Wir müssen warten, bis Schlafenszeit ist."

„Bitte!", rief Gina.

Espy fuhr ihrer Schwester durchs Haar. „Nein. Jetzt angelt ihr schließlich, nicht wahr?" Während sie sprach, schnürte sie ihre Stiefel auf, zog ihre Strümpfe aus und streckte die Füße ins kalte Wasser. „Das tut gut!"

Ihre Schwestern waren schon barfuß und auch sie ließen die Füße ins Wasser hängen. „Das tut gut!", wiederholten sie. Espy lachte.

„Seht ihr!"

Espy sah, wie Alvaro zu ihnen herübergeschlendert kam, und schaute ihn fragend an. „Hast du mich gesucht?"

Anstatt ihr zu antworten, stand er eine Weile lang da und kaute auf einem Grashalm, der dabei auf und ab wippte. „Du hast was gut bei mir."

„Wieso?"

„Dein Verehrer hat mir eine Stelle im Sägewerk verschafft."

Espy zog die Augenbrauen zusammen. „Verehrer? Wovon redest du?"

„Du weißt genau, von wem ich rede. Von dem großen und mächtigen Warren Brentwood, dem Dritten." Alvaro schnaubte verächtlich. „Komisch, dass er plötzlich was gefunden hat, wo sich sein Dad doch so sicher war, dass es keine Arbeit für mich gibt."

Espy stand auf und stemmte die Hände in die Hüften. „Willst du damit sagen, dass du eine Arbeit im Sägewerk hast?"

„Genau."

„Und Warren hat dir die Stelle verschafft? Woher weißt du, dass er es war?"

„Er war heute Mittag hier." Alvaro lachte bellend. „Kannst du dir vorstellen, dass seine Hoheit die Schienen überquert hat und in unser Viertel gekommen ist?"

„Warren Brentwood war hier? Er war in unserem Haus?"

Alvaro verzog spöttisch die Lippen. „Das hab ich doch gerade gesagt. Was ist denn? Machst du dir Sorgen, weil er gesehen hat, in was für einem Loch du haust?"

Genau das machte ihr Sorgen, aber das würde sie vor ihrem Bruder nicht zugeben.

„Hast du ihn gesehen?" Espy warf einen Blick auf die Mädchen, aber die pflückten jetzt Farn, der an der Böschung wuchs. Gina hatte ihre Butterblumen am Ufer liegen lassen. „Erzähl mir genau, was passiert ist."

„Nicht viel. Er hat mir nur gesagt, ich soll morgen früh beim Sägewerk erscheinen, wenn ich noch an einer Arbeit interessiert bin."

Espy kaute auf ihrer Unterlippe, während sie nachdachte. Du liebe Güte, Warren war den ganzen Weg hierhergekommen, nur um Alvaro eine Stelle anzubieten. „Und du sagst, das war gegen Mittag?"

Alvaro nickte.

Es klang so, als wäre er während der Mittagspause gekommen. Sie hätte das nie geglaubt, wenn sie es nicht von ihrem eigenen Bruder gehört hätte. Espy schluckte. Hatte ihre Wut etwas damit zu tun? „Und was hast du gesagt?"

„Was sollte ich schon sagen. Ich habe Ja gesagt. Das wolltest du doch, oder?"

Espy schluckte ihre Verärgerung hinunter und fügte hinzu: „Ich hoffe, du hast ihm gedankt."

„Weiß nicht mehr."

„Ich bin jedenfalls froh, dass du die Arbeit bekommen hast. Ich hoffe, du bedankst dich bei ihm, wenn du die Gelegenheit hast."

„Das kannst du doch machen. Sieht so aus, als wärest du diejenige, die sich bei ihm bedanken sollte." Ein schelmischer Ausdruck trat in seine braunen Augen. „Und so hast du immerhin die Chance, Mr Wichtigtuer zu sehen."

Espy funkelte ihn an. „Was meinst du damit?"

„Bist du nicht wie alle Mädchen hier scharf darauf, an Brentwood juniors Arm gesehen zu werden?"

„Das wird wohl kaum passieren."

„Woher willst du das wissen?" Jetzt war Alvaros Tonfall nicht mehr neckend. „Du bist genauso gut wie all die anderen Mädchen, mit denen er ausgeht."

Espy lächelte ein wenig. „Danke. Ich glaube nicht, dass er schon lange genug zu Hause ist, um mit irgendjemandem ‚auszugehen'. Oder?", fügte sie hinzu.

„Ich habe nichts gehört, aber ich beschäftige mich auch nicht mit Warren Brentwood." Alvaro drehte sich laut lachend um und schlug den Weg zurück zum Haus ein. „Aber lass dich davon nicht abhalten!"

Espy schüttelte den Kopf über den typisch jugendlichen Humor ihres Bruders und wandte ihre Aufmerksamkeit dann wieder Alicia und Gina zu, obwohl sie mit ihren Gedanken ganz woanders war.

Was hat Warren wohl gedacht, als er gesehen hat, wie ich lebe? Woher wusste er überhaupt, wo wir wohnen? Soweit sie sich erinnern konnte, war er nie in der Nähe ihres Hauses gewesen. Als sie in der Grundschule waren, hatten ihre Eltern noch in einem besseren Viertel gelebt. Ihr Vater hatte damals eine feste Arbeit gehabt und sie hatten ein kleines Holzhaus unweit der Schule bewohnt.

Was denkt er jetzt wohl über mich?

Espy krallte die Finger in ihren Rock und schnitt innerlich eine Grimasse bei dem Gedanken, dass sie ihm wieder gegenübertreten musste.

Am nächsten Morgen blickte Warren jedes Mal, wenn jemand an seinem Büro vorbeiging, auf. Er erwartete zwar nicht wirklich, dass Espy auftauchen würde – so wie neulich, nur diesmal, um ihm zu danken, weil er ihrem Bruder eine Chance gab –, aber vielleicht würde sie es ja doch tun. Er stellte sich ihre leuchtenden hellbraunen Augen vor und ihr strahlendes Lächeln.

Warren riss sich aus diesen Gedanken und konzentrierte sich wieder auf die Unterlagen vor ihm.

Mittags ging er zum Sägewerk um herauszufinden, ob Alvaro tatsächlich erschienen war.

Der Junge saß mit einigen anderen Männern auf einem Stapel Bretter und aß ein Butterbrot.

Warren nickte den anderen zu und gab ihnen zu verstehen, dass sie sitzen bleiben sollten. Dann begrüßte er Alvaro. „Wie ist dein erster Tag?"

Der Junge trank einen Schluck aus seiner Blechtasse und wischte sich mit dem Unterarm den Mund ab. „Ist schon in Ordnung."

„Gut."

Ansonsten sagte Alvaro nichts mehr und als er die Blicke der anderen Männer spürte, nickte Warren wieder. „Wenn etwas ist, sag Bescheid."

Der Junge blinzelte. „Ja, klar."

Bis zum Wochenende hatte Warren weit und breit nichts von Espy gesehen. Es ärgerte ihn, dass sie sich nicht einmal die Mühe machte, ihn auf der Straße abzupassen, um sich zu bedanken.

Sein Vater war nicht so zurückhaltend. Nur zwei Tage, nachdem Warren Alvaro eingestellt hatte, betrat er sein Büro.

„Hallo, Vater, was kann ich für dich tun?"

Sein Vater sah ihn einen Moment lang an. Der Blick aus seinen grünen Augen war prüfend.

Warren erhob sich hinter seinem Schreibtisch. „Was ist?"

„Ich habe diesen lustlos dreinblickenden jungen Mann im Lager gesehen."

Warren brauchte nicht zu fragen, wen sein Vater meinte. Sein Herz begann zu hämmern. Hastig griff er nach einem Bleistift und drehte ihn zwischen seinen Fingern. „Du meinst Alvaro Estrada?"

„Mir ist egal, wie er heißt. Ich habe ihm gesagt, dass es bei Brentwood keine Arbeit für ihn gibt."

„Ich wollte dem Jungen eine Chance geben. Hodgdon hat mir gesagt, dass er sich gut macht."

„Du hast gegen meinen ausdrücklichen Willen gehandelt."

Warren schluckte. „Tut mir leid."

„Ist das alles, was du dazu zu sagen hast?"

„Ich hatte nicht vor, dir zuwiderzuhandeln. Aber ich fand, dass du in diesem Fall voreilig warst."

Sein Vater presste die Lippen aufeinander und auf sein Gesicht trat ein Ausdruck, den Warren von früher kannte. So hatte sein Vater ihn immer angesehen, wenn er als Kind etwas angestellt hatte. „Du meinst, du hieltest meine Entscheidung für falsch."

„Ich meine, dass ich dein Urteil vorschnell fand", gab er ruhig zurück und sein Blick hielt dem seines Vaters stand, obwohl er spürte, wie ihm im Nacken der Schweiß ausbrach. Er hasste Konflikte mit seinem Vater.

Schließlich seufzte sein Vater und trat einen Schritt zurück. „Du wirst es noch bereuen. Und wenn es so weit ist, werde ich nicht ‚Siehst du!' sagen. Hoffen wir nur, dass es uns nicht die Firma kostet."

Anstatt darauf zu antworten, wechselte Warren das Thema. „Ich habe gerade etwas über das Wachstum der Zellstofffabriken in unserem Bundesstaat gelesen. Hast du schon einmal darüber nachgedacht, in diese Richtung zu expandieren?"

„Wie war das?" Der Themenwechsel kam für seinen Vater offenbar unerwartet.

Warren deutete auf die Unterlagen auf seinem Schreibtisch, erleichtert, dass das Thema Alvaro Estrada erledigt war. „Setz dich, wenn du ein paar Minuten Zeit hast. Ich möchte dir etwas zeigen."

Sein Vater, dessen Miene jetzt entspannter war, nahm auf dem Sessel vor Warrens Tisch Platz. Als er das Büro etwas später verließ, saß Warren mit hängenden Schultern da und fühlte sich elender als zu dem Zeitpunkt, als sein Vater ihn wegen Alvaro zur Rede gestellt hatte.

Er ging die Worte seines Vaters im Geiste noch einmal durch. *Unser Geschäft ist Holz. Wir haben genügend Produkte, ohne uns mit Faserstoff zu beschäftigen. Wir besorgen Holz für alle möglichen Kunden. Paneele und Schindeln und Sperrholz für den Hausbau, in alle möglichen Formen geschnitten … alles vom Zahnstocher bis hin zu Spulen …*

Am Samstagabend war Warren mit seiner Familie und einigen anderen Gästen zum Abendessen bei Christinas Eltern eingeladen. Danach ermahnte er sich energisch, nicht mehr an Espy zu denken und sich stattdessen auf die Mädchen aus seinen Kreisen zu konzentrieren.

Nach dem Gottesdienst am Sonntagmorgen wollte Warren gerade die Kirche verlassen, als sein Blick auf Espy fiel. Er blieb so abrupt stehen, dass diejenigen, die sich hinter ihm aus der Bank schoben, gegen ihn stießen.

„Entschuldigung … es tut mir furchtbar leid", sagte er, während er sich umdrehte.

Während er weiterging, entschwand Espy zur Kirchentür hinaus. Warren kam nur langsam voran, weil alle am Ausgang stehen blieben, um einander zu begrüßen, und damit ein Nadelöhr entstand.

Als er schließlich draußen auf dem Kirchhof war, gesellte er sich zu seiner Familie, begrüßte Bekannte und ließ gleichzeitig seinen Blick über die Menge schweifen.

Espy stand zusammen mit ihrer Schwester und ihren jüngeren Geschwistern im Schatten einer Ulme. Sie trug dasselbe Kleid, das sie auch bei dem Konzert der Blaskapelle getragen hatte, und darüber eine dunkelblaue Jacke. Dazu hielt sie einen gelben Sonnenschirm in der Hand.

Einer der jungen Männer, die mit ihr getanzt hatten, trat auf Espy und ihre Schwester zu, und die beiden jungen Frauen unterhielten sich mit ihm.

Warren schluckte, verärgert und ungeduldig. Er würde nicht zu ihr gehen, beschloss er, sondern abwarten, ob sie ihn wegen der Arbeitsstelle ihres Bruders ansprach.

Lächelnd wandte er sich einer Freundin seiner Mutter zu. „Ja, Mrs Dalton, es ist schön, wieder zu Hause zu sein. Ja, ich habe unsere regionale Küche vermisst …"

Espy blickte über Wills Schulter und beobachtete Warren möglichst unauffällig.

Sie hatte ihn von ihrer Bank hinten in der Kirche den ganzen Gottesdienst über im Blick gehabt und im Laufe des Gottesdienstes hatte ihr Magen sich so sehr zusammengezogen, dass sie sich nicht sicher gewesen war, ob sie überhaupt würde aufstehen können.

Sie wusste, dass sie mit Warren sprechen musste, aber sie konnte sich einfach nicht überwinden. Es war ihr schrecklich unangenehm, dass er bei ihr zu Hause gewesen war – wie konnte Warren in ihr jetzt noch etwas anderes als Dreck sehen? Sie war ein Mädchen, das sich seinen Lebensunterhalt mit Putzen verdiente und in einer Baracke hauste.

Will trat von einem Bein aufs andere. „Was sagst du, Espy? Gehst du am nächsten Samstag mit mir zum Farmtanz?"

Sie zwang sich, ihre Aufmerksamkeit auf den blonden Mann vor ihr zu richten. „Danke, aber wenn, dann gehe ich mit Angela.“ Sie wollte keinen der jungen Männer, die um ihre Gunst buhlten, ermutigen. Obwohl sie ganz nett waren, hatte sie an keinem von ihnen besonderes Interesse. Sie waren alle gleich: ohne jeden Ehrgeiz im Leben. Ein Mann, der ihr Herz gewinnen wollte, musste mehr vorweisen, als dass er gut das Tanzbein schwingen konnte.

Espys Blick wanderte zu Warren zurück und sie runzelte ein wenig die Stirn. Eine modisch gekleidete junge Dame stand so dicht neben ihm, dass es aussah, als wären sie ein Paar. Ihr goldblondes Haar verbarg sich unter einem Strohhut mit mittelbreiter Krempe, geschmückt mit einigen Straußenfedern, die in dem gleichen hellen Blau gefärbt waren wie ihr Seidenkleid.

Espy betrachtete die engen Ärmel mit der üppigen Raffung oben an der Schulter und den Glockenrock und verglich sie mit ihrem eigenen dunkelblauen Kleid mit seiner Turnüre und den schmalen Ärmeln. Die Dame drehte einen kleinen hellblau und gelb gemusterten Sonnenschirm über ihrer Schulter, der Espys Schirm ähnelte.

Christina Farnsworth. Tochter von Arthur Farnsworth, dem Besitzer des Granitbergwerks außerhalb der Stadt und Vorstandsmitglied der Ersten Bank und Treuhandgesellschaft von Holliston, deren Vorsitzender Mr Brentwood senior war.

Zusammen besaßen die beiden Männer wahrscheinlich einen Großteil von Holliston.

Warren war wohl kaum schon lange genug zu Hause, als dass er eine engere Beziehung zu irgendeiner jungen Dame hätte eingehen können. Es sei denn, Christina Farnsworth und er hatten sich während all der Jahre, in denen er fort gewesen war, geschrieben. *Ob es eine Übereinkunft zwischen ihnen gibt?*

„Du hörst mir ja gar nicht zu!“

Espy blinzelte und zwang sich, ihre Aufmerksamkeit wieder auf Will zu richten. „Doch, natürlich. Du hast mir gerade erzählt, dass du zu dem Farmtanz gehen willst.“

„Ich habe von dem Picknick gesprochen, das wir heute Nachmittag am Three Mile Lake machen wollen. Kommt ihr auch mit, du und Angela?“

„Ich weiß nicht." Espy wandte sich an ihre Schwester. „Geht Alvaro mit?"

„Er hat nichts davon gesagt. Wir müssten die Kleinen mitnehmen. Außerdem habe ich nichts zu essen eingepackt."

Espy wandte sich wieder zu Will um. Einerseits tat es ihr leid, einen Nachmittag am See zu verpassen, andererseits war sie froh darüber, dass sie einen echten Grund hatte, seine Einladung auszuschlagen. Sie wollte nicht, dass alle sie für ein Paar hielten. „Tut mir leid, Will, da hättest du uns eher Bescheid sagen sollen." *Wie wäre es wohl, mit Warren und seinen Freunden ein Picknick zu machen?*

Der Gedanke verlief im Sande, kaum dass er sich gebildet hatte. Seine Freunde würden sie niemals akzeptieren. Christina lachte über etwas, das Warren gesagt hatte. Andere Leute begrüßten ihn und ihre Runde wurde größer. Gelächter und Stimmen drangen von der Gruppe herüber.

„Wir sollten nach Hause gehen", sagte Angela. „Die Kleinen bekommen bestimmt bald Hunger."

„Ja." Espy seufzte. Es war vergeblich gewesen zu hoffen, dass Warren allein sein würde. Freunde, Verwandte und Bekannte umringten ihn, als wäre er ein hoher Würdenträger, der zu Besuch gekommen war. Als sie das ungezwungene Lächeln sah, mit dem er die Umstehenden ansah, verspürte sie einen Anflug von Eifersucht im Magen.

Alicia zog an ihrer Hand. „Ich habe Hunger."

Espy lächelte zu ihr herunter. „Das sagst du nur, weil du gehört hast, was Angela gesagt hat."

Schelmisch grinsend schüttelte das Kind den Kopf. Espy sah Angela an. „Geht ihr schon mal vor."

Angela machte Anstalten zu gehen und forderte Hortensia auf, die Kleineren an die Hand zu nehmen, während sie sich um die restlichen Geschwister kümmerte. Ihre Mutter war wie immer mit Julia zu Hause geblieben, weil sie zu müde war, wie sie sagte.

Doch dann blieb ihre Schwester noch ein letztes Mal stehen und warf Espy einen fragenden Blick zu. „Was musst du denn noch machen?"

Espy sah zu Boden. „Ich muss mit jemandem reden." Sie tat so, als würde sie nach der entsprechenden Person Ausschau halten. „Ich sehe ihn nicht."

„Na gut, wenn du meinst. Kommt, Josiah, Daniel, Gus", rief sie nach den älteren Jungen, die mit anderen Kindern in ihrem Alter herumliefen.

Alicia stampfte mit dem Fuß auf. „Ich will bei Espy bleiben!"

„Ich dachte, du hättest Hunger", sagte Espy zu ihr.

„Aber ich will bei dir bleiben."

Espy schüttelte den Kopf in übertriebener Verwunderung. „Aber nur, wenn du versprichst, geduldig zu warten."

Angela winkte ihnen zum Abschied und warf ihr noch einmal einen fragenden Blick zu, bevor sie sich mit den anderen Geschwistern im Schlepptau auf den Heimweg machte.

Espy bückte sich zu Alicia hinunter. „Komm, ich binde dein Haarband fest." Während sie eine Schleife in das Band machte, das kurz davor war, vom Zopf des Mädchens zu rutschen, blickte sie verstohlen zu den Brentwoods hinüber. Wenigstens waren die meisten Leute inzwischen gegangen. Nach Hause zu ihrem Sonntagsbraten, dachte Espy missmutig. Ihr eigener Magen knurrte. Doch bei ihnen würde es wahrscheinlich Reste geben – Kartoffeln und Kohl und wenn sie Glück hatten eine Scheibe gesalzenes Schweinefleisch. Ihre Mutter war sicher gerade erst aufgewacht, geweckt von Julias Hungergebrüll.

Espy unterdrückte ein Stöhnen, als sie sah, dass Pastor Curtis sich Warren näherte. „So, das hätten wir." Sie zog an einem von Alicias Zöpfen. „Komm mit, wir gehen da drüben hin. Ich habe Sally Tucker gesehen. Sie ist doch deine Freundin, nicht wahr?"

„Mhm."

Während Espy sich mit Sallys Mutter unterhielt, beobachtete sie Warren weiter. Anscheinend forderte er seine Familie gerade auf, schon mal ohne ihn zu gehen. Was konnte der Pastor nur zu sagen haben, das länger als ein paar Minuten dauerte? Warrens Eltern schienen bleiben zu wollen, doch Warren überredete sie, schon zu fahren. Widerwillig, wie sie aus der Miene seiner Mutter schloss. Espy lächelte, als sie daran dachte, wie sie Angela nach Hause geschickt hatte.

„Bis bald", verabschiedete sich Espy von Mrs Tucker und ihrer Tochter.

Jetzt waren nur noch Warren und Pastor Curtis da. Da sie wusste, dass es seltsam wirken würde, wenn sie als Letzte allein auf dem Kirchhof herumstand, holte Espy tief Luft, umfasste Alicias Hand mit festem Griff und ging ein Stückchen auf Warren und den Pastor zu. Nicht so nah, dass sie ihr Gespräch belauschen konnte, aber dicht genug, dass die beiden Männer sie sahen. Vielleicht dachten sie, sie wollte mit dem Pastor reden. Das wäre nur natürlich.

Nachdem seine Eltern und Annalise gefahren waren, wandte Warren sich lächelnd an den Pastor. „Was kann ich für Sie tun, Sir?"

Der grauhaarige Mann erwiderte sein Lächeln. „Ich wollte dich nicht aufhalten."

„Das macht nichts. Ich bin nicht in Eile." Sein Blick suchte Espy. *Gut, sie ist immer noch da.* „Aber ich wollte nicht, dass Mutters Sonntagsmahl Schaden nimmt." Er grinste. „Sie wissen ja, wie sie ist."

„Oh ja, das weiß ich tatsächlich. Meine Frau ist genauso. Und deshalb sollte ich auch zur Sache kommen." Die blauen Augen des Pastors sahen Warren mit dem gewohnt aufmerksamen Blick an, bei dem man sich unwillkürlich fragte, wie viel diese Augen sahen.

„Mir ist schon seit geraumer Zeit daran gelegen, dass die jungen Menschen in unserer Gemeinde eine Art Gruppe bilden."

Warren nickte interessiert. „Was für eine Gruppe?"

„Eine Gruppe, die sich nach außen orientiert und überlegt, welchen Dienst sie der Stadt erweisen kann."

„Das klingt nach einem hehren Ziel. Wie kann ich dabei helfen?"

„Ich habe auf die richtige Person gewartet, die eine solche Gruppe leiten könnte. Als ich dich heute in der Kirche sitzen sah, kam mir auf einmal die Idee." Er zeigte mit dem Finger auf Warren. „Du bist der Mann."

Warren trat einen Schritt zurück. „Warten Sie mal. Ich werde mich gerne beteiligen, aber die Gruppe leiten? Dafür bin ich bestimmt nicht der Richtige."

Der Pastor sah ihn einfach nur an, ein kleines Lächeln auf den Lippen und Verständnis im Blick.

„Erstens bin ich kein Pastor."

„Das musst du auch gar nicht sein. Du musst nur ein Mann sein, der die Bibel kennt und bereit ist, etwas für andere Menschen zu tun."

Warren schluckte. „Ich würde mich nicht gerade als Experten in Sachen Heilige Schrift bezeichnen."

Pastor Curtis lachte. „Du warst als Knabe in der Sonntagsschule, hast als Jugendlicher bei mir die Bibelstunden mitgemacht und geholfen, die Kinder zu unterrichten. Oh doch, ich glaube, du bist der richtige Mann. Die Frage ist, ob du willens bist."

Warren wand sich, weil er wusste, dass es darum ging, seine Prioritäten zu prüfen – etwas, das er in den letzten beiden Jahren auf seinen Reisen durch die Welt oft hatte vermeiden können. „Was genau müsste ich als Leiter einer solchen Gruppe denn alles tun?"

„Meiner Ansicht nach gibt es zu viele junge Leute in unserer Stadt – vor allem junge Männer –, die nicht in die Kirche gehen. Ich meine nicht aus deinen Kreisen, Warren; da sind alle Kirchgänger", sagte er mit einem entschuldigenden Lächeln, „aber sieh dir doch die Jugend im Allgemeinen an." Er machte eine Handbewegung in Richtung Straße.

In diesem Augenblick entdeckte er Espy, die ihre kleine Schwester an der Hand hielt. Er lächelte und winkte sie zu sich. „Hallo, Espy. Gesellen Sie sich doch zu uns, während ich Warren meine Idee erläutere."

Mit einem hastigen Blick zu Warren erwiderte Espy Pastor Curtis' Lächeln und trat sofort zu ihnen – beinahe, als hätte sie auf eine Einladung gehofft. Warren fragte sich, ob sie auf ihn gewartet hatte. Wollte sie doch noch mit ihm über ihren Bruder sprechen?

„Hallo, Pastor. Hallo, Warren." Sie nickte kurz in seine Richtung, bevor sie sich wieder an den Pastor wandte. „Was für eine Idee ist das denn, Sir?"

„Ich habe Warren gerade von einem Plan erzählt, den ich schon seit einigen Jahren mit mir herumtrage – nämlich eine Gruppe aus jungen Leuten wie Ihnen und Warren zu gründen. Vielleicht können Sie mir helfen, Warren davon zu überzeugen, dass er der richtige Mann ist, um eine solche Gruppe zu leiten."

Espys hellbraune Augen wandten sich ihm zu. Warren hielt ihrem Blick stand. Er wollte wissen, wie sie ihn einschätzte. Plötzlich wollte er etwas tun, was in ihren Augen wertvoll war.

Der Pastor sprach weiter. „Die Bars und Tanzsäle sind samstagabends voll. Aber wie viele von diesen Menschen erscheinen am Sonntagmorgen in der Kirche? Wir verlieren die jungen Leute in Ihrem Alter, wenn sie die Schule verlassen und anfangen, im Sägewerk oder in der Konservenfabrik zu arbeiten. Das Leben ist schwer und sie erhoffen sich vom Leben nur, am Samstag ein bisschen zu entspannen und ihre Sorgen zu vergessen." Die Stimme des Pastors war voller Überzeugung. „Sie wenden sich weltlichen Vergnügungen zu und vergessen, dass wahre Kraft von Gott kommt."

Sein durchdringender Blick richtete sich jetzt wieder auf Warren. „Du könntest Bibelstunden veranstalten und Ausflüge planen – vergnügliche Dinge, die junge Leute um die zwanzig, die noch unverheiratet sind, gerne tun."

Er lächelte Espy an. „Vielleicht könnten Sie das erste Mitglied der Gruppe werden. Da hast du schon jemanden, den du rekrutieren kannst", sagte er und zwinkerte Warren zu.

Auch wenn er wusste, dass die Bemerkung ganz unschuldig war, zuckte Warren zusammen, weil es ihm vorkam, als könnte der Pastor seine geheimen Gedanken lesen.

„Das ist eine wundervolle Idee, Pastor", sagte Espy sofort und ihre Augen leuchteten vor Begeisterung. „Ich weiß, dass viele meiner Freunde aus der Fabrik nicht mehr in die Kirche gehen. Sie schlafen sonntags lieber aus. Vielleicht ändert sich das, wenn sie sehen, worum es beim Glauben wirklich geht, also nicht um die Predigten, sondern darum, Menschen zu helfen, wenn sie in Not sind." Sie lächelte, während sie ihre Worte mit energischen Handbewegungen unterstrich.

Warren ließ sich von der Begeisterung anstecken, die Espy an den Tag legte, und verglich sie mit seiner eigenen Widerwilligkeit, nachdem der Pastor ihn für die Aufgabe auserkoren hatte.

„So ist es, Espy. Sie verstehen, was ich meine: eine Einrichtung, die den Bürgern dient, aber auch Spaß macht. Dann hätten junge Erwachsene die Gelegenheit sich zu treffen, aber auf gute Weise, und sie könnten zugleich etwas für die Gemeinschaft tun und ein

Vorbild für andere sein. Außerdem würden sie sich der Nöte derer bewusst, die weniger Glück im Leben haben."

Pastor Curtis tätschelte Espys Arm. „Sie könnten Warren helfen, die jungen Leute einzuladen." Er lachte leise. „Vielleicht könnten Sie sogar die stellvertretende Leiterin oder Schriftführerin der Gruppe sein."

Espy wurde rot. „Ach, ich weiß nicht. Aber ich möchte auf jeden Fall helfen. Vielleicht könnten wir Veranstaltungen planen und Geld sammeln, um damit Menschen zu helfen oder Missionare in Übersee zu unterstützen!"

„Ich sehe, dass ich diese Idee beruhigt in Ihre Hände legen kann."

Pastor Curtis berührte Warrens Unterarm. „Es ist mein Ernst – lass dir diese junge Frau nicht entgehen. Sie hat viele Ideen und sie kennt die jungen Leute, die ich meine. Die, für die das Evangelium besonders wichtig ist."

Warren nickte nur, weil er nicht wusste, was er sagen sollte.

„So, ich gehe jetzt zu meinem Sonntagsessen nach Hause. Sagt Bescheid, wenn ich irgendwie helfen kann. Wie wäre es, wenn ihr beide ein paar Ideen sammelt und wir uns nächste Woche wieder treffen?"

Warren konnte nur weiter widerstrebend nicken, sagte aber nichts zu.

„Ach ja – unterstützt du unsere Mannschaft am vierten Juli als Werfer?"

Der plötzliche Themenwechsel überrumpelte Warren. „Ich ... ich weiß nicht."

„Ich hoffe es jedenfalls. Nach unserer Niederlage im letzten Jahr müssen wir Seal Harbor vom Hocker hauen!"

Warren blinzelte verdutzt, als er den Wetteifer in der Stimme des Pastors hörte. Aber der ältere Mann lachte und entschärfte seine Worte damit gleich wieder, bevor er sich zu Espys kleiner Schwester hinunterbeugte und sich verabschiedete.

Warren stand wortlos daneben und kam sich so linkisch vor, wie er sich das letzte Mal als verliebter Vierzehnjähriger gefühlt hatte.

„Gehen wir jetzt nach Hause, Espy?"

Als hätte das kleine Mädchen sie aus einer Trance gerissen, zuckten Espy und er zusammen. „Ja, Liebes." Espy wandte sich an Warren. „Ich … habe von Alvaros Arbeit gehört … ich meine, er hat mir erzählt, dass du bei ihm warst.“

„Hat er das?“ Sonst sagte Warren nichts, sondern wartete ab, was sie zu sagen hatte.

Sie fuhr sich mit der Zunge über die Lippen. „Danke, dass du ihm eine Chance gibst. Er ist kein schlechter Junge …“ Sie verstummte.

In diesem Augenblick löste sich alle Verärgerung darüber, dass er sie die ganze Woche nicht gesehen hatte, in Luft auf. Ihm wurde bewusst, was für ein eingebildeter Narr er gewesen war, weil er auf ein Zeichen ihrer Dankbarkeit gewartet hatte. Stattdessen verstand er plötzlich, was es bedeutete, etwas *Gutes* zu tun.

Er grinste. „Dann wird Hodgdon das schnell merken. Er ist der Vorarbeiter in der unteren Mühle, und ein strenger Vorgesetzter, aber er ist gerecht und sorgt für seine Arbeiter.“

Espy holte tief Luft. „Das ist gut. Ich will nicht, dass Alvaro etwas passiert. Du weißt ja, wie leichtsinnig Jungs in dem Alter sein können.“

Sein Grinsen wurde noch breiter. „Oh ja, das weiß ich. Ich habe diese Arbeit früher nach der Schule und in den Sommerferien oft selbst gemacht. Aber ich habe es überlebt.“ Er hielt seine Hände hoch. „Noch alle Finger dran.“

Espy riss erschrocken die Augen auf, doch dann lächelte sie, als ihr klar wurde, dass er sie aufzog. „Du hast im Sägewerk gearbeitet?“

„Was ist? Glaubst du, ich binde dir einen Bären auf?“ Warren betrachtete ihre langen, dunklen Wimpern.

„Nein, aber … irgendwie dachte ich, du hättest nach der Schule nur Baseball und Football gespielt, als du auf der Akademie warst.“

„Das auch, aber in der restlichen Zeit hat mein Vater mich ins Sägewerk oder zu den Docks geschickt, um Holz aufzuladen, damit ich das Geschäft von der Pike auf lerne.“

Espy nickte, als müsste sie diese Information erst verarbeiten.

Ihre kleine Schwester zog an ihrem Rock. „Wann gehen wir endlich nach Hause?“

Espy lächelte sie an und legte eine Hand auf ihren Kopf. „Gleich, Süße.“ Sie sah ihn noch einmal an. „Ich gehe jetzt wohl besser.“

Ohne lange darüber nachzudenken sagte Warren: „Hast du etwas dagegen, wenn ich euch nach Hause bringe? Ich meine, dann könnten wir über die Gruppe reden, die wir für Pastor Curtis gründen sollen."

Espys Miene verdunkelte sich und Warren fragte sich, ob er etwas Falsches gesagt hatte. „Gut, vielleicht ein Stück. Ich meine, deine Familie erwartet dich doch bestimmt zum Essen." Zum ersten Mal wirkte sie unsicher.

„Schon, aber das macht nichts. Ich habe ihnen gesagt, dass ich später komme."

„Also gut, aber nur bis zum Stadtrand." Sie blickte zu ihrer Schwester hinunter. „Komm, Alicia, wir gehen jetzt."

Während sie die staubige Straße hinuntergingen, wurde das kleine Mädchen immer langsamer. „Ich bin müde, Espy. Kannst du mich tragen?"

Espy zog an ihrer Hand. „Dafür wirst du allmählich zu groß."

Wieder überraschte Warren sich selbst. „Ich habe eine bessere Idee. Was hältst du von Huckepack?"

Alicia starrte ihn mit großen Augen an. Espy lächelte. „Hast du das gehört? Huckepack, so wie Alvaro es mit dir macht."

Das Kind nickte. Warren trat zu der Kleinen und hockte sich hin. „Also los, steig auf." Espy half ihrer Schwester auf seine Schultern. „Halt dich an meinem Hut fest", wies er das Kind an. „Alles klar?"

„Mhm."

Er umfasste ihre Fußgelenke und erhob sich. „Kannst du jetzt mehr sehen?"

Alicia kicherte. „Ich sehe alles!"

Die beiden setzten sich wieder in Bewegung. „Und was hältst du von Pastor Curtis' Idee?", fragte Espy ihn nach einer Weile.

„Sie ist gut. Ich hätte nur nicht damit gerechnet, dass er ausgerechnet mich auserkoren würde, um das Ganze zu organisieren." Warren lachte. „Er hat mich damit ziemlich überrumpelt. Ich glaube, das kann er ziemlich gut. Leute dann erwischen, wenn sie nicht gut Nein sagen können."

Espy stimmte in sein Lachen ein. „So schlimm ist er nun auch wieder nicht." Sie sah Warren unter ihrer Krempe hervor an. Die Haube war hübsch mit ihren blauen Blumen darauf. „Außerdem finde ich, dass er recht hat. Du würdest das bestimmt gut machen."

Warren ignorierte das freudige Gefühl, das ihre Bemerkung in ihm auslöste, und sagte nur: „Meinst du? Ich bin mir da nicht so sicher."

„Du schaffst das schon. Alle blicken zu dir auf."

Die Worte beunruhigten ihn. „Ich hoffe nicht!"

Espy verzog das Gesicht, als würde sie ihm nicht glauben. „Jetzt ziehst du mich aber auf. Du weißt genau, dass du schon immer ein guter Anführer warst, sogar in der Grundschule. Du scheinst immer zu wissen, was du tun musst, und dafür bewundern die Leute dich."

Warren schluckte. „Ich versuche, das Richtige zu tun, aber ich tue das nicht, damit die Leute mich bewundern."

Espy zuckte mit den Schultern. „Dein Beweggrund spielt keine Rolle. Sie bewundern dich dafür und es hat Einfluss auf sie. Ich glaube, dass die Menschen sich mehr anstrengen, wenn du in der Nähe bist."

Er dachte über ihre Worte nach und sagte dann: „Wahrscheinlich ist das etwas Gutes, aber ich will nicht auf ein Podest gestellt werden." Ein nervöses Lachen entwich seinen Lippen. „Da kann man zu leicht runterfallen."

„Du würdest nie etwas Schreckliches tun!"

„Ich hoffe es jedenfalls nicht."

Alicia klopfte auf seinen Hut. „Hier musst du abbiegen, damit wir nach Hause kommen."

„Ich weiß, aber danke, dass du mein Kontrolleur bist."

„Was ist ein Kontolleur?"

„Kontrolleur", verbesserte er sie. „Das ist der Mann, der im Zug die Fahrkarten überprüft."

„Wir sind in einem Zug … und ich bin der Kontrolleur!"

„Das stimmt." Er zog an ihren Beinen und sagte: „Tschu...tschu!"

Sie verließen das Stadtzentrum mit seinen Geschäften und kamen in ein Wohnviertel, dessen große Häuser ein Stück von der Straße entfernt standen. Auf den Straßen war nicht viel los, weil die meisten Leute in ihren Häusern waren und ihr Sonntagsmahl aßen. „Wie läuft es bei den Stocktons?", fragte er Espy, um nicht mehr über sich selbst reden zu müssen.

„Wunderbar. Die Arbeit ist manchmal ganz schön anstrengend, aber am Ende des Tages werde ich immer belohnt."

„Wie denn?“, fragte er neugierig, weil ihre Stimme so begeistert klang.

„Mr Stockton leiht mir so viele Bücher aus, wie ich lesen kann. Ich darf sogar Bücher mitnehmen, die ich den Kleinen abends vorlesen kann. Stimmt doch, nicht wahr, Alicia?“

„Mhm.“

Das mit der Liebe zu den Büchern war also ihr Ernst gewesen. „Was für Bücher nimmst du denn mit?“ Warren bezweifelte, dass Mr Stockton einen größeren Vorrat an Schundromanen hatte. Bei dem Gedanken musste er innerlich schmunzeln.

„Alles – Romane, Lyrikbände, Geschichtsbücher.“ Espy lächelte. „Er hat viele Bücher über die Geschichte Amerikas. Und Bücher über Pflanzen und Tiere.“

„Ich verstehe. Was liest du gerade?“ Offenbar mochte der Professor sie und hatte, wie jeder gute Lehrer, einen Wissensdurst bei ihr entdeckt, den er nur zu gerne stillen half.

„Ich habe gerade mit *Jane Eyre* angefangen. Davor habe ich *Der letzte Mohikaner* gelesen.“

Warren nickte beeindruckt. Sein alter Lehrer schien ihr Empfehlungen zu geben.

„Das Beste ist, dass Mr Stockton mir anschließend Fragen über die Bücher stellt. Dadurch mache ich mir Gedanken über die Geschichten.“ Espy schüttelte den Kopf. „Er erzählt mir auch alles Mögliche darüber, wann das Buch geschrieben wurde und was das damit zu tun hat, wie und warum der Autor es geschrieben hat.“

„Damals auf der Akademie war er ein sehr guter Lehrer. Er hat in mir die Liebe zur amerikanischen Geschichte geweckt.“

Während sie weitergingen, sprachen sie über Warrens Zeit auf der Akademie. Er erfuhr, dass Espy gerne zur Highschool gegangen wäre, aber wegen der Verletzung ihres Vaters die Schule hatte abbrechen müssen.

Als sie den Stadtrand erreicht hatten, blieb Espy stehen. „Du brauchst nicht weiter mitzukommen.“

Warren stellte fest, dass er noch nicht Auf Wiedersehen sagen wollte. „Ist schon in Ordnung. Außerdem habe ich einen Kontrolleur, den ich am Bahnhof abliefern muss.“ Er zog wieder an Alicias Beinen und zwinkerte Espy zu.

Espy lächelte nur schwach und ging weiter.

Sie kamen wieder auf die Gemeindegruppe zu sprechen und diskutierten einige Ideen. Als sie bei Espys Haus angekommen waren, ertappte Warren sich bei dem Wunsch, sie würde noch weiter entfernt wohnen, damit sie ihre Unterhaltung fortsetzen konnten.

Er setzte Alicia auf den Boden. „So, da wären wir. Der Zug ist an der Endstation angekommen: Estradaville."

Das kleine Mädchen klatschte in die Hände. „Estradaville. Ich wohne in Estradaville!"

„Geh ruhig schon rein, Süße. Angela hat dein Essen bestimmt fertig."

Alicia hüpfte den Weg hinauf.

„Vergiss nicht, dir die Hände zu waschen!" Espy wandte sich wieder Warren zu. „Danke, dass du uns nach Hause begleitet hast."

Er überlegte noch, was er sagen sollte, als sie hinzufügte: „Bist du heute Nachmittag auch in der Kirche?"

„Nein. Meine Mutter lädt meistens Besuch ein, sodass wir nicht in den Nachmittagsgottesdienst gehen."

Espy legte ihre Handflächen aufeinander. „Ich dachte nur, ich könnte vielleicht ein paar Leute einladen, die ich dort sehe. Meinst du, das ist in Ordnung?"

„Auf jeden Fall." Er rieb sich das Kinn. „Aber vielleicht solltest du zuerst darüber nachdenken, wer uns bei der Sache noch helfen könnte, bevor wir die große Öffentlichkeit einschalten", sagte er lächelnd.

Sie nickte. „Das ist eine gute Idee. Ich werde darüber nachdenken und überlegen, wer am besten geeignet wäre. Dir fallen bestimmt auch ein paar Personen ein."

„Ja, ich mache mir auch Gedanken darüber."

Warren nickte und wollte sich gerade abwenden, als ihm ein Gedanke kam. Fragend sah er sie wieder an. „Warte mal: Wann ist denn unserer erstes Treffen?"

Espy befeuchtete ihre Lippen. „Welcher Tag passt dir denn?"

„Da muss ich in meinen Kalender schauen … am besten sage ich dir diesbezüglich noch mal Bescheid. Und wo wollen wir uns treffen?" Warren sah zu ihrem Haus hinüber, doch im gleichen Augenblick wurde ihm bewusst, wie unpassend das wäre und dass sein

Blick seine Gedanken verriet. Während sein Blick langsam zurück zu Espy wanderte, überlegte er, dass sein eigenes Haus ebenso ungeeignet war wie ihres, nur aus dem entgegengesetzten Grund.

Ihre Freunde würden sich dort nicht wohlfühlen, so wie seine sich hier fehl am Platze vorkommen würden.

Espy sagte nichts, sondern spitzte nur die Lippen. Plötzlich leuchteten ihre Augen auf, im selben Moment, in dem er ebenfalls eine Idee hatte. Gleichzeitig sagten sie beide: „In der Kirche!" Dann lachten sie und Warren war erleichtert, dass sie die erste Hürde erfolgreich genommen hatten.

Nachdem er ihr zum Abschied gewinkt hatte, drehte er sich um und lief die unbefestigte Straße hinunter.

Welche anderen Hürden würde es wohl noch geben?

Aber wenigstens hatte er so die Gelegenheit, Espy zu sehen, und das freute ihn sehr.

Denn je mehr Zeit er mit ihr verbrachte, desto mehr verlangte ihn danach, sie wiederzusehen.

5. Kapitel

Als Espy am späten Nachmittag wieder in der Kirche saß, fragte sie sich unwillkürlich, was Warren wohl gerade machte. Saß er an einem langen Tisch, der mit weißen Leinentüchern, edlem Porzellan und silbernen Kerzenleuchtern gedeckt war, wie sie sie in Mrs Stocktons Küche poliert hatte, und aß eine extravagante Mahlzeit?

Sie sah sich um und hielt nach dem honigblonden Haar von Christina Farnsworth Ausschau, aber sie entdeckte die junge Frau nirgends. *Ist sie bei den Brentwoods? Sitzt sie neben Warren und weiß genau, welches Messer und welche Gabel sie benutzen muss?*

Mit einem Kopfschütteln wandte Espy ihre Aufmerksamkeit wieder der Kanzel zu. Sie war hier, um Gottes Wort zu hören, und nicht, um von einem Mann zu träumen, der sie überhaupt nichts anging.

Sie sollte damit zufrieden sein, dass sie ihn jetzt öfter sehen würde, da sie zu der neuen Gemeindegruppe gehörte – und das hatte sie Pastor Curtis zu verdanken, dem lieben Mann, der den Unterschied zwischen Espy und Warren und ihrer beider Herkunft gar nicht zu bemerken schien.

Warren neigte den Kopf zum Tischgebet und gewann dadurch einige Sekunden, bevor er Rechenschaft darüber ablegen musste, wo er gewesen war. Während er seinen ersten Bissen kaute, legte seine Mutter ihre Gabel ab und tupfte sich den Mund mit der Serviette ab. „Wieso hat Pastor Curtis dich eigentlich so lange aufgehalten?" Sie blickte den Tisch hinunter zu seinem Vater. „Dein Vater und ich haben uns schon Sorgen gemacht."

Warren kaute zu Ende und schluckte den Bissen hinunter. „Er hatte eine Idee, über die er mit mir reden wollte." Nachdem er einen Schluck Wasser getrunken hatte, sagte er: „Es geht um eine Gruppe, eine Art Kirchenklub für junge Leute."

„Ich frage mich, warum er meint, wir bräuchten noch eine Gruppe. Es gibt doch schon so viele Gruppen, denen man sich anschließen kann", bemerkte seine Mutter und lehnte sich zurück.

„Ich glaube, er hat das Gefühl, dass viele junge Leute sich von der Kirche entfernen, wenn sie erwachsen werden."

Sie runzelte die Stirn. „Ach du liebe Güte, wie kommt er denn darauf? Die Kirche ist sonntagmorgens doch voll mit jungen Menschen. Christina zum Beispiel verpasst nie einen Gottesdienst, und ihr auch nicht." Sie zeigte auf ihn und Annalise.

„Natürlich nicht." Christina, die zum Essen eingeladen worden war, nickte. „Alle meine Freunde gehen regelmäßig in die Kirche."

Warren stellte fest, dass er die Sache etwas genauer erklären musste, was er eigentlich hatte vermeiden wollen. „Aber nicht alle jungen Leute gehen in den Gottesdienst, wenn man Holliston als Ganzes betrachtet."

„Du meinst das Gesindel", grunzte sein Vater.

„Ich würde nicht alle, die in den Sägemühlen für uns arbeiten, als Gesindel bezeichnen."

„Natürlich nicht, aber viele von ihnen sind doch Kirchgänger, vor allem die Familienväter." Sein Vater zuckte mit den Schultern. „Die unverheirateten Männer geraten am ehesten auf die schiefe Bahn. Aber was sie in ihrer Freizeit machen, ist ihre Sache."

Warren schob seinen Teller ein wenig von sich. Er hatte zwar erst die Hälfte seiner Portion gegessen, aber jetzt hatte er nicht mehr denselben Appetit, wie als er das Speisezimmer betreten hatte. „Was sie tun, hat auch für uns Folgen, wenn sie in ihrer Freizeit trinken und zechen."

Christina lachte. „Du sagst das, als würde das alles vor unserer Haustür stattfinden. So etwas passiert doch weit entfernt. Es ist natürlich eine Schande, aber solange es sich auf bestimmte Stadtviertel beschränkt …", sagte sie und zuckte mit den Schultern. „Ich glaube, das ist einfach etwas, wogegen man nichts machen kann."

„Männer brauchen nach der anstrengenden Arbeitswoche ein Ventil", warf sein Vater ein, als wäre das Thema damit beendet.

„Ein Ventil, ja, aber nicht Trunkenheit und Spielsucht."

Sein Vater funkelte ihn an. „Ich glaube nicht, dass unser Ort die gleichen Probleme hat, die es in der Großstadt gibt. Lassen wir es damit gut sein, sage ich."

Warren beherrschte seine zunehmende Frustration. „Ich glaube, Pastor Curtis würde es gerne sehen, wenn diese jungen Männer in die Kirche kommen *wollten*. Er will ihnen zeigen, dass es dort auch für sie etwas gibt." Ungeschickt suchte er nach den richtigen Worten, weil er das Gefühl hatte, die Idee des Pastors nicht richtig erklären zu können, aber er glaubte, dass an der Sache etwas dran war.

Sein Vater schnaubte nur und erhob sich dann vom Tisch. „Ich werde jetzt eine Zigarre rauchen." Er nickte den Frauen zu und entschuldigte sich.

„Was wollte Pastor Curtis denn von dir, Warren? Was hast du mit dieser neuen Gruppe zu tun?"

„Er will, dass ich … sie leite."

„Sie leiten?" Seine Mutter klang entsetzt.

Christina beugte sich vor. „Erzähl uns mehr davon. Vielleicht kannst du sie so gestalten, wie du willst. Das könnte ein Vergnügen für uns werden, Mrs Brentwood."

„Ich gebe zu, dass es eine Ehre ist", räumte seine Mutter ein. „Aber sei vorsichtig, wen du dazu einlädst, Warren." Sie schüttelte den Kopf. „Du weißt ja nicht, wie unbändig einige Elemente in der Stadt sein können. Immerhin warst du ziemlich lange fort."

Warren verkniff sich ein Lächeln. „Meinst du, ich hätte in den Häfen, die ich besucht habe, nicht einige zwielichtige Gestalten gesehen, Mutter?"

Nun erhob sich auch seine Mutter. „Ich überlasse es euch jungen Leuten, euren *Klub* zu diskutieren."

Während Christina eifrig Vorschläge machte, aß Warren zu Ende.

„Ich finde, wir sollten Emily und Mabel einladen. Und Dexter und James." Sie wandte sich an Annalise. „Und dich natürlich. Warte, das sind sieben. Wir brauchen noch einen Mann."

Warren lachte. „Das ist keine gesellschaftliche Veranstaltung. Es spielt keine Rolle, ob wir Paare bilden können."

Christina schürzte die Lippen. „Ich finde, es würde viel mehr Spaß machen, wenn wir gleiche Zahlen hätten. Außerdem hoffe ich, dass es bei dem Klub nicht nur um Arbeit geht, sondern wir uns auch vergnügen.“ Sie lächelte. „Ich weiß nicht, wie du junge Leute anziehen willst, wenn sie die ganze Zeit schuften sollen.“

Warren befingerte den Griff seines Messers. „Pastor Curtis hat auch Esperanza Estrada gebeten mitzumachen. Ich gehe davon aus, dass sie ebenfalls einige ihrer Freunde einlädt.“

Christinas Mund formte ein lautloses O. Annalise sah ihn verständnislos an.

Christina erholte sich zuerst von dem Schock. „Espy? Du liebe Güte.“ Sie lachte halbherzig. „Pastor Curtis war es also ernst damit, das Gesindel einzuladen. Was wird er wohl als Nächstes tun? Am Samstagabend in die Bierlokale gehen und alle einladen?“

Annalise wirkte schockiert. Warren zügelte seine Verärgerung. „Ich würde Espy kaum in denselben Topf werfen wie einen Haufen Betrunkene.“

„Denk mal an ihren Vater …“

„Ich finde nicht, dass wir jemand nach seinen Angehörigen beurteilen sollten“, sagte Warren steif. Er verstand die Feindseligkeit nicht.

Christina zog die Augenbrauen hoch. „Sieh an, du bist aber schnell dabei, sie zu verteidigen!“

„Ich will nur niemanden voreilig verurteilen. Sie scheint ein anständiges, fleißiges Mädchen zu sein.“

Christina wandte sich an Annalise. „Hast du das gehört? Dein Bruder hält eine ganze Menge von Miss Estrada. Du solltest auf ihn aufpassen. Wer weiß, wen er als Nächstes einlädt.“

„Ich glaube nicht …“, begann Annalise zögernd.

Warren beendete den Satz für sie. „Ist schon gut, Schwesterherz. Ich glaube nicht, dass man sich um mich Sorgen machen muss. Ich kann gut auf mich selbst aufpassen und habe sehr viel mehr von der Welt gesehen, als hier alle zu glauben scheinen.“

Die Freude, die er empfunden hatte, als er die Idee von Pastor Curtis mit Espy besprochen hatte, schwand immer mehr, je länger er am Tisch saß. Als Warren schließlich aufstand, hatte er das Gefühl, dass diese Gruppe nur eine weitere Verpflichtung in einer Reihe von Aufgaben als Erbe des Brentwood-Namens war.

Espy lief mit Angela und den einzigen beiden Freunden, die sie hatte überzeugen – oder vielmehr überreden oder mitzerren – können, an dem ersten Treffen ihres neuen Klubs teilzunehmen, zur Kirche. Sie sah zu Will und Henry hinüber, die nur mitgekommen waren, nachdem sie ihnen versprochen hatte, anschließend ein Eis mit ihnen essen zu gehen.

Selbst Angela war nicht sehr kooperativ gewesen. Sie hatte eigentlich zu Hause bleiben wollen, aber zum Glück war ihre Mutter da gewesen, um auf die Kinder aufzupassen, sodass ihre Schwester keine Ausrede gehabt hatte.

Bei der Kirche angekommen, gingen sie zu dem Seiteneingang, der in das Gewölbe führte. Als sie Stimmen hörte, folgte Espy ihnen in den großen Raum, der normalerweise für Mahlzeiten und andere Gemeindeveranstaltungen genutzt wurde. Sie atmete erleichtert auf, als sie Warren bereits dort sitzen sah. Aber gleich darauf runzelte sie die Stirn. Christina saß an seiner rechten Seite.

Mit einem ungeduldigen Kopfschütteln musterte Espy die anderen, die am Tisch saßen: zwei junge Männer, Warrens Schwester und zwei Damen, die sie nur vom Sehen kannte.

Warren lächelte, als er sie sah, und Espy entspannte sich. „Wie schön, da ist ja die Verstärkung!“ Sein freudiger Blick schloss ihre Gefährten mit ein, als er sich vom Tisch erhob. Er nickte Angela zu und wandte sich dann an die jungen Männer. „Ich glaube, wir kennen uns noch nicht.“

Espy schob sie vorwärts. „Das sind Will Trafton und Henry Freeman. Sie arbeiten mit Angela in der Konservenfabrik.“

Die Männer reichten einander die Hand und murmelten etwas wie: „Ist mir ein Vergnügen.“

„Ich bin froh, dass Sie alle zu dem ersten Treffen unserer neuen Gemeindegruppe kommen konnten.“ Warren grinste. „Wir haben noch nicht einmal einen Namen für die Gruppe, aber das ist auch etwas, das wir bei unserer konstituierenden Sitzung heute diskutieren können.“

Will und Henry murmelten: „Klar“, wirkten aber schon jetzt, als wären sie überfordert.

Espy bedeutete Angela, sie solle sich setzen, und Warren sprang auf, um einen Stuhl für sie herauszuziehen. Espy nahm sich den Stuhl daneben.

Als Warren wieder saß, fragte er Espy: „Erwartest du heute Abend noch jemand anderen?“

„Nein, dies sind die Einzigen.“

Er blickte in die Runde. „Also gut. Ich stelle den Antrag, dass wir unsere Sitzung offiziell beginnen.“

Christina lächelte ihn an. „Ich unterstütze den Antrag.“

„Ja, da du uns schon hierher geschleift hast, können wir auch anfangen“, scherzte Warrens anderer Freund lächelnd.

„Dieser Schlaumeier hier ist Dexter Ellis“, sagte Warren grinsend, „und dies sind Emily, Mabel und James – und meine Schwester Annalise.“

Dexter, ein junger Gentleman mit dunkelblonden Haaren, lächelte Espy und Angela an. „Endlich lernen wir uns mal kennen. Ich habe Sie beide schon in der Kirche gesehen, hatte aber noch nie das Vergnügen.“

Espy nickte. „Die Freude ist ganz meinerseits.“

James und Emily starrten sie nur an und wandten dann den Blick ab. Warrens Schwester lächelte ihnen zu.

„Nach dieser kleinen Vorstellungsrunde will ich kurz erklären, worum es hier geht.“ Warren erzählte ihnen von Pastor Curtis' Idee, eine Gruppe für junge Leute zu gründen.

Espy blickte in die Runde und bemerkte, dass Warrens Freunde alle am einen Ende des Tisches saßen und ihre Freunde am anderen. Wahrscheinlich war es nur Zufall, da die anderen vor ihnen da gewesen waren. Aber sie hatte gehofft, sie könnten zu einer Gruppe zusammenwachsen, die gemeinsam für das Wohl der Stadt arbeitete. Würde stattdessen ein Klub daraus werden, der aus zwei unterschiedlichen Gruppen bestand – ihren Freunden und denen von Warren?

Sie faltete die Hände auf der Tischplatte. Das würde sie nicht zulassen.

Als Warren seine Erklärungen beendet hatte, lächelte Christina. „Ich finde, das ist eine lobenswerte Idee. Ich schlage vor, wir fangen damit an, die Leitung dieses Klubs zu wählen.“

Warren räusperte sich. „Wie wäre es, wenn wir erst einmal darüber sprechen, was wir als Gruppe tun wollen?“

Falls Warrens sanfter Widerspruch sie störte, ließ Christina es sich nicht anmerken. „Ich dachte, Pastor Curtis hätte uns schon gesagt, worum es geht."

„Aber nur sehr allgemein." Warrens Blick schloss sie alle mit ein. „Vielleicht kann jeder von uns sagen, was er denkt. Und ich bespreche die Ideen, die wir haben, dann mit Pastor Curtis. Wie sieht es mit Ihnen aus, Will? Wie stellen Sie sich einen Kirchenklub vor?"

Will wurde rot. „Darüber hab ich noch gar nicht nachgedacht", murmelte er und blickte zu Boden.

„Und Sie, Henry?"

„Ich will Spaß haben", antwortete er mit einem selbstbewussten Grinsen.

Will lachte.

Dexter klatschte in die Hände. „Da kann ich nur zustimmen!"

Warren wandte sich mit einem etwas verkrampft wirkenden Lächeln an Angela. „Angela?"

Angela schüttelte den Kopf und murmelte etwas Unverständliches.

Espy zügelte ihre Ungeduld mit den anderen. Sobald sie an der Reihe war, würde sie sagen, was sie sich überlegt hatte, seit sie mit Warren nach Hause gelaufen war.

Aber Christina ergriff zuerst das Wort. „Warum fragst du nicht diese Seite?"

„Natürlich. Keiner soll ausgelassen werden. Bitte, wenn jemand etwas zu sagen hat, nur heraus damit. Wir sind eine kleine Gruppe und dies ist nur ein erstes Treffen, um herauszufinden, was wir gemeinsam unternehmen wollen. James, Dexter, Emily … habt ihr irgendwelche Ideen?"

„Ich bin hier, weil ich mich amüsieren will", sagte Dexter und zwinkerte Espy zu.

Die anderen sagten gar nichts.

Espy setzte dazu an, etwas zu sagen, aber wieder kam ihr Christina zuvor. „Wie wäre es mit einem Verschönerungsprojekt?"

Als Warren sie verständnislos ansah, fuhr sie fort: „Wir könnten einen Ort in der Stadt auswählen und verbessern. Es gibt bestimmt eine Menge Plätze, die man verschönern könnte", sagte sie mit einem kleinen Lachen.

„Du meinst einen Garten?", fragte Mabel. „Das ist eine wunderbare Idee. Wir könnten Blumen pflanzen."

Christina wandte sich ihr zu. „An so etwas hatte ich gedacht. Ihr kennt doch das verlassene Grundstück am Flussufer, zwischen Tuppers Trockenwarenlager und Sawyers Mietstall? Wir könnten das Gras dort mähen und ein Beet anlegen. Vielleicht mit einer Parkbank."

Warren nickte.

Espy rutschte unruhig auf ihrem Stuhl umher und warf Blicke nach links und rechts zu Angela und den Jungen. Als ihr klar wurde, dass sie von ihnen keine Hilfe erwarten konnte, holte sie tief Luft. „Entschuldigt." Als sich alle Augen von der anderen Seite des Tisches auf sie richteten, fühlte sie, wie das Blut in ihre Wangen stieg. „Ich dachte, es geht bei dieser Gruppe darum, anderen Menschen zu helfen."

„Das stimmt", warf Warren ein.

Christina sah sie an, als hätte sie Espy gerade erst bemerkt. „Wir helfen allen Bewohnern der Stadt, indem wir einen Schandfleck beseitigen. Dieses Grundstück ist ein richtiger Müllabladeplatz geworden. Das ist doch unansehnlich."

„Ich habe sogar gesehen, dass Penner dort übernachten." Emily erschauerte.

Der andere junge Mann namens James beugte sich vor und sagte: „Ich schlage vor, wir sammeln Geld, um die Orgel reparieren zu lassen. Sie klingt schauderhaft. Ich kann den Klang sonntagmorgens kaum ertragen."

Sofort begann die Gruppe am anderen Ende des Tisches den Vorschlag zu diskutieren. Espy begegnete Warrens Blick.

„He, was ist mit Espys Idee?", rief Will so laut, dass alle ihn hören konnten. „Warum hören Sie ihr nicht mal zu? Oder denken Sie, Espys Ideen sind nicht so gut wie die von Miss Christina?"

„Ich finde, *Miss* Christina hat recht", sagte James mit einem spöttischen Grinsen. „Wenn wir nicht auf unsere Stadt stolz sein können, wie können wir dann überhaupt auf irgendetwas stolz sein?"

„Indem wir dafür sorgen, dass niemand in dieser Stadt Hunger hat."

„Manche Leute wollen nicht arbeiten und beklagen sich dann, dass sie nicht genug zu essen haben."

Die Stimmen der Männer wurden lauter. Henry schlug sich auf

Wills Seite und kurz darauf versuchte Dexter, alle zu beruhigen, aber seine Stimme wurde genauso laut wie die der anderen. Sie waren aufgesprungen und zeigten mit dem Finger aufeinander.

„Alle werden die Gelegenheit bekommen, ihre Meinung zu sagen, aber ihr müsst euch hinsetzen …" Warrens Stimme wurde von den anderen übertönt.

Espy wandte sich an Angela. „Das ist doch lächerlich."

„Ich wusste, dass es die reinste Zeitverschwendung sein würde herzukommen", murmelte Angela.

Espy stand auf und sah sich im Raum um. Es musste hier doch etwas geben, womit sie die Aufmerksamkeit der Männer erregen konnte – irgendetwas. Sie entdeckte ein Gesangbuch auf einem Sideboard und stapfte zu dem Möbelstück hinüber. Dann trug sie das Buch zurück zum Tisch, stieg einer Eingebung folgend auf ihren Stuhl und ließ das schwere Gesangbuch auf den Tisch fallen.

In dem Augenblick der Stille, der folgte, ergriff sie das Wort. „Pastor Curtis ist der Meinung, dass wir anderen jungen Leuten in der Stadt zeigen sollen, dass die Kirche nicht nur ein Gebäude ist – sondern dass sie aus Menschen wie uns besteht, die bereit sind, ihren Nächsten die Liebe Christi zu zeigen."

So anmutig, wie sie konnte, stieg sie von ihrem Stuhl, blieb aber stehen. „Es gibt viele Menschen in dieser Stadt, die fleißig arbeiten, aber trotzdem nicht genug haben." Sie starrte James an, als wollte sie ihn herausfordern, ihr zu widersprechen.

„Ich kenne eine Frau in der Chestnut Street, die gerade ihren Mann verloren hat. Sie arbeitet den ganzen Tag in der Konservenfabrik. Aber sie muss fünf Personen satt bekommen. Was sie verdient, reicht kaum für Miete und Essen. Wie soll sie da für ihre Kinder sorgen?"

Alle starrten sie an. Espy nutzte die Tatsache, dass sie die Aufmerksamkeit der anderen gewonnen hatte, und fuhr fort: „Ihr ältester Sohn ist gerade mit der Grundschule fertig geworden. Er wollte schon immer auf die Highschool gehen. Aber seine Mutter ist darauf angewiesen, dass er Geld verdient. Diese Frau kommt nicht in die Kirche, weil sie sonntags zu erschöpft ist, um etwas anderes zu tun, als zu schlafen. Ihre Kinder kommen nur, wenn Leute aus der Gemeinde so freundlich sind, sie mitzunehmen – und ihnen anständige Kleidung schenken, aus denen ihre eigenen Kinder herausgewachsen sind."

Sie holte tief Luft. „Solchen Menschen müssen wir helfen." Espy beschrieb zwei weitere Personen, die sie persönlich aus ihrem Viertel kannte. Je länger sie sprach, desto mehr vergaß sie, wer vor ihr saß, und desto leidenschaftlicher wurde sie. Sie konnte nur noch an die Not der Menschen denken, in deren Nachbarschaft sie aufgewachsen war und mit denen sie gearbeitet hatte, und daran, wie wichtig die Hilfe der Kirche für sie in Zeiten der Not gewesen war.

Als sie schließlich eine Pause machte, ergriff Warren das Wort und lächelte ihr kurz zu. „Danke, dass du uns das erzählt hast." Er sah die anderen an, die immer noch mit offenem Mund Espy anstarrten. „Das sind die Menschen, die Pastor Curtis meinte. Wie wäre es, wenn wir etwas organisieren, um Geld zu sammeln, mit dem wir diesem Jungen helfen können, weiter die Schule zu besuchen?"

„Wenn wir den Leuten einfach Geld geben, werden sie nur noch fauler", sagte James.

„Meine Mutter sagt immer: Je mehr man den Leuten gibt, desto mehr nehmen sie, ohne sich selbst anzustrengen." Christina sprach mit ruhiger Stimme, aber ihr Blick erdolchte Espy.

„Das können wir verhindern. Espy und die anderen" – Warren zeigte auf ihre Freunde – „können uns sagen, wo wirkliche Not herrscht. Eine Frau, die frisch verwitwet ist, braucht vielleicht eine Zeit lang Hilfe. Lasst uns doch mal überlegen, wie wir Geld sammeln können."

„Solange es Spaß macht", sagte Dexter.

„Natürlich macht es Spaß, wenn wir mit der richtigen Einstellung an die Sache herangehen", entgegnete Espy. „Wir könnten etwas verkaufen – vielleicht bei einem Basar der Kirche."

„Oh ja, mit Häkeldeckchen und bestickten Geschirrtüchern können wir die Schule für diesen Jungen bestimmt finanzieren", sagte Christina und gab sich keine Mühe, ihren Sarkasmus zu verbergen.

Emily kicherte und fügte hinzu: „Ich habe gerade eine Decke fertig. Daran habe ich zwei Wochen gearbeitet."

Christina wandte sich mit einem übertriebenen Lächeln zu ihr um. „Wunderbar! In einigen Monaten haben wir vielleicht genug, um einen Stand beim Weihnachtsbasar zu machen." Die beiden brachen in Gelächter aus.

„Wie wäre es, wenn wir Essen verkaufen?", fragte Warren, der die beiden Hühner komplett ignorierte. Er stützte die Ellbogen auf, beugte sich vor und rieb sich nachdenklich das Kinn. „Wir könnten schon jetzt im Sommer etwas veranstalten, wenn die Touristen kommen."

Dexter zog eine Augenbraue hoch. „In zwei Wochen ist Unabhängigkeitstag."

Warren lächelte. „Der Gedanke gefällt mir. Wie wäre es mit einem Benefizessen in der Stadt, bei dem Spenden für die Ausbildung eines jungen Mannes und für andere in Notlagen gesammelt werden? Könnten wir das so schnell organisieren?"

„Wir könnten ein Hummerfest machen", sagte James. Seine Stimme klang ernst, aber zustimmend. „Ich bin mir sicher, einige der Fischer würden Hummer spenden. Das Lebensmittelgeschäft meines Vaters kann Mais aus dem Großhandel in Portland beziehen."

Espy warf Christina einen Blick zu, um zu sehen, wie sie die Idee aufnahm. Erst saß sie noch mit steinerner Miene da, aber dann blinzelte sie plötzlich, als wäre sie gerade aufgewacht, und lächelte. Jetzt war ihr Gesicht wieder das einer hübschen, reizenden jungen Dame. „Wir könnten um Spenden bitten und den guten Zweck hervorheben, für den sie gedacht sind."

Wieder redeten alle durcheinander, aber diesmal nicht zornig.

Espy setzte sich, einerseits mit einem Gefühl der Befriedigung, andererseits ein wenig enttäuscht. Es war, als hätte sie engagiert für etwas gekämpft, das ihr jetzt aus der Hand genommen wurde. Sie hatte keine Kontrolle mehr darüber.

Sofort schalt Espy sich wegen dieses egoistischen Gedankens. *Danke, Herr, dass du Frieden in diese Gruppe gebracht hast.*

Sie blickte zu Warren am anderen Ende des Tisches hinüber.

Er antwortete gerade auf etwas, das Will gesagt hatte, aber während er sprach, wanderte sein Blick zu ihr, als hätte er gespürt, dass sie ihn beobachtete.

Einer seiner Mundwinkel hob sich anerkennend, dann widmete er Will wieder seine volle Aufmerksamkeit.

Espys Herz floss über vor Zuneigung.

Danke, Herr!, wiederholte sie im Stillen.

6. Kapitel

Warren lehnte sich auf seinem Stuhl zurück. Zum ersten Mal, seit dieses Treffen begonnen hatte, konnte er sich ein wenig entspannen. Jetzt diskutierten alle freundschaftlich über das Hummeressen am vierten Juli, und er merkte, dass er den ersten Schritt dessen getan hatte, worum Pastor Curtis ihn gebeten hatte.

Ohne Espy hätte er es nicht geschafft, das räumte er ein. Dabei war er sich anfangs unsicher gewesen, ob es so klug war, dass Pastor Curtis sie gleich für eine führende Funktion in der Gruppe vorgesehen hatte.

Sie sprach in ihrer leidenschaftlichen Art mit ihren Freunden, als wollte sie versuchen, sie zu begeistern. Er fragte sich, warum sie die beiden jungen Männer überhaupt mitgebracht hatte, die kaum etwas zu der Planungssitzung beigesteuert hatten, abgesehen von einer Beinahe-Prügelei.

Warrens Blick wanderte weiter zu Christina. Von sich aus hätte er sie wohl eher nicht zu diesem Treffen eingeladen. Aber sie hatte sich einfach an ihn gehängt und gar nicht erst auf eine Einladung gewartet. Sich nicht dagegen zu wehren, war das Einfachste gewesen, zumal seine Mutter die Idee so begeistert unterstützt hatte.

Jetzt, wo er Christina mit Stift und Papier in der Hand sah, überlegte Warren allerdings, dass es vielleicht doch keine schlechte Idee war, sie dabeizuhaben. Sie schien eine geborene Organisatorin zu sein.

Sie lächelte ihm zu und er erwiderte das Lächeln automatisch. „Ich glaube, wir haben für das erste Treffen genug geschafft", sagte sie. „Und wenn ich mir jetzt keinen Platz in der Gruppenleitung verdient habe, weiß ich nicht, was ich sonst noch tun muss!"

Warren rutschte auf seinem Platz zurück und lachte. „Wir können die Vorschläge für die Leitung beim nächsten Treffen besprechen, oder besser noch, wenn wir das erste Projekt geschafft haben. Dann sehen wir auch, wer von uns sich weiter engagieren will."

Die anderen stimmten in sein Lachen ein.

Christina blickte auf ihr Blatt Papier hinunter. „Dann sollten wir aber, bevor wir die Runde auflösen, wenigstens noch entscheiden, wer wofür zuständig ist.“ Sie klopfte mit ihrem Bleistift auf den Tisch. „Wir brauchen Leute zum Kochen, Aufbauen, zum anschließenden Aufräumen, für die Begrüßung der Gäste und für das Einsammeln von Spenden.

„Ich kann beim Hummerkochen helfen“, bot Henry sich mit erhobener Hand an.

„Dann schreibe ich Ihren Namen auf.“ Christina hielt den Stift über ihren Zettel und sah ihn erwartungsvoll an. „Mr …?“

„Henry. Henry Freeman.“

Sie schrieb den Namen auf. „So, kommen wir zu Espy … das ist doch richtig, oder?“ Sie warf Espy einen fragenden Blick zu. „Espy kann mit Ihnen zusammenarbeiten. Sie haben Erfahrung in der Konservenfabrik, da wissen Sie doch bestimmt, wie man Hummer perfekt zubereitet.“ Sie lächelte Espy an.

„Gut, tragen Sie mich mit Henry ein.“

„Ich übernehme es, die Gäste zu begrüßen und Karten zu verkaufen. Du könntest mir dabei helfen, Warren. Du kennst alle und du kannst mit Zahlen umgehen.“ Bevor er sich weigern konnte, wandte sie sich an Annalise. „Wie wäre es, wenn du dich um die Bedienung an den Tischen kümmerst, Annalise? Das macht bestimmt Spaß. Es werden alles Leute sein, die du kennst, und alle bekommen dasselbe.“

„A… also gut.“ Seine Schwester lachte nervös. „Solange es nichts ist, wobei man die Bestellungen durcheinanderbringen kann.“

Christina tätschelte ihre Hand. „Keine Sorge. Und du musst es natürlich nicht alleine machen. Wie wäre es mit euch, Emily und James? Könntet ihr Annalise beim Auftragen des Essens helfen?“

Emily hob die Hand. „Das klingt doch lustig. Ich glaube nicht, dass ich jemals als Kellnerin arbeiten werde, also ist ein Ausflug in diese Branche doch vielleicht mal ganz nett.“ Die Damen lachten.

Nachdem noch einige andere Aufgaben an die restlichen Mitglieder der Gruppe verteilt worden waren, löste die Gruppe sich auf. Warren erhob sich und sammelte seine wenigen Notizen zusammen. Er wollte mit Espy reden und ihr dafür danken, dass sie das Wort ergriffen hatte, als die Sache fast aus dem Ruder gelaufen wäre. Aber als sie aufstand, erhoben sich ihre beiden Freunde ebenfalls und setzten ihre Hüte auf. Er hörte Fetzen ihrer Unterhaltung, während Christina etwas zu ihm sagte.

„So, Zeit für das Eis!“, hörte er Will sagen.

„Warren, komm doch noch bei mir vorbei, dann können wir vor dem nächsten Treffen ein paar Einzelheiten besprechen.“

„Was hast du gesagt?“, fragte er Christina, während er sich bemühte zu hören, was Espy erwiderte. Es klang, als hätte die Gruppe noch Pläne für den restlichen Abend.

Aber Dexter trat von hinten auf ihn zu. „Gute Sitzung, Brentwood. Kann ich dich einen Augenblick sprechen oder hast du es eilig?“

Er sah Dexter kurz an. „Kein Problem. Ich verabschiede mich nur schnell von den anderen.“ Sein Blick begegnete dem von Christina. Wenigstens hatte er so eine Ausrede, sie nicht nach Hause bringen zu müssen.

„Darf ich kurz um eure Aufmerksamkeit bitten?“, sagte Warren mit lauter Stimme. Als alle verstummten, fuhr er fort. „Da wir so wenig Zeit für die Planung dieser Veranstaltung haben, sollten wir uns bald wieder treffen – sagen wir am Freitag – und besprechen, was sonst noch zu erledigen ist. Dann können auch alle berichten, was sie in der Zwischenzeit erreicht haben.“

Nachdem alle zugestimmt hatten, beobachtete Warren, wie Will nach Espys Umhängetuch griff und es ihr reichte. Sie dankte ihm und lächelte ihn an, bevor sie auf Warren zuging. „Das lief nach dem wackligen Anfang doch ganz gut, meinst du nicht auch?“

Er nickte. Plötzlich wusste er nicht, was er sagen sollte.

Espy zog das Tuch um ihre Schultern zurecht. „Ich gehe dann.“

„Ich … vielleicht können wir uns treffen und besprechen …“ – *Denk nach, Warren, denk nach, was wir besprechen müssen* – „… das … den Hummer … das Menü, meine ich.“

Espy nickte. „Ja, das wäre vermutlich gut.“ Sie blickte zur Seite und ihm fiel wieder Christina ein, die schräg hinter ihm stand und wahrscheinlich jedes Wort mitbekam, obwohl alle anderen sich laut unterhielten. „Ich bin zu den üblichen Zeiten bei den Stocktons.“

Warren atmete erleichtert aus. „Dann werde ich morgen nach dir Ausschau halten.“

„Also, dann gute Nacht.“ Sie nickte in Christinas Richtung. „Gute Nacht, Miss Farnsworth. Gute Nacht, Mr Ellis.“

Warren vernahm keine Antwort von Christina, aber vielleicht wurde sie von Dexters Stimme übertönt. Sein Freund beugte sich über Espys Hand. „Gute Nacht, Espy … darf ich dich so nennen?“

Espy lächelte. „Natürlich, so nennen mich alle.“

„Ein hübscher Spitzname. Wofür ist es eine Abkürzung?“

„Esperanza.“

„Esperanza“, wiederholte Dexter mit einer ganz und gar spanischen Aussprache. „Hoffnung. Was für eine schöne Idee.“

Espys Wangen röteten sich. „Danke. Hoffnung ist etwas, wovon ich sehr viel habe, da passt der Name also.“

Dexter nickte, während seine Blicke ihre Züge zu streicheln schienen.

Endlich ließ er Espys Hand los. „Es war mir ein Vergnügen, Esperanza.“

Espy lachte. „Einen schönen Abend noch, Dexter.“

Der Großteil der Gruppe ging hinaus und ihr Lachen hallte im Kellergewölbe wider. Nur Christina, Annalise und Dexter blieben noch.

Christina warf Dexter einen Blick zu. „Warren hat versprochen, mich nach Hause zu bringen.“

„Oh.“ Dexters Blick wanderte von ihm zu Christina und zurück.

Warren beeilte sich, die Situation zu entschärfen. „Dexter hat mich gebeten, ein paar Dinge mit ihm zu besprechen. Aber ich kann nachher noch kurz bei dir vorbeikommen, wenn du willst“, schlug er ihr vor.

Christina presste die Lippen aufeinander, doch dann entspannten sich ihre Züge. „Damit muss ich mich dann wohl zufriedengeben. Komm mit, Annalise. Wir sehen uns später, Warren. Halt ihn nicht so lange auf, Dexter.“ Die Damen winkten und machten sich dann auf den Weg.

Warren sammelte seine Sachen ein und wandte sich an seinen Freund. „Was gibt es denn?“

„Keine große Sache.“

Er fragte sich, ob er sich über seinen Freund ärgern sollte, während er auf die Tür zeigte. „Sollen wir?“

Als sie die Kirche verließen und die Straße hinuntergingen, schüttelte Dexter den Kopf. „War sie nicht großartig?"

Warren fragte sich, was Christina getan hatte, um die Aufmerksamkeit seines Freundes zu fesseln. „Was meinst du?"

Dexter lachte ungläubig. „Was ich meine? Hast du sie nicht gehört? *Großartig* – anders kann man das nicht nennen."

Warren blieb stehen. „Wovon sprichst du eigentlich?"

„Von Esperanza."

Natürlich.

„Ein Feuerkopf! Eine Antreiberin. Wenn du nicht aufpasst, wird sie dich wie einen Tanzbären an der Leine herumführen ... und du hast schon Christina", fügte Dexter lachend hinzu.

„Ich ‚habe' Christina nicht – und sie mich auch nicht", knurrte Warren.

„Was du nicht sagst. Sie hat ihre Krallen tief in dein Fell geschlagen; ein Wunder, dass du es nicht merkst." Dexter seufzte. „Wahrscheinlich ist es besser, wenn es nicht wehtut."

„Ich weiß nicht, wovon du redest. Christina und ich sind seit unserer Kindheit befreundet, aber das heißt nicht, dass wir ein Paar sind."

Dexter zog die Augenbrauen hoch. „Wissen deine Eltern das?"

Warren rieb sich den Nacken. „Ich habe nicht mit ihnen über Christina gesprochen. Mutter schubst jede infrage kommende junge Dame in meine Richtung, seit ich wieder da bin, das ist wahr. Ich nehme an, meine Eltern hoffen, dass Christina das Rennen macht, weil unsere Familien seit Ewigkeiten befreundet sind, und natürlich leiten Vater und Mr Farnsworth zusammen die Bank."

„Das wäre doch hübsch und praktisch."

„Ich habe nicht die Absicht, so bald zu heiraten." Um das Thema zu wechseln und Dexter daran zu hindern, weiter in seinen privaten Angelegenheiten zu stochern, fragte er: „Und, worüber wolltest du mit mir reden?"

„Über Espy natürlich."

Sie waren beinahe an der Brücke angekommen. Warren warf seinem Freund einen scharfen Blick zu. „Espy?"

Dexter sah ihn an, als wäre er ein Kind. „Ja, Blitzmerker! Espy. Was dachtest du denn, worüber ich mit dir sprechen wollte? Doch sicher nicht über unsere Spendenaktion für die Armen und Notleidenden." Er lachte. „Obwohl sie mich beinahe zum Weinen gebracht hätte, als sie die Notlage dieser Leute beschrieb."

Warren versuchte seine Verärgerung zu beherrschen, denn er kannte die gleichgültige Haltung seines Freundes in Bezug auf eigentlich alles. „Und was willst du über Espy wissen?"

„Interessierst du dich für sie?"

Warren schob die Hände in die Hosentaschen und bemühte sich, keine Miene zu verziehen. „Wie kommst du denn darauf?"

„Ich habe dich bei dem Konzert im Pavillon mit ihr tanzen sehen. Und jetzt organisiert ihr beide eine Gemeindegruppe. Wenn ich es nicht besser wüsste, könnte ich glauben, du hättest es auf diese junge Dame abgesehen."

Warren tat so, als würde er ein Schaufenster betrachten. Dexter hatte den Tanz beobachtet? Wie viele andere hatten ihn mit Espy gesehen?

„Wir planen nur deshalb zusammen diese Gruppe, weil Pastor Curtis sie zufällig auf dem Kirchhof stehen sah, und du weißt ja, wie freundlich er ist. Er hat sie zu sich gewunken und gleich rekrutiert, damit sie mir hilft." Warren lachte, aber sein Lachen klang selbst in seinen eigenen Ohren falsch. „So war das."

„Und mit ihr Walzer zu tanzen? War das auch eine Pflichtübung?"

Warren vermied es, seinem Freund in die Augen zu sehen. Er konnte sich die belustigte Skepsis darin vorstellen. „Ich musste mit ihr über etwas reden und nur so waren wir ungestört."

„Eine vertrauliche Unterredung, schon so früh? Du bist verloren, mein Freund."

Warren beschleunigte seine Schritte. „Es ging lediglich um ihren Bruder. Sie hat versucht, ihm eine Arbeit im Sägewerk zu verschaffen."

„Wenn sie dich schon um einen Gefallen bitten, ist es nur noch eine Frage der Zeit, bis sie selbst auch etwas wollen, weißt du. Ich höre die Streicher schon den Hochzeitsmarsch spielen." Dexter fing an, das Stück zu summen.

Ein Laut der Ungläubigkeit und Verärgerung stieg aus Warrens Kehle auf. „Wie kommst du denn von einer einfachen Bekanntschaft auf eine Hochzeit?" Warren schüttelte angewidert den Kopf. „Du bist ja schlimmer als meine Eltern."

Dexter lachte leise. „Meine Leute versuchen es bei mir vergeblich, seit ich das College beendet habe. Ich glaube, sie haben sich damit abgefunden, dass ich der ewige Junggeselle bleibe."

Warren sah seinen Freund an, froh darüber, dass er nicht mehr das Thema des Gesprächs war. „Ich glaube kaum, dass du in deinem reifen Alter von vierundzwanzig Jahren als hoffnungslos gelten kannst."

„Bin ich schon so alt?"

„Du bist genauso alt wie ich." Warren seufzte. „Es ist Zeit, die kindischen Dinge abzulegen, wie es in der Bibel heißt, und verantwortungsbewusste Erwachsene zu werden."

„Wie langweilig."

„Es bedeutet, dass man die Verantwortung für sein eigenes Leben übernimmt und keine Last mehr für die Eltern ist." Während er sprach, spürte er die Bürde besonders stark, die seit seiner Rückkehr nach Hause auf ihm lastete. „Dazu gehört wohl auch, irgendwann zu heiraten und Kinder zu bekommen, bevor man ein trübseliger alter Junggeselle wie der alte Mr Wentworth wird."

Dexter lachte bei der Erwähnung des ortsansässigen Einsiedlers, der Kindern mit seinem Stock Angst einjagte. „Wieso meinst du, dass ich trübselig werden könnte? Du vielleicht, mein Freund, wo dir doch die Bedeutsamkeit der Familienehre der Brentwoods mit der Muttermilch eingeflößt wurde."

„Im Ernst, Dexter", sagte Warren in dem Versuch, hinter die ständigen Witzeleien seines Freundes zu gelangen, „willst du denn nicht irgendwann die eine Frau finden, mit der du den Rest deines Lebens verbringen möchtest?"

Dexter riss einen dünnen Zweig von einer Hecke, an der sie vorbeikamen, und warf ihn fort. „Ich glaube, so etwas gibt es nur in Gedichten und Balladen. Ich sehe die älteren Leute um uns herum – meine Eltern, deine Eltern – und es kommt mir so vor, als steckten sie eher in einer Zweckgemeinschaft fest."

Warren dachte an seine eigenen Eltern. „Ich weiß nicht. Meine Mutter scheint meinen Vater zu verehren und er achtet sie."

Dexter seufzte übertrieben. „‚Verehren'? ‚Achten'? Das mag ihnen ja reichen, aber was ist mit Leidenschaft und echter Gemeinschaft – dass man wirklich mit diesem einen Menschen zusammen sein *will*, und zwar nicht nur ein paar Monate lang oder ein Jahr oder zwei, sondern ein ganzes Leben lang? Nein, mein Lieber, ich kann mir nicht vorstellen, so eine Frau zu finden."

Warren machte sich nicht die Mühe, mit seinem Freund zu streiten. Er hatte gedacht, er hätte diese Frau gefunden, aber seine Gefühle waren nicht erwidert worden. Mit Christina konnte er sich das, was Dexter beschrieben hatte, ganz sicher nicht vorstellen. Mit ihr wäre es so, dass sie sich arrangierten und so wurden wie seine Eltern. Derselbe Freundeskreis, die gleichen gesellschaftlichen Interessen, das Aufrechterhalten der Fassade für die Öffentlichkeit. Wahrscheinlich wäre dann sein wichtigstes Ventil die Arbeit, so wie es bei seinem Vater war.

Vor seinem geistigen Auge tauchte Espy auf. Wie wäre ein Leben mit jemandem wie ihr? Jemandem mit solcher Lebenslust? Jemandem, dessen Ideale weit über die Welt hinausgingen, in die sie hineingeboren worden war?

Er machte sich lächerlich. Sie stammte nicht aus seinen gesellschaftlichen Kreisen. Außerdem hatte sie ein Dutzend junger Männer aus ihrem eigenen Umfeld, die ihr nachliefen. In einem oder zwei Jahren würde sie sich einen davon angeln und dann anfangen, ein Kind nach dem anderen zu bekommen, so wie ihre Mutter …

Warren schüttelte den Kopf. Er könnte niemals eine Frau heiraten, die so wenig in seine Welt passte, egal, wie attraktiv sie war.

Espy betrat das Haus der Stocktons durch die Hintertür und pfiff dabei.

„Guten Morgen, Mrs Maguire", sagte sie zu der Köchin, die gerade am Küchentisch in einem Kochbuch blätterte. „Wie geht es Ihnen an diesem schönen Morgen?"

Die untersetzte Frau mittleren Alters blickte, ohne zu lächeln, auf. „Ich mache mich auf eine Affenhitze gefasst. Meine Füße sind jetzt schon geschwollen und meine Ballenzehen tun weh, und dabei ist es erst neun Uhr."

Espy schmunzelte. Sie hatte gelernt, die Klagen der Frau nicht weiter zu beachten. „Ich habe gehört, dass es heute Abend regnen soll, vielleicht sogar mit Gewitter, dann kühlt es bestimmt ab."

„Dann merke ich mein Rheuma wieder."

Espy hängte ihre Tasche auf und zog die Schürze an, die für sie bereitlag. Dann trat sie an die Spüle und machte sich über das Frühstücksgeschirr her, während sie leise eine Melodie summte.

„Ich weiß ja nicht, was für einen Grund du immer zum Singen findest", murmelte Mrs Maguire, während sie ihren korpulenten Leib mit Mühe von dem Stuhl hochstemmte.

„Das Leben", antwortete Espy wie aus der Pistole geschossen.

Mrs Maguire schnaubte nur verächtlich und verschwand in der Speisekammer.

Nachdem sie von Mrs Stockton ihre Liste mit Arbeiten erhalten hatte, nahm Espy die Aufgaben entschlossen in Angriff. Sie war froh, dass sie beschäftigt war und die Zeit schnell verging. Ihr war nicht klar, wann Warren nach ihr Ausschau halten würde – wenn er zum Mittagessen nach Hause ging oder wenn er abends mit der Arbeit fertig war.

Um auf Nummer sicher zu gehen, ging Espy während ihrer Mittagspause nach draußen, aber sie sah niemanden, konnte allerdings auch nicht lange warten. Sie hatte noch viel zu tun, bevor sie nach Hause gehen konnte.

Mrs Stockton trug ihr auf, die Fenster zu putzen, und es war schön, an diesem heißen Sommertag sowohl drinnen als auch draußen zu sein.

Am Ende ihres Arbeitstages war sie erschöpft, aber sie betrachtete zufrieden die blitzblanken Fenster im Erdgeschoss.

Mrs Stockton betrat den Salon, in dem Espy stand. „Sie sehen wundervoll aus, meine Liebe. Wenn das Wetter morgen schön ist, kannst du die Gardinen waschen. Die Fenster im Obergeschoss heben wir uns für ein andermal auf."

Espy nahm den Saum ihrer Schürze, um einen Fleck auf dem Fenster abzuwischen, das auf den Vorgarten hinausging. „Ohne die Vorhänge sieht der Raum so hell und freundlich aus."

Mrs Stockton betrachtete ihre mit Chintz bezogenen Polstermöbel. „Ja, das ist wahr. Leider würde ohne Gardinen alles ganz schnell ausbleichen."

Sie lachten beide. „Ja, da haben Sie wohl recht. Na, wir werden sie ja bald wieder aufhängen."

„Du hast wirklich viel geschafft, Espy. Warum machst du nicht Feierabend?"

„Danke, Ma'am. Wenn Sie nichts dagegen haben, gehe ich noch kurz in Mr Stocktons Bibliothek, bevor ich gehe. Ich muss zwei Bücher zurückgeben."

„Und ich bin mir sicher, du nimmst wieder ein paar neue mit nach Hause", erwiderte ihre Arbeitgeberin lächelnd.

„Sie kennen mich inzwischen schon ganz gut."

Mrs Stockton schüttelte den Kopf. „Ich muss sagen, ich kenne nicht viele Menschen, die so schnell lesen wie du. Geh nur."

„Danke, Ma'am." Espy nahm ihre Lappen und ging in die Küche.

Als sie mit den Büchern auf dem Arm an die Tür zur Bibliothek klopfte, bat Mr Stocktons Stimme sie herein.

Espy streckte den Kopf durch die Tür und blickte zu seinem Schreibtisch hinüber. „Hallo, Sir. Ich wollte nur diese Bücher zurückbringen, bevor ich nach Hause gehe, und vielleicht ein paar neue ausleihen."

Mr Stockton erhob sich hinter seinem Schreibtisch und kam näher. „Danke, Espy. Sie sind eine Freude für jeden Bücherliebhaber. Sie bringen die Bücher sofort und in einwandfreiem Zustand zurück." Er nahm ihr die Bücher mit einem Lächeln ab und drehte sie in der Hand, während er sprach.

„Wie fanden Sie *Jane Eyre*?"

„Es war wundervoll."

„Kommen Sie, setzen Sie sich und erzählen Sie mir, was Ihnen daran am besten gefallen hat."

„Ist gut." Espys Herzschlag beschleunigte sich in derselben Mischung aus Vorfreude und Nervosität, die sie immer empfunden hatte, wenn sie in der Klasse nach vorne geholt worden war, um ein Gedicht aufzusagen. Sie trat in den Raum und setzte sich auf den Stuhl, auf den Mr Stockton gezeigt hatte.

Er ging zu seinem Schreibtisch zurück, setzte sich und legte die Fingerspitzen aneinander. „Konnten Sie sich in irgendeiner Weise mit Jane identifizieren?"

Espy legte den Kopf etwas schief. Eine solche Frage hatte sie nicht erwartet. „Ich … glaube schon … ein wenig. Ich meine, ich war keine Waise und hatte auch keine schrecklichen Tanten und Cousinen, bei denen ich leben musste, aber ich hatte das Gefühl, Jane zu kennen. Ich konnte nachempfinden, was sie durchgemacht hat."

„Waren Sie wütend wegen der Dinge, die ihr zugestoßen sind und sie beeinflussten, während sie erwachsen wurde?"

„Oh ja", sagte Espy und ihre Begeisterung wuchs, während sie seinem Gedankengang folgte. „Als es für sie an der Lowood School endlich besser wurde, konnte ich verstehen, wie sie sich gefühlt haben muss. Eine Lehrerin wie Miss Temple werden zu können, die sie so verehrte. Und eine Dame zu werden, obwohl alle sie von Kindheit an gedemütigt hatten."

Mr Stockton stellte noch einige Fragen und brachte sie dazu, intensiver über das nachzudenken, was sie gelesen hatte. Sie bewunderte ihn dafür, dass er die Antworten bereits kannte.

„Und was ist mit Mr Rochester? Wie fanden Sie ihn als Held?"

„Zuerst mochte ich ihn gar nicht. Er schien sie die ganze Zeit zu verspotten und … irgendwie …" – sie wedelte mit der Hand, während sie nach dem richtigen Ausdruck suchte – „… hereinlegen zu wollen", sagte sie schließlich, obwohl sie mit dem Wort nicht ganz zufrieden war. Sie wünschte, sie hätte einen größeren Wortschatz, so wie Mr Stockton. „Und wie Mr Rochester mit der abscheulichen Miss Ingram geliebäugelt hat …"

Espy presste angewidert die Lippen zusammen. „Aber das war gar nichts, verglichen mit der Tatsache, dass er schon verheiratet war." Sie erschauerte. „Und das an ihrem Hochzeitstag zu erfahren! Es muss schrecklich für sie gewesen sein."

„Haben Sie Mr Rochester denn so richtig gehasst?"

Sie blinzelte angesichts Mr Stocktons mildem Tonfall. Er hatte das Buch natürlich schon unzählige Male gelesen und kannte die Geschichte. Espy kaute auf ihrer Unterlippe und dachte noch einmal über Mr Rochesters Verhalten nach. „Zuerst ja. Oder nein, nicht gehasst", berichtigte sie sich, „sondern ich war entsetzt, so wie es Jane auch gegangen sein muss." Sie schluckte, als sie sich an die Szenen im Buch erinnerte. „Nachdem er die Dinge erklärt hatte –

und ich seine verrückte Frau gesehen hatte –, tat er mir leid. So ist es Jane sicher auch gegangen." Espy schüttelte den Kopf. „Der arme Mann, gefesselt an eine Wahnsinnige, und noch dazu, nachdem er nur durch einen Trick dazu gebracht worden war, sie zu heiraten."

„Er ist das, was man in der Literatur einen ‚dunklen Helden' nennt."

„Was bedeutet das?"

„Es bezieht sich zum einen auf die Umgebung, in der eine bestimmte Art Literatur spielt – zum Beispiel ein altes Herrenhaus oder eine Kathedrale oder ein Kloster mittelalterlicher Bauweise. Alles ist düster und normalerweise werden irgendwelche Geister heraufbeschworen." Mr Stockton lächelte.

Espy erwiderte sein Lächeln und dachte an Mrs Poole und die merkwürdigen Geschehnisse in Mr Rochesters Haus.

„Zum anderen gerät der Held in diesen Romanen in Verdacht und unheimliche Dinge werden über ihn erzählt. Die Heldin, für gewöhnlich eine hilflose junge Frau, beginnt der Anziehungskraft des Helden zu verfallen, aber sie ist hin- und hergerissen zwischen ihren Zweifeln an seinem Charakter und ihrer wachsenden Zuneigung zu ihm."

Espy beugte sich gespannt vor, so als würde sie einer Geschichte zuhören. „Aber als Jane die Wahrheit über ihn erfährt, bietet sie Mr Rochester die Stirn."

Mr Stockton sah sie anerkennend an. „Sehr gut. Sie ist als Heldin in der Literatur einzigartig, weil sie als scheinbar demütiges Mädchen viel Rückgrat zeigt und nicht gegen ihre moralischen Prinzipien verstößt. Es gibt schon Anzeichen für diese Stärke, als sie noch ein kleines Mädchen ist. Haben Sie diese Anzeichen erkannt?"

Espy überlegte. „Als sie sich weigert, unter den Anschuldigungen des Rektors der Lowood School einzuknicken?"

Mr Stockton sah noch zufriedener aus. „Genau."

Nach *Jane Eyre* sprachen sie über *Der letzte Mohikaner*. Als Espy schließlich aufstand, um nach Hause zu gehen, hatte sie das Gefühl, sie müsse den Kopf schütteln, damit die ganzen Informationen sich setzen konnten. „Ich kann nicht fassen, dass ein Autor so viel in eine Geschichte hineinpacken kann."

„Die besten von ihnen sind auf jeden Fall sehr begabt, auch wenn sie sich dieser Dinge vielleicht gar nicht bewusst sind. Es bleibt uns Akademikern – und Lesern wie Ihnen – überlassen, tiefer einzutauchen und die verborgenen Wahrheiten unter dem zu entdecken, was eine einfache Romanze oder nur ein Abenteuerroman zu sein scheint."

Espy nickte und dachte einen Moment über Mr Stocktons Worte nach. Dann fiel ihr Warren ein. „Ich muss los."

Bevor sie ging, warf sie einen Blick auf die Standuhr in der Diele. Erschrocken stellte sie fest, wie spät es schon war.

Sie eilte die Auffahrt hinunter und trat auf den Gehweg. Von Warren war weit und breit nichts zu sehen. Espy war sich nicht sicher, wo er sie hatte treffen wollen, dazu hatte er nichts Genaues gesagt. Hastig lief sie die Straße hinunter auf sein Haus zu. Doch vor dem Anwesen stand niemand und es kam auch niemand heraus.

Wie gerne wäre sie einfach zur Haustür gegangen und hätte geklingelt. So, wie Christina redete, war sie es anscheinend gewohnt, unangemeldet bei den Brentwoods aufzutauchen. Mit hängenden Schultern wandte Espy sich von dem Gebäude ab, das sie zu verhöhnen schien. Leute wie sie würden seine heiligen Hallen niemals betreten.

Nachdem sie eine Weile gewartet hatte, machte Espy sich mit langsamen Schritten auf den Heimweg. Als sie die überdachte Brücke, die in die Innenstadt führte, erreicht hatte, war ihre Begeisterung für Bücher versiegt, und sie empfand nur noch Enttäuschung darüber, dass sie Warren nicht gesehen hatte.

Aber die Unterhaltung über Literatur hatte sie so gefesselt, dass sie eine Zeit lang alles andere vergessen hatte.

Espy schob den Riemen ihrer Tasche höher, die unter dem Gewicht der neuen Bücher ächzte, die sie aus den Regalen gezogen hatte. Dann bog sie in die Main Street ein und gab die Hoffnung auf, Warren an diesem Tag noch über den Weg zu laufen.

7. Kapitel

Warren eilte die Elm Street hinunter und suchte den Horizont nach Espy ab. Er hatte extra dafür gesorgt, dass er das Büro rechtzeitig verlassen konnte, um Espy abzupassen, wenn sie von der Arbeit kam. Er wusste, dass sie um fünf Uhr Feierabend machte, was für ihn eigentlich ein bisschen früh war, aber er war nicht umsonst der Geschäftsführer. Und normalerweise blieb er länger als die anderen Angestellten.

Es war schon merkwürdig: Sooft sein Vater auch davon sprach, dass das Unternehmen eines Tages Warren gehören würde, betrachtete Warren es doch immer als die Firma seines Vaters.

Vielleicht lag es daran, dass Brentwood & Co. der Lebensinhalt seines Vaters zu sein schien.

Die unbekümmerte Einstellung seines Freundes Dexter war Warren eindeutig fremd. Aber er schien auch nicht die gleiche Motivation wie sein Vater zu haben, was die Arbeit betraf. Das machte Warren Sorgen. Er wollte erfolgreich sein, damit sein Vater stolz auf ihn war. Und er nahm die Tatsache, dass viele Menschen für ihren Lebensunterhalt auf Brentwood & Co. angewiesen waren, keineswegs auf die leichte Schulter. Es wäre nicht nur unverantwortlich, sondern regelrecht verbrecherisch, wenn Warren nicht sein Bestes geben würde, damit die Mühlen und Lagerhäuser mit höchster Kapazität und Effizienz arbeiteten.

Warren schüttelte diese beunruhigenden Gedanken ab und ging schneller, während er beschloss, zum Haus der Stocktons zu gehen. Er hatte mit Espy nicht genau ausgemacht, wo sie sich treffen würden. Am vergangenen Abend waren sie von zu vielen Personen umringt gewesen.

Er würde sie überraschen und vor dem Tor der Stocktons auf sie warten, wenn sie mit der Arbeit fertig war.

Aber als er dort ankam, war von Espy nichts zu sehen. Warren sah auf seine Uhr und beschloss, ein Stückchen weiterzugehen. Er wollte nicht vor dem Haus herumlungern; das würde nur die

Nachbarn auf den Plan rufen. Voller Widerwillen dachte er an Mrs Hawkins. Während Warren die Straße hinunterging, warf er immer wieder einen Blick über seine Schulter. Am Ende der Straße trat er in den Schatten eines Ahornbaumes.

Er wartete eine Viertelstunde und dann noch eine Viertelstunde. Schließlich war er es leid zu warten und ging wieder zurück, wobei er langsam lief, damit Espy mehr Zeit hatte, aus dem Haus zu kommen.

Sie muss heute früher gegangen sein – oder sie hat es vergessen. Warren verdrängte das Gefühl der Enttäuschung, das sich in ihm breitmachte, weil er sie nicht sehen würde, und schob die Hände in die Hosentaschen. Langsam passierte er das Haus der Stocktons und sah danach alle paar Schritte hinter sich, um sich zu vergewissern, dass Espy nicht doch noch kam.

So viel zu Espys hochgestochener Rede von gestern Abend – jede Menge tolle Ideen, aber keine Folgen. Großartig. Das Wort erinnerte ihn an Dexter und sein Interesse an Espy.

Er kann sie haben – mit Vergnügen!

Warren stieß das weiße Tor zu seinem Vorgarten auf und bereitete sich auf die Fragen seiner Eltern vor, die sich darüber wundern würden, dass er heute so früh nach Hause kam.

Innerlich stöhnte er auf, als ihm einfiel, dass er Christina und Annalise zu der Geburtstagsfeier einer Freundin begleiten sollte.

&

„Und, wie war dein Tag bei den Stocktons?“, fragte ihre Mutter und drehte sich zu ihr um. Sie stand am Herd und rührte in einem Topf.

„Gut.“ Espy ließ ihre Schultern kreisen. „Ich habe den größten Teil davon mit Fensterputzen zugebracht. Morgen waschen wir Gardinen, wenn das Wetter hält.“

„Das ist sicher besser, als den ganzen Tag Hering zu filetieren oder Dosen zu füllen.“

„Das kann man wohl sagen.“

„Haben sie dich schon bezahlt?“

„Mrs Stockton hat gesagt, ich bekomme meinen Lohn Ende der Woche.“

„Hoffentlich. Die Miete ist bald fällig."

„Ich weiß, Mama." Espy seufzte. Sie bezweifelte, dass von ihrem ersten Lohn etwas für sie selbst übrig bleiben würde. Es würde mit Sicherheit alles gebraucht, um die Bedürfnisse der Familie zu decken.

Sie hievte den Kessel vom Herd und goss kochendes Wasser in die Spülschüssel.

Nachdem sie etwas Seife in das dampfende Wasser gehobelt und kaltes Wasser dazugemischt hatte, fing sie an, das dreckige Geschirr hineinzulegen. „Mit deinem und Angelas und meinem Lohn müssten wir eigentlich hinkommen. Alvaro müsste auch bald Geld bekommen. Ich hatte noch keine Gelegenheit, ihn zu fragen, wie es läuft. Und du?"

„So weit, so gut. Er hat sich beschwert, dass sie ihn zu hart rannehmen, aber er hat die Arbeit noch nicht hingeworfen, und das ist ein gutes Zeichen."

Espy nahm sich vor, mit ihrem Bruder zu reden. War ihm nicht klar, wie glücklich er sich schätzen konnte, dass er diese Stelle bekommen hatte? Sie ließ den Lappen in das Seifenwasser sinken und schrubbte den ersten Teller, auf dessen Oberfläche Essensreste angetrocknet waren.

„Ich hab gehört, dass du mit dem jungen Brentwood gesehen worden bist."

Espy starrte ihre Mutter an. Ihre Hände erstarrten auf dem heißen Teller. „Wo in aller Welt hast du das denn gehört?"

Ihre Mutter warf ihr einen warnenden Blick zu. „Die Leute werden anfangen zu reden. Und dann ist dein Ruf im Nu hin."

Espy ließ ihren Unmut an den widerspenstigen Essensresten auf dem Teller aus. „Ich habe nichts Falsches getan. Ich habe nur mit Warren über eine Gemeindegruppe gesprochen."

„Spielt keine Rolle, was wahr ist. Was zählt, ist, was die Leute reden."

Espy lachte freudlos. „Ich kann mir nicht vorstellen, worüber die Leute reden sollten. Ich habe ihn doch kaum gesehen. Aber Pastor Curtis hat ihn gebeten, eine Gruppe für junge Leute zu gründen, und dann hat er mich gefragt, ob ich Warren dabei unterstütze. Ich helfe nur, diese Gemeindegruppe zu organisieren – aber Angela auch, du kannst sie fragen, und einige von Warrens Freunden sind ebenfalls dabei."

„Ellie Anderson hat mir erzählt, du hättest neulich abends mit ihm getanzt."

Espy tauchte den Teller zum Abspülen in das klare Wasser. „Er hat mich eben aufgefordert." Sie schüttelte den Kopf und ein Lächeln trat auf ihre Lippen. „Zuerst habe ich Nein gesagt, aber dann hat er meinen Tanzpartner mittendrin abgelöst. Was hätte ich da machen sollen? Außerdem habe ich an dem Abend mit vielen Männern getanzt. Warren war nun wirklich nicht der Einzige."

Ihre Mutter antwortete nicht sofort. Schließlich seufzte sie. „Es hört sich an, als sei er hinter dir her und nicht andersrum."

Espy schwieg lieber, weil sie ihre Gefühle für Warren Brentwood nicht offenbaren wollte.

„Sei vorsichtig, Espy."

„Das klingt, als wäre ich irgendwie in Gefahr." Espy bemühte sich um einen skeptischen Tonfall, obwohl sie innerlich fröstelte.

„Ich sage nur, du solltest nicht zu dicke mit ihm werden. Männer wie er interessieren sich vielleicht für jemanden, der so hübsch ist wie du, aber heiraten tun sie unsereins nie."

Espy lachte ungläubig. „Wer hat denn was von Heiraten gesagt? Ich kenne ihn halt aus der Schule und jetzt ist er wieder in der Stadt. Außerdem ist er nett und ehrlicher als die meisten anderen Männer, die ich kenne. Er würde einem Mädchen nie falsche Hoffnungen machen. So ist Warren nicht."

„Auch wenn er der netteste Junge in der Stadt ist, musst du vorsichtig sein. Mehr sage ich ja gar nicht. Du willst nicht so enden wie ich." Espys Mutter presste die Lippen aufeinander. „Dein Vater hat mir viel versprochen, als ich so jung und hübsch war wie du."

Espy betrachtete die blassen, ausgemergelten Züge ihrer Mutter. Ihre hellbraunen Haare hatte sie zu einem unordentlichen Knoten zusammengedreht. War sie wirklich einmal so hübsch gewesen wie Espy? Das behauptete sie oft. Und würde Espy wirklich mal so enden wie sie?

Als Espy am nächsten Morgen zu den Stocktons ging, hallten die Worte ihrer Mutter immer noch in ihrem Kopf wider. Die Ansichten ihrer Mutter waren durch ihr eigenes Scheitern geprägt, aber Espy respektierte sie und wusste, dass ihre Mutter es nur gut mit ihr meinte. Sie wollte nicht, dass Espy so endete wie sie … oder noch schlimmer.

Espy hatte nicht die Absicht, so zu enden. Sie hatte Pläne und kein Mann würde sie in eine Falle locken, auch nicht Warren Brentwood.

Trotzdem durfte sie in den tiefsten Nachtstunden doch träumen. Davon, dass Warren sich in sie verliebte und sie heiraten *wollte*. Bei Tageslicht war sie schließlich realistisch genug, solche Träume beiseitezuschieben.

Nebel hing über der Stadt und dem Fluss, als Espy näher kam, aber die Sonne schien bereits als verschwommener gelber Ball durch den Dunst, und sie wusste, dass es nach dem Gewitterregen der vergangenen Nacht wieder ein heißer Tag werden würde.

Sie überquerte gerade die Brücke, als sie sah, dass Warren die Brücke von der anderen Seite betrat. Sie fragte sich, ob sie stehen bleiben und auf ihn warten oder auf ihn zugehen sollte.

Warren sah sie etwa zur gleichen Zeit wie sie ihn und schien näher zu kommen, also blieb sie stehen und befingerte die Bänder ihrer Bluse, um festzustellen, ob irgendetwas an ihrem Äußeren verrutscht war.

„Guten Morgen“, sagte er und blieb vor ihr stehen.

Espy lächelte strahlend, obwohl er nicht lächelte. „Guten Morgen. Du bist aber früh unterwegs.“

„Ja, da ich das Büro gestern ein bisschen früher verlassen habe, wollte ich heute früher anfangen.“

„Oh. Du bist früher nach Hause gegangen?“

„Ja. Ich wollte dich sehen, nachdem du bei den Stocktons warst.“ Er sah sie unverwandt an.

„Oh … ja.“ Espys Wangen wurden warm und es kam ihr vor, als hätte sie einen Fehler begangen. „D… das tut mir leid. Ich war etwas später dran als sonst und als ich nach dir Ausschau gehalten habe, konnte ich dich nirgends sehen.“

„Nun, daran können wir jetzt nichts mehr ändern“, antwortete

Warren kurz angebunden und blickte auf das tosende Wasser hinunter. „Ich muss weiter." Dann sah er ihr noch einmal in die Augen. „Vergiss nicht das Treffen mit der Gruppe heute Abend. Es sei denn, du hast es dir anders überlegt und willst nicht mehr dabei sein."

Espy wurde wütend. „Natürlich habe ich es mir nicht anders überlegt. Es tut mir leid, dass ich gestern nicht rechtzeitig da war." Sie blickte auf ihre Füße. „Ich wollte Mr Stockton nur schnell ein paar Bücher zurückgeben, bevor ich ging, aber dann hat er mich aufgehalten und mich nach den Büchern gefragt, die ich gelesen hatte." Espy schüttelte den Kopf, den Blick noch immer auf die Bretter unter ihren Füßen gerichtet. „Ich war so gefesselt von dem, was ich gelesen hatte. Ich hätte nie gedacht, dass so viel in Literatur drinsteckt. Aber Mr Stockton hat mich dazu gebracht, die Geschichte richtig auseinanderzunehmen und darüber nachzudenken … über Dinge, die ich von allein gar nicht entdeckt hätte."

„Dafür sind Lehrer schließlich da." Warrens Tonfall klang jetzt weicher.

Espy nickte und wagte es, ihn wieder anzusehen. „Es tut mir leid. Ich habe einfach die Zeit vergessen. Es wird nicht wieder vorkommen."

„Mach dir keine Gedanken. Ich hätte genauso gut im Büro aufgehalten werden können." Warren zog seine Taschenuhr heraus und blickte darauf, bevor er sie wieder ansah. „Wie sieht es mit heute Abend aus? Meinst du, du könntest etwas eher in der Kirche sein? Dann könnten wir die Dinge durchgehen, die ich mit dir besprechen wollte, bevor die anderen kommen … falls du nicht wieder in eine literarische Diskussion verwickelt wirst", fügte er hinzu und seine grünen Augen funkelten.

Espy merkte, wie ihre Mundwinkel nach oben wanderten, weil sie seinem verschmitzten Blick und der Herzlichkeit in seiner Stimme einfach nicht widerstehen konnte. „Nein, von den neuen Büchern habe ich erst ein paar Seiten gelesen. Ich komme dann eine halbe Stunde früher in die Kirche, in Ordnung?" Das ließ ihr gerade genug Zeit, zu Hause schnell noch etwas zu essen. Hoffentlich kamen ihre Mutter und Angela mit dem Abendessen für die Kinder allein zurecht.

Warrens Lippen verzogen sich ebenfalls zu einem Lächeln. „Gut.

Dann sehen wir uns heute Abend." Er tippte sich an den Hut und ging weiter.

Espy sah ihm nach, wie er entschlossenen Schrittes von dannen zog. Dann machte auch sie sich mit neuer Energie auf den Weg zur Arbeit.

ꕥ

Warren erschien genau eine halbe Stunde vor Beginn des Treffens im Kellergewölbe der Kirche und war überrascht, dass Espy dort bereits auf ihn wartete.

Er hatte sich seelisch darauf eingestellt, dass sie ihre Verabredung wieder vergessen würde – oder sich zumindest verspätete.

Als Espy seine Schritte hörte, drehte sie sich um und lächelte. „Hallo."

Er erwiderte ihr Lächeln und verspürte ein Gefühl der Erleichterung. „Hallo. Wie geht es dir?"

Ihr Lächeln wurde breiter. „Gut. Ich bin müde, aber ansonsten ist alles gut."

Besorgt zog Warren die Augenbrauen zusammen. „Lassen die Stocktons dich so schwer arbeiten?"

„Überhaupt nicht. Mrs Stockton gibt mir gut zu tun, aber ich bin kräftig." Espy zuckte mit den Schultern. „Ich glaube, sie hat den gesamten Frühjahrsputz für mich aufgehoben."

„Sei vorsichtig. Du solltest dich nicht überanstrengen." Obwohl sie recht widerstandsfähig wirkte, fand Warren, dass sie keine so schweren Arbeiten verrichten sollte.

„Keine Sorge."

Er schluckte und war mit einem Mal verlegen, so als hätte er mit ihr über etwas gesprochen, das zu persönlich war. Er zeigte auf den Tisch und die Stühle. „Sollen wir anfangen? Die anderen werden bestimmt bald hier sein. Jedenfalls hoffe ich das." Er grinste und zog einen Stuhl für sie heraus. „Bei Dexter weiß man nie. Solange es ihm Spaß macht, wird er weiter mitmachen, aber sobald es nach Arbeit riecht, bin ich mir da nicht mehr so sicher …"

„Dann müssen wir einfach dafür sorgen, dass er Spaß hat", scherzte Espy und setzte sich.

Waren nahm über Eck von ihr Platz und musterte prüfend ihr Gesicht. Wie genau meinte sie das? Ihm kam wieder Dexters Frage in den Sinn. War Espy etwa auch an ihm interessiert?

Aber Espy sah ihn nicht an, sondern zog ein Blatt Papier und einen Bleistift aus ihrer Tasche. Nachdem sie den Zettel vor sich ausgebreitet hatte, faltete sie die Hände und sah ihn an. „Also, was wolltest du mit mir besprechen?"

Warren holte mehrere Blätter Papier und einen Füllfederhalter aus der Brusttasche seiner Jacke, bevor er antwortete. Er hatte keine genaue Vorstellung davon, wie er seine unausgegorenen Überlegungen in Worte fassen sollte, aber er hatte das Gefühl, dass Espy die Richtige war, vor der er es versuchen konnte.

Nach einer Minute fragte sie leise: „Was ist? Stimmt etwas nicht?"

Endlich blickte er sie an. „N...nein. Es ist alles in Ordnung. Noch."

Sie sah ihn mit großen Augen an. „Noch?"

Warren machte eine wegwerfende Handbewegung. „Es sollte nicht so dramatisch klingen." Er lächelte. „Es ist nichts Schlimmes. Es ist nur ..." Er holte tief Luft und versuchte noch einmal, seine vagen Bedenken zu formulieren. „Ich möchte gerne, dass diese Gruppe so wird, wie Pastor Curtis sie sich vorstellt. Ich will nicht, dass sie nur eine von diesen vielen Gruppen ist, die irgendetwas *tun*, damit sie sich gut fühlen können."

Espy nickte langsam und ihre Miene erhellte sich. „Ich verstehe, was du meinst. Vielleicht haben wir uns voreilig auf die Idee mit dem Hummeressen am vierten Juli gestürzt, ohne darüber nachzudenken, was wir eigentlich erreichen wollen. Der Sinn – so habe ich Pastor Curtis jedenfalls verstanden – ist doch, die jungen Leute in der Stadt für ... für Gottes Werk zu interessieren." Am Ende des Satzes stolperte sie ein wenig über ihre eigenen Worte, so als wäre auch sie zu verlegen, sie zu äußern.

Warren lächelte erleichtert. „Genau." Von seinen Schultern hob sich eine Last. „Ich wollte mit dir besprechen, wie wir die Gruppe ‚geistlich' ausrichten können." Wieder klangen seine Worte etwas schüchtern. Er betrachtete sich selbst keineswegs als besonders „geistlichen" Menschen, aber er respektierte Pastor Curtis und teilte sein Anliegen, den Teil der Einwohnerschaft zu erreichen, vor allem unter den jungen Leuten, der sich in der Kirche nicht wohlfühlte.

Espy spielte mit dem Rand ihres Zettels. Warren bemerkte, wie schmal und feingliedrig ihre Hände trotz all der Hausarbeiten, die sie verrichtete, waren. Ihre Fingernägel waren ordentlich gerundet, die Ränder ganz weiß. „Ich glaube, zunächst müssen wir unser Ziel deutlich machen." Ihre Augen suchten die seinen mit ernstem Blick. „Wenn wir Geld gesammelt haben, könnten wir zwei Mitglieder der Gruppe, die vielleicht noch nicht so richtig verstehen, worum es geht, zu der Not leidenden Familie schicken, um ihr das Geld zu bringen. Das könnte ihnen helfen zu verstehen, wie wichtig es ist, Menschen in Not zu helfen."

Warren nickte bedächtig, während er über ihre Worte nachdachte.

Espys Blick senkte sich wieder auf ihr Blatt Papier und ihm fiel auf, wie lang und dunkel ihre Wimpern waren. „Außerdem müssen wir uns Aktivitäten überlegen, an denen unsere beiden Freundeskreise Spaß haben."

Er wusste genau, was sie meinte. „Das wird die größte Herausforderung, würde ich sagen. Du hast ja gesehen, was am Mittwoch los war. Wie sollen die jungen Leute, die wir einladen, sich wohlfühlen, wenn wir uns schon untereinander nicht wohlfühlen?"

„Vielleicht könnten wir mit einer Bibelarbeit anfangen."

Warren überlegte. Er wollte nicht, dass aus ihrer Gruppe ein weiterer Bibelkreis wurde. Solche Gruppen gab es in der Gemeinde schon und er bezweifelte, dass er viele junge Männer aus dem Sägewerk dazu würde bringen können, über die Bibel zu diskutieren. „Ja, das wäre vielleicht ein Anfang …"

Als hätte sie seine Gedanken gelesen, fügte Espy eilig hinzu: „Ich meinte nicht, dass wir nur eine Bibelarbeit machen sollen. Aber vielleicht könnten wir unsere Treffen oder Aktivitäten mit einer kurzen Andacht beginnen." Sie legte den Kopf schief und sah ihn an. „Hast du schon mal eine Bibelarbeit vorbereitet?"

Es war Warren unangenehm, dass er verneinen musste. „Nein. Aber ich habe an ziemlich vielen teilgenommen", sagte er und grinste. „Und als Oberschüler habe ich in der Sonntagsschule unterrichtet."

„Ich lese wahnsinnig gerne in der Bibel."

Warren sah Espy neugierig an. Sie war nicht unbedingt jemand, den er für eine fleißige Bibelschülerin gehalten hätte.

„Vielleicht liegt es daran, wie Pastor Curtis es vermittelt, aber je mehr ich darin lese, desto mehr entdecke ich. Und dann gibt es plötzlich Stellen, die mich genau hier treffen …" Sie schlug sich mit der Faust auf die Brust, wodurch seine Aufmerksamkeit auf ihren Oberkörper gelenkt wurde. „Dann habe ich das Gefühl, als würde Gott unmittelbar zu mir über irgendetwas in meinem eigenen Leben sprechen, obwohl die Texte vor Tausenden von Jahren geschrieben wurden!"

Das Staunen in Espys Stimme lenkte seine Aufmerksamkeit von ihrem Mieder zu ihren Worten.

Dieses Gefühl, von dem sie sprach, hatte er nicht mehr verspürt, seit er als Junge in der Kirche gesessen hatte. Damals waren die Schuldgefühle manchmal wie ein kalter Frühlingsregen auf ihn niedergeströmt und er war tief getroffen gewesen. Jetzt im Rückblick konnte er darüber lächeln – kleine Vergehen wie das Naschen eines Desserts, das die Köchin zum Abkühlen auf die Fensterbank gestellt hatte, obwohl seine Mutter ihm strengstens verboten hatte, seinen „Appetit fürs Abendessen zu verderben", oder dass er dem Lehrer gesagt hatte, der Wind habe seine Hausaufgaben auf dem Schulweg in den Fluss geweht …

„Was gibt es da zu lachen?"

Warren zuckte zusammen, als er Espys scharfen Tonfall hörte. „Tut mir leid. Ich habe nicht über deine Worte gelacht, sondern daran gedacht, wie ich als Kind manchmal wirklich schwer betroffen war, obwohl meine Sünden mir jetzt ziemlich unbedeutend erscheinen."

„Ich kann mir nicht vorstellen, dass du als Junge etwas angestellt hast. Du hast dich doch immer makellos benommen."

Erstaunt sah er sie an.

„Ich dagegen hatte in der Schule immer das Gefühl, schrecklich viele Fehler zu haben: Ich hatte meine Kleider nicht geflickt; meine Hausaufgaben waren ganz verschmiert, wenn ich sie in die Schule mitnahm …"

„Aber du hast nicht gelogen und gesagt, du hättest deine Hausaufgaben auf dem Schulweg verloren."

Espy riss die Augen auf. „Das hast du nicht getan, oder?"
Warren nickte beinahe stolz.
Als Espy laut auflachte, stimmte er mit ein.
„Was für ein lauschiges Stelldichein."
Sie fuhren beide zusammen, als sie Dexters Stimme vernahmen. Er lehnte am anderen Ende des Raumes in der Tür. Warren fragte sich unwillkürlich: *Wie lange steht er schon da und beobachtet uns?*
Er räusperte sich und schob das Papier auf dem Tisch zusammen. „Du bist früh dran – oder ist es schon Zeit für unser Treffen?" Er zog seine Uhr heraus, damit er Dexters belustigtem Blick nicht begegnen musste, während dieser zu ihnen herübergeschlendert kam. Es war noch eine Viertelstunde Zeit, bevor die anderen erscheinen würden. Was in aller Welt machte sein Freund so früh hier? Dexter kam nie früher.
Um seine Verärgerung über die Störung zu verbergen, zeigte er auf einen Platz. „Nimm dir doch auch einen Stuhl."
Dexter gehorchte. „Worüber habt ihr denn eben gelacht?"
„Nichts ..."
„Wir haben uns an Jugendsünden erinnert", sagte Espy gleichzeitig.
Mit einer hochgezogenen Augenbraue sah Dexter erst Warren an und wandte seine Aufmerksamkeit dann wieder Espy zu. „Jugendsünden? Ich bin ganz Ohr. Was für niederträchtige Verbrechen hast du denn begangen, als du noch an den Rockzipfeln deiner Mutter hingst?"
Espy lachte. „Das werde ich nie verraten."
Warren ärgerte sich noch mehr, als er sah, wie natürlich Espy mit Dexter umging. Ihr Lachen klang genauso wie vorhin, als sie über etwas gelacht hatte, was er gesagt hatte. „Ähm ... vielleicht sollten wir uns auf die Sitzung vorbereiten. Stellen wir eine Tagesordnung auf."
Dexter wischte seine Worte beiseite. „In ein paar Minuten ist noch genug Zeit fürs Geschäftliche. Wollten wir uns in der Gruppe nicht auch amüsieren? Oder hast du mir das nur versprochen, um mich herzulocken?" Er zwinkerte Warren zu, wandte sich dann aber gleich wieder an Espy. „Also, raus mit der Sprache."
Mit geröteten Wangen richtete Espy sich auf ihrem Stuhl auf. „Ach, nur der übliche Kinderkram." Sie beugte sich verschwöre-

risch vor. „Aber kannst du glauben, dass Warren in seiner Kindheit tatsächlich etwas angestellt hat?“

„Nein!“ Dexters Kinnlade fiel herunter und er starrte Warren an. „Nicht unser Warren Brentwood, der Dritte. Ts ts ts.“

Espy lächelte, den Blick ebenfalls auf Warren gerichtet. „Glaubst du, seine Eltern wissen davon?“

„Ich wette, sie geben sich immer noch der Täuschung hin, ihr Sohn sei vollkommen.“

Espy brach erneut in Gelächter aus. Warrens Nacken wurde heiß und er musste sich beherrschen, um nichts Unfreundliches zu sagen. Da ihm keine schlagfertige Erwiderung einfiel, schluckte er und sagte dann steif: „Ganz und gar nicht.“

Als spürte sie sein Unbehagen, wandte Espy sich wieder an Dexter. „Und was ist mit dir? Hast du denn alle deine früheren Taten bereut?“

Warren freute sich einerseits, dass Espy so sensibel war, und war andererseits verärgert, weil sie sich jetzt wieder auf Dexter konzentrierte.

Während er ihr Profil musterte, hörte er Dexters Antwort kaum. Die beiden lachten unbefangen und zerstörten damit den Eindruck, dass Espy und er in den Augenblicken, bevor Dexter erschienen war, etwas Besonderes miteinander geteilt hatten.

Er hatte noch nie mit seinem Freund um ein Mädchen gewetteifert. Unter anderem, weil sie einen unterschiedlichen Geschmack hatten.

Es war interessant, wie unbekümmert Espy mit dem anderen Geschlecht umging, egal ob es jemand aus ihren eigenen Kreisen war oder aus seinen. Es schien ihr gleichgültig zu sein. Noch einmal versuchte Warren, ihre Unterhaltung zu unterbrechen. „Was ich außerdem noch besprechen wollte“ – er warf Dexter einen Blick zu, bevor er sich wieder auf Espy konzentrierte – „war die Einladungsliste, also wen wir noch einladen können. Hast du noch einmal darüber nachgedacht, ob du Freunde hast, die bei unserer Gruppe mitmachen könnten?“

Espy nickte und war sofort wieder ernsthaft bei der Sache. „Ja, ich habe darüber nachgedacht. Und zwar betrifft es das, wovon wir vorhin sprachen. Ich kenne ein paar junge Frauen in der Konservenfabrik, die aus unterschiedlichen Gründen nicht mehr in die Kirche gehen, denen aber die Gemeinschaft fehlt."

„Das ist gut. Vielleicht kannst du mit ihnen über das Benefizessen am Unabhängigkeitstag sprechen. Kann doch sein, dass sie mitmachen wollen."

„Ja, ich gehe sie diese Woche besuchen."

Dexter trommelte mit den Fingern auf die Tischplatte. „Wie ist es mit Ben und Ralph?", schlug er zwei gemeinsame Bekannte vor.

Warren rieb sich das Kinn. „Ich weiß nicht ... sie scheinen mir eher Partylöwen zu sein. Glaubst du, sie hätten Interesse?"

Dexter zuckte mit den Schultern. „Willst du nicht gerade solche Leute erreichen?" Sein amüsierter Blick wanderte zu Espy weiter. „Um sie von ihren Irrwegen abzubringen?"

Bevor Warren etwas sagen konnte, erwiderte Espy: „Klar, lad sie ein. Wer weiß, vielleicht werden sie ja persönlich getroffen." Sie warf Warren einen funkelnden Blick zu, der ihm sagte, dass sie ihre Unterhaltung von vorhin nicht vergessen hatte.

Er erwiderte den Blick mit einem kurzen Nicken. „Ist gut. Frag sie ruhig, Dex. Wir finden schon etwas, was wir ihnen am vierten Juli zu tun geben können."

„Wenn ich gewusst hätte, dass ihr euch alle früher trefft, wären wir dabei gewesen." Christinas Absätze klackerten auf dem Boden, als sie den Raum durchquerte, gefolgt von Annalise, Emily und Mabel. Christina hatte versprochen, Annalise abzuholen, als Warren ihr gesagt hatte, dass er direkt aus der Stadt kommen würde. Auf den Grund war er nicht weiter eingegangen, sondern hatte sie in dem Glauben gelassen, er würde gleich nach der Arbeit herkommen.

Jetzt stand er auf und fühlte sich dabei so schuldig wie ein Schuljunge, der auf frischer Tat ertappt worden war. Zugleich ärgerte er sich über diese Schuldgefühle. „Hallo, meine Damen, schön, dass ihr da seid. Wir haben noch nicht mit dem Treffen begonnen." Er zog Stühle hervor, während er sprach. „Setzt euch doch, dann können wir anfangen."

Christina setzte sich als Erste, und zwar auf Warrens andere Seite am Kopf des Tisches, so wie bei ihrer ersten Zusammenkunft, und fing an, Finger für Finger ihre Handschuhe auszuziehen. „Wenn du es sagst ... Mir schien es, als würdet ihr schon planen."

„Hast du Angst, dass du irgendwas nicht mitbekommst?“, sagte Dexter träge, den Kopf aufgestützt, als wäre er schon jetzt zu müde, um aufrecht zu sitzen.

Warren ignorierte die beiden und lächelte seiner Schwester zu. „Schön, dass du kommen konntest, Schwesterherz.“

Annalise erwiderte sein Lächeln. „Mutter lässt dir ausrichten, sie habe dich beim Abendessen vermisst, aber sie wünsche dir ein konstruktives Treffen.“

„Danke.“

Nach und nach erschienen die anderen Mitglieder und setzten sich.

Nachdem er den Damen Stühle herausgezogen hatte, stellte Warren sich wieder an den Kopf des Tisches und schaute lächelnd in die Runde, bis sein Blick schließlich auf Espy liegen blieb. „Wie ich sehe, sind alle zu unserem zweiten Treffen gekommen. Das bedeutet wohl, dass ich euch mit der ersten Sitzung nicht verjagt habe.“

8. Kapitel

Espy sah und hörte voller Bewunderung zu, wie Warren die Sitzung eröffnete. Er war ein geborener Anführer – bescheiden, aber mit einer inneren Kraft, die andere Menschen sofort spürten, sodass sie bereit waren, ihm zu folgen.

Nachdem er die Ergebnisse des letzten Treffens zusammengefasst und die anderen gebeten hatte zu berichten, was sie in der Zwischenzeit erreicht hatten, lehnte er sich zurück, hörte allen aufmerksam zu und machte sich einige Notizen.

„Mein Vater sagt, er kann den Hummer besorgen. Er spricht bereits mit den Fischern", sagte Emily.

Espy sagte nichts, während jeder von Warrens Freunden eine Spende im Namen seiner Eltern ankündigte. Wie es wohl wäre, Eltern zu haben, die ein Scheckbuch zücken und einen Scheck für einen guten Zweck wie diesen ausstellen konnten? Sie konnte nur ihre Zeit und Kraft zu der Veranstaltung beisteuern.

„Warum wählen wir nicht die Gruppenleitung", schlug Christina vor, „damit wir einen Schriftführer haben, der für dich die Protokolle schreibt, Warren?"

Alle murmelten ihre Zustimmung.

„Ich denke, es steht außer Frage, dass Warren den Vorsitz übernehmen sollte", sagte Christina.

Warren blickte fragend in die Runde. „Wenn jemand anders sich dazu berufen fühlt, diese Aufgabe zu übernehmen, dann soll er es bitte sagen. Pastor Curtis hat mir nur von der Idee für diese Gruppe erzählt. Ich muss die Gruppe nicht leiten, wenn jemand anderes es gerne tun möchte."

Dexter grinste. „Von uns will keiner diese Verantwortung haben, da bin ich mir sicher. Oder?"

Die anderen schüttelten den Kopf. „Also gut", sagte Warren. „Ich stelle mich als Kandidat zur Verfügung, aber abstimmen müssen wir trotzdem."

„Ich nominiere Espy als zweite Vorsitzende“, sagte Dexter sofort und lächelte ihr zu.

Sie erwiderte sein Lächeln, überrascht, aber erfreut über ihre Nominierung.

„Bravo!“, bestätigten Will und Henry. Espy errötete. Wie schön, dass ihre Freunde sie unterstützten.

„Gut.“ Warren schrieb ihren Namen auf, ohne seine Gefühle durchblicken zu lassen. „Noch jemand?“, fragte er und sah sich um.

Christina sah Espy an. „Sie wissen schon, dass Sie als zweite Vorsitzende bereit sein müssen, die Leitung zu übernehmen, wenn unser Vorsitzender es aus irgendeinem Grund nicht tun kann?“

Espy schluckte und nickte.

„Da es ein Hauptziel unserer Gruppe ist, Gelder für einen guten Zweck zu sammeln, wie Sie bei unserem letzten Treffen so überzeugend ausgeführt haben“, fuhr Christina fort, „gehört es zu den Aufgaben des stellvertretenden Vorsitzenden, andere in der Stadt auf unsere Mission aufmerksam zu machen. Diese Person sollte gute Beziehungen haben, so wie unser Vorsitzender sie hat. Der Stellvertreter ist sozusagen die rechte Hand des Vorsitzenden.“

Christina blickte der Reihe nach alle Personen am Tisch an. „Dazu gehört, gute Beziehungen mit Geschäftsleuten und den wichtigeren Einwohnern unserer Stadt zu pflegen – und sie über unsere Aktivitäten zu unterrichten, damit sie, wenn wir ihre Spenden brauchen, so wie jetzt bei dem Essen, nicht das Gefühl haben, dass man nur das Geld von ihnen will.“

Christina lächelte Espy an. „Glauben Sie, dass Sie diese Aufgaben angemessen erfüllen könnten?“

Es herrschte ein unbehagliches Schweigen, während Espy alle Blicke auf sich gerichtet spürte. „Ich … weiß nicht …“

„Vielleicht wärst du für dieses Amt besser geeignet“, warf James an Christina gewandt ein.

Espy nickte sofort, erleichtert und enttäuscht zugleich, weil sie nicht Warrens rechte Hand sein würde. Als Pastor Curtis ihnen den Klub beschrieben hatte, war sie gar nicht auf den Gedanken gekommen, dass sie etwas damit zu tun haben könnte, die wohlhabenden Bürger der Stadt um Geld zu bitten. Aber vielleicht mussten sie das, wenn sie Gutes tun wollten.

„Wie wäre es mit Espy als Schriftführerin?", schlug Angela zu Espys Erstaunen vor.

„Das ist eine hervorragende Idee", antwortete Christina, bevor ihr Blick zu Annalise wanderte. „Ich hatte allerdings gedacht, dass Annalise das vielleicht mit ihrer schönen Handschrift übernehmen will."

Warrens Schwester begann den Kopf zu schütteln, während sie besorgt zu Espy hinübersah.

„Das ist eine gute Idee. Meine Handschrift ist ziemlich unordentlich, da könnte ich meine Notizen selbst kaum lesen", sagte Espy mit einem herzhaften Lachen, von dem sie hoffte, dass es nicht zu gekünstelt klang.

Warren ließ den Stift über dem Papier schweben und warf ihr einen fragenden Blick zu. Espy lächelte. Daraufhin wandte Warren sich an seine Schwester. „Also, Annalise, soll ich deinen Namen als Schriftführerin aufschreiben?"

Sie zuckte halbherzig mit den Schultern und lachte nervös. „Wenn du meinst."

„Ich glaube, du wärst eine sehr gute Schriftführerin. Du kannst dich gut an Details erinnern und zu Hause schreibst du auch immer irgendetwas."

Espy war gerührt von dem liebevollen Ton, in dem Warren mit seiner Schwester sprach. „Ich bin mir sicher, Sie werden das großartig machen", sagte sie.

Annalise erwiderte ihr Lächeln, als wäre sie dankbar und erleichtert. „Also gut."

„Bleibt noch der Schatzmeister", sagte Warren und blickte erneut in die Runde. „Freiwillige?"

„Da James im Geschäft seines Vaters mit Zahlen zu tun hat, wäre er eine logische Wahl", schlug Christina vor.

Ein Ausdruck der Verärgerung huschte über Warrens Miene. Ob er Espys Verdruss darüber teilte, dass Christina letzten Endes alle Kandidaten für die Leitungsämter der Gruppe nominiert hatte?

Warren sah James mit hochgezogener Augenbraue an. „Und?"

Der junge Mann zuckte mit den Schultern. „Du kannst mich aufschreiben."

„Sonst noch jemand?" Warrens Blick wanderte ein letztes Mal

über die anwesenden Mitglieder. Nach einer kurzen Pause fuhr er fort: „Also gut, stimmen wir ab. Wenn ich einen Namen aufrufe, heben erst alle, die dafür sind, die Hand, und dann alle, die dagegen sind. Alles klar?"

Nachdem sie alle ihre Zustimmung gemurmelt hatten, fuhr Warren mit den Wahlen fort. Kurz darauf hatte die Gruppe ihre offiziellen Vertreter und Espy fand sich selbst im Fußvolk wieder. Sie versuchte sich mit der Tatsache zu trösten, dass es bei der Gruppe, die Pastor Curtis im Sinn gehabt hatte, nicht darum ging, ein Amt zu bekleiden oder die Führung zu übernehmen, sondern darum, sich still an die Arbeit zu machen und anderen auf dem Weg zu Christus zu helfen.

„Der zweite Tagesordnungspunkt ist, dass wir einen Namen für unsere Gruppe brauchen", sagte Warren lächelnd. „Irgendwelche Ideen?"

Die Wahlen waren vergessen und sie diskutierten eine Weile unterschiedliche Vorschläge, wobei Dexter und Will sie immer wieder mit absurden Ideen zum Lachen brachten.

Espy hörte nur zu, eingeschüchtert durch das, was vorhin bei den Wahlen geschehen war. Als den anderen die Ideen auszugehen schienen, schlug sie schließlich vor: „Wie wäre es mit *Holliston Lights*?" Als alle Blicke auf sie gerichtet waren, hatte sie das Gefühl, ihren Vorschlag erklären zu müssen. „Wir wollen doch ein Licht in der Stadt sein."

Dexter nickte. „Es könnte sogar ein Wortspiel sein, wo man von hier aus doch manchmal das Nordlicht sehen kann."

Die anderen murmelten einer nach dem anderen ihre Zustimmung. Espy bemerkte, dass Christina schwieg.

Schließlich ergriff Warren das Wort. „Stimmen wir darüber ab. Alle, die für „Holliston Lights" sind, heben die Hand."

Augenscheinlich waren alle einverstanden.

„Alle, die dagegen sind, heben die Hand."

Schweigen folgte. „‚Holliston Lights' bekommt den Zuschlag", grinste Warren. „Wenn ich einen Hammer hätte, würde ich es wie ein Auktionator machen."

Nachdem das Gelächter verebbt war, wurde er wieder ernst. „So, und jetzt wird es Zeit, dass wir uns an die Arbeit machen. Uns bleibt nur noch eine Woche. Wir müssen alle für unser erstes großes Ereignis mobilisieren."

Den Rest der Sitzung verbrachten sie damit, sich zu vergewissern, dass jeder wusste, was er bis zum Unabhängigkeitstag zu tun hatte.

Als Espy sich mit ihrer Schwester auf den Heimweg machte, war sie sich sicher, dass sie vorankamen, und ihre Enttäuschung war vergessen. Es spielte keine Rolle, welchen Titel sie innehatte; wichtig war, was sie tat.

Sie winkte den anderen zum Abschied zu, während sie bedauerte, dass sie nicht noch kurz allein mit Warren sprechen konnte. Christina klebte mehr an ihm als ein Blutegel an einem Fußgelenk.

Am vierten Juli war Espy schon bei Tagesanbruch wach, obwohl Angela und sie bis nach Mitternacht Biskuitböden für Erdbeerkuchen gebacken hatten.

Als die Sonne ihr um halb sechs morgens ins Gesicht schien, sprang sie energiegeladen aus dem Bett, das sie sich mit Angela teilte, und ignorierte das Stöhnen ihrer Schwester.

Bis Angela und sie das Haus verließen, war Espy bereits nass geschwitzt. Da sie den ganzen Tag kochen würde, hatte sie ihr dünnstes Kleid angezogen, ein leicht verblichenes Kattunkleid mit hellblauen Karos. Es war nichts Besonderes, aber sie wollte sich nicht ihre neueren Kleider mit Hummerbrühe und Muschelsaft ruinieren.

An der Main Street waren Absperrungen aufgebaut, weil die Parade dort entlangmarschieren würde. Rote, weiße und blaue Fähnchen, Banner und Girlanden schmückten die Geschäfte und Laternenpfähle. Die Gehwege füllten sich bereits mit Menschen, die einen guten Platz ergattern wollten.

Nachdem Alvaro den Wagen mit den Kuchen an der Kirche abgestellt hatte, verschwand er wieder. „Vergiss nicht, auf Gus aufzupassen!", rief Espy ihm nach, aber er schrie nur zurück: „Das können Josiah und Daniel machen!"

Seufzend ging Espy zu den anderen in die Küche und machte sich an die Arbeit. Irgendwann konnten sie durch die Kellertür die Kapelle hören, die den Beginn der Parade ankündigte.

Dexter stürmte in die große Küche. „Kommt, meine Damen, wir sehen uns den Umzug an, wenn er um die Ecke Center und Main Street biegt."

Espy sah ihn zweifelnd an. „Ich weiß nicht. Wir müssen heute Vormittag noch so viel erledigen."

„Dazu ist noch genügend Zeit. Kommt schon!"

„Die Brötchen müssen sowieso noch gehen", sagte Emily und zog ihre Schürze aus.

„Das ist die richtige Einstellung. Wir können uns die Parade ansehen und die Hymne hören und haben danach immer noch jede Menge Zeit, um alles vorzubereiten."

„Wo ist Warren?", fragte Emily. Espy war froh, dass das andere Mädchen gefragt hatte. Sie tat so, als würde sie einige Biskuitböden auf einer Platte anrichten, während sie die Ohren spitzte, weil sie mitbekommen wollte, was Dexter antwortete.

„Er ist auf einem der Wagen. Die Brentwoods haben immer einen eigenen Wagen. Er hat mich hergeschickt, um nachzusehen, ob alles gut läuft, und um seine Entschuldigung auszurichten, weil er nicht selbst herkommen kann."

Emily bedeckte die Brötchen auf dem Backblech mit einem Geschirrtuch. „Du kannst ihm ausrichten, dass alles in Ordnung ist. Ich weiß, dass sein Vater ihn bei den ganzen Zeremonien bei sich haben wollte."

„Siehst du das auch so, Espy?" Dexter trat neben sie. „Kann ich ihm sagen, dass ihr hier in der Küche alles im Griff habt?" Er nahm eine entstielte Erdbeere aus der großen Schüssel und schob sie sich in den Mund.

Wie sie es bei ihren kleinen Brüdern getan hätte, schlug Espy ihm auf die Hand. „Lass die Finger von den Erdbeeren, sonst haben wir nicht genug für die Törtchen, die wir als Dessert servieren wollen."

Dexter lächelte nur und kaute genüsslich. „Mmmm. Süß und saftig." Seine blauen Augen musterten sie eindringlich.

Espy presste die Lippen aufeinander und wandte sich ab, um die Arbeitsfläche abzuwischen. *Wenn er meint, ich sei leicht zu haben, dann irrt er sich aber gewaltig.*

Anstatt sie weiter in die Enge zu treiben, trat Dexter einen Schritt zurück. „Komm, sonst verpasst du die Parade."

„Ist Christina auch auf dem Wagen?“, fragte Angela. „Wir haben sie heute noch gar nicht gesehen.“

Dexter grinste. „Das ist sie. Sie hat mir aber versichert, dass sie rechtzeitig da sein wird, um die Leute zu unseren Tischen zu lotsen. Warren will außerdem nach den offiziellen Reden noch Werbung für uns machen, um die Leute anzulocken.“

Espy nahm ihre Schürze ab und faltete sie zusammen. „Na gut, vielleicht können wir ein bisschen Pause machen und uns den Umzug ansehen.“

Obwohl sie recht groß gewachsen war, musste Espy sich auf die Zehenspitzen stellen und den Hals recken, um etwas von der Parade zu erspähen. Einen Häuserblock entfernt spielte die Kapelle einen mitreißenden Marsch.

Zwei junge Männer trugen die amerikanische Flagge und die Flagge des Bundesstaates Maine. Dann marschierte die Blaskapelle vorbei. Die Wangen der musizierenden Männer waren rot und aufgebläht, während sie in ihre Trompeten und Posaunen bliesen.

Als Nächstes kamen mehrere von Pferden gezogene Wagen vorbei, jeder zu einem Thema geschmückt, das für die Region typisch war. Von einem weißen Schulhaus mit Lehrerin davor und Kindern, die der Menge zuwinkten, bis zu einem nachgebauten Sägewerk mit zwei Männern in roten Flanellhemden, die jeder ein Ende einer Zweimannsäge über einen dicken Baumstamm hielten, war alles dabei.

Espy sog scharf die Luft ein, als sie in einem der Holzfäller Warren erkannte. Seine Haare waren unter einer dicken Wollmütze versteckt. Er trug Cordhosen, Hosenträger und dicke Arbeitsschuhe.

Alle klatschten und lachten, als die Wagen vorbeifuhren.

„Er wird sich vor der offiziellen Zeremonie noch schnell umziehen müssen“, sagte Dexter ihr ins Ohr, als hätte er ihre Gedanken gelesen.

„Wie will er das denn schaffen?“, fragte Espy unwillkürlich, während sie Warren weiter beobachtete, bis der Wagen vorbeigezogen war.

„Er springt bei einem Freund rein, der Am Grün wohnt, da hat er seinen Anzug hinterlegt.“

Espy stellte sich eines der großen weißen Häuser mit Säulen und hübschen Blumengärten vor, die um den Park herum standen. Natürlich hatte Warren Freunde dort.

Als die Parade zu Ende war und die Menge sich zum Stadtzentrum begab, wo die Flagge gehisst werden sollte, liefen Espy und die anderen Frauen zurück in die Küche im Keller.

Wenige Minuten später riefen Will und Henry die Treppe hinunter: „Wir haben den Mais hier – zehn Scheffel direkt aus New Jersey, hat Zuckermans Gemüseladen organisiert."

„Fangt an, ihn zu schälen", rief Espy zurück. „Ich schicke alle, die hier nichts zu tun haben, hoch, damit sie euch helfen."

Bald darauf erschien James mit einem Wagen. „Ich bringe den Hummer vom Hafen und die Muscheln, die gestern Nachmittag bei Ebbe geerntet wurden."

Espy war viel zu beschäftigt, um noch länger an Warren zu denken, als sie Feuer machten und die großen Kessel mit Wasser draußen im Hof hinter den Picknicktischen aufbauten.

„Alles sieht ganz festlich aus, nicht wahr?", sagte sie zu ihrer Schwester, als sie die Tische begutachteten. Annalise und Emily hatten Dutzende kleiner Blumensträuße aus roten Nelken und weißen Margeriten gebunden, die jetzt in Vasen auf den Picknicktischen standen. Blaue Bänder waren wie Girlanden über die Tischenden gespannt.

Ein Händler aus der Stadt hatte einige Meter blauen Musselin gespendet, den sie in der letzten Woche zugeschnitten und vernäht hatten.

„Es ist wunderschön", stimmte Angela beinahe widerstrebend zu. „Ich hoffe, es lohnt sich."

Espy runzelte die Stirn und sah ihre Schwester an. „Meinst du nicht?"

Angela zog die Augenbrauen hoch. Ihr Blick war skeptisch. „Ich hoffe es. Aber ich hätte auch nichts dagegen gehabt, den Feiertag einfach nur bei den Spielen zu verbringen."

Espy nickte. Die Sportwettkämpfe am vierten Juli waren für sie immer einer der Höhepunkte im Jahr. Abgesehen von den Sonntagen war der vierte Juli einer der wenigen Tage im Jahr, an dem alle Geschäfte und Fabriken die Tore schlossen und alle Arbeiter freihatte. „Ich frage mich, ob Alvaro beim Fußrennen gewinnt."

„Die zwanzig Dollar kämen uns schon gelegen. Hoffentlich gibt er sie nicht für Alkohol aus.“

Espy sah ihre Schwester streng an. „Alvaro ist nicht wie Papa.“

Angela zuckte mit den Schultern. „Seit er im Sägewerk arbeitet, hat er ein paar neue Freunde – ältere Männer, die ihn auf die falsche Bahn bringen könnten.“

„Wir sollten ihn zu unserer Gruppe mitnehmen.“

Angela schnaubte. „Komm, wir haben noch viel zu tun.“

Sie hatten gehört, wie die Kapelle in der Ferne „*Hail, Columbia!*“ angestimmt hatte, und wussten, dass die offiziellen Feierlichkeiten begonnen hatten. „Wenn wir schnell alles fertig vorbereiten, bekommen wir vielleicht noch etwas davon mit“, sagte Espy und schürte das Feuer.

„Nur ein Haufen Reden“, murmelte Angela und ging zum Keller zurück. „Wenigstens ist es in der Küche kühler als draußen, trotz der Öfen.“

Nachdem sie mit den Vorbereitungen fertig waren, stellten sie Henry dazu ab, nach dem Feuer zu sehen, und versprachen, ihn bald abzulösen. Dann zogen sie los zu dem langen, rechteckigen Park, an dessen einem Ende sich das Gerichtsgebäude aus Backstein befand und am anderen eine Kirche. An den Längsseiten des Platzes standen einige der ältesten Häuser der Stadt.

Als sie am Park ankamen, wurde gerade die Flagge gehisst. Alle verstummten und blickten feierlich auf den Fahnenmast. Warren stand neben seinem Vater und anderen wichtigen Männern der Stadt auf dem Podest. Pastor Curtis war ebenso dort wie zwei seiner Kollegen von anderen Kirchen, der Rektor der Highschool, der Schulleiter der Privatakademie und einige Holzhändler. Abgesehen von Warren waren alle Männer grau- oder weißhaarig.

Als die Musik verstummte, trat Pastor Curtis auf dem selbst gebauten Podest vor und neigte den Kopf. Alle senkten das Haupt zum Gebet.

Anschließend stimmte die Kapelle „*America the Beautiful*“ an.

Nach weiteren patriotischen Liedern war Warren an der Reihe. Der Vorsitzende des Festausschusses, Christinas Vater, stellte ihn als neuen führenden Kopf der Stadt vor – als einen der jungen Männer, auf die man in den kommenden Jahren „ein Auge haben“ sollte.

Espy spürte, wie ein unerklärlicher Stolz sie erfüllte.

„Er war fort, um seine Bildung zu vertiefen, er ist gereist und hat mehr von der Welt gesehen als die meisten von uns, abgesehen von den Kapitänen unserer Schifffahrt, und trotzdem ist er nach Hause zurückgekehrt. Er ist ein wahrer Sohn Hollistons. Bitte begrüßen Sie ihn, wenn er jetzt vortritt, um die Unabhängigkeitserklärung zu verlesen, die uns daran erinnern soll, was wir an diesem Tag feiern."

Espy klatschte, bis ihr die Hände wehtaten. Als der Applaus verebbte, trat Warren an das Rednerpult und umfasste es mit beiden Händen. Er erinnerte Espy an einen Staatsmann oder einen Prediger.

Warren begrüßte die Anwesenden kurz und blickte dann auf das Dokument hinunter, das vor ihm lag. „Wenn es im Lauf menschlicher Gegebenheiten ..."

Als die ersten Worte in klarer, fester Stimme erklangen, verstummte auch das letzte Murmeln und Rascheln in der Menge. In den nächsten Minuten herrschte Schweigen in dem Meer der Gesichter auf allen vier Seiten des Platzes.

Espy kamen die Tränen, als sie die Flagge am einen Ende und das Kriegsdenkmal am anderen sah.

Als er die Erklärung zu Ende gelesen hatte und der donnernde Beifall verklungen war, erinnerte Warren die Anwesenden an das Hummerbankett und sprach kurz, aber wortgewandt über die Ziele der neuen Gemeindegruppe.

Danach wollte er das Podest verlassen, aber bevor er gehen konnte, hielten die älteren Männer ihn auf, indem sie ihm die Hand schüttelten oder auf den Rücken klopften. *Wie stolz sein Vater auf ihn sein muss*, dachte Espy, als sie den würdevollen Mann neben Warren betrachtete, der nur wenig kleiner war als sein Sohn. Sein braunes Haar war an den Schläfen schon ganz grau.

Ob Warren in einigen Jahrzehnten auch so aussehen würde? Würden seine Augen auch diesen harten Blick in ihren grünen Tiefen haben? Espy versuchte sich weiter vorzuschieben, aber die Menge machte es ihr unmöglich. Stattdessen sah sie, wie Christina auf das Podest stieg und mit einem herzlichen Lächeln vor Warren tat. Die Miene seines Vaters wurde weicher, als er etwas zu ihr sagte.

Espy verspürte einen Stich in ihrem Innern. Warum stand sie

hier, wo doch noch so viel zu tun war? Mit einem Kopfschütteln folgte sie ihrer Schwester und den anderen zurück zur Kirche.

In der nächsten Stunde war Espy so beschäftigt, dass sie keine Zeit zum Nachdenken mehr hatte. Dann wandte sie sich von dem großen, mit Wasser gefüllten eisernen Kessel um und wäre beinahe mit Warren zusammengestoßen.

„Oh … du bist wieder da." Sie konnte ihn nur anstarren. Er war gekommen – und er sah mit seinem dunkelbauen Anzug und der rot gemusterten Seidenkrawatte so gut aus.

Er lächelte und sah ihr genau in die Augen.

Die Freude, die wie ein Schwall in ihr aufstieg, erstarb gleich wieder, als sie Christina und Annalise neben ihm stehen sah.

„Es tut mir leid, dass ich nicht helfen konnte. Wie läuft es?" Warren wandte den Blick ab, um sich auf dem Kirchhof umzusehen. „Alles sieht fantastisch aus."

„Nicht wahr?"

Annalise stimmte ihm zu, während Christina mit zusammengekniffenen Augen die Tischdekoration musterte, als suche sie nach etwas, das fehl am Platze war.

Espy strich ihre Schürze glatt und war sich ihres alten Kleides im Vergleich zu den schicken Gewändern der anderen sehr bewusst. „Wir haben deine Lesung gehört. Sie war … sehr bewegend."

Warrens Gesicht wurde rot und er lächelte verlegen. „Sie haben mich zum Lesen verdonnert."

„Der Vortrag war fehlerlos", sagte Christina und schob ihre Hand in seine Armbeuge.

War das ein Anflug von Verärgerung auf Warrens Gesicht? Espy war sich nicht sicher.

Bevor sie sich darüber klar werden konnte, schlug Dexter seinem Freund kräftig auf den Rücken. „Gut gemacht, Alter. Ich hätte es selbst nicht besser vortragen können."

Warrens Miene erhellte sich und er lächelte seinen Freund an. Espy trat einen Schritt zurück, während andere sich um Warren scharten. Sie gratulierten ihm, doch daran, wie er den Kopf schüttelte und die Komplimente abzuwehren versuchte, erkannte sie, dass ihm das alles unangenehm war.

„Ich wollte nur sagen: Es tut mir leid, dass ich vorhin nicht helfen konnte. Und ihr seid die wahren Mitstreiter hier – die unbemerkten Helden. Alles sieht wunderbar aus."

Dexter salutierte. „Danke, Chef."

Warrens grüne Augen wandten sich wieder Espy zu und ein Gefühl der Befriedigung durchströmte sie. „Gleich geht es los. Wie wäre es, wenn wir Gott um seinen Segen für dieses Ereignis bitten?"

Nachdem die anderen zugestimmt hatten, begann er mit geschlossenen Augen zu beten: „Lieber Gott ..."

Espy betrachtete ihn noch eine Sekunde länger. Sie mochte die langen, dunklen Wimpern auf seinen Wangen und den beinahe verletzlichen Eindruck, den er mit geschlossenen Augen machte. Dann senkte auch sie den Kopf und schloss wie die anderen die Augen.

„Amen", sagten alle, als sie die Augen wieder öffneten. Warren lächelte und rieb sich die Hände. „Also, Christina und ich gehen besser auf unsere Plätze. Ich bin mir sicher, wir haben in den nächsten paar Stunden jede Menge hungrige Leute zu füttern."

Espy begab sich zu ihrem Platz an einem der großen eisernen Töpfe, in denen jetzt das Wasser brodelte. Henry warf die lebenden Hummer hinein und Espy trat zurück, um den siedend heißen Spritzern auszuweichen.

„Auf in den Tod!" Mit jedem Wurf gab Henry einen respektlosen Kommentar von sich. Espy nahm einen langen Holzstab, um in dem Topf zu rühren und dafür zu sorgen, dass die Hummer unter Wasser blieben.

Bald schon klebten ihre Haare und ihre Bluse an ihr. Alle paar Minuten musste sie sich mit dem Unterarm über die Stirn wischen, damit der Schweiß ihr nicht in die Augen lief.

Auf dem Gehweg hatte sich eine Schlange gebildet und die Bestellungen kamen Schlag auf Schlag. James kam mit einem Tablett voller Teller zu ihnen. „Wir brauchen vier Hummer."

„Sofort." Espy nahm eine große Zange und hob die Tiere, die gar waren, heraus. Bevor sie sie auf die Teller legte, ließ sie einen Moment lang das Wasser abtropfen. Dann gab sie je einen Maiskolben hinzu. „Bitte sehr."

„Danke!" James marschierte zu den Tischen zurück. Espy ruhte sich ein paar Sekunden lang aus und beobachtete ihn. Er schien seinen Auftritt als Kellner zu genießen. Annalise half ihm und servierte die Erdbeertörtchen. Außerdem sorgte sie dafür, dass an jedem Tisch ausreichend geschmolzene Butter, ein Korb mit Brötchen und Krüge mit Limonade vorhanden waren. Will war damit beschäftigt, das dreckige Geschirr abzuräumen, sobald jemand aufgegessen und seinen Platz frei gemacht hatte.

Emily und eine andere junge Frau, die ihre Hilfe angeboten hatte, blieben ihm dicht auf den Fersen, um die Tischdecken abzubürsten und neue Platzdeckchen auszulegen, sobald er abgeräumt hatte.

Es dauerte über eine Stunde, bis die Schlange endlich kürzer wurde. Warren und Christina waren durchgängig damit beschäftigt, Geld einzunehmen und die Karten auszuhändigen, aber das schien ihnen nichts auszumachen. Jedes Mal, wenn Espy zu den beiden hinüberschielte, lächelten und plauderten sie mit denen, die vorbeikamen.

Espy fragte sich, wie viel Geld sie wohl einnehmen würden. Sie verlangten nicht sehr viel für das Essen, weil sie lieber viele Leute hatten anziehen wollen – vor allem die arbeitende Bevölkerung, die sich eine Mahlzeit im Restaurant sonst nicht leisten konnte.

Eigentlich sollte sie sich über den offensichtlichen Erfolg freuen. Doch stattdessen war ihr unbehaglich zumute und sie musste immer wieder zu Christina hinsehen. Trotz der Hitze sah sie so kühl aus wie die Schlagsahne auf den Erdbeertörtchen.

Sie und Warren saßen unter einem großen, rot-weiß-blau gestreiften Schirm. Anstatt sich in den Farben des Unabhängigkeitstages zu kleiden, hatte Christina ein blassrosa Kostüm aus changierender Seide gewählt. Ein kleiner Strohhut mit schmaler Krempe im gleichen Rosa bedeckte ihre blonden hochgesteckten Haare.

Espy wandte sich ab und schob die Strähnen, die sich aus ihrem eigenen Haarknoten lösten, hinter ihre Ohren. Es war die richtige Entscheidung gewesen, das alte Kattunkleid anzuziehen. Wie nicht anders zu erwarten, war es mittlerweile von Hummerbrühe durchtränkt und klebte wie Fischschuppen an ihr. Schade, dass der nasse Stoff sie nicht kühlte. Der Dampf von den Kesseln mit Hummer, Muscheln und Mais umhüllte sie.

Gut, dass Warren zu beschäftigt war, um zu ihr herüberzusehen.

Keiner von ihnen hatte Zeit gehabt, etwas von dem köstlichen Essen zu probieren, das sie auftischten, aber Espy hatte bei der Hitze auch gar keinen Hunger. Sie fragte sich, wie ihre Mutter mit den Kleinen zurechtkam. Sowohl Christinas Familie als auch die von Warren war zum Hummerfest gekommen, ebenso wie die Eltern der anderen Gruppenmitglieder.

Mit einem Mal verspürte Espy einen Anflug von Neid. Wahrscheinlich kaufte ihre Mutter sich und den Kleinen etwas an einer Imbissbude an der Main Street oder sie ging nach Hause, um den Kindern dort etwas zu essen zu machen, bevor sie am Nachmittag zu den Wettkämpfen wieder in die Stadt kamen.

Während Espy die nächsten Maiskolben aus dem Topf nahm, nahm sie aus den Augenwinkeln wahr, wie Warren sich erhob und jemanden begrüßte. Neugierig drehte sie sich um. Mit einem Maiskolben in der Zange beobachtete sie erstaunt, wie ihre Mutter stehen blieb und sich zögernd dem Tisch näherte, Julia auf dem Arm und Alicia und Gina an ihren Rockzipfeln. Die Jungen standen hinter ihr. Warren lächelte. Ihre Mutter wirkte erstaunt über das, was er gesagt hatte.

Dann lächelte auch sie. Im nächsten Augenblick geleitete Warren ihre Mutter und die kleineren Geschwister an den Picknicktischen vorbei zu ihr.

Hastig legte Espy den Maiskolben auf einen Teller und benutzte ihre Schürze, um sich das Gesicht abzuwischen. „Hallo, Mama … was macht ihr denn hier?“

„Sie und die Kinder sind zum Essen gekommen“, antwortete Warren augenzwinkernd an ihrer Stelle.

Gus stürmte herbei und spähte in den dampfenden Hummerkessel. Espy packte ihn am Arm. „Pass auf, dass du dich nicht verbrennst.“

„Kann ich den haben?“

Warren sah, auf welchen er zeigte. „Den größten?“

Gus nickte eifrig. „Ja!“

„Ist gut. Ich gebe dir fünfzig Cent, wenn du es schaffst, ihn ganz aufzuessen.“ Er wandte sich an Espy. „Du hast den jungen Mann gehört. Den größten Hummer im Topf, bitte.“

Bevor Espy antworten konnte, sprach Warren wieder mit ihrer Mutter. „Falls Sie der Hitze ein bisschen entfliehen wollen – es gibt unten im Gewölbe ein paar Tische, an denen es schön kühl ist.“

Ihre Mutter wischte sich mit einem Taschentuch den Nacken. „Das wäre wunderbar. Danke, Sir."

Während Warren ihre Familie zur Kellertür geleitete, blickte er sich noch einmal zu Espy um und sagte: „Ich schicke die Jungs gleich her, damit sie die Teller holen."

„D..., danke", brachte sie heraus, zu verwirrt, um etwas anderes zu sagen.

Einerseits war sie dankbar, weil er ihrer Mutter etwas Gutes tat, aber andererseits schämte sie sich dafür, dass er ihr Almosen gab. Alle anderen Eltern zahlten für ihr Essen, selbst die von Henry und Will. Und warum hatte er ihre Mutter mit nach unten genommen, wo man sie nicht sah? War der Grund, dass sie nicht bezahlt hatten, oder wirklich die Tatsache, dass es dort kühler war?

„Wir brauchen noch mehr Muscheln", sagte James und hielte ihr eine Schüssel hin.

Espy richtete ihre Aufmerksamkeit wieder auf das Essen. War sie in Warren Brentwoods Augen nur ein Sozialfall oder ein wertvolles Mitglied des Klubs?

9. Kapitel

Warren erhob sich von seinem Stuhl und reckte sich. „Ich glaube, das war's." Zwar saßen noch an der Hälfte der Picknicktische Gäste, aber die Schlange derer, die etwas zu essen wollten, hatte sich endlich aufgelöst.

Christina blickte sich um. „Ich glaube, wir können dieses erste Projekt der „Holliston Lights" als vollen Erfolg bezeichnen." Sie streckte die Hand aus. „Herzlichen Glückwunsch."

Er ergriff ihre Hand und erwiderte ihr Lächeln. „Danke für deine fleißige Mithilfe."

Christina drückte seine Hand sanft und senkte dann den Blick. „Es war mir ein Vergnügen."

„Also …", fuhr Warren fort, mit einem Mal ganz verlegen. Als Christina keine Anstalten machte, ihre Hand wegzuziehen, ließ er ihre Hand los. „Ich weiß ja nicht, wie es dir geht, aber ich bin ganz ausgehungert. Ich frage mich, ob noch Hummer übrig ist."

„Mach dir keine Gedanken über die Reste. Mutter und Vater haben mir aufgetragen, dich zu uns nach Hause zum Mittagsbüffet einzuladen. Ich glaube, so viel Zeit ist vor den Wettkämpfen noch."

Warren rieb sich das Kinn und überlegte, wie er das Angebot ausschlagen konnte. Im Moment wollte er sich nur mit den anderen Klubmitgliedern, die so schwer gearbeitet hatten, an einen der Picknicktische setzen. Er warf einen Blick auf die Geldkassette. „Ich muss das hier zählen und an einem sicheren Ort verstauen. Das dauert eine Weile. Dann muss ich vor den Spielen noch dafür sorgen, dass hier alles sauber gemacht wird. Bitte danke deinen Eltern in meinem Namen. Es … tut mir leid. Vielleicht ein anderes Mal."

Er sah, wie Christinas Lächeln gefror. Bevor sie etwas sagen konnte, sah er sich auf dem Kirchhof um. „Wenn du mich bitte entschuldigen würdest? Ich muss James finden. Er sollte mir als Schatzmeister beim Zählen der Einnahmen helfen."

Als er Pastor Curtis auf der Straße näher kommen sah, atmete

Warren erleichtert auf. Er nahm die Geldkassette und wandte sich an Christina: „Geh ruhig zu deinen Eltern."

Mit einem kurzen Nicken wandte Christina sich ab. Gleich darauf drehte sie sich noch einmal um. „Wir sehen uns doch nachher bei den Spielen, nicht wahr?"

„Ja, natürlich."

Warren ging zwischen den Picknicktischen hindurch zu der Stelle, wo Espy und Henry die Kochtöpfe ausleerten. „Ihr beide habt Unglaubliches geleistet, um alle in Rekordgeschwindigkeit mit Essen zu versorgen." Er musterte die Platte, auf der sich die übrig gebliebenen Hummer türmten, und eine andere mit Maiskolben. „Ich bin froh, dass noch etwas für uns übrig ist. Ich weiß ja nicht, wie es euch geht, aber ich könnte gleich zwei davon essen."

Espy stellte den Topf ab und wischte sich mit dem Handrücken übers Gesicht. Ihre Haut glühte und ihre dunklen Haare klebten in Löckchen in ihrem Nacken. Warren schluckte. Hastig senkte er den Blick. Ihre Bluse war am Hals offen und der dünne, verschlissene Stoff umhüllte ihre Figur wie eine zweite Haut. Sie hatte die Ärmel aufgekrempelt, sodass ihre schmalen, wohlgeformten Arme sichtbar waren.

Er räusperte sich. „Warum setzen wir uns nicht und essen etwas?"

„Hab nichts dagegen", antwortete Henry sofort. „Sobald wir diese Töpfe ausgewaschen haben, damit sie trocknen können."

Espy nickte. „Wir bringen die Platten für die anderen in den Keller. Da unten ist es bestimmt kühler." Sie zögerte, fuhr sich mit der Zunge über die Lippen und sagte, ohne ihm direkt in die Augen zu sehen. „Danke, dass du meine Mutter und meine Geschwister eingeladen hast. Das hättest du nicht zu tun brauchen."

„Hey, für die Köchin, die den ganzen Morgen geschuftet hat, damit alle sich satt essen können? Das war das Mindeste, was ich tun konnte." Warren lächelte.

Espys Lächeln wirkte gequält, fast so, als falle es ihr schwer. Stirnrunzelnd fragte sich Warren, warum das so war. „Stimmt irgendetwas nicht?"

„Nein, nein, alles in Ordnung." Sie schüttelte heftig den Kopf und beugte sich über den Topf, bevor er weitere Fragen stellen konnte.

Nur mit Mühe gelang es ihm, den Blick von ihr abzuwenden. „Ich gehe mit James die Einnahmen zählen. Dann kommen wir zu euch ins Gewölbe. Hebt uns was zu essen auf“, fügte er lachend hinzu.

Will ging mit einem Stapel dreckiger Teller an ihm vorbei. „Dann beeilt euch aber, sonst garantieren wir für nichts.“

Warren winkte und zog von dannen.

Als er wieder auf dem Kirchhof erschien, schüttelte Annalise gerade die letzte Tischdecke aus. „Wir wollten uns jetzt an unser eigenes Festmahl setzen. Hast du alles sicher verstaut?“

„Ja, alles gezählt und eingeschlossen.“ Er nahm ihr den Stapel Decken ab. „Komm. Ich hoffe, es gibt noch Hummer.“

„Jede Menge, glaube ich.“

„Ich freue mich schon auf diese Erdbeertörtchen“, sagte James, als sie die Treppe in den Keller hinunterstiegen.

„Das tut gut! Schön kühl ist es hier!“, sagte Warren seufzend und sah sich um, wer noch alles da war. Espy und Angela standen an der Spüle und wuschen Geschirr ab.

Einige andere saßen schon an einem langen Tisch. Warren ging zu Espy und ihrer Schwester hinüber. „Kommt. Lasst die Sachen erst mal liegen und esst etwas, oder habt ihr schon gegessen?“

Erleichtert erfuhr er, dass dies nicht der Fall war, und schob sie zu der langen Tafel, wo er Stühle für sie herauszog.

„Also, Herr Vorsitzender, haben wir Gewinn gemacht?“ Dexter warf ihm einen Blick zu. Er hatte sich ein großes Geschirrtuch wie ein Lätzchen um den Hals gebunden.

„Das sage ich euch, sobald ich etwas im Magen habe. Ich hoffe, ihr habt uns noch was von dem Hummer übrig gelassen.“

„Ich war versucht, noch einen zu verschlingen, aber dann hatte ich Mitleid.“ Dexter zeigte auf die Platten am Ende des Tisches. „Aber im Ernst, es ist noch eine Menge da. Wir haben uns selbst auch gerade erst hingesetzt.“

Warren zog sein Jackett aus und setzte sich, während sein zufriedener Blick auf den Teller mit Hummer, Maiskolben, Brötchen und gedünsteten Muscheln fiel, den Espy vor ihn hinstellte. Er schnupperte daran und lächelte sie dankbar an. „Das duftet köstlich. Spricht jemand ein Tischgebet?“

„Haben wir schon, du musst also dein eigenes sprechen“, sagte Emily lächelnd.

Warren senkte den Kopf und sprach ein Tischgebet für sich und die anderen, die sich gerade erst gesetzt hatten. Dann krempelte er seine Ärmel auf und band sich eine große karierte Serviette um den Hals, bevor er sich an die Arbeit machte.

„Iss nicht so viel, dass du heute Nachmittag beim Spiel nicht mehr werfen kannst“, warnte Will ihn.

James blickte von seinem Maiskolben auf. „Wann geht es denn los?“

Warren wischte sich den Mund ab und nahm den Dessertteller, den Annalise ihm reichte. „Um drei Uhr auf dem Sportplatz.“

„Vielleicht sollte ich dein Erdbeertörtchen essen.“ Dexter streckte die Hand danach aus. „Wir wollen schließlich nicht, dass du Sodbrennen bekommst.“

Warren lachte. „Mein Törtchen bekommt niemand. Ich habe nicht zwei Stunden lang da draußen gesessen und mir mit dem ganzen Geld die Hände schmutzig gemacht, damit ich jetzt um meinen Nachtisch betrogen werde. Oh, das sieht aber auch gut aus. Wer hat die gebacken?“

„Angela und Espy“, antwortete Will, während er an seinem Maiskolben nagte.

„Ich kann es kaum erwarten hineinzubeißen. Aber zuerst muss ich diesen Hummer vernichten.“

„Hauptsache, du schlägst die Mannschaft aus Seal Harbor! Keine Magenschmerzen, hörst du?“

Die Männer zogen ihn weiter auf und sagten, sie hätten sogar Geld auf seine Mannschaft gesetzt. „Leute, ich habe seit dem College keinen Ball mehr geworfen. Das ist jetzt zwei Jahre her, also würde ich an eurer Stelle nicht zu viel erwarten.“

Nachdem er seinen Hunger gestillt hatte, schob Warren seinen Teller fort. Er trank einen Schluck Limonade, um den Hummergeschmack hinunterzuspülen, und schlug dann mit dem Messer an sein Glas. Als alle ihn ansahen, ließ er seinen Blick über jedes einzelne Mitglied ihrer Gruppe wandern.

„Ich wollte euch allen nur dafür danken, dass ihr einen Großteil eures Feiertages geopfert habt. Unsere Einnahmen heute betragen“

– er machte eine Pause, um die Spannung zu erhöhen – „zweihundert Dollar."

Er setzte sich inmitten von Ausrufen und erstaunten Mienen und lächelte zufrieden. Sein Blick begegnete dem von Espy, die ihn immer noch ungläubig ansah. Er zog eine Augenbraue hoch, als wollte er sagen: „Du glaubst mir nicht?" Dann sagte er laut: „Unser Schatzmeister James wird diese Zahl bestätigen."

James wischte sich den Mund ab und legte seine Serviette beiseite. „Ich habe jede Banknote und Münze selbst gezählt. Wir sollten vielleicht dazu sagen, dass die Summe auch einige großzügige Spenden von Bürgern unserer Stadt enthält."

Als alle sich beruhigt hatten, sagte Warren: „Bei unserem nächsten Treffen können wir entscheiden, wie wir das Geld verteilen."

Die Männer stöhnten. „Warum besprechen wir das nicht jetzt? Wir haben erst mal genug von diesen Treffen."

„Also gut. Das Treffen nächste Woche fällt aus. Alle haben sich eine Pause verdient. Wer dafür ist, hebe bitte die Hand."

Alle Hände fuhren in die Höhe. Lächelnd fügte Warren hinzu: „Wer ist dagegen?"

Niemand hob die Hand. Grinsend griff er nach seinem Teller mit dem Erdbeertörtchen. „Gut, das wäre beschlossen. Dann überlegen wir jetzt, wie wir das gesammelte Geld einsetzen."

Espy erhob sich vom Tisch. „Möchte jemand Kaffee? Wir haben vorhin welchen aufgesetzt."

„Kaffee und Kuchen. Klingt wunderbar."

Während Espy den Kaffee ausschenkte, sprachen sie über das Geld.

Am Ende beschlossen sie, jeweils fünfzig Dollar drei Not leidenden Familien zukommen zu lassen, unter anderem der Mutter des Jungen, der die Highschool besuchen wollte, und einen Teil als Rücklage für andere Projekte oder Notfälle zu behalten.

„Als unser Vorsitzender kannst du den ersten Betrag überreichen", sagte James. „Wir anderen übernehmen die nächsten Fälle."

Kurz darauf standen alle auf. Warren begann den Tisch abzuräumen.

„Du bist der Vorsitzende, du musst nicht aufräumen."

„Natürlich mache ich das. Warum geht ihr anderen nicht schon? Ich wasche ab, schließlich bin ich auch als Letzter gekommen."

Espy und Angela bestanden darauf, ebenfalls zu bleiben, und Angela sagte: „Ich traue keinem Mann zu, dass er Geschirr abwaschen kann."

Insgeheim freute Warren sich, dass er endlich in Ruhe mit Espy reden konnte – auch wenn ihre Schwester dabei war. Eigentlich war es ihm so auch lieber, da er nicht wollte, dass jemand ihr Zusammensein falsch deutete.

„Bist du sicher, dass du hierfür Zeit hast?" Espy sah ihn mit skeptischer Miene an. „Du musst doch bei dem Wettkampf mitmachen."

Warren lächelte. „Das hier beschleunigt meine Verdauung. Kommt ihr beide auch, um euch das Spiel anzuschauen?" Er hielt die Luft an und auf einmal kam es ihm vor, als hätte er eine sehr wichtige Frage gestellt.

„Natürlich. Nachdem ich schon den Wettlauf meines Bruders verpasst habe, will ich auf keinen Fall die Veranstaltungen heute Nachmittag auslassen", sagte Espy beiläufig, den Blick auf die Spülschüssel vor sich gerichtet.

„Das tut mir leid", sagte Warren.

Espy warf ihm ein Lächeln zu. „Mutter hat mir erzählt, dass er gewonnen hat, also feiert er bestimmt irgendwo." Sie schüttelte den Kopf. „Er wollte unbedingt diese zwanzig Dollar gewinnen."

Warren pfiff und nahm sich einen Teller zum Abtrocknen. „Das ist eine Menge Geld für einen Fünfzehnjährigen."

Angela, die gerade den großen Tisch abwischte, schnalzte mit der Zunge. „Wie ich ihn kenne, wird er das Geld nicht lange haben. Ich hoffe, Ma bringt ihn dazu, es aufs Sparbuch zu tun."

Espy spülte den nächsten Teller ab und stellte ihn auf das Abtropfbrett. „Ich rede mit ihm. Vielleicht kann ich ihn davon überzeugen, dass es besser ist zu warten und zu überlegen, was er wirklich braucht." Nachdem sie den nächsten Teller abgewaschen hatte, fragte sie: „Wie macht er sich eigentlich im Sägewerk?"

„Gut, soweit ich weiß. Ich habe jedenfalls von Hodgdon keine Beschwerden gehört."

Sie sah erleichtert aus. „Gut. Du würdest es mir doch sagen, wenn es Probleme gäbe, oder?"

„Natürlich." Warren trocknete den Teller in seiner Hand ab und wählte seine nächsten Worte sorgfältig. „Wenn du willst, kann ich mit ihm über seinen Gewinn reden."

Espy spitzte die Lippen und schrubbte eine Serviergabel. Nach einer Weile nickte sie. „Das wäre mir sehr lieb. Ich bin mir nur nicht sicher, wie er es aufnehmen wird, wenn es von dir kommt." Die letzten Worte kamen zögernd heraus und sie sah ihn ernst an.

Warren schluckte. Auf einmal fühlte sich seine Kehle so kratzig wie Wolle an. „Ich … verstehe. Ich werde darauf achten, wie er auf mich reagiert. Mach dir keine Sorgen."

Espy nickte und ein Lächeln breitete sich von ihren Augen bis zu ihren Lippen aus. Als ihm bewusst wurde, dass er sie anstarrte, riss er seinen Blick los und konzentrierte sich wieder auf den Teller.

Irgendwann war der letzte Teller abgetrocknet und fortgeräumt. Warren sah sich in der ordentlichen Küche um. „Ich würde sagen, das reicht." Schmunzelnd sah er zu Angela hinüber. „Was meinst du, geht das so durch?"

Sie erwiderte sein Lächeln nicht, sondern ließ den Blick durch den Raum schweifen. „Gut. Man sieht überhaupt nicht, dass wir hier waren."

Warren machte eine Handbewegung in Richtung Ausgang. „Sollen wir uns dann zum Sportplatz begeben?"

Als es dämmerte, stand Warren wieder einmal im Schatten der Ulmen auf dem Rasen und lauschte der Kapelle, die im Pavillon spielte. Nur mit Mühe gelang es ihm, ein Gähnen zu unterdrücken. Er war schon vor Sonnenaufgang aufgewacht und von der Minute an, als er die Augen aufgeschlagen hatte, fast ununterbrochen auf den Beinen gewesen – bei der Parade und der feierlichen Zeremonie, beim Begrüßen der Leute und Geldeinsammeln, beim Beglückwünschen seiner Mitstreiter und dann während der Stunden auf dem Sportplatz. Anschließend hatte er einige Stunden zu Hause verbracht, aber Verwandtschaft von nah und fern war zu dem alljährlichen Treffen gekommen, das seine Mutter organisiert hatte.

Da dies das erste Treffen seit seiner Rückkehr war, hatten seine Tanten, Onkel und Cousinen sich auf ihn gestürzt. Noch mehr Fragen und bewundernde Blicke. Noch mehr höfliche Antworten, ohne wirklich zu sagen, was er dachte.

Jetzt saßen seine Eltern mit Annalise in einer der ersten Reihen auf Klappstühlen, die für die wichtigeren Gäste aufgestellt worden waren. Er hatte sich mit der fadenscheinigen Ausrede entschuldigt, er müsse mit jemandem sprechen, aber eigentlich war er nur rastlos.

Normalerweise war er nicht der ruhelose Typ. Lag es nur daran, dass er so lange fort gewesen war? Würde er sich nach einem halben oder einem ganzen Jahr allmählich wieder an den ruhigen Rhythmus des Lebens in Holliston gewöhnen?

Warrens Blick legte sich liebevoll auf seine Schwester. Sie vermied alles, wodurch sie die Aufmerksamkeit anderer erregen könnte.

Mitleidig schüttelte er den Kopf. Die Arme ... ihr Leben war, wie seines auch, dazu vorherbestimmt, auf der Bühne von Holliston stattzufinden. Schon jetzt bereitete ihre Mutter Annalise darauf vor, immer mehr von ihren wohltätigen und gesellschaftlichen Verpflichtungen zu übernehmen.

Wenigstens hatte er kein Problem mit den meisten dieser „Pflichten". Erst in letzter Zeit ließ ihn das alles merkwürdig unbefriedigt, auch wenn es keinen richtigen Grund dafür gab.

Eigentlich sollte er bester Laune sein. Er hatte seinen Lieblingssport betrieben und seiner Mannschaft zum Sieg verholfen. Es gab eine uralte Rivalität zwischen den beiden Städten und es war ein gutes Gefühl gewesen zu gewinnen.

Warrens Lächeln erstarb. Er war jetzt ein Mann, der lernte, in die Fußstapfen seines Vaters zu treten. Irgendwann würde er das Reich übernehmen, das sein Vater ein Leben lang aufgebaut hatte.

Jeder Gedanke an seine berufliche Zukunft war vergessen, als sein Blick auf Espy fiel. Sie ging unter den hohen Bäumen zum Konzertplatz hinüber. Schlagartig wurde seine Laune besser. Begleitet wurde sie von Will auf der einen Seite, einem Burschen, dessen Namen er nicht kannte, auf der anderen, und Henry, der ihr folgte.

Wie viele Männer brauchte sie denn?

Die vier lächelten und redeten. Offensichtlich war ihre Laune bestens, was Warrens eigene Stimmung wiederum dämpfte.

Als spürte sie seinen missbilligenden Blick, sah Espy ihn mit einem Mal an. Zuerst wirkte sie erschrocken. Dann nickte sie ihm kurz zu und wandte sich anschließend ab, um zu hören, was Will sagte.

Warren drehte ihr den Rücken zu und marschierte zurück zu den Plätzen seiner Eltern. Er zwang sich, dem Konzert zu lauschen, und versagte sich den Wunsch, sich umzusehen.

Später, als die Leute sich langsam in Richtung Ufer bewegten, um sich das Feuerwerk anzuschauen, war von Espy nichts mehr zu sehen … und von ihren Verehrern auch nicht.

Er nahm Annalises Arm und lenkte sie in die entsprechende Richtung, während er für seine Eltern einen Weg bahnte.

„Ich muss sagen, das war ein hervorragender vierter Juli", sagte sein Vater. „Perfektes Wetter, viele Leute." Er klopfte Warren auf den Rücken. „Ein spektakulärer Sieg für unsere Mannschaft, den wir dir zu verdanken haben, Warren."

„Ich glaube nicht, dass ich viel damit zu tun hatte."

„Unsinn", sagte seine Mutter. „Du hattest eine Menge damit zu tun. Drei Homeruns in den letzten Innings zu schlagen – du liebe Güte. Man kann sein Licht auch unter den Scheffel stellen."

„Deine Mutter hat recht. In den letzten beiden Jahren hat unsere Mannschaft verloren. Das würde ich nicht als Zufall bezeichnen."

Seine Mutter streckte den Arm aus und tätschelte seine Hand. „Aber wir sind besonders stolz darauf, dass du bei den Feierlichkeiten heute Vormittag neben deinem Vater auf dem Podium gestanden hast. Du hast sehr vornehm ausgesehen, mein Lieber. Dein Vortrag war vollkommen und die Worte waren ungeheuer bewegend."

Weil er wusste, dass seine Mutter eine Antwort erwartete, sagte Warren: „Danke, Mutter", auch wenn ihm das Kompliment eher unangenehm war.

Inzwischen war es ganz dunkel und die gesamte Stadt versammelte sich am Flussufer. Kleine Lichtpunkte auf dem Wasser ließen die Boote erahnen, auf denen einige Männer das Feuerwerk vorbereiteten.

Als der Himmel von Explosionen aus Farbe und Licht erhellt wurde, blickten sie nach oben. Annalise zuckte bei jedem Knall zusammen und hielt sich die Ohren zu. Warren legte ihr einen Arm um die Schultern.

Wenigstens hatte er diesen Abend nicht mit Christina verbringen müssen. Er hatte sie und ihre Eltern zwar gesehen, aber es waren genügend Menschen zwischen ihnen gewesen, um zu verhindern, dass sie einander erreichten.

Er versuchte, den Geist des Tages noch einmal einzufangen, während rote, blaue und weiße Funken vom Himmel fielen, aber seine Seele hatte einen Dämpfer erhalten, und er wusste nicht, was er dagegen unternehmen sollte, da er die Wurzel dieser Wehmut nicht verstand.

10. Kapitel

Als das Feuerwerk fast zu Ende war, wandte Warrens Vater sich an seine Frau. „Ich habe Samuel gesagt, er soll mit dem Wagen an der Ecke Main und Center warten."

„Sehr gut. Ich bin ganz erschöpft. Komm mit, Annalise." Sie blickte zu Warren auf. „Du hattest auch einen langen Tag, nicht wahr?"

„Mhm", machte er geistesabwesend, während er den Blick über die sich verlaufende Menschenmenge schweifen ließ. „Ich glaube, ich laufe nach Hause, wenn ihr nichts dagegen habt."

Seine Mutter blinzelte. „Laufen? Ich dachte, du wärest froh, wenn du die Füße hochlegen kannst."

Er lächelte halbherzig. „Die frische Luft und die Ruhe werden mir auch guttun."

„Wenn du meinst." Sie sah ein wenig gekränkt aus, als sie sich bei Warrens Vater einhakte, der ihr seinen Arm hinhielt. „Aber komm nicht so spät. Wir wollen nicht, dass Samuel auf dich warten und deshalb lange aufbleiben muss."

„Sag ihm, er kann ruhig zu Bett gehen. Ich komme schon allein zurecht und kann auch die Haustür abschließen. Ich komme bald." Es kostete ihn einige Mühe, beiläufig zu klingen. Bevor seine Verärgerung doch noch durchklang, beugte er sich vor und gab Annalise einen schnellen Kus auf die Wange. „Gute Nacht, Schwesterherz. Ich hoffe, du hattest einen schönen Tag."

Sie nickte, ohne etwas zu sagen. Einen Augenblick lang fragte Warren sich, was wohl in ihrem Kopf vor sich ging. Er hatte seit mehr als einer Woche keine Zeit mehr für eine ausgiebige Unterhaltung mit ihr gehabt. Noch etwas, das an ihm nagte. Seufzend richtete er sich auf.

Noch bevor die anderen abgefahren waren, drehte Warren sich um, um die Menge mit seinen Blicken abzusuchen.

„Gute Nacht, Warren." Zahllose Freunde und Bekannte winkten ihm im Vorbeigehen. Er kam sich vor wie ein Fels in der Strömung des Flusses. Entschlossen trat er ein wenig zur Seite und schlenderte am Ufer entlang, seine Augen rastlos, suchend, spähend …

Als er entdeckte, wonach er Ausschau gehalten hatte, blieb er abrupt stehen. Missmut regte sich in seiner Brust. Espy stand da und lächelte und lachte mit denselben Burschen wie zuvor. Als Will und Henry endlich die Hand zum Abschied hoben und davongingen, ergriff der andere Mann ihren Arm und schien sie wegziehen zu wollen.

Espy zog ihren Arm mit einem Lächeln fort und blieb stehen, während sie den Kopf schüttelte. Wieder versuchte der Mann, ihren Arm zu nehmen. Er war ein kräftig gebauter junger Kerl.

Ohne nachzudenken ging Warren auf die beiden zu. „Guten Abend."

Espy wandte sich zu ihm um und lächelte, als sie ihn erkannte. „Hallo, Warren. War das Feuerwerk nicht schön?"

„Ja, das war es." Er nickte dem anderen Mann kurz zu und wandte sich dann wieder an Espy. „Warst du die ganze Zeit hier?"

„Oh ja." Sie deutete mit einer Kinnbewegung in eine Richtung. „Gleich dort drüben. Wir hatten eine fantastische Sicht, nicht wahr, Jim?" Bildete er sich das ein oder klang ihre Stimme nervös?

„Ja, klar." Jims Stimme war tief und die Worte schienen nur unwillig herauszukommen. „Können wir dann gehen?"

Espy blickte von ihm zu Warren.

Warren trat noch einen Schritt näher. „Entschuldige, Espy, aber ich wollte dich etwas fragen wegen … des Essens heute Mittag."

Sofort nickte sie. „Natürlich. Tut mir leid, Jim, ich gehe noch nicht nach Hause."

„Ich bringe sie dann heim", warf Warren ein, bevor der andere Mann etwas sagen konnte.

Jims Gehirn schien eine Weile zu brauchen, um Espys Worte zu verarbeiten, doch dann zog er die Augenbrauen zusammen und funkelte Warren an. „Es ist schon spät, Espy."

Sie schluckte. „Ich weiß, aber das Feuerwerk ist ja gerade erst zu Ende gegangen. Das wissen sie zu Hause."

Warren hielt ihr den Arm hin. „Sollen wir?"

Sie schob ihre Hand in seine Armbeuge. „Ja. Gute Nacht, Jim. Bis bald."

Jim grunzte nur.

Da er jede Unannehmlichkeit vermeiden wollte, kehrte Warren dem Ufer den Rücken und überquerte die Straße. „Wo ist dein Bruder?“

Espy blickte sich um. „Vorhin habe ich ihn noch gesehen.“

Wieder stieg Ärger in ihm auf. Kurz angebunden fragte er: „Und Angela?“

„Sie ist schon vor einer ganzen Weile mit den Kleinen nach Hause gegangen. Mutter und sie wollten zum Konzert und zum Feuerwerk nicht noch einmal herkommen.“ Espy lachte leise. „Angelas genaue Worte waren: ‚Dasselbe olle Feuerwerk wie jedes Jahr‘.“

Anstatt zu lachen, sagte Warren: „Du hättest nicht allein in der Stadt bleiben dürfen.“

„Ach, ich war doch nicht allein. Will und Henry waren bei mir.“

Er lächelte grimmig. „Ich bezweifle, dass meine Eltern drei junge Männer als angemessene abendliche Begleitung für Annalise betrachten würden.“

Espy blieb mitten auf der Straße stehen. „Was soll das denn heißen? Ich kenne Will und Henry schon mein ganzes Leben lang. Sie sind wie Brüder.“

„Aber sie sind nicht deine Brüder. Sie sind Männer, wie alle anderen auch. Und sie haben dich mit Jim allein gelassen.“

Er nahm ihren Arm und wollte weitergehen, doch Espy blieb wie festgewurzelt stehen und versuchte, ihren Arm wegzuziehen.

„Du brauchst mich nicht nach Hause zu bringen. Ich kenne den Weg.“

Er hielt ihren Arm nur noch fester.

„He, pass auf. Ich bin doch keine Lumpenpuppe.“

Ihm wurde bewusst, dass er sich auch nicht besser verhielt als Jim.

„Ich weiß gar nicht, warum du dich so aufregst. Ich kann gut auf mich selbst aufpassen.“

Warren bemühte sich, seine Verärgerung in den Griff zu bekommen. „Bitte entschuldige. Es sah aus, als hättest du Schwierigkeiten, Jim einen Korb zu geben, und da dachte ich, ich helfe dir. Bitte verzeih, dass ich mich eingemischt habe.“

Sie machte eine wegwerfende Handbewegung. „Jim hat nur einen ausgeprägten Beschützerinstinkt.“

Warren würde es nicht Beschützerinstinkt nennen, sondern eher Jagdinstinkt. Aber er verbiss sich weitere Bemerkungen.

Schweigend gingen sie weiter.

„Danke, dass du angeboten hast, mich nach Hause zu bringen", sagte Espy schließlich leise. „Das war sehr nett von dir. Ich wollte Jim tatsächlich loswerden."

„Das würde ich für jede Dame tun, die um diese Uhrzeit allein unterwegs ist", sagte Warren schroff.

Sie ließen die Stadt hinter sich und gingen an den Feldern entlang.

„Es ist ein wunderschöner Abend. War das Feuerwerk nicht herrlich?"

Abgelenkt von ihrer Nähe antwortete Warren nur: „Mhm."

Plötzlich blieb Espy stehen und blickte gen Himmel. „Was für eine Nacht! Der Himmel ist so klar, dass kein Hauch von Nebel die Aussicht verdirbt. Sieh dir nur diese Sterne an. Es müssen eine Million sein."

Er folgte ihrem Blick. Der Himmel war wirklich mit unzähligen funkelnden Lichtern übersät. Der feine Schleier der Milchstraße zog sich mitten hindurch. „Mehrere Millionen", berichtigte er sie leise.

„Was meinst du, wie weit sie entfernt sind?"

„Lichtjahre." Sein Zorn löste sich in Nichts auf, während er die himmlische Pracht bewunderte.

Ein leises Lachen entstieg Espys Kehle. „Ach ja, Mister Collegestudent. Das hast du wahrscheinlich alles gelernt."

Warren runzelte die Stirn, als er ihren verträumten Tonfall hörte, und ein neuer Verdacht stieg in ihm auf. „Hast du getrunken?"

Eine Sekunde später funkelten ihre Augen ihn an und sie bohrte ihren Finger in seine Brust. „Getrunken? Ich und trinken? Glaubst du allen Ernstes, ich würde dieses Zeug anrühren, nachdem ich gesehen habe, was es mit meinem Dad gemacht hat?"

Sofort war Warren ganz zerknirscht. „Entschuldige bitte. Das war eine gedankenlose Frage."

Espy drehte sich um und sie gingen schweigend weiter.

Seine Gedanken wirbelten durcheinander wie die Glassteinchen in einem Kaleidoskop und er stolperte weiter wie ein Blinder, der sich an den Arm eines Blindenführers klammerte. Ihre Schritte waren die einzigen Geräusche in dieser dunklen, stillen Nacht, und schließlich brachte er heraus: „Es ist nur, dass du so ... überbordend geklungen hast. Mehr als die meisten Mädchen – also jungen Damen – die ich kenne."

Espy seufzte. „Überbordend. Was für ein hübsches Wort. Ist das eins von denen, die du im College gelernt hast?"

Seine Spannung löste sich ein wenig. „Kann gut sein."

„Was bedeutet es?"

„Warte mal ... voller Lebenslust, überschwänglich, voller überschäumender Freude."

Er konnte ihren Blick spüren. „So siehst du mich?" Ihre Stimme klang erstaunt.

„Mhm", erwiderte er und versuchte, unverbindlich zu klingen.

„Wie schön." Espy seufzte wieder, aber Warren hielt den Blick nach vorne gerichtet.

„Überbordend", wiederholte sie, als wolle sie sich das Wort merken.

Sie gingen einige Minuten weiter. Inzwischen hatte Warren Mühe, den Weg zu sehen, da sie das letzte Bauernhaus bereits hinter sich gelassen hatten.

Gerade als er einen Schritt nach vorne machte, ergriff ihre Hand seinen Arm und zog ihn mit sich. „Hier entlang."

Warren blinzelte in die Richtung, die sie eingeschlagen hatte. Eine dunkle Wand aus Bäumen schien ihnen den Weg zu versperren. „Wohin gehen wir?"

„Wir nehmen die Abkürzung."

Als sie den Wald betraten, sagte er: „Ganz schön dunkel."

„Es gibt einen Trampelpfad. Ich kenne den Weg, keine Sorge."

Warren konzentrierte sich auf den Weg und hoffte, dass er nicht über eine Baumwurzel fallen würde. Das Letzte, was er jetzt brauchte, war eine Bauchlandung. Zum Glück hielt sie ihn immer noch fest.

Er räusperte sich. „Hättest du dich von Jim auch hier entlang begleiten lassen?"

„Von Jim?", fragte sie überrascht.

„Ja", sagte er nur.

„Erst einmal hätte ich mich von ihm nirgendwohin begleiten lassen."

„Aber was, wenn ich nicht gekommen wäre?", beharrte er, „Meinst du, du hättest ihm wirklich Einhalt gebieten können?"

„*Einhalt gebieten*. Noch so einer von deinen Collegeausdrücken."

„Im Ernst, Espy, du musst besser darauf achten, wen du in deine Nähe lässt."

Wieder blieb sie wie angewurzelt stehen und diesmal hätte sie ihn damit beinahe zu Fall gebracht. Instinktiv streckte er den freien Arm aus und konnte gerade noch das Gleichgewicht wiedergewinnen.

„Besser aufpassen? Ich passe in dieser Stadt auf mich auf, seit ich vier Jahre alt bin, und ich glaube, ich habe es ziemlich gut hinbekommen."

„Das meinte ich nicht. Aber der Schein kann trügen. Die Leute sehen, dass dir so viele junge Männer nachlaufen, und dann denken sie … nun ja, sie denken …"

„Was denken sie denn?" Er musste Espys Gesicht nicht sehen, um zu wissen, dass ihre Augen sich verengt hatten.

Aber er ließ sich nicht einschüchtern. „Dass du nicht besser bist, als man es bei deinem Stand erwarten kann …"

„Dass ich …?" Gleich darauf warf sie den Kopf in den Nacken und lachte schallend, sodass sich die Spannung zwischen ihnen auflöste.

Warren trat zurück, unsicher, was er tun sollte. Das Letzte, was er erwartet hatte, war Gelächter. Er konnte sich vorstellen, wie wütend Christina oder selbst Annalise wäre, wenn er diese Bemerkung ihr oder irgendeiner anderen Frau aus seinem Bekanntenkreis gegenüber gemacht hätte.

Nachdem ihr Lachen verklungen war, sagte Espy leise: „Was meinst du, Mr Warren Brentwood, der Dritte? Hast du angeboten, mich nach Hause zu begleiten, um mich zu beschützen, oder weil du dachtest, du könntest auch ein Stück vom Kuchen haben?"

Warren erstarrte vor Wut. „Wie kannst du es wagen!"

Plötzlich trat Espy auf dem schmalen Pfad ein Stück von ihm weg. „Wenn du mich fangen kannst, findest du ja vielleicht selbst heraus, ob ich ‚besser bin, als man es von meinem Stand erwarten kann'!" Sie lachte noch einmal und dann war sie verschwunden.

Warren hörte das Knacken von Zweigen und den leichten Klang ihrer Schritte, die sich von ihm entfernten. Schnell streckte er die Hand aus.

„Espy!“ Er stand mitten auf einem rabenschwarzen Pfad und konnte die Hand nicht vor Augen sehen. Vorsichtig schob er sich vorwärts, überzeugt davon, dass er gleich stürzen würde.

Espy beachtete Warren gar nicht, während ihre Füße wie Flügel über den Pfad flogen, den sie in- und auswendig kannte.

Ihr Zorn wurde verstärkt durch das berauschende Gefühl, das in ihr aufgestiegen war, sobald Warren angeboten hatte, sie nach Hause zu begleiten – der Mann, von dem sie sich seit Jahren erträumte, dass er wie ein Verehrer zu ihr kommen und ihr den Arm reichen würde, als wäre sie genauso gut wie Christina oder seine Schwester oder irgendeine andere der jungen Damen aus seinen Kreisen.

Aber seine Wut über ihr angeblich anstößiges Verhalten hatte alle diese Träume abrupt beendet. Sie würde sich nicht von ihm einholen lassen. Sollte er doch im Dunkeln tappen und selbst den Weg aus dem Wald finden.

Als sie hörte, wie Warren ihren Namen rief, sah sie über ihre Schulter.

„Das ist nicht lustig! Du könntest dir den Knöchel brechen.“

Die Besorgnis in seiner Stimme ließ Espys Wut verrauchen. Ihre Schritte wurden langsamer, bis sie vor einer Kurve des Waldweges schließlich stehen blieb und sich an einem Baumstamm festhielt. Keuchend rang sie nach Luft.

Als sie das Knacken von Zweigen hörte, erlosch ihr Zorn ganz und gar und sie fing an, sich Sorgen um Warren zu machen. Schließlich wollte sie auch nicht, dass *er* sich den Fuß brach. Sie wandte sich in die Richtung, aus der die Geräusche kamen. Gleich darauf stieß sie mit ihm zusammen. „Oh ...“ Ihr Atem entwich mit einem Schlag aus ihrer Lunge. „Ich hätte dich nicht allein im Wald gelassen“, fing sie an, während sie den Geruch seiner Jacke einatmete – sie roch schwach nach Rasierwasser. „Ich ...“

Bevor sie noch einen Ton äußern konnte, zog Warren sie in seine

Arme. Seine Finger gruben sich in das weiche Fleisch ihrer Oberarme und seine Lippen verschlangen die ihren. Nach einer Weile erwiderte Espy seinen Kuss. Noch nie hatte sie einem Mann oder Jungen erlaubt, sie auf diese Weise zu berühren, aber bei Warren war es anders. Sie vertraute ihm bedingungslos. Wie ein Funke, der Feuer fängt, erwachte ihre Leidenschaft ebenso heftig wie die seine.

Warren vergrub seine Hände in ihren Haaren, sodass ihre Haarnadeln herausfielen und der Knoten sich löste. Seine Finger fuhren durch die dicken Strähnen. Er atmete schwer, seine Finger in ihren Haaren und seine Nase an ihrem Hals.

„Espy“, flüsterte er, als seine Berührung zärtlicher wurde.

Ihre Finger streichelten seinen Kiefer, die Ohrläppchen und die Schläfen und wanderten weiter zu seinem kurzen Haar.

Er zog ihr Gesicht an seines und suchte wieder mit seinem Mund ihre Lippen.

Espy erinnerte sich an all die Warnungen ihrer Mutter ... Nein, Warren würde ihr nie Schaden zufügen. Er war ein Ehrenmann.

„Es tut mir leid ...“ Seine Lippen lösten sich von den ihren und er lehnte den Kopf an ihre Stirn.

„Ist schon gut“, versuchte sie ihn zu trösten, während ihre Hände über seine breiten Schultern strichen.

„Wir sollten nicht ...“ Seine Worte erstarben, als Espy sein Gesicht umfasste und nun mit ihren Lippen die seinen suchte. Sie wollte nicht, dass er aufhörte, wollte nicht, dass dieser Traum endete.

Wieder löste er sich von ihr und diesmal nahm er ihre Hände in seine und zog sie von seinem Körper fort. Dann trat er einen Schritt zurück.

Die kühle Nachtluft fuhr über Espys Gesicht und sie fröstelte.

„Komm, ich bringe dich besser nach Hause. Es ist spät.“

„Was ist denn, Warren? Warum bist du auf einmal so kalt?“ Was hatte sie falsch gemacht, dass er sie plötzlich fortstieß, als wollte er sie nicht?

Warren fasste sie leicht am Ellbogen – als wäre sie ansteckend. Wie hatte er sich so schnell von einem Mann, der sie küsste, als wäre sie die einzige Frau für ihn, in einen Mann verwandeln können, der sich benahm, als wäre er wütend auf sie? Trafen die Warnungen ihrer Mutter in Bezug auf Männer etwa doch auch auf Warren zu?

Glaubte er, dass sie die Art Frau war, die er vorhin angedeutet hatte? Diese hässliche Angst wurde immer größer.

„Es tut mir leid … ich hätte mir nicht solche Freiheiten herausnehmen dürfen." Warrens Tonfall war so förmlich, so anders als das heisere Flüstern ihres Namens an ihrer Wange. „Das war unverzeihlich von mir. Ich habe keine Entschuldigung außer der … der Nacht."

Espy merkte kaum, wohin sie trat, und stolperte über eine Wurzel im Boden. Sofort fasste er ihren Arm fester. „Alles in Ordnung?"

Sie riss sich von ihm los und verschränkte die Arme vor ihrer Brust. Die Nacht fühlte sich kalt und düster an, jetzt, wo der Nebel fiel. „Mir geht es gut."

„Espy …"

Sie wartete. Ihr Herz pochte so laut, dass es seine Stimme fast übertönte.

„Espy", wiederholte er. Als sie nichts sagte, fuhr er schließlich fort. „Bitte vergib … vergiss … was heute Abend geschehen ist. Ich wollte dich nicht so behandeln. Ich …" Er schien um Worte zu ringen. „Ich weiß nicht, was in mich gefahren ist. So behandle ich Frauen nicht."

Jedes seiner Worte schlug ein faustgroßes Loch in ihre Hoffnung und ließ sie wie ein Segel zurück, das nach einem Sturm zerfetzt im Wind weht. Sämtliche Träume, die sie insgeheim gehegt hatte, dass Warren sie lieben könnte, wurden mit jedem seiner steifen, ehrenwerten Worte vernichtet.

Sie beschleunigte ihre Schritte. Jetzt wollte sie nur noch fort von ihm.

„Espy, warte. Ich kann kaum sehen, wohin wir gehen."

„Du brauchst mich nicht nach Hause zu bringen", rief sie über die Schulter zurück. „Ich finde von hier aus allein heim. Du … du müsstest den Weg zurück auch mühelos finden."

Bevor ihre Stimme brach, fing sie an zu rennen, und diesmal blieb sie nicht stehen und sah sich auch nicht mehr um.

„Espy!" Aber als wäre ihm bewusst, dass es keinen Sinn hatte, verstummte seine Stimme nach diesem einen Ausruf und sie hörte ihn nicht mehr.

11. Kapitel

„Denn das Wort Gottes ist lebendig und kräftig und schärfer als jedes zweischneidige Schwert und dringt durch, bis es scheidet Seele und Geist, auch Mark und Bein, und ist ein Richter der Gedanken und Sinne des Herzens."

Warren ließ seinen Blick über die vollen Kirchenbänke vor sich gleiten. Dort, in der ersten Reihe, saßen seine Eltern und Annalise. Die alte Mrs Hawkins saß in der Mitte der Kirche, Mr und Mrs Grandy füllten mit ihrer Familie auf der anderen Seite des Ganges eine komplette Bank aus. Um sie herum erblickte Warren noch jede Menge andere vertraute Gesichter.

Wo war Espy? Sein Blick huschte auf der Suche nach ihr hin und her, aber er konnte sie nirgends entdecken.

Warren räusperte sich und ihm wurde bewusst, dass alle darauf warteten, dass er etwas sagte.

Er blickte auf die Kanzel hinunter, aber da waren keine Notizen. Auf dem Spitzentuch lag nur die aufgeschlagene Bibel, aus der er den Text gelesen hatte.

Sein Herz fing an zu hämmern und übertönte die Geräusche der Gemeinde. Schweißperlen traten ihm auf die Stirn.

Jemand hustete, ein Kind greinte.

Was sollte er sagen? Er erinnerte sich nicht mehr an den roten Faden der Predigt. Als er in seiner Tasche nach einem Taschentuch kramte, um sich die Stirn abzuwischen, merkte er, dass er einen Talar trug.

Warren erwachte mit einem Gefühl der Panik und dem, dass er zur falschen Zeit am falschen Ort war. Licht drang durch die Fensterläden.

Seine Stirn war schweißnass. Unendlich erleichtert sank er auf sein Kissen zurück, als ihm bewusst wurde, dass es nur ein Traum gewesen war. Allmählich beruhigte sich sein Herzschlag wieder.

Natürlich hätte es ihm gleich auffallen müssen. Jetzt wurden Warren einige Ungereimtheiten bewusst. Die Kirche war nur an

Weihnachten und Ostern so voll. Und Mr Grandy und seine Familie gehörten nicht zu ihrer Kirchengemeinde, sondern zu den Baptisten vier Häuserblöcke weiter.

Warren setzte sich auf und schob sich ein Kissen in den Rücken. Jetzt konnte er lächeln. *Ich ein Pastor … was für ein guter Witz.*

Die Bibelstelle war allerdings interessant und sehr kraftvoll. Er fragte sich, ob sie als Teil des Traumes eine Bedeutung für ihn persönlich hatte.

Doch im gleichen Moment lösten sich alle Gedanken an den Traum in Rauch auf, weil ihm der vergangene Abend wieder einfiel. Warren starrte auf die gestreifte Tapete an der gegenüberliegenden Wand.

Was hatte er nur getan? Sein Mund wurde ganz trocken, als er sich erinnerte.

Espy, die durch den dunklen Wald rannte, seine Enttäuschung über sie, ihr spöttischer Tonfall.

Noch einmal durchlebte er das glühend rote Licht, das in seinem Kopf explodiert war, als er sie geküsst hatte, wie bei dem Feuerwerk am selben Abend.

Er hatte sie nicht sehen können, doch vielleicht war gerade dadurch ihre Gegenwart noch spürbarer gewesen, noch verführerischer.

Sein Herzschlag beschleunigte sich erneut, als er den ganzen Abend noch einmal vor seinem geistigen Auge ablaufen ließ. Was hatte ihn nur geritten, sie so zu küssen? Bei klarem Verstand hätte er sich einer jungen Frau gegenüber niemals eine solch unverzeihliche Freiheit herausgenommen.

Im einen Moment war er noch wütend gewesen und gleich darauf hatte er sie geküsst wie ein durstiger Mann, der Wasser in sich hineinschüttet.

Im erbarmungslosen Licht des Tages dämpfte die Dummheit, die er begangen hatte, schnell jeden wieder aufkeimenden Anflug von Leidenschaft. Warren fuhr sich mit den Händen durchs Gesicht und registrierte angewidert die Bartstoppeln an seinem Kinn.

Er war auch nicht besser als all die Männer, bezüglich derer er Espy vorgeworfen hatte, sie würde ihnen Freiheiten erlauben. *Ein Mädchen, das nicht besser ist, als man es bei seinem Stand erwarten kann.*

Espy war über diese Bemerkung verärgert gewesen, aber als er jetzt an ihre Worte zurückdachte, fiel ihm auf, dass sie ihm nicht widersprochen hatte.

Wieder packte ihn zähneknirschend der Ärger – über sich selbst und über sie.

Espy hatte ihn provoziert, auch wenn das in keiner Weise sein Verhalten entschuldigte.

Er war weit genug gereist, um sich jetzt als Mann von Welt zu betrachten, auch wenn er erst vierundzwanzig war. Er hatte viele *solcher* Frauen gesehen, aber er war ihnen immer aus dem Weg gegangen, egal, wie sehr sie ihn provoziert hatten.

Wie hatte Espy ihm so unter die Haut gehen können, dass er seine Überzeugungen über Bord geworfen und alles vergessen hatte, was er gelernt und bislang immer befolgt hatte?

Was ist nur in mich gefahren? Er kannte Espy praktisch schon sein ganzes Leben. Bereits vor langer Zeit hatte er sich fest vorgenommen, niemals eine Dame zu küssen, die er nicht heiraten wollte – und er konnte ganz eindeutig kein solches Mädchen heiraten.

Es lag nicht nur an Espys offensichtlichen Unzulänglichkeiten – ihrem Mangel an Bildung und ihrer Herkunft, ihrer Familie! Sie passte in so vielerlei Hinsicht nicht in seine Welt. Es lag auch daran, wie sie mit Männern umging. Sie hatte ihm ihre Gunst so freizügig gewährt. Küsste sie all die jungen Männer, die sie umschwirrten wie Motten das Licht? Hätte sie Jim auch erlaubt, sie so zu küssen, wenn er sie nach Hause begleitet hätte?

Kopfschüttelnd schlug Warren die Bettdecke zurück und stand auf, als würde die Bewegung ihm helfen, seinen Gedanken zu entfliehen. Er bedauerte es zutiefst, dass er in Bezug auf Espy Estrada die Beherrschung verloren hatte. Und er verstand es immer noch nicht. Wie konnte eine junge Frau, die er kannte, seit sie ein ungestümes kleines Mädchen gewesen war, und die keinen Anstand zeigte, ihn so verlocken?

Gott sei Dank hatte er rechtzeitig aufgehört. Warren schüttelte erneut den Kopf, um das Entsetzen darüber zu vertreiben, was hätte geschehen können. Er neigte das Haupt und dankte seinem Herrn dafür, dass er ihm die Kraft gegeben hatte, auf Abstand zu Espy zu gehen, bevor es zu spät war.

Warren ging zum Fenster und zog die Gardine fort, um in den Garten unter ihm und bis zum Fluss zu blicken. Ein früher Morgennebel lag auf dem Wasser, aber die Sonne schien wie ein verschwommener gelber Ball hindurch.

Er holte tief Luft, weil er wusste, dass eine schwierige Aufgabe vor ihm lag. Aber je eher er sie in Angriff nahm, desto besser. Er würde sich noch einmal bei Espy entschuldigen müssen. Gestern Abend waren sie beide zu überreizt gewesen. Jetzt, bei Tageslicht betrachtet, wusste Warren, dass er Demut zeigen und Espy um Verzeihung bitten musste, vielleicht mit einem kleinen Geschenk – nichts, was einen falschen Eindruck vermitteln konnte, aber etwas für ihre Familie zum Beispiel. Dann konnte er nur hoffen, dass sie Freunde bleiben und weiterhin zusammenarbeiten konnten.

Er mochte sie. Sie hatte sich in dem Gemeindeklub als fähige und wertvolle Partnerin erwiesen. Er wollte nicht, dass ihre Zusammenarbeit durch eine Dummheit zunichtegemacht wurde.

Er würde einfach alle Schuld auf sich nehmen und gestehen müssen, dass er ein Grobian gewesen war und diese Grenze in keiner Weise hatte überschreiten wollen.

Als Warren das Esszimmer betrat, hatte seine Familie bereits gefrühstückt. Samuel brachte ihm die silberne Kaffeekanne. „Kaffee, Sir?"

Er lächelte. „Danke."

Das gurgelnde Geräusch der dunklen Flüssigkeit war der einzige Laut im Zimmer.

„Wo sind die anderen?"

Samuel richtete die Kanne auf und schob Warren Sahne und Zucker zu. „Miss Annalise ist auf der Terrasse und schreibt. Ihre Mutter ist in der Küche und redet mit der Köchin. Ihr Vater ..."

In diesem Augenblick betrat sein Vater den Raum. „Ah, Warren, du bist endlich auf."

Warren schluckte einen Anflug von Verärgerung über die angedeutete Kritik hinunter. „Ja, ich bin auf."

Sein Vater nickte Samuel zu. „Wenn Sie uns entschuldigen wollen."

„Natürlich, Sir." Er wandte sich wieder Warren zu. „Möchten Sie Eier und Toast, Sir?"

„Nur Toast, danke." Er hatte keinen Appetit. Irgendwie war ihm nicht gut. Vermutlich lag das daran, dass er so spät aufgewacht war.

Sein Vater setzte sich ihm schräg gegenüber. „Der Tag gestern war ein Erfolg, würde ich sagen."

Warren goss etwas Sahne in seinen Kaffee und rührte um. „Ja, Vater, das denke ich auch. Wir haben bei unserem Hummeressen zweihundert Dollar eingenommen." Er schüttelte den Kopf. „Ich kann es immer noch nicht fassen."

„Ach so, ja." Sein Vater wirkte abgelenkt. „Ich dachte eigentlich mehr an den Tag allgemein. Herrliches Wetter, die ganze Stadt war unterwegs. Du hast dich auf dem Podium mit uns alten Männern wacker geschlagen." Er lachte.

Nachdem er den ersten Schluck getrunken hatte, stellte Warren seine Tasse auf die Untertasse zurück. Ihm war das Lob unangenehm. Was würden die wichtigen Bürger von Holliston wohl von ihm halten, wenn sie ihn gestern Abend im Wald gesehen hätten?

Die Tasse klapperte auf dem Teller. Warren ließ sie los und hoffte, dass sein Vater das Zittern seiner Hand nicht bemerkt hatte.

„Du hast mich stolz gemacht, mein Sohn. Du bist die Art junger Mann, wie die Stadt sie braucht."

Warren hielt den Blick fest auf seinen Platzteller gerichtet.

„Die Jahre, die du fort warst, haben für den Feinschliff und die Reife gesorgt, die du brauchtest. Die anderen Herren, alles meine Kollegen, die ich seit Jahren kenne, haben mir gegenüber gestern ihre Bewunderung ausgedrückt."

Warren wünschte, er könnte wie ein Wurm in die Erde kriechen.

Samuel kehrte mit seinem Frühstücksteller zurück. „Bitte sehr, Sir. Direkt vom Grill."

Warren atmete ein. „Danke – und danken Sie der Köchin. Es duftet köstlich. Bitte entschuldigen Sie mich bei ihr. Ich hatte nicht vor, so lange zu schlafen."

Sein Vater lachte leise, während Samuel sich mit einem gemurmelten „Gerne, Sir" entfernte.

„Du hattest das Recht auszuschlafen – nach allem, was du gestern getan hast. Das Spiel war fantastisch. Du hast nichts von deinen Fähigkeiten verloren."

Über dieses Thema konnte Warren mit Begeisterung sprechen. Er lächelte und senkte den Kopf, um ein schnelles Dankgebet für das Essen zu sprechen. „Es war wie immer ein Mannschaftssieg, aber es war ein gutes Gefühl, mal wieder auf der Werferposition zu stehen."

Sein Vater sprach noch ein wenig über das Spiel, während Warren sein Frühstück aß. Als er den letzten Bissen hinuntergeschluckt hatte und die Hand nach seiner Kaffeetasse ausstreckte, faltete sein Vater die Hände auf dem leinenen Tischtuch. „Wie findest du eigentlich Christina ... jetzt, wo du die Gelegenheit hattest, sie ein wenig auszuführen?"

Warren verschluckte sich beinahe an seinem Kaffee. „A...ausführen?"

Sein Vater lächelte väterlich. „Du weißt schon, du hast sie schließlich weitaus öfter gesehen als die anderen jungen Damen aus unseren Kreisen."

Warren stellte seine Tasse vorsichtig ab und griff nach seiner Serviette. Während er sich den Mund abtupfte, überlegte er krampfhaft, was er antworten sollte. Seine Haut kribbelte, als ihn eine dunkle Vorahnung beschlich. Es war eine Sache, wenn seine Mutter versuchte, ihn zu verkuppeln, aber wenn sein Vater so etwas andeutete, war das deutlich beunruhigender.

„Ich glaube nicht, dass ich von Christina mehr gesehen habe als von meinen anderen Bekannten – jedenfalls der weiblichen Sorte", sagte er in einem schwachen Versuch, humorvoll zu sein.

Sein Vater verzog keine Miene. „Sie war mehrmals zum Essen hier, du warst bei ihr zu Hause, sie hat bei dem Konzert neben uns gesessen ..." Sein Vater zählte weitere Gelegenheiten auf, bei denen Christina die einzige weibliche Bekannte seines Alters gewesen war, abgesehen von seiner Schwester natürlich.

Warren hob die Hände, als wollte er sich verteidigen. „Warte mal, Vater. Die meisten dieser Gelegenheiten sind darauf zurückzuführen, dass Mutter oder du sie eingeladen habt ... oder dass sie so freundlich war, Annalise zu begleiten, wenn ich es nicht konnte. Ich glaube, du bist ein wenig voreilig, wenn du unsere Namen in einem Atemzug nennst, so als würde ich ihr den Hof machen."

Sein Vater rieb mit dem Zeigefinger über seinen goldenen Siegelring, was ein sicheres Zeichen dafür war, dass er sich seine Worte sorgfältig zurechtlegte, bevor er sprach. Nach einer Weile zog er eine Augenbraue hoch. „Du willst also sagen, dass wir es waren, die Christina in deine Nähe gebracht haben, und nicht dein eigener Wunsch?"

Warren zuckte mit den Schultern und antwortete betont beiläufig. „Ich bin mir sicher, ich hätte sie ohnehin gesehen, immerhin gehört sie zu meinem Freundeskreis." Er begegnete dem aufmerksamen Blick seines Vaters und sah ihm in die Augen. „Aber ich fühle mich nicht auf besondere Weise zu ihr hingezogen."

Falls sein Vater enttäuscht war, ließ er es sich nicht anmerken. „Schade. Sie ist ein nettes Mädchen, schön und gut erzogen. Ihr beide kennt euch schon euer ganzes Leben."

Warren lachte. „Jetzt klingst du wie Mutter."

Wieder ging sein Vater nicht auf seinen humorvollen Tonfall ein. „Wie gesagt, sie wäre die ideale Frau für dich." Er zog an einem seiner Ohrläppchen. „Ehrlich gesagt, weiß ich nicht, worauf du wartest. Du bist vierundzwanzig, wirst in wenigen Monaten fünfundzwanzig. Ich war in deinem Alter bereits verheiratet. Deine Mutter war mir immer eine gute Ehefrau. Sie hat mir ein Heim bereitet. Sie hat euch beide zu anständigen jungen Erwachsenen herangezogen. Warte nicht zu lange, um die richtige Frau zu wählen."

Warren rutschte unruhig auf seinem Stuhl herum. Sein Vater fragte ihn kaum einmal nach seinem Privatleben und seit seiner Rückkehr hatte er von sich aus auch nicht viel erzählt. „Man hat das nicht immer in der Hand, Vater." Er strich sich durchs Haar, während er versuchte, seine Gedanken in Worte zu fassen. „Diesen einen Menschen zu treffen …"

„Ach was! Ich sage ja nichts gegen die Idee, sich zu verlieben. Ich liebe deine Mutter. Aber wenn du dir eine Frau mit der richtigen Herkunft aussuchst, wird sich die Zuneigung mit der Zeit in Liebe verwandeln, da kannst du dir sicher sein. Vor allem, wenn ihr gemeinsame Kinder habt."

Warren erwiderte nichts, aber er hoffte, dass sein Vater mit dem Thema fertig war.

„Die *falsche* Wahl wirst du unter Umständen dein Leben lang bereuen."

Warren sah seinen Vater prüfend an und fragte sich, worauf er hinauswollte. „Ich glaube nicht, dass du dir diesbezüglich Sorgen zu machen brauchst, da ich im Moment keine junge Dame im Auge habe."

„Deine Mutter scheint zu glauben, dass du das Estrada-Mädchen im Auge hast."

Vor Warrens geistigem Auge stieg die vergangene Nacht auf. Er suchte nach einer passenden abwehrenden Bemerkung. „Wir haben natürlich bei dem Hummeressen eng zusammengearbeitet."

„Wenn ich das richtig verstanden habe, hatte Christina auch mit dieser Sache zu tun – noch ein Grund dafür anzunehmen, dass Christina und du Zeit miteinander verbringt."

„Du weißt doch, wie gerne die Leute tratschen." Hatte jemand gesehen, wie sie zusammen das Feuerwerk verlassen hatten? Jemand vom Sägewerk? Damit hätte er rechnen müssen.

Sein Vater sah ihn nachdenklich an, bevor er sich erhob. „Ich muss los und zur Bank. Denk über das nach, was ich gesagt habe. In einer Stadt dieser Größe rächt es sich, in der Wahl seiner Freunde zu sorglos zu sein. Du warst fort und hast die Freiheit der Anonymität genossen und ich habe dich auch nicht nach deinen Abenteuern gefragt." Sein Vater lachte leise. „Wir haben alle das Recht, uns die Hörner abzustoßen, solange wir wissen, wann es Zeit ist, sesshaft zu werden."

Dann klopfte er ihm auf die Schulter. „Du gehst nachher ins Büro, nicht wahr?"

„Ja ... ja, ich gehe gleich. Sobald ich hier fertig bin."

„Es hat keine Eile."

Aber natürlich hatte es das. Sein Vater erwartete, dass er den ganzen Tag arbeitete. Was er sowieso vorhatte.

Auch wenn er im Moment mit seinen Gedanken ganz woanders war.

Espy wurde am nächsten Morgen früh wach, aber nur, weil Alicia und Gina auf ihrem Bett herumhüpften und von dem vergangenen Tag erzählten.

Espy stöhnte und drehte sich zur Wand, während sie sich ihre Bettdecke über ihren Kopf zog.

„Stehst du auf oder willst du bis zum Mittag im Bett bleiben?" Angela rüttelte durch die dünne Decke an ihrer Schulter.

„Wie spät ist es denn?", fragte Espy unter der Decke hervor.

„Halb neun."

Halb neun? Sie musste um acht bei der Arbeit sein. Wie ein Wirbelwind schlug sie die Bettdecke zurück und sprang aus dem Bett. „Warum hast du mich nicht geweckt?" Während sie sprach, eilte sie zum Waschtisch und stellte erleichtert fest, dass ausnahmsweise frisches Wasser im Krug war.

„Machst du Witze? Wo du bei all dem Lärm wie eine Tote geschlafen hast? Ich dachte, die Stocktons hätten dir vielleicht noch einen Tag freigegeben."

Espy trocknete ihr Gesicht ab und schlüpfte in ihre Unterwäsche. Sie gab es auf, mit Angela zu schimpfen. Ihre Schwester hatte genug damit zu tun gehabt, die Kleinen aus dem Bett zu holen, vor allem, weil Espy nicht wach gewesen war, um ihr zu helfen.

Es war ihre eigene Schuld, weil sie so spät schlafen gegangen war – und weil Warrens Verhalten sie so aufgebracht hatte.

Ihr Gesicht glühte bei der Erinnerung an die Freiheiten, die sie ihm erlaubt hatte. Das würde das erste und letzte Mal bleiben, dass sie so gutgläubig gewesen war. Sie schlüpfte in ihr Kleid.

„Bindest du mir das Band in die Haare, Espy?" Alicia streckte ihr ein blaues Band entgegen.

„Ach, Liebes, es tut mir leid, aber ich bin heute zu spät dran für die Arbeit." Sie warf Angela einen Blick zu. „Hast du Zeit? Es tut mir leid, dass ich verschlafen habe."

Ohne ein Wort zu sagen knöpfte Angela Ginas Schürze fertig zu und ging dann zu Alicia. Mit zusammengepressten Lippen fing sie an, die Haare des Mädchens zu flechten. „Hier, gib mir das Band." Sie machte eine Schleife am Ende und ihre Bewegungen zeugten von jahrelanger Übung. „Gut, dass meine Schicht in der Konservenfabrik erst heute Nachmittag anfängt."

Espy bürstete ihre dicke Mähne und ignorierte den Schmerz, als sie durch die Knoten fuhr. Wenn Warren ihre Haare gestern Abend nicht aufgezogen hätte oder wenn sie sie geflochten hätte, bevor sie gestern Abend ins Bett gefallen war, hätte sie dieses Problem jetzt nicht.

Sie betrachtete sich kurz in dem kleinen rechteckigen Spiegel und strich ihr Baumwollkleid glatt. Die Kleidung vom Tag zuvor lag in einem Haufen auf dem Boden. Wenn sie rechtzeitig aufgestanden wäre, hätte sie das Kleid noch vor der Arbeit ausgewaschen und zum Trocknen aufgehängt.

„Ich muss los", sagte sie zu Angela. „Danke, dass du meine Arbeiten übernimmst."

Ihre Schwester brummte etwas Unverständliches und Espy rannte den Flur hinunter, raffte ihren Rock und nahm zwei Stufen auf einmal. Sie frühstückte nicht, sondern lief die Straße hinunter. Erst als sie sich Holliston näherte, fiel sie in einen langsameren Schritt.

Sie lächelte allen zu, die sie grüßten, blieb aber nicht stehen, um sich zu unterhalten. Ihr Blick huschte zum Büro der Brentwoods hinüber, aber Warren war nirgends zu sehen.

Erleichtert wandte Espy den Kopf ab und steuerte schnellen Schrittes auf das Ende der Main Street und die überdachte Brücke zu. Als sie sie erreichte, hämmerte das Herz in ihrer Brust heftig, aber das Geräusch wurde von dem reißenden Wasser unter der Brücke übertönt.

Von Warren war nichts zu sehen. Wahrscheinlich war er schon lange bei der Arbeit. Sie brauchte sich keine Sorgen zu machen, dass sie ihm über den Weg laufen würde.

Was mache ich nur, wenn ich ihn irgendwann doch sehe? Was ist mit dem Gemeindeklub? Espy schluckte und verspürte einen leichten Schwindel. Die Folge davon, dass sie mit leerem Magen durch die Hitze gerannt war, sagte sie sich.

Als sie in Richtung Elm Street abbog, wurde ihr das Herz schwer. Von allen Personen, die ihr begegnen konnten, war es ausgerechnet Warren, der die Straße hinunterschritt. Anscheinend hatte er gerade erst das Haus verlassen.

Als Espy seine groß gewachsene Gestalt und die breiten Schultern in dem braunen Anzug erblickte, krallten ihre Finger sich in das verschlissene Material ihres Kleides.

Warum heute Morgen, Herr? Bitte hilf mir, stark zu sein und so zu tun, als würde mir das mit gestern nichts ausmachen, betete sie.

Warren hatte sie ebenfalls gesehen. Das erkannte sie daran, dass er seine Schritte ein wenig in ihre Richtung lenkte.

Espy straffte die Schultern und wurde ein kleines bisschen langsamer, damit sie ruhig und ausgeglichen wirkte. Hastig setzte sie eine undurchdringliche Miene auf, befürchtete aber, dass er ihr Herz würde hämmern hören können.

Warren blieb ein paar Schritte von ihr entfernt stehen und sah sie unter seiner Hutkrempe hervor an. Ihre Haare lösten sich im Nacken und ihr Gesicht glänzte vor Schweiß.

„Guten Morgen, Espy."

Sie blieb ebenfalls stehen und zog die Ränder ihres Umschlagtuches zusammen. „Guten Morgen, Warren." Sie erwiderte seinen ernsten Blick mit dem gleichen Ernst.

„Wie …", setzte er erneut an. „Wie geht es dir heute Morgen?"

Sie nickte. „Sehr gut, danke. Und dir?" Er sah jedenfalls nicht so aus, als hätte er die halbe Nacht wach gelegen und sich hin und her gewälzt, so wie sie es getan hatte.

„Mir geht es gut, danke." Ein kleines Lächeln erschien auf seinen Lippen. *Ach du liebe Güte.* Espy spürte, wie ihr bei dem Gedanken an das, was sie gestern getan hatten, ganz schwindelig wurde, und es versetzte ihr wieder einen Stich.

„Ein bisschen müde nach den Feierlichkeiten gestern", sagte er. „Aber dir geht es bestimmt auch so."

Espy hob das Kinn. „Mir geht es wunderbar. Könnte nicht besser sein." Sie gönnte ihm nicht die Genugtuung zu wissen, wie wenig sie geschlafen hatte.

„Ja, also …" Er zog seine silberne Uhr heraus und warf einen Blick darauf. „Ich gehe wohl besser ins Büro. Du bist sicher auch auf dem Weg zur Arbeit."

„Das stimmt. Ich sollte nicht zu spät kommen." Als sie weitergehen wollte, streckte Warren die Hand aus, als wolle er sie aufhalten. Sofort machte sich wieder Hoffnung in Espy breit und sie blieb stehen.

„Hör zu, Espy." Er schluckte sichtbar. „Wegen gestern Abend … ich wollte nicht … ich meine, ich durfte nicht …" Warren holte tief Luft und sah ihr dann in die Augen. „Was ich zu sagen versuche, ist, dass ich mich sehr unehrenhaft verhalten habe und dich um

Vergebung bitte. M...meinst du, du könntest mein abscheuliches Benehmen vergessen und s...so weitermachen wie vorher?“

Eine sachte Brise strich durch die Haare in ihrem Nacken und Espy fröstelte. Er wies sie also endgültig ab. Nachdem sie all ihre Kraft zusammengenommen hatte, zuckte sie mit den Schultern. „Natürlich. Schon vergessen.“

Warren wich zurück, als hätte ihr sorgloser Tonfall ihn vor den Kopf gestoßen. Bevor er noch etwas sagen konnte, schob sie sich an ihm vorbei.

„Espy …“, hörte sie hinter sich, aber sie lief weiter.

Als sie bei den Stocktons ankam, war sie völlig außer Atem und ihr Kleid war ganz feucht, so sehr schwitzte sie. Ihre Finger hatten Mühe, das Gartentor zu öffnen. Ungeduldig riss sie an dem Riegel. *Geh auf, du blödes Ding!* Schließlich gab der Riegel nach und sie knallte das Tor hinter sich zu.

Während sie zum Hintereingang eilte, hoffte sie, Mrs Stockton erst dann über den Weg zu laufen, wenn sie sich wieder gefasst hatte.

Mrs Maguire trocknete gerade eine Schüssel ab. Als Espy eintrat, drehte sie sich um. „Ach, da bist du ja, meine Liebe. Ich hab mich schon gefragt, ob du nach den Feiern gestern heute überhaupt kommst. Also, das Hummerfest war wirklich königlich.“ Sie lachte, stellte die Schüssel ab und griff nach der nächsten. „Ich habe mal wieder viel zu viel gegessen.“

Espy hängte ihr Tuch und ihre Tasche auf und strich sich übers Haar, während sie versuchte, ihre Fassung wiederzugewinnen. „Es tut mir leid, dass ich zu spät bin. Ich habe keine Entschuldigung, außer dass ich leider verschlafen habe.“ Sie wandte sich der Spüle zu. „Ich weiß nicht, warum meine Schwester mich nicht geweckt hat. Kann ich Ihnen hier etwas helfen, bevor ich zu Mrs Stockton gehe?“

„Ich komme schon zurecht, Liebes. Geh lieber schnell zu Mrs Stockton. Sie war schon hier und hat nach dir gefragt.“

„Dann suche ich sie wohl besser.“ Espy eilte davon, voller Sorge, dass Mrs Stockton verärgert sein könnte.

Aber Mrs Stockton war gut gelaunt und nachdem sie ein paar Minuten über den vierten Juli geplaudert hatten, reichte sie ihr die Liste mit den Arbeiten für diesen Tag.

Espy schob ihre Enttäuschung wegen Warren beiseite und nahm mit Eifer die lange Liste in Angriff. Körperliche Anstrengung war das Beste, um Niedergeschlagenheit zu vertreiben, hatte sie festgestellt. Als sie die Schule hatte verlassen müssen, hatte sie sich ganz bewusst mit voller Kraft auf die Arbeit in der Konservenfabrik gestürzt, wild entschlossen, schneller Sardinen zu filetieren als alle anderen.

Und jetzt würde die Hausarbeit sie über ihre dumme Verliebtheit in Warren Brentwood hinwegbringen. *Er ist meine Zuneigung nicht wert, das steht fest*, sagte Espy sich, während sie ihren Schwamm ausdrückte und damit die Sockelleiste im Esszimmer schrubbte.

Als sie mit einem Großteil ihrer Aufgaben fertig war, sagte sie Mrs Stockton, sie könne ihr gerne noch mehr Arbeit geben. Sie wolle wiedergutmachen, dass sie an diesem Morgen so spät gekommen war.

„Du liebe Güte, Espy, mach dir darüber keine Gedanken. Ich weiß doch, wie viel du gestern gearbeitet hast. Du konntest den Feiertag ja gar nicht richtig genießen."

„Das ist schon in Ordnung. Es hat mir Spaß gemacht, mit unserer neuen Gemeindegruppe etwas auf die Beine zu stellen. Wir haben eine ganze Menge Geld eingenommen und es wird ein gutes Gefühl sein, es den Not leidenden Menschen zu bringen."

Espy erstarrte. Wie würde das Geld zu den Bedürftigen gelangen? Als sie davongestürmt war und Warren mit seiner Entschuldigung hatte stehen lassen, hatte sie nicht an den Klub gedacht. Sie verspürte nicht den Wunsch, Warren jemals wiederzusehen, geschweige denn weiterhin mit ihm zusammenzuarbeiten.

Während Espy einen Lappen und eine Flasche mit Öl zum Arbeitszimmer trug, kaute sie auf ihrer Unterlippe und überlegte, was sie mit den „Holliston Lights" machen sollte.

Die anderen brauchten sie ja nicht. Es gab genügend Leute, die Warren helfen konnten. Gestern hatte sie schließlich auch lediglich über einem dampfenden Kessel mit Hummern gestanden. Sollte Christina doch die Lorbeeren ernten. Sie würde sich darüber freuen.

Espy verdrängte diese Gedanken und klopfte an die Tür des Arbeitszimmers. Mrs Stockton hatte gesagt, ihr Mann habe nichts dagegen, wenn sie heute bereits in seinem Zimmer anfing, bevor er mit der Arbeit fertig war – er hatte sogar darum gebeten.

Ein Gefühl der Befriedigung durchströmte Espy. Es gab doch jemanden, der ihre Talente zu schätzen wusste.

„Herein."

Sie öffnete die Tür und lächelte Mr Stockton an. „Ich will Sie nicht stören, aber Mrs Stockton meinte, ich könne schon mit den Regalen anfangen."

Er erhob sich und lächelte. „Sie stören mich nie. Vielmehr sind Sie eine willkommene Abwechslung." Seine graublauen Augen funkelten sie an.

Espy merkte, dass sie errötete. Sie war es nicht gewohnt, dass jemand ihr Komplimente machte und sie so behandelte, als wäre sie jemand Bedeutendes.

Mr Stockton zeigte auf das Sofa. „Kommen Sie, lassen Sie Ihren Lappen eine Weile liegen und setzen Sie sich. Erzählen Sie mir von Ihrem jüngsten Buch."

Espy blickte zu der Wand voller Bücher hinüber, die sie abstauben sollte. „Ich weiß nicht … ich sollte erst arbeiten …"

Er klopfte auf den Platz neben ihm. „Keine Angst: Wenn der Staub noch einen Tag liegen bleibt, verrate ich kein Wort."

Espy ließ sich kein zweites Mal bitten und setzte sich, während sie sich fest vornahm, anschließend doppelt so schnell zu arbeiten. Aber jetzt brauchte sie etwas, das sie von Warren ablenkte.

Über Bücher zu reden, funktionierte. Sie konnte ihr Leben gegen das eines anderen Menschen tauschen, in dem interessante Dinge geschahen und Notlagen zu etwas Gutem und Edlem im Leben einer Figur führten.

Mr Stockton und sie sprachen so angeregt über die Bücher, die sie gerade las, dass die Zeit wie im Flug verging. Bevor sie es sich versah, war eine Stunde vergangen. „Ach, du liebe Zeit", sagte Espy und sprang auf, als die Uhr in der Bibliothek schlug. „Jetzt muss ich aber wirklich mit dem Staubwischen anfangen."

Mr Stockton hielt sie nicht zurück, blickte aber weiter lächelnd zu ihr auf.

Während Espy ihre Schürze glatt strich, fragte sie sich, wie er hinter der Schürze eine junge Frau mit einem Verstand sehen konnte, während Warren nur jemanden sah, der unter seinem Stand war. Traurig wandte Espy sich ab und griff nach ihrem Staubtuch und dem Zitronenöl.

Sie hatte gerade angefangen, die Bücher vom untersten Regalboden zu nehmen, als Mr Stockton sie erneut ansprach. Espy fuhr zusammen, als sie seine Stimme unmittelbar hinter sich vernahm. Er stand da und sah sie nachdenklich an. „Sie sind eine bemerkenswerte junge Frau, Espy."

„D...danke, Mr Stockton."

„Sie sollten eine weiterführende Bildung in Betracht ziehen."

Sie schluckte. Es gab nichts, was sie lieber täte. Verlegen legte sie die Hände auf ihre Knie. „Ich weiß nicht ... Meine jüngeren Brüder und Schwestern sind noch in der Schule." Espy lachte wehmütig. „Manche haben noch nicht einmal damit angefangen."

„Es wäre eine Schande, wenn Sie nicht weiterstudieren würden."

Noch immer sah er sie unverwandt an und allmählich wurde ihr sein Blick unangenehm. Sie griff nach dem Lappen und begann das erste Buch abzustauben, einen dicken Lederband.

„Wissen Sie was? Ich werde Sie unterrichten."

Überrascht blickte Espy zu ihm auf. „Mich unterrichten?"

„Ja." Mr Stockton nickte und ließ den Blick auf ihr ruhen. „Keine Sorge, wir würden gar nicht so viel mehr machen, als wir es jetzt schon tun, aber ich würde Ihnen Hausaufgaben geben."

„Die kann ich bestimmt erledigen."

„Wir weiten die Themen aus, damit Sie nicht nur Literatur lesen. Etwas Mathematik, Geschichte, Naturwissenschaften – wie klingt das?"

Espy schluckte und blickte zu ihm auf. „Würden Sie das wirklich für mich tun? Ich verstehe vielleicht nicht alles ... es ist schon eine Weile her, dass ich in der Schule war."

Mr Stockton lachte leise. „Machen Sie sich darüber keine Sorgen. Wie Sie wissen, bin ich Lehrer; ich weiß, wie man Schülern Wissen vermittelt, wenn sie lernen wollen."

„Oh, das will ich", versicherte Espy ihm eifrig. „Danke, Mr Stockton, dass Sie sich solche Mühe mit mir geben."

„Das heißt, wir sind uns einig?"

Als sie nickte, streckte er die Hand aus.

Espy wollte aufstehen, aber er ergriff ihre Hand, bevor sie die Gelegenheit dazu hatte. Sein Handschlag war fest und warm und er sah ihr dabei in die Augen. Behandelte er alle seine Schüler so, als wären sie die einzigen Menschen auf der Welt, die seine Beachtung verdienten?

Schließlich ließ er ihre Hand los und trat einen Schritt zurück.

„Wenn Sie heute mit der Arbeit fertig sind, können Sie ja vielleicht noch ein wenig bleiben – für unsere erste Unterrichtsstunde. Ich gebe Ihnen dann einige Aufgaben, die Sie machen sollen. Keine Angst!", er hob die Hand. „Ich weiß, dass Sie viel zu tun haben, also werde ich Sie nicht über Gebühr belasten."

Dann kehrte er zu seinem Schreibtisch zurück und Espy machte sich wieder daran, die Bücher abzustauben, aber sie hatte Mühe, sich zu konzentrieren. Eine Ausbildung zu erhalten – das war ein Traum, den sie aufgegeben hatte. Aber jetzt würde er vielleicht doch noch wahr werden.

Dann könnte sie es mit den Christinas dieser Welt aufnehmen.

Und Männer wie Warren würden nicht mehr auf sie hinabblicken.

Vielleicht würde sie durch den Unterricht auch so viel zu tun haben, dass sie keine Zeit mehr für Warrens Klub hatte. Sollte er doch sehen, wie er ohne sie zurechtkam. Und Christina konnte sich bei den Armen der Stadt beliebt machen.

Ha! Als ob das jemals geschehen würde!

12. Kapitel

Warren beschloss, das Treffen offiziell zu beginnen. Er hatte eine Viertelstunde länger gewartet, weil er gehofft hatte, dass Espy und ihre Schwester noch im Kellergewölbe der Kirche auftauchten, aber jetzt konnte er die anderen nicht länger hinhalten. Allmählich wurden sie unruhig. Dexter witzelte über all die Orte, an denen er stattdessen sein könnte, und Christina erinnerte ihn daran, dass sie später bei den Smiths eingeladen waren.

„Also gut, hiermit eröffne ich unser Treffen. Ich bete für uns, dann können wir loslegen." Warren neigte den Kopf und sprach ein kurzes Gebet.

Er hatte Espy nicht mehr gesehen, seit sie einander auf der Straße begegnet waren und sie ihn beleidigt hatte stehen lassen. Er konnte es ihr nicht verdenken, aber er hatte gehofft, sie hätte sich inzwischen wieder beruhigt. Immerhin war seitdem mehr als eine Woche vergangen. Merkwürdig, dass er ihr in einer Stadt von der Größe Hollistons nicht über den Weg gelaufen war, aber es war, als wäre sie vom Erdboden verschwunden.

Er hatte Alvaro den Termin für das Treffen sagen und ihn bitten müssen, Espy und Angela Bescheid zu geben. Widerwillig hatte der Junge sich dazu bereit erklärt.

Vielleicht hatte Alvaro es ihnen nicht erzählt. Warren konnte nicht glauben, dass Espy sonst nicht gekommen wäre. Ihr war das Anliegen dieser Gruppe zu wichtig, als dass sie sich von persönlichen Gefühlen leiten lassen würde.

Oder?

Warren verdrängte den Gedanken und schlug seine Bibel an der Stelle auf, die er für den Anfang ihres Treffens ausgewählt hatte. Selbst das war Espys Idee gewesen.

Nach ihrer kurzen Andacht begann die reguläre Sitzung. „Also, der aktuelle Stand der Dinge ist folgender ..."

Als er seinen Bericht beendet und die Diskussion eröffnet hatte, berieten sie darüber, wie die Einnahmen von ihrem Hummeressen verteilt werden sollten.

„Wo ist denn eigentlich Espy?", fragte Will. „Weiß sie nicht, dass wir uns heute treffen?"

„Ich habe ihren Bruder Alvaro gebeten, ihr und Angela Bescheid zu sagen."

Henry stieß einen abschätzigen Laut aus. „Das bringt genauso wenig, wie es ihrem Vater zu sagen."

Will lachte. „Ich finde, das Treffen ist eine Zeitverschwendung, wenn Espy nicht hier ist."

„Unsinn." Christina beugte sich vor, die Hände auf der Tischplatte gefaltet, und blickte in die Runde. „Wir sind beschlussfähig. Wir müssen nur entscheiden, was wir als Nächstes planen wollen."

„Aber was ist mit dem Geld, das wir für die Not leidenden Familien gesammelt haben?", fragte Mabel.

„Warren wird die Summen, auf die wir uns geeinigt haben, überbringen. Als zweite Vorsitzende kann ich ihn begleiten", antwortete Christina sofort.

Will funkelte sie an. „Warum solltest du denn mit ihm gehen?"

Bevor es zu einem Streit kommen konnte, räusperte Warren sich. „Vielleicht wäre es besser, wenn du als zweite Vorsitzende die zweite Spende überreichst. Und jemand anderes kann den dritten Betrag übernehmen. Oder besser noch: Wir gehen immer zu zweit." Er ließ den Blick über die Anwesenden schweifen und sah schließlich seine Schwester an. „Annalise, wir zwei könnten doch zusammen gehen."

Sie lächelte ihm zu, und er war erleichtert, weil ein Problem gelöst war. „Also gut."

Im Laufe des Treffens nahm die Feindseligkeit von Espys Freunden mit jeder Bemerkung, die Christina machte, zu. Christina schien es gar nicht zu bemerken. Sie sprach weiter und fragte nur ihre eigenen Freunde nach deren Meinung.

Warren hatte das Gefühl, als würde er gegen die Gezeiten ankämpfen, während er versuchte, die Einheit der Gruppe aufrechtzuerhalten.

Das war alles Espys Schuld. Wenn sie vorhatte, sich an ihm zu rächen, indem sie den Klub sabotierte, dann war es ihr gelungen.

Nach der Sitzung erhob Warren sich, lächelte und wünschte allen einen guten Abend, als wäre alles in Ordnung, aber innerlich wuchs sein Groll gegen Espy.

„Schade, dass Espy und ihre Schwester nicht hier sein konnten", sagte Dexter, nachdem die anderen gegangen waren. Christina wartete mit Annalise an der Tür darauf, dass Warren sie nach Hause begleitete.

„Ja."

Dexter musterte ihn mit einem fragenden Blick. „Ich kann kaum glauben, dass sie dich nicht nach dem Termin für das nächste Treffen gefragt hat."

Warren zuckte mit den Schultern und sammelte seine Unterlagen ein.

„Du hast doch nichts zu ihr gesagt, oder?"

Warren sah seinen Freund scharf an. „Was meinst du?"

Dexter betrachtete seine Fingernägel. „Ach, ich weiß nicht. Frauen sind merkwürdige Geschöpfe. Meinst du, sie hatte genug, weil sie bei dem Essen die ganze Zeit über einem Topf mit Hummern hängen musste, und hat das Handtuch geworfen?"

„Nein. Sie schien sich über das Geld, das wir gesammelt haben, sehr zu freuen."

„Das stimmt." Dexter schüttelte den Kopf. „Wer kann schon die Frauen begreifen, was?"

„Ich glaube, du machst zu viel daraus. Sie hat nur ein Treffen verpasst und wahrscheinlich hat ihr Bruder vergessen, ihr davon zu erzählen."

„Aber du hast gemerkt, wie durcheinander alles ohne sie war, oder?" Dexter grinste und senkte die Stimme, während er schnell einen Blick in Richtung Tür warf. „Du willst doch nicht, dass Christina die Sache übernimmt, nicht wahr?"

Warren erwiderte nichts, sondern wandte sich zum Gehen. Aber er teilte Dexters Sorge mehr, als sein Freund ahnte.

Während er sich wie der letzte Schuft vorkam und zugleich wütend auf Espy war, weil er sich ihretwegen so fühlte, trat er mit einem aufgesetzten Lächeln zu seiner Schwester und Christina. „Seid ihr so weit?"

ଓ

Am nächsten Nachmittag ging Warren zum Sägewerk. An seinem Schreibtisch hatte er ohnehin nur wenig ausgerichtet. Im Lager trugen einige Männer Baumstämme ins Sägewerk, andere stapelten zugeschnittene Bretter, die herauskamen, damit sie auf den nächsten Schoner geladen werden konnten.

Warren runzelte die Stirn, als er sah, wie Hodgdon zu Alvaro ging und mit ihm sprach. Der Vorarbeiter sah ernst aus und Alvaro wirkte mürrisch wie immer. Am Ende machte der Junge auf dem Absatz kehrt und ging.

Noch eine Folge seiner Freundschaft mit Espy – ein verdrießlicher Angestellter. Sein Vater hatte recht gehabt. Mit einem frustrierten Seufzer ging Warren auf den Vorarbeiter zu.

„Ist irgendetwas los?“, fragte er Hodgdon.

Der Mann zögerte, als wäre ihm die Frage unangenehm. Warren blickte zu Alvaro hinüber, der jetzt wieder Holz stapelte.

„Heute war schon der dritte Morgen, an dem Alvaro zu spät zur Arbeit erschienen ist“, antwortete der Vorarbeiter schließlich. „Und nicht nur ein paar Minuten.“

Da er sich dafür verantwortlich fühlte, dass Hodgdon den Jungen überhaupt angestellt hatte, sagte Warren: „Ich rede mit ihm.“

Nachdem er Alvaro begrüßt hatte, fragte er: „Was ist denn los, dass du es nicht rechtzeitig zur Arbeit schaffst?“

Alvaro blickte zu dem Vorarbeiter hinüber. „Hat er sich beschwert?“

„Er hat ein Recht dazu.“

Der Junge zuckte mit den Schultern. „Ich habe nur verschlafen.“

„Du weißt doch, dass es den anderen gegenüber nicht fair ist, erst dann aufzutauchen, wenn sie längst mit der Arbeit begonnen haben.“

Alvaro schob seine Kappe nach hinten. „Ich weiß. Morgen bin ich pünktlich.“

Am liebsten hätte Warren den Jungen auf der Stelle rausgeworfen, aber er zögerte. Er dachte an den Grund, warum sie die „Holliston Lights“ ins Leben gerufen hatten. Ging es nicht darum, genau solche Jugendlichen wie diesen Jungen zu erreichen?

Er unterdrückte ein Seufzen und nickte. „Gut. Aber komm auf dem Heimweg bei mir im Büro vorbei.“

Es war Espy gelungen, Warren eine Woche lang aus dem Weg zu gehen. Das hatte allerdings bedeutet, dass sie nicht zum Gottesdienst gehen konnte, was sie vermisste, und sich irgendwelche Erklärungen einfallen lassen musste. Am ersten Sonntag hatte sie erfolgreich behauptet, es gehe ihr nicht gut.

Sobald Alvaro von der Arbeit nach Hause gekommen war, hatte er ihr vom Treffen des Klubs erzählt. „Übrigens, Mr Brentwood – oder Warren für dich – hat mich gebeten, dir zu sagen, dass ihr euch heute Abend in der Kirche trefft.“

Espy war im Garten gewesen, eine Spülschüssel mit dreckigem Wasser in den Händen, die sie über dem Gemüsebeet ausleeren wollte. Alles war knochentrocken. Die Erbsen sahen gerupft aus und die Blätter der Gurkenpflanzen wurden schon gelb. Und irgendetwas schien die Blätter der Kohlköpfe zu fressen. Sie musste Hortensia und den Jungen die Leviten lesen, die Unkraut jäten und gießen sollten.

Während Espy sich zu ihrem Bruder umdrehte, wischte sie sich mit dem Unterarm über die Stirn. „Wann hat er dir das denn gesagt?“

„Bevor ich von der Arbeit weg bin.“

„Hat er sonst noch was gesagt?“

„Nee.“ Alvaros dunkle Augen hatten einen verschlagenen Ausdruck angenommen. „Was hätte er denn sagen sollen?“

„Das geht dich nichts an.“ Espy sah ihn prüfend an. „Wie ist die Arbeit?“

„Das geht *dich* nichts an.“

Zu müde, um mit ihm zu streiten, ging sie an ihm vorbei. In der Küche stellte sie die Schüssel wieder ins Spülbecken. „Alvaro hat gesagt, dass sich der Klub heute Abend trifft“, sagte sie zu Angela und griff nach einem Geschirrtuch, um die Teller und Schüsseln abzutrocknen.

„Dann haben wir aber nicht viel Zeit."

Espy gab ihrer Schwester keine Antwort. Sie kämpfte mit sich, ob sie zu dem Treffen gehen sollte oder nicht. Einerseits wollte sie sich nicht vor ihrer Verantwortung drücken, aber andererseits war ihr nicht danach hinzugehen. Nicht mit ihrem gebrochenen und leeren Herzen. Sie wollte jedoch nicht, dass ihre Schwester ihretwegen zu Hause blieb.

„Willst du dich nicht fertig machen?", fragte Angela, nachdem sie die Reste vom Essen weggeräumt hatte und Espy immer noch keine Anstalten machte, die Küche zu verlassen.

„Äh … nein." Espy schrubbte mit ihrem Lappen eine Stelle der Specksteinspüle. „Geh du ruhig", fügte sie hinzu.

Auf den Dielen des Küchenfußbodens waren Angelas Schritte zu hören. Espy sah die Spitzen ihrer Schuhe unter dem Saum ihres dunklen Rockes hervorlugen. „Du gehst also nicht hin?"

Espy atmete aus und hob langsam die Augen, um ihre Schwester anzusehen. „Nein."

Ihre Schwester hatte sich mit fordernder Miene vor ihr aufgebaut, die Arme verschränkt. „Warum nicht?"

„Ich bin irgendwie müde."

„Und am Sonntag ging es dir nicht gut. Das sieht dir gar nicht ähnlich." Sie starrten einander an. „Also los, raus damit."

Espy senkte den Blick. „Ich möchte einfach heute Abend nicht hingehen. Das ist alles."

„Es ist dieser Warren, nicht wahr?"

Sie funkelte ihre Schwester an. „Habe ich ein Schild auf der Stirn, auf dem Warren Brentwood steht? Du meine Güte, er ist nicht der einzige Mensch, an den ich denke!"

„Aber er geht dir unter die Haut, oder?"

Angela kannte sie wahrscheinlich besser als jeder andere auf der Welt. Espy sagte nichts, während sie sich weiter anstarrten.

„Dann gehe ich auch nicht."

„Nein, Angela, du darfst nicht meinetwegen zu Hause bleiben."

„Wozu brauche ich einen Gemeindeklub? Ich habe hier genug zu tun. Ich bin auch müde."

„Aber …"

Angela wandte sich ab. „Ich bringe die Kinder ins Bett. Keine

Sorge, Warren hat genug von seinen Freunden dort. Die merken nicht einmal, dass wir nicht da sind.“ Ihre Schwester lachte bitter. „Christina wird sich freuen. Jetzt hat sie ihn ganz für sich.“

Dieser Gedanke tröstete Espy leider gar nicht.

Warren hatte völlig vergessen, dass er Alvaro gebeten hatte, in seinem Büro vorbeizukommen. Als der Junge plötzlich vor ihm stand, zwang Warren sich, nicht auf die Uhr zu sehen. Das Letzte, wonach ihm der Sinn stand, war eine Unterredung mit einem undankbaren und aufmüpfigen Jugendlichen. Trotzdem lächelte er. „Komm rein, Alvaro, und setz dich.“

Der Junge schlurfte zum Schreibtisch und ließ sich auf den Stuhl davor fallen. Warren nahm wieder auf seinem eigenen Stuhl Platz und überlegte, wo er beginnen sollte. „Wie läuft es denn so?“

„Was meinen Sie?“

„Ach, ich weiß nicht, das Leben insgesamt.“

„Gut, würde ich sagen.“

Warren stürzte sich auf ein Thema. „Übrigens wollte ich dir noch zu dem Sieg beim Wettlauf gratulieren.“

Ein Anflug von Lebhaftigkeit trat in Alvaros Augen. „Danke.“

„Tut mir leid, dass ich das Rennen nicht sehen konnte.“

„Macht nichts.“

„Du musst ziemlich schnell gewesen sein, um alle anderen zu schlagen. Und zwanzig Dollar Preisgeld.“ Warren pfiff. „Das ist ein kleines Vermögen.“

Alvaro lächelte. „Stimmt.“

„Hast du irgendwelche Pläne für das ganze Geld?“

Die Miene des Jungen verschloss sich wieder und er sah Warren skeptisch an. „Ein Mann hat immer Pläne.“

„Das ist wahr. Als ich so alt war wie du“ – *Oh nein, ich klinge wie mein Vater!* – „hatte ich viele Pläne. Ich habe damals auch im Sägewerk gearbeitet, aber nicht viel verdient.“ Er grinste. „Mein Vater hat mich an der kurzen Leine gehalten. Er fand, dass junge Männer nicht viel Geld brauchen.“

Alvaro beugte sich ein wenig vor. „Für welche Sachen brauchten Sie denn Geld?"

„Hm, lass mich überlegen. Es ist eine Weile her. Für einen neuen Baseballschläger, eine neue Kluft für die Mannschaft. Genug, um ein Mädchen, in das ich verliebt war, zum Eisessen einzuladen ... solche Sachen."

Alvaro nickte. „Sie haben am vierten Juli gut gespielt."

Vielleicht war das eine gemeinsame Basis. „Spielst du gerne Ball?"

Der Junge zuckte mit den Schultern. „Wenn ich die Gelegenheit hab."

„Hättest du Lust, irgendwann nachmittags mal ein paar Bälle zu werfen?"

„Vielleicht."

„Gut. Wie wäre es mit Sonntag? Du kannst auch ein paar Freunde mitbringen, wenn du willst. Dann können wir ein bisschen spielen."

Alvaros Augen leuchteten auf, doch gleich darauf verdunkelte sich seine Miene wieder. „Sie bringen aber nicht Ihre Freunde mit, oder?"

„Hm. Darüber hatte ich noch gar nicht nachgedacht. Nicht, wenn du was dagegen hast."

„Das sind Wichtigtuer."

„Nicht alle. Aber belassen wir es fürs Erste bei deinen Freunden, in Ordnung? Wir können uns auf dem Sportplatz treffen, sagen wir um zwei Uhr?"

Als Alvaro gegangen war, stand Warren auf und blickte aus dem Fenster zum Fluss hinüber. Der Traum, in dem er auf der Kanzel gestanden und gepredigt hatte, ging ihm einfach nicht mehr aus dem Kopf. Andere Träume vergaß er in der Regel bis zum Ende des Tages.

Was bedeutet das, Herr?, fragte er zum wiederholten Mal. *Willst du, dass ich mich mehr für die Dinge engagiere, die dir wichtig sind? Zum Beispiel ein Freund für diesen jungen Mann zu sein, der in seinem Leben nicht viele gute männliche Vorbilder hatte?*

Warren war seit Jahren ein gläubiger Kirchgänger. Doch andere Dinge waren immer wichtiger gewesen – vor allem das Lernen. Etwas anderes als der Klassenbeste zu sein, war für seinen Vater inakzeptabel gewesen. Außerdem waren da der Sport gewesen, dem seine ganze Leidenschaft gegolten hatte, als er jünger gewesen war, und das College, in dem er gelernt hatte, das Lernen um seiner selbst willen zu genießen, nicht, weil er die Anerkennung seines Vaters brauchte. Dort hatte er so viele neue Gedanken kennengelernt, dass die Kirche zu etwas verkommen war, wo er sonntagmorgens hinging und sich in die letzte Reihe schob, während der Chor gerade das erste Lied beendete.

Und dann waren da seine Reisen gewesen und jetzt das Geschäft, das in seinem Leben an erster Stellte stand.

Keines dieser Dinge hatte ihn jedoch je erfüllt.

Warren hatte einst gedacht, dass die Liebe einer Frau ihm Erfüllung bringen würde. Aber nach seinen ersten zögerlichen Erfahrungen in Liebesdingen hatte er beschlossen, dass Romantik nichts für ihn war. Er war aus dem gleichen Holz geschnitzt wie sein Vater. Man heiratete jemanden aus der eigenen Gesellschaftsschicht, um „sesshaft zu werden", wozu ein Haus und Kinder zählten und eine tadellose Fassade nach außen.

Warum sträubte er sich dann so gegen den Wunsch seiner Eltern, was Christina betraf? Vielleicht, weil er die Verbindung seiner eigenen Eltern inzwischen durchaus skeptisch sah. Er würde sie nicht als unglücklich bezeichnen, aber glücklich waren die beiden seiner Ansicht nach auch nicht. Sie lebten einfach nebeneinanderher. Jeder war in seinem eigenen Dunstkreis beschäftigt. Gemeinsam sprachen sie hauptsächlich über Annalise und ihn.

Vielleicht würde er verstehen, wie Kinder das Band der Ehe stärken konnten, wenn er selbst einmal Kinder hatte. Warren erinnerte sich an die Gefühle, die in ihm aufgestiegen waren, als er Espy geküsst hatte.

Hastig wandte er sich vom Fenster ab, um die Bilder und Gefühle jenes Abends auszublenden. Espy Estrada war *keine* verwandte Seele. Im Gegenteil.

13. Kapitel

Am Sonntagmorgen war Espy froh über die Verzögerungen, die wie üblich dazu führten, dass sie in letzter Minute zur Kirche aufbrachen. Als sie schließlich den Gottesdienstraum mit seiner hohen Decke und den dunklen Eichenbalken betraten, war nur noch die letzte Reihe frei.

Sie sah Warren erst, als die Gemeinde sich nach dem ersten Lied setzte.

Da war er, sein Kopf ein wenig höher als der seines Vaters, in der ersten Bank auf der rechten Seite, wo seine Familie für gewöhnlich saß. Sie starrte schon seit Jahren auf seinen Rücken. Seit sie acht Jahre alt war. Nachdem Warren zum Studium weggegangen war, hatte sie eine Weile gebraucht, um sich daran zu gewöhnen, dass sie ihn nicht mehr dort sitzen sah.

Aber auch in ihrem eigenen Leben war einiges geschehen und sie hatte sich an ein Leben ohne Warren in der Stadt gewöhnt. Sie hatte viele Freunde; Menschen, die sie so mochten, wie sie war. Sie brauchte solche Leute wie Warren Brentwood nicht. Das Problem war, dass in ihrem Freundeskreis niemand verstand, warum sie mehr aus ihrem Leben machen wollte.

Espy konzentrierte sich auf die Worte des Predigers und verdrängte Warren aus ihren Gedanken.

Als der Gottesdienst zu Ende war, stand sie auf. „Kommt, lasst uns rausgehen, bevor sich alle im Mittelgang drängeln."

„Wieso hast du es denn so eilig?", fragte ihre vierzehnjährige Schwester Hortensia.

„Ich habe es nicht eilig", sagte Espy über ihre Schulter, während sie Alicia bei der Hand nahm. „Wenn ihr mich draußen nicht seht, bin ich schon auf dem Heimweg."

Bevor Hortensia weitere Fragen stellen konnte, schob Espy sich an einer korpulenten älteren Dame vorbei.

„Entschuldigen Sie, Mrs Preston."

Sie erreichte die Tür genau in dem Augenblick, in dem Pastor

Curtis dort erschien, um die Gottesdienstbesucher zu verabschieden.

Er lächelte. „Wo brennt es denn?"

„Oh … es brennt nirgends." Espy ging langsamer.

„Das freut mich. Ich habe Sie länger nicht gesehen. Wie geht es Ihnen denn? Was macht der Klub?"

Sie errötete. In ihrer einen Hand hielt sie ihre Bibel und ihre Handtasche, an der anderen Hand Alicia. „Dem geht es gut."

Pastor Curtis nickte und sah sie an, als überlege er, ob mehr hinter ihrer Antwort steckte. „Dann will ich Sie mal nicht länger aufhalten." Er lächelte Alicia zu, bevor er ihnen beiden zum Abschied winkte.

Als Espy den Kirchhof verließ, warf sie einen Blick zurück und erblickte Warren sofort, weil er größer als die meisten Leute um ihn herum war. Wie immer war er von Verwandten und Freunden umringt.

„Komm, Alicia."

Beim nächsten Treffen des Klubs fehlten nicht nur Espy und Angela, sondern auch Henry und Will. Während Warren die Tagesordnung durchging, blickte er sich am Tisch um und stellte fest, dass die Gruppe nur noch aus seinen eigenen Freunden und Bekannten bestand.

Die Sitzung bestand im Wesentlichen darin, dass Christina, Emily und James über ihre nächsten Projekte diskutierten, und Warren wurde bewusst, dass der Klub inzwischen genau das war, wovor Espy gewarnt hatte – noch eine Gruppe Gutmenschen, die keine echte Beziehung zu der Gesellschaft hatten, die sie zu erreichen versuchten.

Einige Tage später zog Warren gemeinsam mit Annalise los, um das Geld, das sie am vierten Juli gesammelt hatten, endlich einer der Familien zu überbringen.

Es lief nicht gut. Sie klopften an die Tür, stellten sich vor und erklärten anschließend, warum sie gekommen waren.

Die junge Frau, die ihnen aufgemacht hatte, sah sie misstrauisch an. Sie hatte ein Baby auf der Hüfte und an ihrer Schürze hingen zwei Kleinkinder. Als Warren mit seiner zögerlichen Erklärung fertig war, schloss sie ihnen die Tür vor der Nase. „Behalten Sie Ihre Almosen!“ Die Tür knallte zu.

Warren und seine Schwester sahen sich an. „Und was machen wir jetzt?“, fragte Annalise.

Warren betrachtete die Tür, von der bereits die Farbe abblätterte. „Ich weiß es nicht.“ Am liebsten wäre er zu Espy marschiert und hätte sie um Hilfe gebeten.

Aber er würde nicht vor ihr zu Kreuze kriechen. Wahrscheinlich würde sie ihm auch die Tür vor der Nase zuschlagen.

Jeden wachen Moment, den er nachts im Bett lag, brachte Warren damit zu, Gott um Vergebung zu bitten. Aber er wusste nicht, was er mit Espy machen sollte, um sein Verhalten wiedergutzumachen. Wahrscheinlich würde sie zu sehen alles nur noch schlimmer machen.

Und doch wollte er das. Er wollte sie zur Rede stellen … mit ihr sprechen. Aber er wusste, dass es nichts nutzen würde, sondern er damit nur Öl aufs Feuer gießen würde.

Resigniert setzte Warren seinen Hut wieder auf und wandte sich von der Tür ab. „Komm, gehen wir. Wir müssen uns etwas anderes überlegen.“

Annalise ging neben ihm auf dem mit Unkraut zugewucherten Pfad zurück in die Stadt. Gelbes und orangefarbenes Bitterkraut stand beinahe kniehoch; Margeriten bildeten einen leuchtend weiß-gelben Kontrast zu dem Gras, das an den baufälligen Zäunen wuchs.

„Vielleicht müssen wir Espy bitten, ihr die Sache zu erklären“, schlug Annalise vor.

Warren schlug nach einer Bremse, die um sein Gesicht schwirrte. „Vielleicht.“

„Soll ich mit ihr reden?“

Verdutzt sah er seine Schwester von der Seite an. Für gewöhnlich war sie zu schüchtern, um ein solches Angebot zu machen. Kurz war er versucht, es anzunehmen, doch dann besann er sich eines Besseren. Annalise konnte nicht allein zu den Estradas gehen. „Ich will nicht, dass du alleine dorthin gehst.“

„Du könntest doch mitkommen. Oder wenn du zu viel zu tun hast, könnte Dexter oder James mich begleiten."

Wieder schlug er vergeblich nach der Bremse. „Ich gehe mit", sagte er schließlich knapp. Er konnte ja am Ende der Straße warten.

„Warum gehen wir nicht jetzt gleich zu ihr? Sie ist bestimmt schon von der Arbeit zurück und es dauert vermutlich nicht lange. Zum Abendessen sind wir sicher wieder zu Hause."

„Also gut. Es ist nicht weit von hier." Warren fasste seine Schwester am Ellbogen und lenkte sie auf einen Seitenpfad, anstatt auf die breite unbefestigte Straße, die zurück in die Stadt führte.

Auf der Straße, an der das Haus der Estradas lag, tummelten sich spielende Kinder. Alte und junge Männer saßen auf ihren Veranden und rauchten Pfeife. Hunde schnüffelten an den Gartenzäunen. Warren beschloss, seine Schwester nicht allein weitergehen zu lassen, und nickte den Männern im Vorübergehen zu, während er Annalise zum letzten Haus in der Straße geleitete. Am Tor ließ er den Arm seiner Schwester los. „Geh du rein. Ich drehe eine Runde um den Block und komme dann zurück."

Annalise zog verwirrt die Augenbrauen zusammen, sagte aber nichts. Wahrscheinlich war sie zu taktvoll, um ihn zu fragen, warum er nicht selbst mit Espy sprach. Warren sah seiner Schwester nach, als sie den mit Gras bewachsenen Weg hinaufging. Er hatte vergessen, sie vor der wackeligen Stufe zu warnen. Aber sie bahnte sich vorsichtig ihren Weg.

Als er sah, wie die Gardine am Fenster sich bewegte, drehte er um und ging die Straße hinunter.

„Dein Verehrer ist draußen."

Espy sah Alvaro vom Sofa aus an, wo sie saß und einen Flicken auf Gus' Hose nähte. „Wer?", fragte sie abwesend, während sie überlegte, wen ihr Bruder ihr diesmal als Verehrer andichtete.

„Mr Ich-bin-ja-so-toll Brentwood."

Ruckartig fuhr Espys Kopf hoch. Als die Nadel sich in ihren Zeigefinger bohrte, unterdrückte sie einen Aufschrei. Schnell schob sie sich den Finger in den Mund und nuschelte: „Wovon redest du? Sei nicht albern.“

Bevor ihr Bruder antworten konnte, hörten sie, wie es an der Tür klopfte. Die beiden starrten einander an und Espy fühlte sich, als wäre sie von der Flut in einer kleinen Bucht eingeschlossen worden.

Warum sah Warren sie immer dann, wenn sie besonders unvorteilhaft aussah? An diesem Nachmittag trug sie eine fleckige Schürze über ihrem ältesten Arbeitsrock. Sie hatte bei den Stocktons den Küchenfußboden geschrubbt und war erst vor einer halben Stunde nach Hause gekommen. Sobald sie durch die Tür getreten war, hatte Gus ihr den Riss in der Hose gezeigt, den er sich auf dem Pausenhof der Schule zugezogen hatte. Espy hatte sich gleich an die Arbeit gemacht, schließlich brauchte ihr Bruder morgen früh eine Hose.

„Willst du nicht aufmachen?“, fragte Alvaro, der immer noch am Fenster lehnte.

„Mach du doch auf. Vielleicht will er dich wegen irgendeiner Sache im Sägewerk sprechen.“ Eigentlich bezweifelte Espy jedoch, dass Warren den ganzen Weg hierher zu Fuß zurücklegen würde, um mit Alvaro über die Arbeit zu reden. Andererseits hatte er das schon einmal getan, um ihm zu sagen, dass er im Sägewerk anfangen konnte. Das schien eine Ewigkeit her zu sein.

Alvaros Miene verdunkelte sich. „Ich habe nichts ausgefressen.“ Aber dann ging er ohne ein weiteres Wort in den Flur. Kurz darauf erklangen leise Stimmen und er kam zurück. „Es ist für dich. Seine Schwester.“

Annalise? Eilig legte Espy das Nähzeug beiseite und stand auf, während sie mit den Händen die Schürze über ihrem Rock glatt strich. Sie berührte ihre Frisur. *Ach, das nützt doch sowieso nichts.*

Verlegen und gleichzeitig erstaunt ging sie zur Haustür. Dort stand tatsächlich Annalise. Ihre behandschuhten Finger umklammerten ihre Handtasche. Sie trug eine hübsche Haube, in die ein kleiner Zweig mit winzigen Gänseblümchen gewunden war, und ein weißes Kleid mit grünem Muster und grüner Schärpe. „Hallo, Espy.“

Espy näherte sich der Tür. „Hallo.“ Ihr Blick wanderte an Annalise vorbei, aber von Warren war nichts zu sehen. „Bist du allein gekommen?“

„Ja, ich meine, nein.“ Ihre blassen Wangen röteten sich. „Warren hat mich begleitet, aber er … musste noch weiter. Er kommt gleich wieder.“

„Ich verstehe.“ Selbst in Gesellschaft seiner Schwester wollte er sie nicht sehen.

„Wir sind hier … ich meine, ich bin hier, um dich zu bitten …“

Als Espy sah, wie schwer es Annalise fiel, mit ihr zu sprechen, ließ sie sich erweichen. „Komm doch herein.“

„Nein, danke. Ich kann nicht lange bleiben. Mutter erwartet mich bald zu Hause.“

Auf ihrer Schwelle zu erscheinen war offensichtlich alles, wozu Annalise sich ein Herz fassen konnte. „Was kann ich denn für dich tun?“

Annalise fuhr sich mit der Zunge über die Lippen. „Also, Warren und ich waren gerade bei Mrs Robinson, um ihr das Geld zu bringen, das wir beim Hummeressen gesammelt haben.“

Espy zog eine Augenbraue hoch. „Es wird auch Zeit, dass die Familien das Geld bekommen.“

„Sie wollte es nicht.“

„Habt ihr versucht, es ihr direkt zu geben?“

„Ja.“

„Hmm.“

„Das hatten wir so besprochen.“

Espy senkte den Blick, innerlich hin- und hergerissen. Die arme Marie brauchte das Geld dringend und Espy hatte sich nur um ihre eigenen Probleme gedreht. „Wenn du mir das Geld gibst, sorge ich dafür, dass sie es bekommt. Vielleicht kann ich ihr die Sache besser erklären.“

Erleichtert sah Annalise sie an. „Würdest du das tun? Ich hatte gehofft, dass du das sagen würdest. Deshalb habe ich Warren auch gebeten, mich hierher zu begleiten … damit ich dich fragen kann.“

„Ach ja?“ Es war also Annalises Idee gewesen hierherzukommen, nicht Warrens. Und jetzt konnte Warren es nicht einmal ertragen, sie so lange zu sehen, bis er ihr das Geld gegeben hatte. „Bist du dir sicher, dass ihr mir das Geld anvertrauen wollt?“

Annalises dunkelblonde Augenbrauen zogen sich über ihren hübschen grünen Augen zusammen. „Was meinst du damit?“

„Woher wollt ihr wissen, dass ich das Geld nicht selbst behalte?“

Schockiert riss Annalise die Augen auf. „Das würdest du doch niemals tun!“

Das harte Band um Espys Herz lockerte sich. „Nein, natürlich nicht. Solange ich mir meinen Lebensunterhalt verdienen kann, nehme ich nichts, was ich mir nicht verdient habe. Vor allem nicht, wenn jemand anderes solche Not leidet.“

Annalise öffnete ihre Handtasche, griff hinein und reichte Espy dann einen Umschlag. „Hier ist die Summe, die wir beschlossen haben.“

Espy nahm das Geld entgegen. „Ich sorge dafür, dass Marie es noch heute Abend bekommt.“

„Wie willst du sie überreden? Sie hat zu uns gesagt, dass sie keine Almosen will.“

„Ich werde ihr erklären, dass es nicht als Beleidigung gemeint war, sondern als Hilfestellung für ihre Kinder, bis sie wieder auf die Füße kommt. Ich werde ihr sagen, dass sie irgendwann dasselbe für jemand anderes tun kann. Vielleicht sogar für einen von uns“, sagte sie mit einem kleinen Lachen.

Anstatt beleidigt zu sein, nickte Annalise. „So habe ich es noch nie gesehen, aber du hast recht. Was für eine gute Methode, um sie zu überreden.“

„Und wenn das nichts nützt, werde ich ihr sagen, dass sie das Geld um ihrer Kinder willen nehmen soll. Es wäre nicht gerecht, wenn sie hungern müssten, nur weil ihre Mutter zu stolz ist.“

„Du bist so weise.“

Erstaunt über das Kompliment trat Espy einen Schritt zurück. „Ach, das ist doch nur gesunder Menschenverstand.“

„Gut, ich gehe dann jetzt besser.“ Annalise warf einen flüchtigen Blick über ihre Schulter. „Warren holt mich gleich ab.“ Sie holte tief Luft. „Ich hoffe, du kannst wieder zu unserem Klub kommen. Wir vermissen dich.“

Espy schwieg, weil sie nicht wusste, was sie sagen sollte.

„Warren sagte, du seist zu beschäftigt, aber ich hoffe, dass du doch die Zeit findest. Ohne dich ist es nicht dasselbe … und ohne deine Schwester und Henry und Will.“

Espy runzelte die Stirn. „Sie kommen nicht? Die Jungs, meine ich?“

Annalise schüttelte den Kopf. „Nicht, seit du nicht mehr kommst."

Verärgert presste Espy die Lippen aufeinander. *Ich muss mit diesen Tunichtguten reden. Können sie denn gar nichts ohne mich machen?*

„Ich sehe, was ich tun kann."

Annalises Miene erhellte sich. „Danke. Ich weiß, dass sie auf dich hören werden. Und bitte komm du auch wieder."

Espy nickte nur. „Vielleicht."

Lautlos trat Annalise einen Schritt zurück. „Dann also auf Wiedersehen – und danke."

Espy schloss leise die Tür, sobald Annalise sich umgewandt hatte und den Weg hinunterging.

Von Warren war weit und breit nichts zu sehen. In der Hoffnung, dass Alvaro es nicht bemerkte, schlich Espy in das zweite Zimmer, das nach vorne hinausging, und stellte sich ans Fenster. Dabei achtete sie darauf, dass man sie von außen nicht sehen konnte.

Dort war Warren. Langsam ging er seiner Schwester auf der Straße entgegen. Als sie einander trafen, sprach er ein paar Worte mit ihr. Dann bot er ihr seinen Arm an und die beiden wandten sich um.

Aber vorher blickte er noch zu ihrem Haus herüber.

In den folgenden Tagen dachte Espy oft über Annalises Bitte nach und überlegte hin und her, ob sie zu dem nächsten Treffen gehen sollte oder nicht. Immerhin musste sie den anderen von ihrem Besuch bei Marie erzählen. Zum Glück war das Gespräch gut verlaufen, so wie Espy es erwartet hatte. Aber zuerst musste sie Will und Henry den Kopf waschen.

In der Zwischenzeit versuchte sie, nicht an Warren und seinen Beinahebesuch in ihrem Haus zu denken. Das gelang ihr am besten, indem sie einen Großteil ihrer Zeit bei den Stocktons verbrachte. Am Ende ihres Arbeitstages stürzte sie sich in das Gespräch mit Mr Stockton über Bücher und Ideen. Und wenn alle anderen zu Bett gegangen waren, erledigte sie im Schein der Kerosinlampe in der Küche ihre Hausaufgaben. Mr Stockton korrigierte alles sofort und sprach mit ihr am folgenden Nachmittag darüber. Ihr eröffnete sich eine ganz neue Welt. Espy nannte sie ihre „geheime Welt“ und drückte die Bücher fest an ihre Brust, wenn sie abends nach Hause ging.

Mitte der Woche war sie immer noch zu keiner Entscheidung gekommen, was sie wegen des Klubtreffens unternehmen sollte. Doch inzwischen war ihr klar, dass ihre Freunde nur dann wieder hingehen würden, wenn sie mitkam.

Dieser Gedanke lag Espy schwer im Magen, zumal ihr bewusst war, dass sie sich schlecht betrug, indem sie nicht erschien. Hier ging es schließlich um das Werk des Herrn und nicht um ihr unbedeutendes Leben. Aber sie konnte es einfach nicht ertragen, in Warrens Gegenwart zu sein und zu wissen, dass er nichts für sie empfand ... und den Triumph in Christinas Augen zu sehen.

Der Tag begann grau und kalt. Espy blickte zum Himmel hinauf und hoffte, dass der Regen ausbleiben würde, bis sie ihren Arbeitsplatz erreicht hatte. Aber im Grunde genommen war sie dankbar dafür, dass es regnete, weil es bedeutete, dass sie das Gemüse nicht würde gießen müssen, wenn sie nach Hause kam.

Sie verbrachte den Tag damit, für Mrs Stockton erst Silber zu polieren und dann Zink und Kupfer. „Du liebe Güte, ich wusste nicht, dass man so viele Dinge aus Metall besitzen kann“, sagte sie zu Mrs Maguire, als sie endlich den letzten Kerzenständer abstellte. Ihre Fingernägel sahen schrecklich aus von der grauen Paste, die sie zum Polieren benutzt hatte.

Die Köchin lachte. „Vor allem, wenn man bedenkt, dass du in ein paar Wochen wahrscheinlich von vorne anfangen kannst. Aber jetzt glänzt erst mal alles schön.“

Espy erhob sich vom Küchentisch. „Ich bringe die Sachen zurück und schrubbe meine Finger.“ Sie streckte die Hände aus.

Mrs Maguire schnalzte mit der Zunge. „Vielleicht hilft etwas Zitronenschale. Ich sehe mal nach, ob wir welche haben, bis du wiederkommst.“

„Danke.“

Anschließend musste sie in die Stadt laufen, um die Lebensmittel einzukaufen, die Mrs Maguire ihr aufgeschrieben hatte. „Mrs Stockton hat gesagt, ich soll dicke Bohnen aus dem Garten kochen, aber ich habe keine Butter und keinen Speck mehr.“

Auf dem Weg zurück fing es an, heftig zu regnen. Espy warf sich ihr Tuch über den Kopf und lief schneller. Als sie am Sägewerk vorbeikam, bot das Tuch schon kaum noch Schutz gegen die dicken Tropfen, die auf sie niedertrommelten. Espy warf einen Blick in Richtung Mühle, aber draußen war niemand zu sehen.

Unter dem Dach der Brücke konnte sie kurz durchatmen. Auf der Elm Street versuchte sie dann, im Schutz der großen Bäume zu bleiben, aber die Pfützen durchnässten ihre Beine und ihren Rocksaum. Sie hatte Mühe, das Tor mit einer Hand zu öffnen, da sie in der anderen ihre Einkäufe trug, doch schließlich lief sie zum Kücheneingang auf der Rückseite des Hauses.

Espy zog die Tür auf und war froh über das kleine Vordach über ihr. Sie zog das Tuch vom Kopf und ließ es auf ihre Schultern fallen, als sie eintrat.

„Du meine Güte, ich dachte nicht, dass es so schütten würde ..." Sie verstummte, als sie Mr Stockton an der Küchentür stehen sah. „Oh, ich dachte, Sie wären Mrs Maguire." Sie lachte über ihr Versehen. Es erschien ihr merkwürdig, den Professor in der Küche anzutreffen.

Er lächelte und hielt ihr die Tür auf. „Nein, ich bin nicht Mrs Maguire. Ich glaube, sie ist bei meiner Frau, um etwas zu besprechen. Irgendetwas wegen eines Rezepts."

„Ach so." Espy strich sich die tropfnassen Haarsträhnen aus der Stirn.

„Darf ich?" Er nahm ihr den Beutel ab.

„Danke."

Während sie ihr nasses Umschlagtuch zum Trocknen über zwei Haken hängte, wünschte sie sich, sie hätte trockene Sachen, die sie anziehen könnte. Es würde unangenehm, den restlichen Tag in nasser Kleidung zu arbeiten. Als Espy sich umdrehte, stand Mr Stockton unmittelbar hinter ihr.

Unwillkürlich hob sie eine Hand. „Tut mir leid, ich wusste nicht, dass Sie dort stehen." Sie lächelte schüchtern.

Er erwiderte ihr Lächeln und reichte ihr zwei Küchenhandtücher. „Ich wollte Ihnen nur die hier geben. Am besten, Sie lassen Ihr Haar offen, damit es richtig trocknen kann. Sie wollen sich doch nicht erkälten."

„Nein.“ Espy machte sich daran, die Haarnadeln zu entfernen. Auf einmal war sie nervös. Mr Stockton war mindestens eineinhalb Köpfe größer als sie. Bevor sie entscheiden konnte, ob sie sich von der Stelle rühren sollte oder nicht, legte er eines der Handtücher um ihre nassen Schultern. „D...danke.“

Anstatt zu gehen, fing er an, ihr mit den Haarnadeln zu helfen.

„Das müssen Sie doch nicht ...“, begann sie.

„Ich weiß.“ Mr Stocktons Stimme war leicht kratzig und klang merkwürdig beruhigend, so als spräche er mit einem Kind. „Aber es ist mir ein Vergnügen.“

Nach und nach fielen die nassen Haare schwer auf Espys Schultern.

Sie konnte kaum atmen, so dicht stand Mr Stockton vor ihr. Seine breiten Schultern verdeckten alles andere, während er die Arme erhoben hatte. „So, das sind alle, glaube ich“, sagte er schließlich.

Doch anstatt auf Abstand zu gehen, nahm er das zweite Handtuch und legte es auf ihren Kopf.

Espy hob sofort die Hände, um sich die Haare zu trocknen, aber Mr Stockton umfasste ihre Handgelenke und zog sie wieder herunter. „Lassen Sie nur, ich kann das besser als Sie.“ Er lachte leise. Von ihrem Standort aus konnte Espy die Konturen seines rasierten Kinns sehen und den würzigen Duft seines Rasierwassers einatmen, gemischt mit dem süßen Aroma seines Pfeifentabaks.

Ihre Gedanken wanderten zu dem Abend zurück, an dem Warren sie geküsst hatte, und unwillkürlich verglich sie den Geruch der beiden Männer. Warrens Rasierwasser war eher – Espy suchte nach einem Wort, um den Unterschied zu beschreiben – eher wie die Natur.

Mr Stocktons sanftes, rhythmisches Massieren ihrer Kopfhaut, zusammen mit der Erinnerung daran, wie Warren sie im Arm gehalten hatte, war wie eine Hypnose. Espys Kopf fühlte sich schwerelos an.

Als hätte er ihre Gedanken gelesen, ließ Mr Stockton das Handtuch über ihren Kopf wandern und weiter nach unten.

In der Ferne hörte sie weibliche Stimmen. Mrs Stockton und die Köchin.

Du liebe Güte, was mache ich hier eigentlich? In der Küche stehen und mir von Mr Stockton die Haare trocknen lassen! Espy schüttelte den Kopf und trat zurück. Im gleichen Augenblick zog Mr Stockton die Hände fort.

Anstatt so besorgt auszusehen, wie sie sich fühlte, lächelte er ein wenig. Er reichte ihr das Handtuch und drehte sich genau in dem Moment um, als die beiden Frauen die Küche betraten. „Ach, da sind Sie ja, Mrs Maguire. Ich wollte Sie bitten, mir eine Kanne von Ihrem köstlichen Earl Grey zu kochen."

„Natürlich, Sir. Das Wasser im Kessel müsste noch heiß sein."

„Ich war hier, als Espy vom Regen hereinkam. Vielleicht würde ihr eine Tasse mit heißem Tee auch guttun."

„Oh, Espy, du bist ja pitschnass." Die beiden Frauen bemutterten sie und boten ihr trockene Kleidung an, während sie sie an den warmen Herd zogen.

Als Espy sich schließlich wieder umsehen konnte, war Mr Stockton nicht mehr da.

Ihre Gedanken überschlugen sich. Warum verhielt der Professor sich so merkwürdig?

Bei jedem anderen Mann aus ihrem Bekanntenkreis hätte sie Verdacht geschöpft. Aber Mr Stockton hatte ja im Grunde genommen nichts Unschickliches getan. Er war nur um ihr Wohlergehen besorgt gewesen und hatte nicht gewollt, dass sie sich erkältete.

Er war sogar so freundlich gewesen, Mrs Maguire um einen Tee für Espy zu bitten, der jetzt vor ihr auf dem Tisch stand.

Kurz darauf kam Mrs Stockton wieder in die Küche. „Hier, meine Liebe, ein Rock und eine Bluse von mir, die du erst einmal tragen kannst."

„Danke, Ma'am. Ich werde sie waschen und morgen wieder mitbringen", sagte Espy schnell, als sie die Kleidungsstücke nahm.

Ihre Arbeitgeberin machte eine wegwerfende Handbewegung. „Ach, keine Sorge, ich trage diese Sachen nur für grobe Reinigungsarbeiten. Jetzt trink deinen Tee aus und zieh dich um, dann zeige ich dir, was heute noch zu tun ist."

„Ja, Ma'am." Espy beeilte sich, in Rock und Bluse zu schlüpfen. Währenddessen redete sie sich ein, dass sie sich die ganze Sache mit Mr Stockton nur eingebildet hatte. Da sah man mal, wozu es führte, wenn man zu viel Zeit damit verbrachte, einen Kerl anzuhimmeln, der keinen Gedanken an einen verschwendete.

Mr Stockton war ein rücksichtsvoller, aufrechter, verheirateter Mann.

Espy musste sich auf ihre Arbeit konzentrieren und ihre hyperaktive Vorstellungskraft zügeln. Das kam davon, wenn man so viele Bücher las.

Nachdem sie ihre Arbeit für den Tag beendet hatte, ging sie wie gewohnt zur Bibliothek. Doch an der Tür zögerte sie.

Während sie sich sagte, dass es ohnehin zu sehr regnete, um Bücher mit nach Hause zu nehmen, beschloss sie zu gehen, ohne Mr Stockton noch einmal zu sehen. Bis morgen würde sie den Vorfall in der Küche sicher vergessen haben.

Aber plötzlich ging die Tür auf und Mr Stockton stand vor ihr.

„Bereit für unseren Unterricht?", fragte er.

„Oh … ich dachte, bei dem Regen … mache ich mich lieber auf den Weg." Sie versuchte zu lächeln.

„Natürlich, wenn Ihnen das lieber ist", sagte er. Seine Miene war ganz ernst. „Aber wenn Sie mir Ihre Hausaufgaben hierlassen, kann ich sie bis morgen durchsehen."

Sein Tonfall war sachlich.

Espy schluckte, weil sie sich mit einem Mal Sorgen machte. Sie kramte in ihrer Tasche nach den Blättern. „Warten Sie, ich habe sie gleich." Mit schlechtem Gewissen, weil ihre Vorstellungskraft mit ihr durchgegangen war, zog sie die zerknitterten Zettel heraus. „Hier, Sir."

Er nahm sie ohne ein Wort entgegen. Bevor er die Tür schloss, sagte er: „Ich erwarte Sie dann morgen Nachmittag. Bleiben Sie trocken." Ein kleines Lächeln erschien auf seinen Lippen, bevor die Tür sich schloss und sie ihn nicht mehr sah.

14. Kapitel

Vor dem nächsten Klubtreffen verließ Warren sein Büro zeitig, weil er noch etwas Zeit alleine in der Kirche verbringen wollte, um nachzudenken und zu beten.

Obwohl er froh war, dass Annalise mit Espy gesprochen hatte, wollte er nicht davon abhängig sein, dass seine Schwester seine Probleme löste. Er musste nüchtern betrachten, was mit den „Holliston Lights" geschah, und entscheiden, was zu tun war, wenn Espy wirklich nicht mehr dazugehören wollte.

Warren betrat den Kirchenraum und zögerte, als er Pastor Curtis sah. Er hatte gehofft, die Kirche wäre um diese Uhrzeit leer.

Ohne seine Enttäuschung zu zeigen, lächelte er und ging auf den langjährigen Seelsorger und Freund der Familie zu. „Guten Tag, Pastor. Ich hoffe, ich störe Sie nicht."

„Du liebe Güte, nein. Komm rein, mein Junge. Ich hatte gehofft, ich würde dich bald mal wieder sehen."

Sie gaben einander die Hand. „Bist du zum Treffen des Klubs hier?"

Warren nickte. „Ich bin etwas früher gekommen, weil ich noch ein wenig Zeit hier verbringen wollte." Um seine Verlegenheit zu überspielen, zeigte er mit einem schiefen Lächeln auf die Kirchenbänke.

„Das ist sehr weise von dir. Wenn man eine Sache leitet, ist es gut, den besten Rat zu suchen, den man finden kann."

Warren zögerte. Er war hin- und hergerissen, ob er den Pastor zu Rate ziehen oder lieber schweigen sollte. Schließlich wurde ihm klar, dass er gerne wüsste, wie ein älterer, klügerer Mann die Sache sah.

Pastor Curtis berührte ihn leicht am Ellbogen. „Stimmt irgendetwas nicht?"

Warren fuhr sich mit der Hand über den Mund. „Ich bin mir nicht sicher." *Nein, das stimmt nicht ganz.* „Wobei … doch, es gibt tatsächlich ein Problem. Möglicherweise ist es gar nicht wichtig und vielleicht sehe ich auch zu schwarz ..."

„Setzen wir uns doch, dann kannst du mir davon erzählen. Ich werde dir sagen, ob es ein Sturm im Wasserglas ist oder etwas, das wir näher betrachten müssen – und worüber wir beten sollten."

Sie nahmen in der ersten Reihe Platz. Warren nickte, erleichtert, dass er mit seinem alten Mentor sprechen konnte. Er nahm sich einen Augenblick Zeit, um seine Gedanken zu ordnen. „Ich fürchte, die „Holliston Lights" werden zu dem, was wir … ich meine, Espy", Warren war froh, dass der Name flüssig über seine Lippen kam, „und ich nicht wollten."

Pastor Curtis zog eine ergraute Augenbraue hoch.

„Noch eine Gruppe, die aus privilegierten Mitgliedern unserer Gesellschaft besteht, die sich dabei gefallen, wohltätig zu sein." Nachdem er seine Sorge ausgesprochen hatte, atmete er hörbar aus. „Ich habe mich letzte Woche bei dem Treffen umgeschaut und nur die Gesichter meiner Freunde gesehen, die jungen Leute aus meinen „Kreisen", die meine Eltern schon immer gebilligt haben."

Pastor Curtis schob die Unterlippe vor, während er über Warrens Worte nachdachte. Einige Sekunden später erschien eine steile Falte zwischen seinen Augenbrauen. „Warte mal: Was ist mit Espy und Angela und ihren Freunden? Anständige junge Leute, aber nicht … unbedingt die Art, die deine lieben Eltern zum Sonntagsessen einladen würden." Er schloss mit einem Lächeln, das diese traurige Erkenntnis widerspiegelte.

Warren blickte auf seine Hände hinunter und rieb sie aneinander. „Genau das ist es ja. Sie kommen nicht mehr."

„Sie kommen nicht mehr?"

„Nein." Die eine Silbe war kaum zu vernehmen.

„Keiner von ihnen?"

Warren schüttelte den Kopf.

„Was ist passiert?" Warren kannte seinen Pastor von Kindheit an und wusste, dass die Frage eine Einladung war, alles zu beichten.

Er wischte sich über die Stirn. „Es ist meine Schuld. Ich … ich habe Espy beleidigt. Seitdem kommt sie nicht mehr zu den Treffen. Und sobald die anderen gesehen haben, dass Espy nicht mehr dabei ist, haben sie auch das Interesse verloren."

„Das tut mir leid. Hast du versucht, dich zu entschuldigen?"

„Natürlich, sofort."

„Ich nehme an, es hat nichts genützt?"

Warren rutschte nervös auf der Bank herum. „Ich fürchte, es ist ein bisschen komplizierter, als dass eine einfache Entschuldigung die Angelegenheit aus der Welt schaffen könnte."

„Würde es helfen, wenn ich mit ihr rede?"

Warren warf dem Pastor einen panischen Blick zu. „Äh ... nein, Sir. Es ... es ist etwas Persönliches zwischen ihr und mir."

Pastor Curtis nickte und bedrängte ihn nicht weiter, wofür Warren ihm dankbar war.

„Weißt du, Warren, es kann gut sein, dass der Teufel zu zerstören versucht, was du hier mit den jungen Leuten von Holliston begonnen hast. Ich habe dich gebeten, etwas zu tun, was der Herr mir aufs Herz gelegt hat, und du warst bereit dazu und hast gehorcht. Der Teufel will dich entmutigen. Er will nicht, dass die jungen Leute in dieser Stadt Gott dienen. Die Frage ist, ob du aufgibst oder nicht."

Er hatte es versucht. Aber er war gescheitert. Niemand würde ihm einen Vorwurf machen, wenn er aufhörte. Er hatte genügend andere Verpflichtungen, die ihm das Leiten einer Gemeindegruppe erschwerten, wenn nicht sogar unmöglich machten.

Aber plötzlich kamen Warren die Nachmittage in den Sinn, die er mit Alvaro auf dem Sportplatz verbracht hatte. Bis jetzt waren äußerlich kaum Fortschritte zu beobachten, abgesehen davon, dass der Junge seitdem nicht mehr zu spät zur Arbeit erschienen war. Und dass er nicht mehr so oft diesen mürrischen Blick in seinen Augen hatte, wenn er mit Warren sprach.

Warren sah Pastor Curtis in die Augen. „Das will ich nicht."

Pastor Curtis nickte. „Gut. Damit hätten wir die erste Schlacht schon gewonnen."

Warren lachte selbstironisch. „Soll ich Ihnen mal etwas Lustiges erzählen?"

„Es schadet nie, den Tag mit etwas Humor zu erhellen."

„Dann ist die Geschichte genau das Richtige für Sie." Warren beugte sich vor und stützte die Hände auf seine Knie. „Ich bin neulich morgens mit einem merkwürdigen Traum aufgewacht. Ich erinnere mich nur noch daran, weil er so konkret war."

Der Pastor zog die Augenbrauen hoch und wartete.

„Ich stand dort oben", sagte Warren und zeigte auf die Kanzel,

„und sprach zu der Gemeinde." Er lachte, aber es klang unnatürlich. „Die Kirche war randvoll. Es muss Weihnachten oder Ostern gewesen sein." Warren versuchte, mit Leichtigkeit weiterzuerzählen, doch sein Herz klopfte wie verrückt, weil er gespannt war, wie der Pastor reagieren würde. Vermutlich würden sie lachen und Pastor Curtis würde einen Scherz darüber machen, ob Warren seine Stelle haben wollte.

Aber der Pastor hörte ihm weiter zu und sah ihn aufmerksam an.

Warren rieb sich über die Knie. „Ich habe alle angestarrt, und das meine ich damit, dass der Traum sehr konkret war. Ich erinnere mich an einzelne Gesichter in der Gemeinde. Sie habe ich allerdings nicht gesehen", fügte er mit einem nervösen Lachen hinzu. „Ich hatte sogar Ihre Soutane an."

Jetzt standen ihm Schweißperlen auf der Stirn. Er wollte jedoch nicht in seine Brusttasche greifen und ein Taschentuch herausziehen. „Außerdem erinnere ich mich noch an den Vers, den ich allen vorlas. Hebräer 4,12: ‚Denn das Wort Gottes ist lebendig und kräftig …'" Warren räusperte sich. „Und dann bin ich aufgewacht."

Er lehnte sich auf der Bank zurück. „Lustig, nicht wahr?"

Anstatt sein Lächeln zu erwidern, sagte Pastor Curtis: „Vielleicht will der Herr dir ja damit etwas sagen."

Warren hielt den Atem an.

„Vielleicht ruft er dich in den Pastorendienst."

Das Geräusch, das Warren entwich, bevor er es zurückhalten konnte, war eine Mischung aus Lachen und Schnauben. „Bitte entschuldigen Sie, Pastor, aber ich glaube kaum, dass Gott jemanden wie mich berufen würde."

„Nein?"

Jetzt musste er doch nach dem Taschentuch kramen. Nachdem er sich über die Stirn gewischt hatte, lächelte er verlegen. „Warm hier drinnen, nicht wahr?"

Dann faltete er das Taschentuch zusammen und kam auf seinen Gedankengang zurück. „Ich hatte nie eine Neigung für die … die Kirche. Ich meine, ich bin immer in den Gottesdienst gegangen, das wissen Sie, aber mir ist nie in den Sinn gekommen, Geistlicher zu werden. Früher hatte ich den Traum, Profibaseballer zu werden. Aber das ist lange her. Damals bin ich noch zur Schule gegangen." Warren schüttelte den Kopf. „Die Vorstellung zu predigen ist mindestens genauso weit im Aus wie der Traum von einer Sportlerkarriere."

„Das Predigen ist nicht etwas, das wir uns aussuchen. Der Herr beruft uns."

Ein beunruhigendes Gefühl machte sich in Warren breit. „Ich glaube nicht, dass Gott einfach so zu mir sprechen würde. Ich meine, ich wurde doch seit meiner Geburt darauf vorbereitet, eines Tages das Geschäft meines Vaters zu übernehmen."

Pastor Curtis zuckte mit den Schultern. „Ich sollte auch das Schuhgeschäft meines Vaters übernehmen."

Warren starrte den Pastor an. „Schuhgeschäft?"

„Ja. Mein Vater besaß ein erfolgreiches Schuhgeschäft in Bangor, direkt an der Union Street. Ich war der älteste Sohn. Seit ich zwölf war, hatte ich dort gearbeitet."

„Was ist geschehen?"

„Der Herr hat mich zum Dienst in der Kirche berufen und ich ging zum theologischen Seminar in Bangor."

Verwirrt wandte Warren den Blick ab. Er hatte Mühe, diese neue Information mit dem in Einklang zu bringen, was er über Pastor Curtis wusste. „W...war Ihr Vater nicht aufgebracht, als Sie seinem Wunsch nicht entsprachen?"

„Ich würde sagen, er war eher überrascht als aufgebracht. Aber als er sah, wie ernst es mir damit war, hat er es akzeptiert."

„Was geschah mit dem Geschäft?"

„Mein jüngerer Bruder hat es übernommen." Pastor Curtis lächelte. „Er hat sich als geschickter Geschäftsmann erwiesen, viel besser geeignet als ich."

Warren ließ die Schultern hängen. „Sie hatten einen Bruder. Ich bin der einzige Sohn der Familie. Mein Vater erwartet von mir, dass ich in seine Fußstapfen trete."

Pastor Curtis musterte ihn nachdenklich. „Ich möchte dich etwas fragen: Was würde geschehen, wenn du das Geschäft deines Vaters nicht übernähmest?"

Warren überlegte. „Das weiß ich nicht. Er ist immer davon ausgegangen, dass ich seine Nachfolge antrete. Ich selbst bin immer davon ausgegangen. Deshalb habe ich studiert und bin um die Welt gereist. Ich kann mir einfach nichts anderes vorstellen."

„Aber ist es denn das, was du willst?"

Dieser Frage stand Warren genauso ratlos gegenüber wie der ersten. Was wollte er? Er rutschte auf der Bank ein Stück nach vorn und blickte auf die polierten hölzernen Fußbodendielen hinunter, während er seine Gedanken über die normalen Grenzen seines Tages hinauswandern ließ.

Wenn er tun könnte, was er wollte … wenn er ganz neu anfangen könnte und freie Hand hätte, was sein Schicksal betraf, was würde er dann mit seinem Leben anfangen?

Er sah Alvaro vor sich, der einen Ball schlug, den er geworfen hatte. Er dachte an seine Arbeit am vierten Juli, seine Tage im Büro, seine Frustration und das Gefühl der Nutzlosigkeit angesichts der Zahlen und Lieferungen, mit denen er sich den ganzen Tag beschäftigen musste, obwohl ihn das Leben der Männer im Lager viel mehr interessierte, und schließlich daran, dass er ständig mit seinem Vater aneinandergeriet und mit seiner Art, die Dinge zu tun.

Schließlich wandte er sich an Pastor Curtis. „Ich weiß es nicht." Sobald er die Worte ausgesprochen hatte, spürte Warren, wie eine Last von seinen Schultern fiel, von der er nicht einmal gewusst hatte, dass er sie mit sich herumtrug. Er lächelte. „Und was mache ich jetzt?"

„Beten. Ich werde auch dafür beten, dass der Herr dir seinen vollkommenen Willen offenbart."

Wieder stiegen Zweifel und Ängste in Warren auf. „Vielleicht sollten Sie das lieber nicht tun." Als der Pastor ihn fragend ansah, versuchte er zu lächeln, aber es wollte ihm nicht gelingen. „Ich bin mir nicht sicher, ob ich die Antwort hören möchte."

„Wir haben alle manchmal Angst vor der Wahrheit. Aber keine Sorge, Gott würde dir nie eine Aufgabe geben, die deinem Wesen von Grund auf zuwiderläuft. Sie kann vielleicht allem zuwiderlaufen, was du bisher kennst, sie kann Spannungen auslösen und selbst eine Entfremdung von denen, die du liebst, aber er wird nichts von dir verlangen, was nicht deinem innersten Wesen entspricht. Wenn er dich beruft, wird er dir auch die Ausrüstung und die Kraft geben, diese Berufung zu erfüllen, *und* er wird dir das Verlangen danach ins Herz legen." Pastor Curtis zögerte. „Und wenn du dich für den Pastorendienst entscheidest, sorgt er vielleicht auch dafür, dass jemand anderes das Geschäftsimperium deines Vaters weiterführt."

Warren atmete aus, noch immer unsicher, ob er dieses Thema weiterverfolgen sollte. „Also gut. Können Sie gleich jetzt für mich beten?"

„Natürlich, mein Sohn." Der Pastor legte eine Hand auf Warrens Schulter, senkte den Kopf und fing an zu beten.

Espy bereitete sich innerlich auf die Fragen ihrer Schwester vor, die mit Sicherheit kommen würden. „Ich gehe heute Abend zu dem Treffen."

Angela legte die Hand auf den Pumpenschwengel hinter dem Haus, um einen Eimer mit Wasser zu füllen. „Wann hast du dich denn dazu entschlossen?"

Espy zuckte mit den Schultern und bückte sich, um eine Butterblume zu pflücken, die in dem feuchten Boden rund um den Brunnen wuchs. „Mir ist klar geworden, dass es kindisch von mir war, diese wichtige Arbeit aufzugeben, nur weil ich mich über die Christinas dieser Welt geärgert habe. Du hättest Marie Robinsons Gesicht sehen sollen, als ich ihr alles erklärt habe und sie dazu bringen konnte, das Geld zu nehmen." Sie sah ihrer Schwester in die Augen. „Wenn wir solchen Menschen helfen können, dann lohnt es sich, unsere Zeit in diesen Klub zu stecken."

Angela hob den Schwengel an und fing an zu pumpen. „Ich hoffe, du änderst nächste Woche nicht wieder deine Meinung."

„Das mache ich nicht."

Angela sah sie nur einen Moment lang an, dann widmete sie sich wieder ihrer Arbeit.

Mit Will und Henry hatte Espy bereits vor einigen Tagen gesprochen und sie dazu genötigt, ebenfalls mitzukommen, damit sie sich sicher sein konnte, dass sie nicht allein sein würde.

Doch als Espy abends nach dem Abwasch das Haus verließ, schloss Angela sich ihr wortlos an.

Espy fühlte sich so gut wie schon lange nicht mehr. Sie blickte an sich herunter, zufrieden mit ihrem Aussehen. Sie hatte sich an diesem Abend besonders viel Mühe gegeben und trug eine weiße Bluse mit einem Muster aus winzigen lavendelfarbenen und blauen

Blumen und dazu einen dunkelblauen Rock. Die Bluse war noch relativ neu. Um den Kragen hatte sie ein blaues Band gebunden. Ihre Haare waren zu einer adretten Spirale hochgesteckt und verschwanden unter einem Strohhut, den ein Kranz aus kleinen Blumen zierte.

Sie fühlte sich sauber und hoffte, die immer noch hoch stehende Sonne würde ihr Erscheinungsbild auf dem Weg in die Stadt nicht in Mitleidenschaft ziehen. Angela sah in ihrem rosafarbenen Kattunkleid und dem mit einem farblich passenden Band geschmückten Hut ebenfalls sehr hübsch aus.

Als sie an der Kirche ankamen, machte ein Blick auf die Kirchturmuhr deutlich, dass sie fünf Minuten zu spät waren. Espy beschleunigte ihre Schritte. „Komm."

Sie hörte Stimmen aus dem Gewölbe heraufdringen, also waren die anderen schon da. Espy fuhr sich mit der Zunge über die Lippen, hob ihren Rocksaum an und stieg die Treppe hinunter.

Während die Anwesenden sich zu ihnen umdrehten, verstummten die Stimmen nach und nach.

„Guten Abend", sagte Espy. Dann wagte sie es, Warren anzusehen.

Er starrte sie an, als hätte er sie noch nie gesehen. Doch sobald er ihren Blick auffing, erwachte er zum Leben. „Guten Abend." Hastig ließ er seinen Blick von ihr zu Angela wandern. „Kommt rein und setzt euch. Wir wollten gerade mit dem Treffen beginnen."

Er wandte sich ab und bedeutete den anderen, ebenfalls Platz zu nehmen. Dexter grinste und salutierte lässig in Espys Richtung. Christina und Mabel ignorierten sie und setzten sich. Annalise und Emily lächelten. Von Espys Freunden, die am vierten Juli geholfen hatten, war nichts zu sehen.

Sie ließ die Schultern hängen. Es würde ein langer Abend werden. Angela und sie setzten sich ans andere Ende des Tisches.

Wenige Minuten später polterten Will und Henry die Treppe hinunter, nachdem Warren die Sitzung bereits mit einem Gebet eröffnet hatte und James den Bibeltext für diesen Abend vorlas. Espy lächelte erleichtert und zeigte auf die leeren Stühle in ihrer Nähe.

„Sind wir zu spät?", fragte Will mit lauter Stimme.

Christina sah betont auffällig auf ihre silberne Uhr.

„Ein bisschen", sagte Warren. „Setzt euch, dann machen wir weiter. Schön, dass ihr kommen konntet." Sein Blick wanderte zu Espy, als er das sagte, und sie spürte den Sarkasmus in seinen Worten.

Glaubt er, Will und Henry sind nur wegen mir hier? Wütend starrte sie auf ihre gefalteten Hände und weigerte sich, diese Tatsache zu akzeptieren.

Als das Treffen vorüber war, stand Will auf und reckte sich, während er hörbar gähnte. „Was haltet ihr von einem Eis, meine Damen?"

Espy und Angela sahen einander an. „Ich weiß nicht … wir müssen morgen früh aufstehen."

„Das müssen wir alle. Wenn wir nicht so viel geredet hätten, wären wir längst hier raus. Kommt schon, lasst uns gehen und nicht den ganzen Abend verschwenden."

Espy sah zu Warren hinüber, aber er sprach mit Christina und James. Zu ihrer Überraschung kam Annalise auf sie zu. „Ich bin ja so froh, dass ihr beide heute kommen konntet." Ihre Wangen wurden rot und sie sah schnell auch Will und Henry an, bevor sie den Blick senkte.

Espy antwortete mit einem ebenso herzlichen Lächeln. „Danke." Und einer spontanen Eingebung folgend fragte sie: „Hast du Lust mitzukommen und mit uns Eis essen zu gehen?" Sie zeigte mit einer Kopfbewegung auf Will. „Will zahlt."

Das Erstaunen in Wills sommersprossigem Gesicht ignorierte sie und fügte nur schnell hinzu: „Du kannst deinem Bruder sagen, dass wir dich nach Hause bringen." So, das müsste klarmachen, dass er nicht eingeladen war.

„Ich … weiß nicht." Annalise sah unsicher aus, doch dann straffte sie die Schultern ein wenig und nickte. „Ja gut, vielen Dank. Bitte entschuldigt mich einen Augenblick."

„Natürlich. Wir warten hier."

„Mensch, warum musstest du sie denn einladen?", flüsterte Will ihr zu.

Espy machte eine abwehrende Handbewegung. „Sei still. Das wird Spaß machen. Sie ist ein nettes Mädchen."

„Wenn sie sich überwinden kann, mehr als zwei Wörter zu sagen."

Espy ignorierte ihn, weil sie sich mehr dafür interessierte, Annalise zu beobachten, die zu Warren ging. Mit einem entschuldigenden Lächeln in Richtung Christina, die immer noch mit ihm sprach, neigte er den Kopf seiner Schwester zu und lauschte ihr sofort aufmerksam. Sein Lächeln erstarb, während er ihr zuhörte, und sein Blick wanderte zu der Gruppe um Espy.

Espy hob das Kinn ein kleines bisschen und sah dann absichtlich weg. „Und, Henry, was hast du in den letzten Tagen gemacht?"

Während Henry rot wurde und stotternd eine Antwort herausbrachte, setzte Espy ein Lächeln auf und wandte Warren auch weiterhin ihr Profil zu.

Einen Augenblick später kehrte Annalise zurück. „Also gut, ich bin so weit."

„Worauf warten wir dann noch? Gehen wir", sagte Will.

Espy hakte Annalise unter und schob ihren anderen Arm in Wills Armbeuge, wobei sie Warren ganz bewusst nicht ansah. Trotzdem sah sie vor ihrem inneren Auge, wie er Christina unter den Ulmen nach Hause begleitete.

Warren machte sich unwillkürlich Sorgen, als er sah, wie seine Schwester mit Espy die Kirche verließ. Er kannte Will und Henry kaum. Sein gesunder Menschenverstand sagte ihm, dass nicht viel passieren konnte, wenn drei Damen dabei waren. Annalise war vernünftig und Angela würde keinen Unsinn dulden. Sie gingen schließlich nur zur Eisdiele an der Main Street. Aber Espys Hemmungslosigkeit am Abend des Feuerwerks ging ihm einfach nicht aus dem Sinn.

„Hörst du mir überhaupt zu, Warren?"

„Ja, natürlich." Er zwang sich, Christina anzulächeln, obwohl er keine Ahnung hatte, was sie gesagt hatte.

„Dann kann ich morgen Abend mit dir rechnen?"

„Lass mich mit Mutter und Vater klären, ob nicht etwas anderes anliegt. Mutter hat meistens Pläne."

„Ich sagte doch, dass ich schon mit ihnen gesprochen habe. Sie sagten, du und Annalise könntet zu mir kommen. Brian spielt Klavier. Du weißt doch, dass er gerade vom Konservatorium in Boston zurückgekehrt ist."

„Ja, ich erinnere mich." Ein Abend in einem überhitzten Salon, auf harten Stühlen mit geraden Lehnen, an dem man langen Klavierstücken lauschte.

Warren stellte sich vor, er wäre mit der Gruppe in die Eisdiele gegangen. Ein Abend voller Lachen und Spontaneität. Aber Espy hatte ihn den ganzen Abend kaum angesehen und war lachend und flirtend – er runzelte die Stirn über ihr unangemessenes Verhalten – mit ihren Freunden von dannen gezogen. Er sollte dankbar dafür sein, dass sie ihn seit dem Abend des vierten Julis in Ruhe ließ.

Jener Abend. Jener schändliche, schmachvolle Abend. Er konnte sich gar nicht genügend Vorwürfe machen, weil er die Beherrschung verloren hatte.

„Warren, können wir gehen?"

Als er Christinas nachdrücklichen Tonfall hörte, zuckte er erneut zusammen. „Ja. Ja!", wiederholte er entschlossener. „Gehen wir."

Während sie durch die Stadt gingen, lauschte er Christinas Geplauder, warf in angemessenen Abständen einsilbige Antworten ein und lächelte Passanten zu.

Mit den Gedanken war er in der Eisdiele, wobei er sich einredete, dass der Grund dafür nur Sorge um seine Schwester war.

Als sie an dem Lokal vorbeikamen, wurden Warrens Schritte langsamer. Espy und ihre Gefährten saßen um einen kleinen runden Tisch in einer Ecke der Eisdiele. Zwei weitere junge Männer hatten sich zu ihnen gesellt. Warren kannte sie vom Sehen. Wo auch immer Espy war, tauchte eine Traube junger Männer auf.

Warrens Stimmung verschlechterte sich, als er die lächelnden und lachenden Gesichter musterte. Selbst seine Schwester wirkte lebhafter als sonst.

Es war interessant, welche Wirkung Espys lebendige Persönlichkeit hatte. Ganz offensichtlich hatte sie überwunden, was immer sie für ihn empfunden hatte. Wenn eine andere Frau seinen Kuss so erwidert hätte, wie Espy es an jenem Abend getan hatte, wäre Warren davon überzeugt gewesen, dass diese Frau ihn über alles liebte.

Sogar Christina. Sogar Espys Schwester. Keine junge Frau aus seinem Bekanntenkreis würde so etwas auf die leichte Schulter nehmen.

Niemand außer Espy. Sie saß da und flirtete mit jedem dahergelaufenen Kerl.

Als sie schließlich vor Christinas Haus ankamen, öffnete sich die Tür, als hätte jemand nach ihnen Ausschau gehalten.

„Wen haben wir denn hier?", sagte Christinas Vater lachend und streckte die Hand aus. „Unseren liebsten Herrenbesuch." Er wandte sich zu seiner Frau um, die hinter ihm stand. „Stimmt das nicht, meine Liebe?"

„Aber ja. Hallo, Warren. Hattet ihr zwei einen schönen Abend?"

Warren reichte ihnen die Hand und beantwortete die Frage von Christinas Mutter, während die Worte ihres Vaters in seinen Ohren nachklangen.

Als er allein nach Hause zurückging, wurde ihm klar, dass ihre Eltern bald eine Erklärung von ihm verlangen würden, wenn er sich nicht in Acht nahm. Er war erst wenige Monate zurück und hatte bereits das Gefühl, dass beide Elternpaare davon ausgingen, er und Christina würden heiraten.

Wie war es dazu gekommen? Nur weil Christina zum Abendessen zu seinen Eltern kam oder er zu einem gesellschaftlichen Anlass bei ihren Eltern eingeladen war, galten sie plötzlich als Paar?

Sie hatten sich in den Jahren, in denen er fort gewesen war, nicht nahegestanden. Es hatte keine Korrespondenz und keine besonderen Gefühle von irgendeiner Seite gegeben. Und doch hatte er das Gefühl, dass Christina ihn für sich beanspruchte, seit sie ihn nach seiner Rückkehr zum ersten Mal wiedergesehen hatte.

So wie sie ihn angesehen hatte, bevor ihre Eltern in die Tür getreten waren, war es ihm vorgekommen, als hätte er sich nur herunterbeugen und sie küssen müssen. Er hätte schwören können, dass sie genau das gewollt hatte.

Von seiner Seite aus spürte er kein derartiges Verlangen. Er war überaus erleichtert gewesen, als ihre Eltern die Tür geöffnet hatten. Bis zu Mr Farnsworths Bemerkung über den *liebsten Herrenbesuch*.

Warren fuhr sich mit der Hand übers Kinn. Warum wollte er Christina nicht? Es würde sein Leben so viel einfacher machen. Er öffnete das Gartentor und verriegelte es hinter sich wieder, während er über das Rätsel seines Lebens nachdachte. Anstatt zur Tür zu gehen, lenkte er seine Schritte um das Haus herum und nahm den Gartenweg hinunter zu dem kleinen Anleger am Fluss.

Ein Halbmond erleuchtete die stille Wasseroberfläche. Das Ruderboot der Familie war am Anleger festgemacht und das Wasser leckte leise an den Seiten des Bootes.

Warum hatte er bei dem Gedanken, Christina zu heiraten, das Gefühl, ein Mann in Fesseln zu sein? Beinahe alle seine Freunde waren verheiratet oder machten einer jungen Dame mit der Absicht den Hof, eine Familie zu gründen.

Warrens Gedanken kehrten zu der jungen Dame zurück, die seinen Heiratsantrag abgelehnt hatte. Zum ersten Mal empfand er dabei weder Traurigkeit noch Bedauern. Er spürte ... überhaupt nichts außer einer angenehmen – und ein wenig peinlichen – Erinnerung an eine frühere Zeit.

Erstaunt über dieses neue Gefühl, dachte er noch eine Weile über diese Tatsache nach.

Während er über den Fluss zu den in der Ferne schimmernden weißen Bauernhäusern und der dunklen Silhouette des Waldes blickte, erschien Espys lachendes Gesicht vor ihm.

Aber was er für Espy empfand war ganz anders als das, was er für Charity empfunden hatte. Diese Gefühle waren heilig gewesen, so sehr hatte er sie verehrt und geachtet.

Er schluckte. Was er für Espy empfand ... war keine Liebe. Die Bibel hatte einen hässlichen Namen dafür. Wollust.

Das Wort hallte in Warren nach und beschmutzte den Kuss, den er mit Espy erlebt hatte.

Ganz egal, was sie anderen jungen Männern gestattete – sie hatte nicht seine Geringschätzung verdient. Er hatte nicht das Recht, einer Frau etwas zu nehmen, wofür er nicht bereit war, ihr seinen Namen und seinen Schutz zu bieten.

Er sollte Christina einfach um ihre Hand bitten und alle glücklich machen, ihn selbst eingeschlossen. Bei der Arbeit sollte er das tun, was sein Vater wollte. In zwanzig Jahren würde er dort sein, wo sein Vater jetzt war ... vielleicht. Mit zwei Kindern, einem schönen Haus und einer gesellschaftlich angesehen Gattin.

Die Vorstellung löste keine Freude in ihm aus. Warren senkte den Kopf. *Lieber Gott, zeig mir, was ich tun soll.*

15. Kapitel

Espy klopfte leise an Mr Stocktons Bibliothekstür. Halb hoffte sie, er würde nicht antworten. Seit jenem Nachmittag, an dem es so geregnet hatte, war sie in seiner Gegenwart verunsichert, obwohl er ihr in der Zwischenzeit nur Freundlichkeit und Respekt erwiesen hatte. Lediglich wenn sie mit ihm über Bücher und Geschichte diskutierte, konnte sie den Vorfall manchmal beinahe vergessen.

„Herein."

Espy erschrak und stieß die Tür auf.

„Ah, Espy! Bereit für unseren Unterricht?"

„Ja, Sir." Sie hielt ihr Buch hoch.

„Setzen Sie sich."

Sie schloss leise die Tür hinter sich und trat an seinen Schreibtisch. Sein Stuhl knarrte, als er sich wieder setzte, die Arme hob und die Hände hinter dem Kopf faltete. „Sagen Sie, Espy, wie geht es Ihnen?"

„Entschuldigung, Sir?"

Um seine graublauen Augen erschienen kleine Fältchen, als er sie ansah. „Was machen Sie eigentlich, wenn Sie nicht hier arbeiten?"

Beruhigt, weil seine Frage keine tiefere Bedeutung hatte, setzte sie sich und strich ihren Rock glatt, während sie überlegte, was sie sagen sollte. „Oh … also, ich lese, was Sie mir aufgeben."

Er schien darauf zu warten, dass sie noch etwas hinzufügte, also überlegte sie krampfhaft, welche ihrer Aktivitäten einen Mann von seinem Stand interessieren könnten. „Ich kümmere mich um meine jüngeren Geschwister."

„Sie kommen aus einer großen Familie, nicht wahr, Espy?"

Er schien Gefallen daran zu finden, ihren Namen auszusprechen, so deutlich sprach er jede Silbe aus. Sie nickte.

„Sie sind eine gute Tochter."

„Meine Schwester Angela macht auch sehr viel. Hortensia, die nächstälteste, übernimmt auch immer mehr Aufgaben." Espy holte tief Luft. „Außerdem bin ich Mitglied einer neuen Gruppe für junge Leute in der Kirche, den „Holliston Lights“.“

„Das ist die Gruppe, die Warren Brentwood leitet, nicht wahr?“

Sie blinzelte. „Ja.“

„Ein feiner junger Mann. Ich erinnere mich an seine Zeit in der Akademie.“ Ein nostalgischer Ausdruck trat in Mr Stocktons Augen, als er an ihr vorbeisah. „Immer eine Antwort, wenn man ihn aufrief, und es waren nicht nur auswendig gelernte Fakten. Er hat über seine Äußerungen nachgedacht, als nähme er sich die Zeit, hinter die offensichtliche Antwort zu schauen. Das sind Schüler, die einem Lehrer Freude bereiten.“ Sein Blick richtete sich wieder auf sie. „Sie sind eine solche Schülerin – der Traum eines Lehrers.“

Wieder röteten sich ihre Wangen. „D...danke, Sir.“

„Ich wusste, dass Warren es weit bringen würde.“ Mr Stockton lachte leise. „Natürlich schadet es nicht, dass sein Vater in der Stadt so bekannt ist. Aber viele erfolgreiche Männer haben Kinder, die nicht nach Erfolg streben. Verschwender – Söhne, die nur das Geld ihrer Väter ausgeben wollen. Aber Warren ist nicht so.“ Er nickte. „Er arbeitet fleißig, darin gleicht er seinem Vater. Obwohl ich in ihm nicht die Rücksichtslosigkeit sehe, die ich bei seinem Vater entdecke.“

Espy runzelte die Stirn.

„Schockiere ich Sie mit meinen Worten? Keine Sorge, das ist nichts, was nicht allgemein bekannt wäre. Mr Brentwood senior wäre wahrscheinlich der Erste, der meiner Einschätzung seines Charakters zustimmen würde.“

„Ich bin ihm nur einmal kurz begegnet.“

Mr Stockton sah sie an, bis sie spürte, wie ihr unter seinem prüfenden Blick erneut die Röte ins Gesicht kroch. „Das kann ich mir vorstellen. Nun, da verpasst er etwas, meine Liebe.“

Der unbehagliche Moment hielt so lange an, dass Espy ihre Hände fest falten musste, damit sie nicht ihr Gesicht oder ihre Haare berührte und sich so davon überzeugte, dass alles in Ordnung war.

Als spürte er ihre Verlegenheit, wandte Mr Stockton den Blick ab. „Die Literatur ist voll von solchen rücksichtslosen Personen, die auf den ersten Blick wie die führenden Köpfe ihrer Gesellschaft erscheinen. Machiavelli war einer der Ersten, der über diese Leute schrieb, obwohl er natürlich einen Prinz beschrieb und keinen Geschäftsmann. Aber am Ende läuft es auf dasselbe hinaus: Macht."

Espy hatte Mühe, ihm zu folgen, tat aber so, als lausche sie aufmerksam.

Mr Stockton schien zu bemerken, dass das, was er sagte, über ihren Verstand ging, und lächelte. „Genug davon für heute. Wir werden irgendwann einige Passagen aus dem *Prinzen* lesen, aber heute gehen wir den Aufsatz durch, den Sie als Letztes geschrieben haben." Er schob ihre vollgeschriebenen Blätter auf dem Schreibtisch in ihre Richtung. Sie konnte sehen, dass er mit seinem Füllfederhalter einiges angestrichen hatte. „Also, zunächst zu Ihrem Eindruck von Daisy bei den Italienern. Sie verteidigen ihr Verhalten."

Er beugte sich vor, den Aufsatz zwischen ihnen.

„Ja, Sir. Ich finde, sie hat nur getan, was ihrem Wesen entsprach." Espy nahm den Aufsatz in die Hand, suchte darin etwas, das sie geschrieben hatte, und las es ihm laut vor.

Während sie über ihre Einschätzung von Henry James' Werk sprachen, wurde Espy selbstbewusster. Sie genoss den Unterricht. Nur wenn Mr Stockton von anderen Dingen sprach, war sie verunsichert. Sie spürte noch etwas anderes hinter seinen Worten, konnte aber nicht erkennen, was es war.

Mr Stockton lehnte sich auf seinem Stuhl zurück, sodass dieser wieder knarrte. „Ich denke, das ist genug Literatur für einen Tag."

Espy blickte auf die Uhr über seinem Schreibtisch. „Du liebe Güte, mir war nicht klar, dass es schon so spät ist." Eineinhalb Stunden waren vergangen.

„Wenn man von einer guten Diskussion gefesselt ist, achtet man selten auf die Zeit." Er schob die Papiere auf seinem Schreibtisch zu einem ordentlichen Stapel zusammen und seine Stimme wurde ganz sachlich. „Als Hausaufgabe möchte ich, dass Sie mir wieder eine Liste mit Wörtern aufschreiben, die Sie noch nie gehört haben, und in einem Lexikon nachschauen und lernen, was sie bedeuten. Benutzen Sie jedes davon in einem Satz.

„Ja, Sir." Es machte ihr Mut zu sehen, wie ihr Wortschatz ständig wuchs.

Mr Stockton erhob sich. „Kommen Sie, meine Liebe, dann sehen wir mal nach, was wir im Bücherregal an weiterer Lektüre finden."

Espy nahm ihre Tasche und folgte ihm, wobei sie zu ignorieren versuchte, dass er sie „meine Liebe“ genannt hatte. *So redet er eben mit jedem*, sagte sie sich und versuchte sich daran zu erinnern, ob er es schon einmal zu jemand anderem gesagt hatte.

Während Mr Stockton mit dem Finger über die Buchrücken fuhr, trat sie zögernd an seine Seite. Er zog einen schmalen Band heraus und blätterte ein wenig darin. Das Rascheln des Papiers hallte in dem stillen Raum wider. „Soll ich dich einem Sommertag vergleichen?“ Er lächelte in ihre Augen. „Nein, du bist lieblicher und frischer weit …“

Zuerst war Espy wie vor den Kopf gestoßen. Doch gleich darauf lächelte sie, weil ihr bewusst wurde, dass es sich um ein Gedicht handelte. „Wer hat das geschrieben?“

„Der Barde. Shakespeare“, fügte er hinzu. „Nehmen Sie dieses Buch mit nach Hause und lesen Sie einige seiner Sonette. Dann schreiben Sie für mich auf, was er über die Schönheit sagt.“

Espy streckte die Hand nach dem Buch aus. Sie sollte Shakespeare lesen! Es war das erste Mal, dass Mr Stockton ihr etwas von dem großen Dichter zu lesen gab. Sie hatte das Gefühl, echte Fortschritte zu machen.

In dem Augenblick, in dem sie den glatten, marmorierten Einband des Buches berührte, legte sich Mr Stocktons Hand auf ihre.

Eine Gänsehaut lief über ihren Arm. Fragend hob sie den Blick zu ihm auf. Was um alles in der Welt hatte das zu bedeuten?

Mr Stocktons graublaue Augen waren auf ihre gerichtet. „Espy.“ Das Wort kam wie ein Hauch über seine Lippen. Bevor sie reagieren konnte, fuhr seine Hand ihren Arm hinauf, umfasste ihren Oberarm und zog sie an ihn.

„Mr Stockton!“ Sie versuchte ihn fortzuschieben, aber er hielt sie fest. Im nächsten Augenblick pressten sich seine Lippen auf ihre.

Lieber Gott, bitte nicht. Ihre Kehle war wie zugeschnürt. Dieser schwache Tabakgeruch in seinem Atem … ihr wurde übel.

Das Klicken der Tür hörte sie wie von ferne. „Was in aller Welt!?!“

Als er den erschrockenen Ausruf seiner Frau hörte, ließ Mr Stockton die Hand sinken. Er trat einen Schritt zurück und wandte sich dann an seine Frau. „Nichts, meine Liebe, es ist überhaupt nichts. Ich habe Espy nur ein Buch geliehen.“

Espy konnte Mrs Stockton nicht sehen, weil Mr Stocktons Rücken ihr die Sicht versperrte, aber sie hörte, wie ihre Schritte näher kamen. Gleich darauf stand die Dame des Hauses vor Espy. Espy wünschte, sie könnte sich die Schürze über den Kopf ziehen, um die Scham zu bedecken, die sie empfand. *Was muss die arme Frau denken!*

Mrs Stockton zeigte auf die Tür. „Verschwinde aus meinem Haus."

Als Espy zögerte, hob sie die Stimme. „Sofort!"

Espys Blick wanderte Hilfe suchend zu Mr Stockton. Aber der Professor sagte nichts. Ein Blick voller Mitgefühl oder Traurigkeit flackerte in seinen Augen auf und er schüttelte ein wenig den Kopf.

Espy wandte sich wieder an seine Frau. „Mrs Stockton ... es tut mir leid ... ich wollte n..."

Die Frau drehte sich zu ihrem Mann um. „Schaff sie aus dem Haus."

„Natürlich, meine Liebe." Mr Stockton hielt Espy die Hand hin. „Kommen Sie, Espy. Meine Frau ist zu Recht aufgebracht. Sie gehen jetzt besser." Im Gegensatz zu vorhin, als seine Augen so gebannt in ihre geschaut hatten, war sein Blick jetzt gesenkt. Er berührte sie nicht, sondern zeigte mit dem Arm auf die Tür.

Espy eilte zum Ausgang. Sie wollte nur noch aus diesem Haus fliehen.

Hinter ihr waren Mr Stocktons leise Schritte zu hören. Espy wollte nicht den ganzen Weg bis zur Küche laufen, also ging sie auf die Haustür zu, die sie nur selten benutzte.

„Darf ich?" Mr Stocktons Hand schloss sich um den Türknauf und bevor ihre Hand die seine berühren konnte, zuckte sie zurück. Aber er hielt ihr lediglich die Tür auf.

Bevor sie einen Schritt über die Schwelle machen konnte, sagte er: „Es tut mir leid, meine Liebe. Mrs Stockton reagiert etwas übereilt. Ich werde alles erklären. Sie werden sehen, es kommt alles in Ordnung."

Sein beruhigender Tonfall verstärkte ihre Scham und ihren Ekel nur noch. Warum hatte er es seiner Frau nicht gleich erklärt? Und was genau war eigentlich die Erklärung? Espy trat über die Schwelle, sah ihn aber über die Schulter hinweg noch einmal an.

„Sie können Mrs Stockton sagen, dass ich nicht wiederkommen werde.“

Bevor er etwas sagen konnte, eilte sie die Treppe hinunter. Noch bevor sie das Tor erreicht hatte, rannte sie.

Sie hatte Mühe mit dem Riegel, doch schließlich stand sie auf der Straße. Espy wagte es nicht zurückzublicken.

Erst als sie das Geräusch des Wassers bei den Stromschnellen hörte, konnte sie wieder klarer denken.

Völlig außer Atem verlangsamte sie ihre Schritte. Das Haus der Stocktons hatte sie zum Glück längst hinter sich gelassen. Ihr Blick wanderte zu Warrens Haus hinüber.

Espys Wangen wurden puterrot. Sie fuhr sich mit der Hand an den Mund und rieb heftig darüber.

Lieber Gott, weinte sie, *wie konnte Mr Stockton nur so etwas tun? Warum?*

Natürlich wusste sie, dass es viele böse Männer auf der Welt gab. Aber doch nicht der Professor!

Als sie unter dem Dach der Brücke hervortrat, wetteiferte der zunehmende Lärm der Sägen, der vom Sägewerk heraufdrang, mit dem rauschenden Wasser unter ihr. Ohne diejenigen, die ihr entgegenkamen, anzusehen, eilte Espy weiter.

Sie blickte zur Sägemühle hinüber.

Wieder wurde ihr Gesicht ganz heiß, als sie Warrens Kuss mit dem des Professors verglich. Ihre Finger berührten ihre Lippen, als sie daran dachte, dass Warrens Leidenschaft sie nicht beängstigt oder abgestoßen hatte. In jenem Augenblick hatte sie verstanden, wie Frauen so verrückt sein konnten, mit ungeeigneten Männern durchzubrennen, so wie ihre Mutter es mit Espys Vater getan hatte.

Irrsinn, und doch ein Irrsinn, der sich im Eifer des Gefechts so richtig anfühlte, verglichen mit … dem anderen. Wenn ein Mann eine Frau gegen ihren Willen küsste, dann war das widerlich, abstoßend und mehr noch …

Es fühlte sich an wie die Verletzung von etwas Heiligem.

Ein Hauch Tabakrauch von einem Mann, der mit seiner Pfeife vorbeischlenderte, brachte Espy den Geruch des Professors erneut in Erinnerung. Das Gefühl seiner feuchten Lippen auf ihren. Ihr wurde schlecht.

Espy fuhr sich mit der Hand an die Kehle und lief wieder schneller. Am liebsten wäre sie den ganzen Weg gerannt. Ihre Tasche schlug gegen ihre Hüfte und erinnerte sie an ihren Unterricht bei dem Professor.

Sie verdrängte alles Bedauern und hielt den Riemen ihres Beutels fester, froh darüber, dass sie nichts im Haus des Professors zurückgelassen hatte. Sie wollte dieses Haus nie wieder betreten.

Zum Glück hatte sie keine von Mr Stocktons Büchern mehr zu Hause, da sie die letzten, die sie ausgeliehen hatte, bereits zurückgegeben hatte. Der schmale Band mit Shakespeare-Sonetten war zu Boden gefallen, als der Professor sie losgelassen hatte. Sie erinnerte sich an das Geräusch des Aufpralls des Buches neben ihr auf dem Boden.

Jetzt hoffte sie, niemals Shakespeare lesen zu müssen. Er würde sie für immer an diesen schrecklichen Augenblick erinnern.

Als sie die Stadt endlich hinter sich gelassen hatte und auf dem unbefestigten Weg in ihr Viertel war, atmete sie erleichtert auf.

Erst jetzt wurde ihr bewusst, dass sie keine Arbeit mehr hatte.

Da sowohl Alvaro als auch Angela arbeiteten, waren sie nicht mehr im gleichen Maße auf Espys Einkommen angewiesen wie früher, aber Espy konnte auch nicht zu Hause herumsitzen.

Sie würde in die Konservenfabrik zurückkehren müssen.

Warren betrat das Büro seines Vaters im hinteren Teil der Bank. Sein Vater war eine der treibenden Kräfte hinter der Gründung der ersten Bank von Holliston gewesen. Sie war kaum ein Jahrzehnt alt, hatte aber bereits mehr als eine Krise überstanden, die anderen Banken im Bundesstaat den Garaus gemacht hatten.

Sein Vater lächelte und winkte ihn zu sich. „Hallo, mein Sohn, komm rein."

Warren nahm auf dem ledernen Polstersessel vor dem riesigen Eichenschreibtisch seines Vaters Platz. „Hallo, Vater." Er legte die Mappe mit Unterlagen, die er mitgebracht hatte, ab. Die Bank war nur wenige Häuserblöcke vom Sägewerk entfernt, und doch wirkte sie wie eine andere Welt, was Lärm und Geschäftigkeit betraf.

Hier sprachen alle mit gedämpfter Stimme und alles roch nach Leder und poliertem Holz, als wäre das Anhäufen und Verleihen von Geld etwas Heiliges.

Warren räusperte sich, weil er wusste, wie sehr sein Vater es hasste, Zeit zu verschwenden. „Ich habe die Informationen über das Sulfitverfahren und das Holzschliffverfahren für die Herstellung von Papierholz mitgebracht. Ich habe beide Herstellungsarten studiert, die einige Mühlen in anderen Teilen des Bundesstaates in den letzten Jahren angewendet haben."

Die Miene seines Vaters verdüsterte sich. „Ich habe dir doch gesagt, dass ich kein Interesse daran habe."

„Aber ich dachte, wenn du siehst, welche Mengen manche dieser anderen Mühlen im Süden produzieren, siehst du auch, wie wir von etwas profitieren könnten, was ohnehin Abfallholz ist."

Sein Vater wischte Warrens Worte mit einer Handbewegung beiseite. „Ich will nicht, dass du diese Angelegenheit weiterverfolgst, das habe ich doch deutlich gemacht, oder? Wir sind ein Sägewerk, das Bauholz herstellt. Das war und bleibt unser Geschäft."

„Aber die Bauholzbranche hat keine Zukunft. Wir haben das beste Holz – Tanne und Fichte –, um billiges Papier zu produzieren. Wenn wir jetzt umstellen, können wir in den kommenden Jahren expandieren, anstatt zu schrumpfen."

Bevor sein Vater noch einen Einwand vorbringen konnte, schob Warren die Unterlagen über den Tisch. „Ich will ja nur, dass du dir die Informationen ansiehst. Ich dachte, ich bringe sie hierher in die Bank, wo du dich mit anderen aus der Finanzbranche beraten kannst ..."

„Mit anderen beraten? Bist du verrückt? Damit die Konkurrenz mitbekommt, was für Pläne du hast?" Er schüttelte den Kopf. „Nie im Leben. Sie werden denken, wir machen Verluste."

Warren zügelte seine Verärgerung und lehnte sich vor, um die Mappe zu öffnen und die relevanten Dokumente herauszuholen. „Eine Zellstofffabrik zu bauen, erfordert einen gewissen Einsatz von Kapital, und es kann sein, dass wir ein Darlehen bei der Bank aufnehmen müssten. Ich habe hier unsere Gewinne der letzten fünf Jahre aufgelistet und sie mit dem verglichen, was ich über die Zellstoffmengen an der Küste herausfinden konnte."

Sein Vater erhob sich. Sein Gesicht hatte die rötliche Farbe, die es immer dann bekam, wenn er kurz davor war, die Beherrschung zu verlieren. Auch Warren stand auf. Diesmal war er nicht bereit, sich einschüchtern zu lassen. Er hielt dem Blick seines Vaters stand.

„Ich habe dir gesagt, dass ich kein Interesse habe. Und deshalb betrachte ich diese Unterhaltung nun als beendet. Ich habe zu tun und du auch."

Warren schluckte seine eigene Wut und Enttäuschung hinunter und nickte kurz. „Guten Tag, Vater."

Der restliche Nachmittag entmutigte ihn nur noch mehr. Zwei Männer waren wegen Krankheit ausgefallen und dann gab auch noch ein Fließband den Geist auf und das Ersatzteil musste in Bangor bestellt werden, da der Schmied das kaputte Teil nicht reparieren konnte. Außerdem erschien Alvaro zum zweiten Mal in dieser Woche zu spät zur Arbeit, wie Hodgdon ihm erzählte, und wäre gefeuert worden, wenn Warren sich nicht eingeschaltet hätte – wieder einmal.

Als Warren schließlich zu Hause eintraf, war er müde, verschwitzt und verstimmt.

„Guten Tag, Mr Brentwood. Ihre Mutter bittet Sie, auf die Terrasse zu kommen, wenn Sie sich frisch gemacht haben."

„Danke, Samuel. Ist Vater schon zu Hause?"

„Ja, Sir. Er ist bereits auf der Terrasse."

Langsam stieg Warren die Treppe zu seinem Zimmer hinauf. Er war noch nicht bereit, seinem Vater gegenüberzutreten. Im Beisein von Warrens Mutter und Schwester sprach dieser zwar nie über Geschäftliches, aber nach dem Abendessen würde er wahrscheinlich nach dem Sägewerk fragen.

Pastor Curtis' Rat kam ihm wieder in den Sinn. *Was will ich eigentlich? Was will Gott von mir? Soll ich alles, was mein Vater für mich vorbereitet hat, aufgeben? Oder bin ich nur frustriert, weil Vater nicht bereit ist, sich zu ändern? Gib ihm Zeit!*, ermahnte Warren sich selbst.

Oder waren diese Gefühle mehr als Enttäuschung und Ziellosigkeit?

Mit einem ungeduldigen Kopfschütteln wandte Warren sich vom Spiegel ab. Es war einfacher, diese Art Gedanken zu verdrängen und erst einmal zu begraben, indem er sich in die Aktivitäten seines Lebens stürzte.

Angefangen damit, dass er nach unten ging und seiner Mutter und Schwester freundlich und fröhlich Gesellschaft leistete. Dann erinnerte er sich an die Essenseinladung der Farnsworths und stöhnte leise.

Warren ging mit einem Lächeln auf den Lippen auf die Terrasse hinaus. „Hallo." Er bückte sich und gab seiner Mutter einen zarten Kuss auf die Wange.

„Endlich", erwiderte sie lächelnd. „Du hast das Abendessen bei Christina nicht vergessen, nicht wahr? Ich möchte nicht zu spät kommen."

„Nein, ich habe es nicht vergessen." *Wie sollte ich auch, wo doch alle mich ständig daran erinnern*, fügte er im Stillen hinzu.

Sein Vater ließ die Zeitung sinken und nickte.

„Komm, setz dich", sagte seine Mutter. „Du hast noch Zeit, etwas zu trinken, wenn du magst. Dein Vater hat bereits die Kutsche bestellt."

„Ich nehme nur eine Limonade", sagte er lächelnd zu Samuel und setzte sich dann neben Annalise auf die Schaukel. „Hattest du neulich einen schönen Abend?" Er hatte noch nicht die Gelegenheit gehabt, seine Schwester nach ihrem Ausflug in die Eisdiele zu fragen.

Ihre Miene erhellte sich. „Es hat Spaß gemacht. Sie sind alle so nett."

Warren stellte sich vor, wie Espy mit ihren Freunden lachte. „Wir sind vorbeigegangen und haben euch gesehen. Ihr saht aus, als würdet ihr euch amüsieren."

Ihr Lächeln wurde breiter. „Dieser Will ist wirklich lustig. Wir haben gelacht, bis uns die Tränen kamen."

Ihre Mutter runzelte die Stirn. „Von wem sprecht ihr?"

Warren antwortete anstelle seiner Schwester. „Als das Treffen in der Kirche vorbei war, haben einige der Klubmitglieder Annalise eingeladen, mit in die Eisdiele zu gehen."

Die Lippen ihrer Mutter entspannten sich ein wenig. „Wie nett. Wer war denn bei dir, Liebes – James oder Dexter?"

Es folgte eine kurze Stille. Bevor Warren sich überlegt hatte, wie er die Antwort formulieren sollte, ergriff Annalise das Wort. „Ich war mit Espy und ihrer Schwester dort und mit ihren Freunden Harry und Will. Sie sind alle sehr nett“, fügte sie schnell hinzu.

Das Lächeln ihrer Mutter verwandelte sich in zusammengepresste Lippen. „Ach ja?“ Ihr Blick wanderte zu Warren. „Es überrascht mich, dass du deine Schwester in solcher Gesellschaft allein gelassen hast.“

„Mutter, das sind alles Mitglieder der Gemeindegruppe. Ich sehe keinen Grund für übermäßige Sorge, wenn sie auf dem Heimweg gemeinsam ein Eis essen wollen.“ Er warf Annalise einen beruhigenden Blick zu.

Ein unbehagliches Schweigen senkte sich über sie. Warren wollte noch etwas zur Verteidigung seiner Schwester hinzufügen, als seine Mutter sagte: „Ich will nicht, dass du dich noch einmal mit *diesem* Mädchen abgibst.“

Während Annalise ihre Mutter anstarrte, zog diese die Mundwinkel herunter. „Ich habe heute eine höchst beunruhigende Geschichte über sie gehört.“

Warrens Magen verkrampfte sich und er war bereit alles, was seine Mutter sagte, von der Hand zu weisen.

„Von wem redet ihr?“, fragte sein Vater hinter der Zeitung.

„Von diesem halb portugiesischen Mädchen, das Mrs Stockton als Mädchen für alles eingestellt hat. Du erinnerst dich bestimmt daran, dass ich dir davon erzählt habe.“

Sein Vater grunzte nur, denn sein Interesse schwand in dem Augenblick, in dem seine Frau einen weiblichen Namen genannt hatte.

„Ich habe heute Mrs Tyson gesehen, die mir etwas äußerst Schockierendes erzählt hat.“

Warrens Finger verkrampften sich um sein Glas. Was hatte Espy nur angestellt?

„Mrs Tyson hat es von Mrs Stockton persönlich erfahren, also ist es kein leeres Gerede. Die Frau des Professors war in Tränen aufgelöst.“

Seine Mutter senkte die Stimme und warf Annalise einen schnellen Blick zu. „Wie es scheint, wurde Espy dabei erwischt, wie sie Mrs Stocktons Gatten Avancen gemacht hat.“

„Das ist doch lächerlich!“

Alle sahen Warren an. Er reckte das Kinn vor, peinlich berührt wegen seines unbeherrschten Ausbruchs. „Das glaube ich nicht."

„Ich glaube nicht, dass Mrs Stockton etwas Derartiges sagen würde, wenn es nicht wahr wäre. Du liebe Güte, Warren, es ist schließlich sehr beschämend, so etwas einem anderen Menschen zu erzählen."

„Das muss ein Missverständnis sein." Er konnte sich nicht vorstellen, wie irgendjemand eine solche Anschuldigung vorbringen konnte. Mr Stockton, sein alter Geschichtslehrer, war ein Mann von makellosem Ruf. Was konnte Espy getan haben, dass Mrs Stockton einen so irrigen Schluss daraus gezogen hatte?

Seine Mutter schniefte. „Mrs Stockton hat das Mädchen in den Armen ihres Mannes erwischt!"

Das Blut in Warrens Adern schien zu stocken. Während Warren seine Mutter anstarrte, hörte er ihre Stimme nur noch wie aus weiter Ferne, weil das Pochen in seinen Ohren alle anderen Geräusche übertönte.

Hier musste ein Irrtum vorliegen. Warren lockerte den Griff um sein Glas und lehnte sich ganz bewusst zurück. Espy war ein lebhafter Mensch und jedes Mal, wenn sie von Mr Stockton sprach, tat sie das mit dem höchsten Respekt und großer Bewunderung. Vielleicht verehrte sie ihn ein wenig wie einen Helden. Mrs Stockton musste falsch gedeutet haben, was sie gesehen hatte.

„Was hat Mrs Stockton getan?", warf Warrens Vater barsch ein.

„Sie entlassen natürlich." Warrens Mutter schnipste etwas von ihrem Rock, was ihren Worten zusätzlichen Nachdruck verlieh.

„Wie schrecklich", flüsterte Annalise. „Es muss sich um ein Missverständnis handeln. Espy macht einen so netten Eindruck."

„Annalise, Liebes, du verstehst nicht viel von solchen Frauen. Sie wirken nett, aber sie sind Schlangen."

„Das heißt, sie hat keine Arbeit mehr", sagte Warren, der an die Folgen für Espy dachte.

„Du kannst kaum erwarten, dass Mrs Stockton ein solches Benehmen duldet. Sie sagte, sie habe es Mrs Tyson erzählt, um dafür zu sorgen, dass kein anderer sie einstellt. Das war ihr besonders wichtig."

Warren stellte sein Glas ab und erhob sich. „Ich glaube immer noch, dass es sich um einen Irrtum handelt."

„Du scheinst dir sehr sicher zu sein." Der Blick seines Vaters war bohrend.

„Ich kenne Espy seit der Grundschule."

„Aber du kennst sie nicht mehr, seit sie erwachsen ist."

„Nein, aber ..."

„Ich habe das Mädchen gesehen." Sein Vater wandte sich jetzt an Warrens Mutter. „Dieser Sorte traue ich so etwas zu."

„Was für eine „Sorte" meinst du bitte schön, Vater?"

„Du brauchst nicht in diesem Ton mit mir zu reden, mein Junge. Du bist gereist. Du hast genügend Häfen gesehen, um zu wissen, dass es zwei Sorten Frauen gibt. Deine Mutter und deine Schwester – und Christina – sind die eine Sorte. Diese Espy, wie du sie nennst, ist die andere. Ich sage ja nicht, dass sie ein Verbrechen begangen hat, aber vielleicht hat sie mit dem Mann geflirtet, und ein Mann ist schließlich auch nur ein Mensch."

Warren musste daran denken, wie er Espy umarmt hatte, aber das Bild wurde überlagert von dem Gedanken an Mr Stockton, der sie im Arm hielt. „Ich glaube kaum, dass sie mit dem Mann ihrer Arbeitgeberin flirten würde, während sie dort ist, um das Haus zu putzen."

„Ich meine nur, dass sie nicht die Art Frau ist, in deren Gesellschaft du zu oft gesehen werden solltest. Vielleicht solltest du ihr nahelegen, aus diesem Kirchenkomitee auszutreten."

Warren spürte, dass sein Vater auf eine Antwort wartete. „Ich werde nichts tun, bevor ich mit ihr gesprochen habe."

„Du solltest nur nicht den Anschein erwecken, dass du ihr zu viel Beachtung schenkst." Sein Vater schlug auf die Armlehne des Korbstuhls. „Halte dich an Christina, dann ist alles gut. Du willst schließlich nicht, dass die Leute reden."

„Dein Vater hat recht. Ich wollte ja nichts sagen, aber ich habe mir schon Sorgen gemacht, weil du so viel Zeit mit dieser Frau verbringst. Ihr wurdet zusammen gesehen."

Warren spürte, wie die Angst seine Arme hinaufkroch. Dabei konnte sie an jenem Abend niemand gesehen haben. Im Wald war es rabenschwarz gewesen.

Sein Vater erhob sich von seinem Stuhl. „Es ist ja bisher nichts passiert." Er klopfte Warren auf den Rücken, nachdem er neben ihn getreten war. „Wir raten dir nur, dich von einem faulen Apfel fernzuhalten. Schlechte Gefährten verderben den Charakter. So, und jetzt machen wir uns besser auf den Weg zu den Farnsworths. Wenigstens brauchst du dir keine Sorgen darüber zu machen, wenn du Zeit mit Christina verbringst."

Warren sagte nichts, aber seine Gedanken drehten sich um die Worte seines Vaters. *Es ist ja bisher nichts passiert.*

War wirklich nichts passiert?

Selbst wenn zwischen Mr Stockton und Espy tatsächlich etwas vorgefallen war, hatte Warren sich dann nicht genau dasselbe vorzuwerfen?

16. Kapitel

Espy hatte keine Mühe, ihre alte Stelle in der Konservenfabrik zurückzubekommen. Ihrer Mutter und Angela sagte sie, Mrs Stockton sei mit ihrer Arbeit nicht zufrieden gewesen.

„Sie verdient deine Arbeit nicht!", sagte Angela sofort. „Da bist du in der Konservenfabrik besser aufgehoben."

Ihre Mutter schüttelte ihre Schürze aus. „Sei froh, dass du sie los bist."

Später am Abend fragte Angela sie, was geschehen sei. Sie saßen beide auf dem Bett, das sie sich teilten, jede in ihrem Nachthemd, ein Tuch um die Schultern. Die jüngeren Geschwister schliefen endlich.

Espy ließ ihre Schwester schwören, dass sie niemandem etwas davon sagen würde, und erzählte ihr dann im Flüsterton die ganze Geschichte.

Angela schlug sich die Hand vor den Mund. „Nicht Mr Stockton! Ich kann es nicht fassen."

Espy nickte und schlang die Arme um ihre Knie. „Das konnte ich auch nicht. Deshalb habe ich mich nicht gerührt. Ich war zu schockiert. Dann kam Mrs Stockton herein und natürlich sah es aus, als hätte ich ihn geküsst. Aber das habe ich nicht, Ehrenwort!" Sie sah ihre Schwester flehend an.

„Ich glaube dir." Angela erschauerte. „Ich kann mir gar nicht vorstellen, ihn zu küssen. Er ist so schrecklich alt. Und verheiratet noch dazu."

„Er ist gar nicht so schrecklich alt, aber für uns natürlich eindeutig zu alt. Und vor allem ist er verheiratet, wie du sagst, und mein Lehrer. So etwas würde ich nie tun."

Nachdem sie zu Bett gegangen waren, lag Espy noch lange wach und starrte zu dem spitzen Dach hinauf. Zurück in die Konservenfabrik. Der Gedanke war ihr schrecklich. Konnte sie diese Schande jemals wiedergutmachen? Was sollte sie tun, wenn sie Mr oder Mrs Stockton auf der Straße begegnete? Wie konnte sie erhobenen

Hauptes gehen, auch wenn sie wusste, dass sie keine Schuld traf, da Mrs Stockton doch jedes Recht hatte, wütend zu sein?

Sie hoffte, dass Mr Stockton seiner Frau die Wahrheit gesagt hatte. Würde Mrs Stockton vorbeikommen und sie um Verzeihung bitten? Natürlich könnte sie nie wieder im Haus der Stocktons arbeiten, aber es würde ihr unendlich viel bedeuten zu wissen, dass Mrs Stockton sie nicht verurteilte.

Espy wälzte sich hin und her, während sie den entsetzlichen Augenblick noch einmal durchlebte und sich fragte, was sie erwartete. *Lieber Gott*, betete sie, *zeige Mrs Stockton die Wahrheit. Bitte mach, dass sie mich nicht so streng beurteilt. Bitte hilf mir.*

Während in der Konservenfabrik die Stunden verstrichen, wurde Espy zunehmend mutlos. Am Ende ihrer Schicht fühlten ihre Beine sich ganz wackelig an, weil sie den ganzen Tag gestanden hatte. Von jetzt an enthielt ihre Zukunft nichts außer der Arbeit in der Fabrik, dachte sie, während sie Angela mit schleppenden Schritten nach Hause folgte.

Würde sie Warren sehen? Was machte er wohl gerade? Dachte er manchmal an den Abend im Wald?

Würde sie ihn beim Treffen der „Holliston Lights“ oder am Sonntag sehen? Würden alle wissen, dass sie gefeuert worden war? Und warum? Espy fröstelte und wünschte, sie könnte einfach fortlaufen und sich verstecken.

Von ihren alten Kolleginnen in der Fabrik musste Espy sich einigen Spott anhören. „Ist dir endlich klar geworden, dass die Arbeit hier besser ist, als zu putzen?“ Aber nach den ersten Tagen war es, als wäre sie nie fort gewesen.

Sie hatte die Elm Street nicht meiden können, aber da ihre Schwester und sie noch vor Tagesanbruch und dann am frühen Nachmittag dort entlanggingen, wenn es auf den Straßen ruhig war, war es ihr gelungen, den Stocktons aus dem Weg zu gehen. Warren hatte sie allerdings auch nicht gesehen, und das war eine Tatsache, die ihr zu schaffen machte.

Einerseits sehnte sie sich danach, ihn zu sehen, andererseits hatte sie schreckliche Angst davor.

Am Sonntag hoffte sie ihn in der Kirche zu sehen, und sei es nur aus der Ferne. Wie üblich schob sie sich in die hinterste Reihe.

Die Lieder und die Predigt waren ein Trost und Espy hatte das Gefühl, dass Gott ihren geheimen Kummer sah und sie irgendwann trösten und die Dinge richten würde. Aber dieses Irgendwann schien noch weit entfernt. Im Augenblick gab es nichts als Schufterei und Arbeit.

Erst nach dem Gottesdienst, als sie vor der Kirche standen, spürte Espy, dass etwas nicht stimmte. Henry und Will gesellten sich zu ihr. Aber sonst grüßte niemand von den „Holliston Lights" sie. Sie gingen an ihr vorbei, als wäre sie unsichtbar.

Aber sie nickten Angela, Henry und Will zu, wenn auch ohne stehen zu bleiben.

Auf der Suche nach Warren reckte Espy den Hals. In diesem Augenblick ging Mrs Hawkins an ihr vorbei. Der Zorn in ihrem Blick ließ Espy zusammenzucken. „Verdorbenes Mädchen!", zischte sie, sodass nur Espy und Angela ihre Worte hören konnten, bevor sie weiterging.

Espy wurde ganz schwindelig. Angela packte ihre Hand.

Espy sah ihre Schwester an. „Was hat sie damit gemeint?"

Angela schüttelte den Kopf.

„Könnte sie es wissen?", flüsterte sie.

„Ich wüsste nicht, woher." Ihre Schwester sah all die Menschen um sie herum an. „Ich habe Mrs Stockton nicht gesehen – oh, da ist sie." Angela senkte die Stimme. „Ach, du liebe Güte. Sollen wir gehen?"

Während ihr Herz vor Angst hämmerte, folgte Espy dem Blick ihrer Schwester. Auf der anderen Seite des Kirchhofes standen Mrs Stockton und ihr Mann. Als spürte er ihren Blick, sah er auf einmal in ihre Richtung. Espy wandte schnell den Blick ab.

„Ich werde nicht weglaufen", sagte sie kaum hörbar. Aber sie musste all ihren Mut zusammennehmen, um zu bleiben, wo sie war.

Sie wünschte sich aus tiefster Seele, Warren würde zu ihr kommen und lächeln und als Puffer zwischen ihr und dem Professor stehen.

Stattdessen kam ein Ehepaar vorbei, das Espy als angesehene Bewohner der Elm Street erkannte. Die Frau warf ihr einen Blick zu und wandte sich dann mit gerümpfter Nase ab.

Sie wusste es! Es gab keine andere Erklärung.

Espys Augen huschten zu Mrs Stockton zurück. Sie musste es jemandem erzählt haben und die Nachricht hatte die Runde gemacht. Espy ließ ihren Blick über den Kirchhof schweifen. Wie viele wussten noch davon?

Es sieht nicht so aus, als hätte Mr Stockton seine Frau von der Wahrheit überzeugen können. Hatte er sie ihr überhaupt gesagt?

Noch einmal warf Espy ihm einen verstohlenen Blick zu. Er lächelte und plauderte mit einem Ehepaar aus der Gemeinde, als könnte er kein Wässerchen trüben.

Sie spürte, wie ihr die Galle hochkam und Bitterkeit sie erfüllte.

Dann sah sie plötzlich Warren. Gleich darauf hämmerte ihr Herz wie verrückt. Sie hatte ihn seit dem letzten Klubtreffen nicht mehr gesehen – *vor* der ganzen hässlichen Sache mit den Stocktons. Wenn Warren davon wusste … Bei dem Gedanken wurde Espy ganz schlecht.

Aber sie straffte die Schultern, setzte ein Lächeln auf und wartete. Natürlich würde er herüberkommen und ihr einen Guten Morgen wünschen.

Warren neigte den Kopf zu Christina, um zu hören, was sie sagte. Dann wanderte sein Blick über die Menge, die sich im Kirchhof versammelt hatte. Er lächelte und nickte, ohne dass seine Aufmerksamkeit länger irgendeiner bestimmten Person galt.

Suchte er sie etwa?

Espy holte tief Luft und bemühte sich, ihren Puls zu beruhigen. „Angela“, flüsterte sie, ohne sichtbar die Lippen zu bewegen, „siehst du ihn?“

„Wen?“

„*Ihn.*“

„*Wen*?“ Die Stimme ihrer Schwester klang jetzt nachdrücklicher.

„Warren.“

„Oh. Und?“

„Glaubst du, er kommt herüber, um Hallo zu sagen?“

Ihre Schwester überlegte. „Ich weiß nicht. Sieht so aus, als würden viele Leute ihn begrüßen wollen, aber das ist ja nichts Ungewöhnliches."

„Sollen wir zu ihm hingehen?"

„Du meinst, zu ‚ihnen'."

„Ja, natürlich." Außer Christina war auch Annalise an seiner Seite und seine Eltern standen ebenfalls nicht weit entfernt.

„Ich weiß nicht. Es erscheint mir ein wenig aufdringlich. Wenn ein Herr eine Dame begrüßen will, dann wird er es schon tun."

Espy biss sich auf die Unterlippe. Ihre Schwester hatte recht.

„Espy, wie lange müssen wir noch hierbleiben?" Gus zog an ihrem Arm.

Sie lächelte zu ihm hinunter. „Wir gehen sofort." Mit einem Seufzer wandte sie sich zu Angela um. „Komm, wir gehen besser ..."

Als sie spürte, dass jemand hinter sie getreten war, drehte sie sich um und atmete hörbar ein.

Warren stand vor ihr. Ihre Wangen erröteten.

„Guten Morgen, Espy. Hallo, Angela." Er nickte ihrer Schwester kurz zu und konzentrierte sich dann wieder ganz auf sie.

Als Erstes fiel ihr auf, dass er nicht lächelte. Das dämpfte ihre Freude sofort. „Hallo, Warren." Christina hing nicht mehr an seinem Arm, aber Annalise war noch immer an seiner Seite. „Hallo, Annalise."

Annalise lächelte sie an, doch Espy entdeckte etwas Ungewohntes – wie Misstrauen oder Vorsicht – in ihrem Blick. „Hallo, Espy. Du siehst sehr hübsch aus." Dann wurden ihre blassen Wangen ganz rot, so als hätte sie etwas Falsches gesagt, und sie blickte zu Boden.

Espy sah an sich hinunter. „Oh ... danke." Sie hatte sich an diesem Morgen sorgfältig zurechtgemacht, aber Annalise hatte dieses Kleid mit Sicherheit schon gesehen, da es eins von nur zwei Sonntagskleidern war, die sie besaß.

„Ich würde gerne mit dir reden."

Warren sprach leise, aber eindringlich. Seine Worte klangen ein wenig gebieterisch. Espy reckte das Kinn vor. „Ach ja?"

Er nickte schroff. „Ja. Hast du heute Nachmittag Zeit?"

Hatte er etwa etwas gehört? Besorgnis machte sich in ihr breit und sie beschloss, dass sie auch mit ihm reden musste. Also sagte sie: „Ja."

„Dann komme ich um drei vorbei." Warren gab ihr keine Zeit zuzustimmen oder abzulehnen, sondern nickte Angela und ihr noch einmal zum Abschied zu. „Ich wünsche noch einen guten Tag."

Dann ging er davon und zog seine Schwester mit sich fort. Annalise wandte sich mit einem entschuldigenden Lächeln um. „Schön, dich zu sehen, Espy."

„Ich habe mich auch gefreut", sagte sie automatisch, während ihre Gedanken um das kreisten, was Warren gesagt hatte. Sie versuchte, sich an jedes einzelne Wort zu erinnern, an seinen Blick und Tonfall während der kurzen Zeit, die er vor ihr gestanden hatte.

„Tja."

Espy blickte ihre Schwester an, um zu sehen, was sie dachte.

Ihre Schwester schaute sie aus ihren braunen Augen an. „Ich frage mich, was der jetzt wieder hat."

Espy hatte sich die Überheblichkeit in Warrens Stimme also nicht eingebildet.

„Es klang, als könnte das, worüber er mit dir reden will, auf keinen Fall warten."

„Glaubst du ...?" Espy ließ die Frage unvollendet in der Luft hängen, weil sie Angst hatte auszusprechen, was sie am meisten fürchtete.

Angela zog zweifelnd die Augenbrauen hoch. „Das wirst du heute Nachmittag erfahren."

Warren verließ das Haus um viertel vor drei und sagte seinen Eltern, er wolle einen Spaziergang machen. Als er in die Elm Street einbog, atmete er erleichtert aus. Konversation zu betreiben und so zu tun, als wäre alles in Ordnung, während er nur zu Espys Haus rennen und hören wollte, was geschehen war, hatte ihm Mühe bereitet.

Während er mit langen Schritten die staubige Straße mit ihren hellen Sonnenflecken hinunterlief, dachte er daran, wie Espy heute Morgen in der Kirche ausgesehen hatte. Sie hatte unverändert gewirkt – ihr dunkles Haar hübsch aufgesteckt. Wie konnte sie dort stehen, wenn alle in der Kirche über ihr Verhalten tratschten?

Am liebsten hätte er sie geschüttelt und Antworten verlangt, aber er hatte sie nur begrüßen können, weil er wusste, dass seine Eltern ihren Wortwechsel beobachteten.

Um drei Uhr kam er in Espys Straße an. Wie immer spielten barfüßige Kinder dort und ihre Rufe hallten durch die heiße Luft.

„Hallo, Mr Brentwood!“, schrie ein Junge und winkte ihm zu. Er erkannte ihn als Espys kleinen Bruder.

Warren erwiderte die Geste. „Hallo, Gus.“ Zwei ältere Brüder gesellten sich zu dem Jungen.

Alicia hüpfte zu ihm.

Plötzlich wünschte Warren, er könnte ihnen etwas Süßes geben, aber er hatte nicht daran gedacht, etwas mitzubringen, weil er zu sehr mit seinen Fragen beschäftigt gewesen war.

Während sein Blick zu Espys Haus wanderte, holte er tief Luft, wie um sich für eine Schlacht zu wappnen. In diesem Augenblick ging die Haustür auf und Espy kam heraus, einen Sonnenschirm in der Hand. Sie sah ihn kurz an, bevor sie die Tür hinter sich zuzog und die baufällige Treppe hinunterstieg.

Sie sah ihm nicht in die Augen, als sie den Weg hinunterschritt und auf die Straße trat, wo sie den gelben Schirm öffnete.

„Hallo“, sagte er, als sie näher kam.

Ihre dunkelbraunen Augen fanden die seinen. Sie befeuchtete ihre Lippen und er spürte, wie sich sein Magen zusammenzog.

„Hallo, Warren.“

Er zeigte auf den Weg. „Sollen wir?“

Espy nickte kurz und ging dann neben ihm her.

Eine Sekunde später umringten ihre Geschwister sie. „Wohin geht ihr, Espy? Können wir mitkommen?“

Sie blieb stehen. „Nein, ihr bleibt alle hier und spielt weiter. Josiah, kümmere dich um Alicia. Ich bin gleich wieder da.“

„Och, warum können wir denn nicht mitkommen? Geht ihr etwas essen?“

„Nein“, antwortete Warren. Er hatte nicht vor, in die Stadt zu gehen – oder sonst irgendwohin, wo sie gesehen werden konnten. „Aber ich bringe euch beim nächsten Mal etwas mit.“ In der Hoffnung, sein Versprechen halten zu können, weil er nicht wusste, ob er wiederkommen würde, lächelte er.

Schließlich wandten die Kinder sich ab und ließen sie in Ruhe.

„Wohin gehen wir?“

„Äh … ich dachte, wir könnten einfach ein bisschen spazieren gehen … irgendwo, wo wir reden können … ungestört, meine ich.“ Die Erinnerung an den dunklen Wald stieg in ihm auf.

Aber Espy führte ihn an dem Pfad vorbei und ging auf der unbefestigten Straße weiter, bis sie zu einer schattigen Stelle unweit des Waldes kamen.

Der warme Duft von Balsam und Fichten lag in der Luft.

Espy sah ihn erwartungsvoll an, ihr Sonnenschirm ein leuchtender Farbfleck vor dem dunkelgrünen Hintergrund. „Worüber wolltest du denn mit mir reden?“

Als Warren bewusst wurde, dass es keine angenehme Weise gab, um das Thema anzuschneiden, das ihn vor allen anderen beschäftigte, räusperte er sich. „Weißt du, was Mrs Stockton über dich erzählt?“

An ihrem Blick sah er, dass sie ihn sofort verstand, und ihm wurde das Herz schwer. Also war etwas an der Geschichte dran.

Als sie nichts erwiderte, fuhr er fort. „Es ist eine ziemlich hässliche Anschuldigung.“

„Sie hat mich deswegen gefeuert, also weiß ich davon.“

„Espy, was hast du … warum hast du …“ Er wusste nicht, wie er in Worte fassen sollte, was er sagen wollte, also streckte er die Hand in einer nutzlosen Geste aus.

Sie wich zurück.

Glaubte sie etwa, er würde sie noch einmal bedrängen? Er trat selbst einen Schritt zurück, um deutlich zu machen, dass sich jene Nacht nicht noch einmal wiederholen würde.

„Warum habe ich *was* gemacht?“ Ihr Ton war ruhig und ihr Blick hielt dem seinen die ganze Zeit stand.

Warren fing an, sich zu ärgern. Sie gab ihm das Gefühl, als wäre er derjenige, dem etwas vorgeworfen wurde, dabei war er doch nur hier, um den Dingen auf den Grund zu gehen. Er fuhr sich mit der Hand durch die Haare und sah zu, wie ein rotes Eichhörnchen die weiße Rinde einer geraden, schlanken Papierbirke hinaufrannte. „Warum hast du das getan, was Mrs Stockton dir vorwirft?“

Als Espy nicht antwortete, sah er sich schließlich gezwungen, sie anzusehen. „Und?“

Wieder fuhr sie sich mit der Zunge über die Lippen. Warren ballte die Hände und schob sie in seine Taschen, während vor seinem geistigen Auge ein Bild aufflackerte, wie sie Mr Stockton küsste.

Ihre tintenfarbenen Wimpern flatterten. „Vielleicht konnte ich ja nicht anders. Aber du wirst ohnehin glauben, was du willst. Es hat keinen Sinn zu versuchen, dich von etwas anderem zu überzeugen."

Am liebsten hätte Warren die Hände aus den Taschen gezogen und Espy an den Schultern gepackt, um sie kräftig zu schütteln. Wie konnte sie sich so benehmen? Sein Unterkiefer schmerzte, so fest biss er die Zähne zusammen, um nicht die Beherrschung zu verlieren.

Endlich, als er seiner Stimme wieder traute, presste er zwischen zusammengepressten Lippen hindurch: „Du würdest einen ehrenwerten Mann und die Ehe eines Menschen zerstören, nur um … um zu flirten!" Er schnaubte hörbar.

Sie hob nur das Kinn. „Es gibt nichts, weswegen ich mich verteidigen müsste."

Er konnte noch immer nicht glauben, dass sie so liederlich, so reuelos sein konnte, aber er konnte es auch nicht ertragen, sie noch länger anzusehen. Also machte er auf dem Absatz kehrt und stapfte davon.

Der Wald war friedvoll. Nur das Schimpfen eines Eichhörnchens über ihr auf einem Baum durchbrach die Stille. Espy hatte den Wald immer geliebt und ihn als ihren persönlichen Zufluchtsort betrachtet, wenn zu Hause Durcheinander herrschte.

Jetzt bot die Stille ihr jedoch keinen Trost. Ihr Herz zerbarst in tausend Scherben. Sie krümmte sich vor Schmerzen, bis sie auf dem Weg kniete, und es war ihr egal, dass ihr bester Rock schmutzig wurde. Ihre Stirn sank in die spitzen kleinen trockenen Nadeln und der Geruch von Harz stieg ihr in die Nase.

Warum hast du das getan … du würdest einen ehrenwerten Mann und die Ehe eines Menschen zerstören, nur um zu flirten.

Warrens Worte gingen ihr immer wieder durch den Kopf und

der harte Blick seiner Augen, der sie verurteilte, bevor er auch nur ein Wort gesagt hatte.

Selbst heute Morgen nach der Kirche war Warren distanziert und überheblich gewesen. Er hatte sie nur allein sehen wollen, damit er sie zur Rede stellen konnte. Um sie zu fragen, was sie *getan* hatte, so wie Eltern es bei einem Kind machen, wenn sie kurz davor sind, ihm eine Tracht Prügel zu verpassen.

Nicht ein einziges Mal hatte er in Erwägung gezogen, dass sie vielleicht gar nichts getan hatte, dass es allein Mr Stocktons Schuld war, dass er es war, der beschuldigt werden sollte.

Ihr Atem ging schnell, zu schnell, bis nicht mehr genug Luft in ihre Lunge drang. Sie setzte sich auf, in Angst und Schrecken versetzt. Sie würde ersticken.

Bitte, Gott, hilf mir, hilf mir!

Die Hände auf ihre Brust gepresst, gelang es ihr schließlich, Luft zu holen. Espy sank wieder zu Boden.

Dann kamen die Tränen. Sie stiegen langsam in ihr auf und brannten in ihren Augen, bis sie ihr schließlich über die Wangen kullerten. Espy lag auf dem Boden, die Knie angezogen, und konnte die Schluchzer, die aus ihrem tiefsten Innern aufstiegen, nicht länger zurückhalten. Ihr ganzer Körper bebte vor Kummer. Das hier war schlimmer als der Schmerz, den sie empfunden hatte, als Mrs Stockton sie angeklagt und ihr befohlen hatte, das Haus zu verlassen, und es war schlimmer als die verächtlichen Blicke der Kirchgänger. Warrens Verurteilung traf sie wie ein Pfeil, der ihr Herz zerriss und einen nicht wiedergutzumachenden Schaden hinterließ.

Espy hatte gedacht, dass es nicht noch schlimmer kommen könne, aber sie hatte Mrs Stocktons Zorn unterschätzt.

Die halbe Woche lang überlegte sie, ob sie zum nächsten Treffen des Kirchenklubs gehen sollte oder nicht. Aber dann beschloss sie, diesmal nicht wegzurennen und sich wie ein ängstliches Kaninchen zu verkriechen, so wie sie es beim letzten Mal getan hatte. Nein, sie würde Leuten wie Christina, die sie wahrscheinlich ansehen würden, als wäre sie der Abschaum, der bei Flut an die Pfähle des Anlegers geschwemmt wurde, die Stirn bieten.

Am Mittwochabend hatten selbst Will und Henry die Gerüchte gehört. Ihre Informationen waren lückenhaft, aber sobald sie an der Center Street aufeinandertrafen, wollte Will wissen: „Was reden die Leute da, dass du wegen ‚unziemlichen Verhaltens' von den Stocktons gefeuert wurdest?" Er sprach die Worte aus, als hätte er irgendwo genau diese Formulierung gehört.

„Wo hast du das denn gehört?"

„Ich war bei Tuppers Lager für Trockenwaren und eine von den alten Schachteln aus der Elm Street hat mit Mrs Tupper gesprochen. Sie haben mich angefunkelt, weil ich ihre Tratscherei gestört habe, so als hätte ich ihr Gespräch absichtlich unterbrochen."

Als Espy nichts sagte, sondern einfach weiterging, holte er sie mit wenigen Schritten ein. „Wovon reden die denn? Was ist passiert? War Mrs Stockton eifersüchtig auf dich?"

Espy warf Will einen dankbaren Blick zu. Wenigstens gab es außer ihrer Schwester noch jemanden, der an sie glaubte. „Nein." Sie zögerte, weil es ihr schwerfiel, laut auszusprechen, was wirklich geschehen war. Sie wollte es nur vergessen und irgendwo begraben. Schon allein daran zu denken, gab ihr das Gefühl, schmutzig zu sein.

„Und?"

„Es war … Mr Stockton."

Sie konnte Wills Blick spüren, obwohl sie selbst starr auf den Gehweg zu ihren Füßen blickte.

„Du meinst … er hat dich angefasst?" Will klang erstaunt.

Ruckartig schnellte Espys Kopf nach oben, erstarrte aber mitten in der Bewegung. Sie hatte erwartet, dass Will genau wie Warren davon ausgehen würde, dass sie etwas falsch gemacht hatte.

Er pfiff. „Du meinst, der alte Professor hat sich Freiheiten rausgenommen?"

„Er … er hat versucht, mich zu küssen." So, jetzt war es heraus.

Beide Männer blieben wie angewurzelt stehen. Espy und Angela waren gezwungen, ebenfalls anzuhalten. „Bitte." Sie zog an Wills Arm. „Ich möchte nicht einmal mehr daran denken."

Wills blonde Augenbrauen zogen sich zusammen. „Sollen wir ihn uns vorknöpfen?"

„Du liebe Güte, nein! Kommt, bevor andere auf uns aufmerksam werden."

Widerwillig ließ er sich von ihr weiterziehen. „Im Ernst, Espy, das wäre kein Problem. Wir lauern ihm irgendwann abends auf, wenn er nach Hause kommt."

„Genau, Espy, du brauchst es nur zu sagen. Will und ich verpassen ihm ein blaues Auge und vielleicht ein paar angeknackste Rippen." Henry hob die Fäuste und boxte in die Luft, während er kicherte.

„Halt den Mund, Henry. Das ist nicht lustig. Die Sache ist ganz schön ernst", sagte Will streng.

„Natürlich", lenkte sein Freund ein. „Ich lache nur über die Vorstellung, dass der alte Stockton zur Arbeit humpelt, den Brustkorb verbunden und Augen wie ein Waschbär."

Will lachte.

„Das hätte er wirklich verdient", warf Angela nüchtern ein.

„Das stimmt." Will tätschelte Espys Arm. „Mach dir mal keine Sorgen darüber."

Espy blieb stehen und stemmte die Hände in die Hüften. „Jetzt hört mir mal gut zu. Ich werde nicht zulassen, dass ihr meinetwegen irgendwelche Dummheiten anstellt. Ich arbeite wieder in der Konservenfabrik und werde die ganze Sache einfach vergessen. Ich will nicht, dass noch mehr über mich getratscht wird." Sie sah die beiden eindringlich an, bis sie schließlich nickten.

„Gut, und jetzt beeilt euch, bevor wir wieder zu spät kommen." Das Letzte, was sie brauchte, war ein besonderer Auftritt. Sie würde schon so genügend verächtliche Blicke einstecken müssen.

Aber obwohl sie und ihre Freunde rechtzeitig eintrafen und die anderen noch um den Tisch herumstanden und sich unterhielten, verstummten alle und starrten sie an, als sie das Kellergewölbe der Kirche betraten.

Bevor Espy entscheiden konnte, was sie tun sollte, trat Will einen Schritt vor. „Was guckt ihr denn alle so?"

Niemand sagte etwas.

Espy schluckte. Ihre Füße klebten am Boden, als wären sie mit Messinggewichten beschwert.

Christina faltete sittsam die Hände vor sich. „Wir wundern uns nur darüber, Espy hier zu sehen, das ist alles."

„Was gibt's da zu wundern? Sie gehört doch schließlich zu diesem Klub, oder nicht?"

„Ihr Betragen ist nicht gerade das eines Christen, der andere Menschen zu Christus führt, Will."

„Espy ist eine genauso gute Christin wie ihr alle – wenn nicht sogar besser!"

Warren räusperte sich. „Warum setzen wir uns nicht? Niemand hat etwas beschlossen oder etwas über Espys Verhalten als Christin gesagt. Vielleicht können wir darüber sprechen, sobald das Treffen offiziell begonnen hat."

Sie würden sich hinsetzen und als Gruppe über sie urteilen? Der Boden unter Espys Füßen schien zu wanken und ihr wurde ganz schwindelig. Panisch klammerte sie sich an Wills Arm fest. Seine Hand legte sich sofort über ihre. „Immer mit der Ruhe, Espy. Wir werden nicht zulassen, dass sie dich fertigmachen", flüsterte er.

Er funkelte Warren an. „Das hier ist kein Gericht, das über Espy urteilen kann. Sie hat nichts Unrechtes getan." Wills Stimme wurde lauter, während er mit dem Finger die Luft durchbohrte.

„Dann hat sie auch nichts zu befürchten", sagte Warren leise.

Dexter trat vor. „Kommt schon, wir sind doch alle Freunde hier. Benehmen wir uns wie zivilisierte Menschen." Er lächelte Espy zu und einen Augenblick lang konnte sie glauben, dass er ihr Freund war. „Niemand wirft dir etwas vor. Wir wüssten nur gerne, was passiert ist."

„Ich denke, es ist klar, was passiert ist", sagte Christina. „Aber wenn ihr Männer euch von einem hübschen Gesicht einwickeln lasst, dann wasche ich meine Hände in Unschuld, was diese Gruppe betrifft. Wir müssen schließlich unseren Ruf in der Stadt wahren. Wir müssen über jeden Vorwurf erhaben sein, steht in der Bibel. Wenn eine junge Frau sich so verhält, dass es Schande über den Herrn und den Rest der Gemeinde bringt, dann will ich nichts damit zu tun haben."

Espy hatte genug gehört. „Keine Sorge, ich werde diese Gruppe nicht spalten. Ich trete aus." Sie wartete nicht ab, ob noch jemand für oder gegen sie die Stimme erhob, sondern zog ihre Hand unter Wills Arm hervor und ging zur Tür.

„Ich auch." Henrys schwere Schritte erklangen hinter ihr.

„Und ich auch." Will holte sie ein und hakte sich erneut bei ihr unter.

„Ich hatte sowieso nie das Gefühl, hier willkommen zu sein." Angela folgte ihnen nach draußen.

Als sie auf dem Kirchhof standen, blickte Will in die Runde und fing plötzlich an zu lachen. „Seht euch das nur an! Wir sind der halbe Klub. Sollen sie doch sein, was sie die ganze Zeit sein wollten – ein kleiner Verein für Leute wie sie."

Die anderen stimmten in sein Gelächter ein.

„Kommt, wir gehen Eis essen – ich gebe eins aus."

Alle stimmten zu und machten sich auf den Weg zur Main Street.

Espy hielt mit Will Schritt, aber sie empfand kein Triumphgefühl.

Auch wenn es ihr gutgetan hatte, wie ihre Freunde sie verteidigt hatten, zeigte die schnelle Verurteilung durch die anderen, dass ihr Traum, jemals in ihre Welt vorzudringen, ganz und gar aussichtslos war.

Warren hatte zwar versucht, gerecht zu sein, aber es war bestenfalls ein halbherziger Versuch gewesen. Die anderen – vielleicht mit Ausnahme von Dexter, der aber zu faul war, um für irgendetwas zu kämpfen – hätten sie alle sofort ausgeschlossen.

17. Kapitel

Warren stand an der Tür zum Kellergewölbe und verabschiedete sich mit einem Nicken und einem gemurmelten „Gute Nacht“ von den Mitgliedern. Schließlich war nur noch Dexter übrig.

„Eine Schande, das mit Espy.“

Warren rieb sich den Nacken. Nachdem Espy hinausgestürmt und der halbe Klub ihr gefolgt war, hatte er versucht, das Treffen zu leiten, als wäre nichts geschehen. Dabei war er sowohl auf Espy als auch auf Christina ausgesprochen wütend.

Auf Espy, weil sie sich überhaupt erst in diese Situation gebracht hatte, und auf Christina, weil sie an diesem Abend eine Machtprobe provoziert hatte, anstatt ihre Bedenken unter vier Augen mit Espy zu besprechen. „Ja.“ Er atmete hörbar aus. „Vielleicht kann ich mit ihr reden … oder mit Christina.“

Dexter lachte leise. „Viel Erfolg.“

„Das ist nicht witzig. Unser Klub ist schon wieder völlig zerstört.“

Sein Freund betrachtete seine Fingernägel. „Christina würde sagen, dass er jetzt genau die richtige Größe hat – endlich keine unerwünschten Elemente mehr.“

Nach einer Sekunde sprach Warren aus, was bereits während des ganzen Treffens in ihm rumort hatte. „Vielleicht rede ich diese Woche mit Pastor Curtis und gebe die Leitung ab.“

Dexter pfiff leise. „Die Sache ist dir so ernst?“

Warren zeigte auf den Tisch und die Stühle. „So haben der Pastor und ich uns die Gruppe für junge Leute nicht vorgestellt. Jetzt ist sie nur ein weiterer gesellschaftlicher Anlass, bei dem sich die Reichen treffen und sich gut fühlen können.“

Dexter lachte. „Ich gebe zu, dass ich anfangs skeptisch war und nur mitgemacht habe, weil du mich genötigt hast, aber inzwischen fand ich es eigentlich ganz nett.“ Er seufzte. „Tja, dann muss ich mir für mittwochabends eben etwas Neues einfallen lassen.“

Warren versuchte, sich seine Verärgerung nicht anmerken zu lassen, als er sagte: „Du hättest auch den Mund aufmachen und Christina aufhalten können."

Sein Freund hob die Hände. „Du kennst mich doch: Bloß nicht anstrengen, wenn ich es verhindern kann."

„Komm, gehen wir." Warren schob Dexter hinaus und schloss die Tür hinter ihnen. „Jedenfalls wäre nichts von all dem geschehen, wenn Espy nicht mit den Stocktons aneinandergeraten wäre."

Sie überquerten den Kirchhof. „Meinst du? Glaubst du nicht, dass Christina sich sonst auf irgendeine andere kleine Sünde gestürzt hätte? Du weißt doch, dass sie Espy und ihre Freunde von Anfang an nicht in der Gruppe haben wollte."

„Ich weiß nicht." Warren war müde und wollte nicht mehr darüber nachdenken. „Aber wenn es um eine Kleinigkeit gegangen wäre, hätte sie wohl kaum die Unterstützung der anderen bekommen."

„Wahrscheinlich nicht."

Nach einer Weile wandte sich Dexter zu ihm um. „Meinst du wirklich, dass Espy sich das, was ihr alle vorwerfen, tatsächlich hat zuschulden kommen lassen?"

Warren blieb auf der Straße stehen. Diese Frage seines Freundes hatte er nicht erwartet.

Dexter grinste ihn an. „Du solltest mal dein Gesicht sehen." Doch gleich darauf war er wieder ernst. „Hey, tut mir leid."

Warren ging weiter. „Sie hat es so gut wie zugegeben. Glaubst du, Mr Stockton, geschweige denn seine Frau, würde so etwas Schreckliches sagen, wenn es nicht wahr wäre?"

„Wahrscheinlich nicht, aber … Espy scheint ein nettes Mädchen zu sein."

„Ja, nett, aber sieh dir doch an, wie die Männer sie umschwärmen." *So wie ich auch.* Warren hasste seine eigene Heuchelei, aber trotzdem versuchte er, seinen Freund zu überzeugen. „Vielleicht war sie sich nicht im Klaren darüber, dass sie etwas Unrechtes tat. Woher sollte sie wissen, dass sie mit jemandem wie dem Professor nicht flirten darf? Vielleicht hat sie ihn in Versuchung geführt und dann konnte er sich nicht beherrschen." *So wie es mir ergangen ist.* „Das entschuldigt nicht sein Verhalten, aber ein Mann ist auch nur ein Mensch."

Dexter lachte leise. „Und Espy ist eindeutig hübsch anzusehen.

Ich wage nicht, mir vorzustellen, was ich tun würde, wenn ich abends auf einer einsamen Straße mit ihr allein wäre."

Mit einem Mal wurde Warren so wütend, dass er die Fäuste ballen musste, um Dexter nicht am Kragen zu packen. Wie konnte er es wagen, lüsterne Gedanken über Espy zu haben!

Die Wut verflog so schnell, wie sie gekommen war. Sprach Dexter nicht genau das aus, was Warren getan hatte? Er grunzte und schob die Hände tief in seine Hosentaschen. „Siehst du? Wenn du dir so etwas schon vorstellst, dann denk doch an den armen Mr Stockton, der jeden Tag mit Espy allein war und ihr Unterricht gab."

„Unterricht? Was für Unterricht?" Dexter wackelte mit den Augenbrauen.

„Geschichte, Literatur, solche Dinge", erklärte Warren eilig. „Espy wollte etwas lernen. Sie musste die Schule früh verlassen, nachdem ihr Vater sich verletzt hatte und nicht mehr arbeiten konnte."

„Ich verstehe. Und während der Professor ihren Horizont erweiterte, dachte sie, sie könnte das mit seinem Horizont auch machen, was?"

Warren schwieg, angewidert von den Anspielungen. Auf halber Höhe der Main Street konnte er sich endlich von Dexter verabschieden.

„Sag mir Bescheid, wenn du weißt, was aus der Gruppe werden soll."

Warren nickte. „Das mache ich."

Endlich war er allein. Wenn er noch länger mit Dexter zusammen gewesen wäre, hätte er ihm einen Nasenstüber versetzt. Egal, wessen Espy sich schuldig gemacht hatte, er konnte es nicht ertragen, wenn jemand so anzüglich über sie redete.

Und jetzt? Seine Gedanken kehrten zu der Gemeindegruppe zurück. Er würde morgen während seiner Mittagspause mit dem Pastor sprechen.

Mit diesem Entschluss ging er in Richtung Brücke und nach Hause.

Espy lief früh am Morgen zur Konservenfabrik und am Nachmittag wieder nach Hause. Ihre Beine schmerzten vom vielen Stehen. Da ihre Mutter, Angela und sie momentan in unterschiedlichen Schichten arbeiteten, die sich überschnitten, konnte stets jemand zu Hause sein und sich um die kleineren Kinder kümmern.

Erst jetzt, wo Espy wieder in der Fabrik arbeitete, war ihr bewusst geworden, wie sehr die Unterrichtsstunden mit dem Professor – auch wenn es nicht sehr viele gewesen waren – ihr geholfen hatten. Sie sehnte sich nach mehr als dieser Welt, in der Menschen nur arbeiteten, um Essen auf den Tisch zu bringen.

Als sie ihr Haus betrat, spürte sie sofort eine Veränderung. Es war der Tabakgeruch in der Luft.

Ihr Vater war zu Hause.

Sie betrat die Küche mit einer Mischung aus Anspannung und Neugier. Ihr Vater saß am Küchentisch, seine dünnen Schultern vorgebeugt, ein angeschlagener Becher mit Kaffee vor ihm.

„Hallo, Papa."

Er blickte mit trüben Augen auf. Sein noch immer schwarzes Haar war lang und ungepflegt. „Hallo, Tochter. Wo warst du?"

Espy unterdrückte die patzige Erwiderung, dass sie ihn das mindestens genauso gut fragen könnte. Stattdessen legte sie ihren Beutel ab. „In der Konservenfabrik."

„Immer noch da?" Schlürfend trank er einen Schluck Kaffee.

Espy packte ihre Tasche aus. Zwei Kohlköpfe und ein kleines Stück gepökeltes Schweinefleisch. Erschöpft trug sie die Lebensmittel zum Spülbecken und als sie sah, dass der Wassereimer voll war, goss sie etwas Wasser in eine Schüssel und wusch sich die Hände.

Da ihr Vater keine weiteren Fragen stellte, sagte Espy: „Was bringt dich diesmal nach Hause?"

„Das Übliche."

Seit er auf einem Fischkutter verletzt worden war, kam er nur zurück, wenn ihm das Geld ausging und seine Rückenschmerzen unerträglich wurden.

Er grunzte.

Espy wusch den Kohl mit frischem Wasser und sah in den Herd. Das Feuer war ausgegangen. Seufzend hob sie einen der Deckel an und stocherte in der Asche auf der Suche nach einer glühenden Kohle.

Da sie nichts als graue und weiße Asche fand, bückte sie sich zu dem Korb mit Anmachholz hinunter und nahm die letzten Zweige sowie einige Blätter zusammengeknülltes Zeitungspapier heraus.

Während sie das Holz im Herd aufschichtete, fragte sie ihren Vater: „Und wie geht es dir?"

„Geht so." Er rieb sich den unteren Rücken.

„Wo kommst du denn jetzt her?"

„Ich war in der Nähe von Danforth. Hab Schotterbetten für die Bahnlinie ausgehoben, die sie da bauen. Bis der Rücken so schlimm wurde, dass ich mich nicht mehr bücken konnte."

Sie fragte nicht, ob er Geld mitgebracht hatte. Früher war das wichtig gewesen, aber jetzt, wo sie alle Arbeit hatten, war sein Beitrag nicht mehr nötig.

Gus kam in die Küche geschlendert, aber er reagierte nicht erstaunt auf den Anblick seines Vaters. Stattdessen wandte er sich an Espy. „Gibt es was zu essen?"

„Erst zum Abendessen." Sie machte eine Kopfbewegung. „Geh und sammel etwas Holz für den Anmachkorb, ja? Wenn du zurückkommst, habe ich etwas zu essen für dich."

Sein Blick wanderte über den Herd. „Was kochst du denn? Ich sehe gar nichts."

„Schweinefleisch und Kohl."

„Geh und mach, was deine Schwester gesagt hat." Die scharfen Worte seines Vaters ließen Gus zusammenfahren. Mit grimmiger Miene verließ er die Küche.

„Hast du was zum Einreiben für meinen Rücken?"

Nachdem sie sich davon überzeugt hatte, dass das Feuer brannte, setzte Espy den Deckel wieder auf und stellte eine gusseiserne Pfanne darauf. „Im Schrank ist Bayöl."

„Wenn du mich einreiben könntest, hilft es vielleicht."

Espy nickte wortlos. Sie bereitete weiter das Essen zu, indem sie das Pökelfleisch in Scheiben schnitt und mit einem Löffel Fett in die Pfanne gab. Während das Fleisch brutzelte und die Luft mit seinem rauchigen Duft erfüllte, schnitt sie den Kohl in Streifen.

Ihr Vater fragte sie nicht nach ihrem Leben. Im Laufe der Jahre hatte sie sich daran gewöhnt, dass es ihn nicht interessierte, und jetzt war sie sogar erleichtert. Er würde noch früh genug davon hören.

Ihr Vater erhob sich stöhnend, um sich noch eine Tasse Kaffee aus der Emailkanne einzuschenken.

„Der ist wahrscheinlich kalt."

„Macht nichts. Er ist höllisch bitter, aber hilft gegen die ausgetrocknete Kehle."

„Du könntest Wasser trinken."

Als ihr Vater das Gesicht verzog, erinnerte seine Miene sie an die von Gus vorhin.

Während der Kohl dünstete, holte sie das Glas mit Bayöl und wies ihren Vater an, sich bäuchlings aufs Sofa zu legen. Er zog sein Hemd aus der Hose und sie verrieb etwas von dem Öl zwischen ihren Händen, um es dann in seinen Lendenwirbelbereich einzumassieren.

Der würzige Duft des Öls breitete sich aus und vermischte sich mit dem Geruch von Kohl und Speck, der aus der Küche herüberzog.

Durch die offenen Fenster drangen Kinderstimmen herein. Espy warf einen Blick auf die Straße hinaus, wo ihre Schwestern mit den Nachbarsmädchen Himmel und Hölle spielten. Dann konzentrierte sie sich wieder auf ihre Finger.

Ihr Vater fing an zu stöhnen.

„Tut das weh?"

„Nein, es tut gut."

Draußen erklang die Stimme eines Mannes. „Hallo, Kinder. Ist jemand zu Hause?"

Sie konnte nicht sehen, wer da sprach, aber die Stimme klang wie die des Pastors.

„Wer ist das?", fragte ihr Vater müde.

„Klingt wie Pastor Curtis."

„Was macht der denn hier?"

„Ich weiß es nicht." Espy hörte Schritte auf der Treppe und gleich darauf ein kräftiges Klopfen. „Hallo! Ist jemand zu Hause?"

Seufzend richtete Espy sich auf und ging zur Haustür, während sie sich fragte, was der Pastor von ihnen wollte. Sie hoffte, dass er nicht mit ihr sprechen wollte. Ausgerechnet jetzt, wo ihr Vater hier war. Zögernd öffnete sie die Tür.

„Hallo, Espy."

Pastor Curtis lächelte und Espys Anspannung ließ ein wenig nach. „Hallo, Pastor." Sie öffnete die Tür nicht ganz. „Was machen Sie denn hier?"

„Ich bin nur vorbeigekommen, um zu sehen, wie es Ihnen und Ihrer Familie geht."

„Uns geht es gut."

„Ist Ihre Mutter da?"

Espy schüttelte den Kopf. „Aber mein Vater ist gerade gekommen."

„Oh, darf ich hereinkommen, um ihn zu begrüßen? Es ist über ein Jahr her, dass ich ihn zuletzt gesehen habe."

Espy öffnete die Tür weiter und trat zur Seite. Ihr blieb nichts anderes übrig, als den Pastor ins Wohnzimmer zu lassen. Sie hoffte nur, dass ihr Vater sich inzwischen wenigstens aufgesetzt hatte. Im Wohnzimmer betrachtete sie die durchgesessenen Polstermöbel mit den Augen des Geistlichen. Ihr Vater lag immer noch auf dem Bauch, einen Arm schlaff auf den Boden hängend.

„Mr Estrada, ich hatte Sie gar nicht hier erwartet." Pastor Curtis beugte sich über das Sofa. „Ist alles in Ordnung?"

Ihr Vater öffnete ein Auge und blickte zu ihm auf. „Nicht wirklich, Sir. Es ist der Rücken. Hat mich außer Gefecht gesetzt."

„Ach, du liebe Güte. Gibt es etwas, das ich für Sie tun kann?"

„Ich glaube nicht, dass irgendjemand etwas für mich tun kann."

„Ich könnte für Sie beten."

„Ist gut."

Espy unterdrückte ihre Verärgerung angesichts seines selbstmitleidigen Tonfalls. Er ließ den Pastor glauben, er würde es nicht mehr lange machen.

Der Pastor legte eine Hand auf den Rücken ihres Vaters und sprach ein kurzes Gebet.

Beim „Amen" richtete er sich auf. „So, ich hoffe, Sie fühlen sich in den nächsten Tagen besser. Zum Glück haben Sie gute Töchter, die sich zweifellos um Ihre Bedürfnisse kümmern."

Ihr Vater warf einen Blick zu Espy hinüber, die mit verschränkten Armen in der Tür stand. „Espy ist ein gutes Mädchen. Und Angela auch. Aber sie arbeiten fast den ganzen Tag." Er seufzte. „Aber ich werde schon irgendwie klarkommen."

Pastor Curtis nickte und trat einen Schritt zurück, während er sich schnuppernd umsah. „Das riecht aber gut hier. Bayöl?"

Espy kam weiter in den Raum hinein. „Ich hatte gerade seinen Rücken massiert. Bitte setzen Sie sich doch – oder möchten Sie mit in die Küche kommen? Ich muss nach dem Essen sehen." Wenn er gekommen war, um sie nach den Stocktons zu fragen, war es besser, wenn er in der Küche mit ihr sprach, wo ihr Vater außer Hörweite war.

„Die Küche ist wunderbar. Ich folge Ihnen."

Als er am Tisch saß, hielt sie die Kaffeekanne hoch. „Möchten Sie eine Tasse Kaffee oder Tee?"

„Nichts, danke schön."

Erleichtert sah Espy nach dem Kohl und schob ihn in einen Bereich, in dem die Hitze nicht so groß war. Jetzt, wo das Feuer in der Küche brannte, war es ein wenig zu warm. Sie wischte sich mit dem Schürzenzipfel über die Stirn und ging zum Tisch, während sie angespannt darauf wartete, was der Pastor zu sagen hatte.

„Setzen Sie sich, Espy."

Die Beine schabten über den Boden, als sie einen Stuhl hervorzog. Sie faltete die Hände auf dem Tisch und sah den Pastor an.

„Ich habe diese Woche einige unschöne Berichte über Sie gehört."

Ihr Magen zog sich zusammen. Es war also so, wie sie befürchtet hatte: Pastor Curtis hatte auch davon gehört. Es sollte sie nicht schockieren, aber die Gerüchte erschreckten sie immer noch. „Ja, Sir."

„Wollen Sie mir erzählen, was geschehen ist?"

Sie fuhr sich mit der Zunge über die trockenen Lippen. „Was haben Sie denn gehört?"

„Mrs Stockton sagte, sie hätte Sie dabei ertappt, wie Sie ihren Mann geküsst hätten."

Er wurde nicht blass oder rot, als er die Worte aussprach, und sein Blick war unverwandt auf sie gerichtet. Wahrscheinlich war er es gewohnt, schlimmere Dinge über Leute zu hören, obwohl Espy sich im Augenblick nichts Schlimmeres vorstellen konnte. „Sie öffnete die Tür zur Bibliothek und sah, wie wir uns küssten, aber ich habe Mr Stockton nicht geküsst, es war andersherum." So, jetzt war es heraus. Würde er ihr glauben?

Pastor Curtis nickte bedächtig, als müsste er ihre Worte erst einmal verdauen. „Das ist eine ziemlich ernste Anschuldigung gegen einen aufrechten Mann dieser Stadt. Sind Sie sich sicher, dass Sie mir die Wahrheit sagen?"

Augenblicklich flackerte Wut in Espy auf. Der Pastor war genauso schlimm wie alle anderen. „Ja, Sir. Ich würde so etwas niemals behaupten, wenn es nicht wahr wäre."

Er erwiderte nichts. Während die Minuten verstrichen, wurde Espy immer wütender. Sie war kurz davor aufzustehen und ihm zu sagen, sie sei zu beschäftigt, um ihre Zeit zu verschwenden, als er endlich sprach. „Ich werde mit Mr Stockton sprechen, aber bevor ich das tue, hätte ich gerne noch mehr Informationen."

Sie erklärte ihm die Sache mit den Unterrichtsstunden.

„Seit wann fand dieser Unterricht statt?"

Espy überlegte. „Eigentlich gleich, nachdem ich anfing, für Mrs Stockton zu arbeiten. Das war vor etwa zwei Monaten."

Pastor Curtis blickte auf seine Hände, die auf dem Tisch lagen. „Ist Ihnen nie der Gedanke gekommen, dass es unschicklich sein könnte, während dieser Unterrichtsstunden mit ihm allein zu sein?"

Sie schluckte. Es war ihr nie in den Sinn gekommen, Mr Stocktons Einladung infrage zu stellen. „N...nein, Sir. Er hat gesagt, ich könne mir jedes Buch aus der Bibliothek ausleihen, das ich gerne lesen würde, und dann hat er mich gebeten, nach meiner Arbeit noch ein paar Minuten zu bleiben, um über das zu reden, was ich gelesen hatte. Er hat mir alle möglichen Dinge über die Bücher beigebracht. Ich hätte in den Geschichten gar nicht so viel entdeckt, wenn er mich nicht darauf hingewiesen hätte."

„Wusste Mrs Stockton, dass Sie diese Zeit allein mit ihrem Mann verbrachten?"

„Natürlich wusste sie es."

„Und sie hatte nichts dagegen?"

„Warum sollte sie? Er ist doch Lehrer. Und … und sie konnte jederzeit hereinkommen, wenn sie wollte." Sie sprach immer schneller, je mehr sie sich in ihrer Verteidigung ereiferte.

„Ist sie oft hereingekommen?"

Espy zögerte. „N...nein …", sagte sie schließlich, während sie versuchte, sich daran zu erinnern, wie oft Mrs Stockton die Bibliothek betreten hatte. Der Raum schien immer der Zufluchtsort des Professors gewesen zu sein.

Pastor Curtis lehnte sich auf seinem Stuhl zurück. „Ich werde kein Urteil darüber fällen, was in Mr Stocktons Bibliothek vorgefallen ist, bevor ich mit ihm gesprochen habe. Ich möchte nur, dass Sie einige Dinge in Betracht ziehen."

Espy schluckte und fragte sich, was er als Nächstes sagen würde.

„Erstens hat Mr Stockton jahrelang junge Männer und Frauen an der Akademie unterrichtet. Er wird von seinen Schülern sehr geschätzt. Er ist seit vielen Jahren mit der Frau verheiratet, die er schon aus seiner Jugend kennt. Er ist ein Mitglied der Gemeinde und mehrerer Vereine in der Stadt. Die Tatsache, dass er Ihre Bildung fördern wollte, spricht dafür, was für eine Art Mann er ist."

Espys Hoffnung, der Pastor könnte ihr glauben, schwand mit jedem Satz ein wenig mehr.

„Ich möchte, dass Sie sehr gut nachdenken, bevor Sie diesen Mann beschuldigen. Es wird seinen Ruf unwiederbringlich beschädigen, wenn Sie ihm vorwerfen, er hätte Ihnen Avancen gemacht." Als sie etwas erwidern wollte, hob er die Hand.

„Ich behaupte nicht, dass Sie lügen, Espy. Nur Gott, Sie und Mr Stockton kennen im Augenblick die Wahrheit. Aber bedenken Sie: Sie sind eine sehr attraktive, sehr einnehmende junge Frau, die jeden Nachmittag mit einem noch jungen, stattlichen Mann allein war. Sie ..." Zum ersten Mal während seines Besuchs wirkte der Pastor verlegen. „Sie sind sich Ihrer Kleidung oder Ihrer Art vielleicht nicht bewusst. Sie ... sind sehr lebhaft. Möglicherweise sind Sie es gewöhnt" – er räusperte sich, und auf seinen Wangen erschienen rote Flecken – „mit Männern zu flirten. Man kann einen Mann so sehr in Versuchung führen, dass er nicht widerstehen kann, auch wenn Sie es nicht absichtlich getan haben."

Espy fuhr auf und der Stuhl fiel krachend zu Boden. „Wollen Sie damit sagen, es sei *meine* Schuld, dass Mr Stockton mich geküsst hat?" Zu spät fiel ihr ein, dass ihr Vater im Nebenzimmer war. Sie senkte ihre Stimme, die vor Zorn bebte. „Ich habe gar nichts getan und er hat plötzlich ..."

Der Pastor erhob sich ebenfalls. „Ich beschuldige Sie in keiner Weise. Ich bitte Sie nur, über Ihr Verhalten nachzudenken, auch das, was Ihnen nicht bewusst war, das stimmt, und zwar nicht nur an jenem Nachmittag, sondern während Ihrer ganzen Zeit bei den Stocktons. Denken Sie gut darüber nach. Männer sind nicht wie Frauen. Sie lassen sich leicht vom Aussehen einer Frau und von ihrer umgänglichen Art verführen. Was Sie als freundlich empfunden haben mögen, hat er möglicherweise als Einladung und Angebot Ihrer Gunst gedeutet."

Espy starrte ihn mit offenem Mund an, als ihr klar wurde, was er damit sagen wollte. Dass sie, vielleicht ohne es zu verstehen, Mr Stockton *eingeladen* hatte, sie zu küssen? Der Gedanke erfüllte sie mit Entsetzen.

Plötzlich erinnerte sie sich an Warrens überraschenden Kuss. Hatte sie ihn etwa absichtlich den dunklen Waldweg hinunter geführt? Sie wollte es leugnen, aber der Gedanke ließ sie nicht los.

Kurz darauf verabschiedete sich der Pastor mit dem Versprechen, für sie zu beten, und begab sich dann ins Wohnzimmer, um noch einige Worte mit ihrem Vater zu wechseln, bevor er ging.

Espy blieb in der Küche, weil ihr nicht danach war, ihrem Vater gegenüberzutreten. Sie rührte in der Pfanne und setzte anschließend den Deckel wieder auf. Dann griff sie nach dem Maisstrohbesen und fegte den Boden, weil sie etwas tun musste, um sich zu beschäftigen. Doch sie konnte die Worte des Pastors einfach nicht vergessen. Sie beschmutzten ihr ganzes Wesen. Hatte sie Mr Stocktons Avancen provoziert, wann immer sie allein mit ihm in der Bibliothek gesessen hatte?

Sie hatte doch nur lernen und etwas aus sich machen wollen und er war gerne bereit gewesen, sie zu unterrichten. Er hatte sich sehr respektvoll verhalten, außer an diesem letzten Tag … und vorher, an dem regnerischen Nachmittag.

Warum hatte sie nicht schon damals etwas unternommen? Aber was hätte sie tun sollen, selbst wenn sie es gewusst hätte? Espy kehrte den Schmutz zusammen und suchte im Anmachkorb nach einem Stück Zeitung, mit dem sie den Dreck aufnehmen konnte. Als sie einen Teil einer alten Ausgabe herauszog, fiel ihr Blick auf eine Anzeige.

Schreibkräfte gesucht.
Erfahrung nicht notwendig.
Bewerbung montags–freitags 8 Uhr
im Büro Talbot, Smith und Asquith.
Junge Frauen zwischen 18 und 30 bevorzugt.

Eine adrett gekleidete junge Frau in einem dunklen Rock, weißer Bluse mit Schleife und hochgesteckten Haaren lächelte sie von einem Foto an. Espys Herz begann schneller zu schlagen, während ihre Finger sich um den Zeitungsausschnitt krallten.

So wollte sie sein.

Adrett, ordentlich, mit einer angesehenen Stellung in einer großen Firma. Sie las die angegebene Anschrift. Das Büro war in Bangor. In der Großstadt.

Espy starrte vor sich hin, doch sie sah nicht länger die Tapete mit ihren Wasserflecken oder das trostlose Linoleum vor sich, sondern ein großes, luftiges Büro, in dem niemand sie kannte und in dem sie neu anfangen konnte.

Sie las die Anzeige noch einmal. Es hieß, Erfahrung sei nicht notwendig. Schließlich riss sie die Anzeige fein säuberlich aus und schob sie in die Tasche ihrer Schürze. Heute Abend würde sie nachzählen, wie viel Geld sie in dem Glas unter ihrem Bett gespart hatte.

18. Kapitel

Während die Gerüchte um Espy zunahmen, beschloss Warren, alle Gefühle für sie auszulöschen. Mit Gottes Hilfe würde er diese Frau aus seinen Gedanken verbannen. Am Abend zuvor hatte er vor seinem Bett gekniet und um Vergebung für seine Sünde gebetet. Wieder einmal.

Trotzdem quälte er sich immer wieder mit dem Gedanken daran, wie sie ihn geküsst hatte – und wie sie sich bei Mr Stockton verhalten haben musste.

Hoffentlich würde er sie nur noch selten sehen, jetzt, wo sie nicht mehr bei den Stocktons arbeitete und auch nicht mehr zu der Gemeindegruppe kam. *Aus den Augen, aus dem Sinn*, sagte er sich entschlossen, während er seine Schritte auf dem Weg ins Büro beschleunigte.

Am Mittag trat er wieder auf die Straße hinaus, nachdem er sich in seine Arbeit gestürzt hatte. Bevor er sich auf den Heimweg machte, bog er in eine Seitenstraße ein, weil er noch einige Dinge beim Schreibwarenhändler kaufen musste.

Als er nach einem freundlichen Gespräch mit dem Ladenbesitzer das Geschäft wieder verließ, sein Päckchen in der Hand, hob sich seine Stimmung. Es war ein schöner Augusttag; er hatte Hunger und freute sich auf ein gutes Mittagessen. Wenn seine Mutter nur Espy nicht erwähnte.

Er bog um die Ecke in die Main Street ein. Und stieß mit Espy zusammen. „Oh …!“ Er streckte die Arme aus, um sie zu stützen. Genauso schnell ließ er sie wieder sinken. „Entschuldige, Espy.“

Sie wich zurück, ein schüchternes Lächeln auf den Lippen.

Ihre dunklen Haare glänzten wie gewässerte Seide und ihr Teint war so glatt wie poliertes Birkenholz. „Ist schon gut, Warren.“

Als ihm bewusst wurde, wie er sie ansah und dass sich seit jenem Abend im Wald nichts geändert hatte, fuhr Warren erschrocken zurück. Er verspürte dasselbe Verlangen nach ihr, das er damals verspürt hatte – obwohl er wusste, was sie getan hatte. Ein Bibelvers kam ihm in den Sinn: *Fliehe die Begierden der Jugend!*

„Entschuldige, aber ich habe es eilig. Bis dann.“ Er trat um sie herum, nickte und stapfte davon, die letzten Worte schon halb über die Schulter gesprochen.

Espy starrte hinter Warren her, zu benommen, um sich zu rühren.

Es dauerte nicht lange, bis er mit seinen langen Schritten das Ende des Häuserblocks erreicht hatte. Gleich darauf verschwand er über die Brücke.

Er war davongelaufen, als wäre eine Horde Geldeintreiber hinter ihm her. Sein Erstaunen darüber, sie zu sehen, hatte sich über einen Anflug von etwas anderem – Freude vielleicht – hin zu Angst entwickelt.

Sie bemerkte, dass einige Passanten ihr neugierige Blicke zuwarfen, während sie wie festgewurzelt auf dem Gehweg stand.

Wenn selbst Warren sie so ansah, was für eine Zukunft hatte sie dann in Holliston? Als erwachte sie aus einem Traum, lief Espy weiter. Ihre Entschlossenheit zu gehen hatte sich noch mehr gefestigt.

Es war Warren höchst unangenehm, wie er sich Espy gegenüber verhalten hatte, aber er wusste nicht, was er hätte anders machen sollen. Er konnte sie nicht so behandeln, als wäre nichts geschehen, denn es war etwas geschehen. Und daran gab es nichts zu rütteln.

Er konnte sie nicht mehr so behandeln, wie er alle anderen behandelte. Und er konnte auch nicht vergessen, was die Stocktons ihr vorwarfen.

Am Mittwoch nahm er sein Amt als Leiter der Gemeindegruppe zwar wie gewohnt wahr, aber er war nicht bei der Sache. Als Mitglieder waren jetzt nur noch Christina, Annalise, Emily, James und er selbst übrig. Sogar Dexter hatte gesagt, Warren solle nicht mehr mit ihm rechnen.

Warren sah sich in der kleinen Runde um. „Konzentrieren wir uns auf ein Projekt für den Herbst, in Ordnung?"

„Wie wäre es mit einem Erntedankmarkt? Die Frauengruppe will hier im Keller eingemachte Lebensmittel verkaufen. Wir könnten uns anhängen und unsere eigene Aktion planen, die zu ihrem Trödelbasar passt."

Warren nickte, als Christina den Vorschlag machte, und tat so, als würde er darüber nachdenken, auch wenn ihn die Idee nicht wirklich reizte. Er hatte seine Entscheidung, als Leiter des Klubs zurückzutreten, noch nicht in die Tat umgesetzt, weil er fand, dass es zu diesem Zeitpunkt feige gewesen wäre. Aber sobald die Gruppe ein paar neue Mitglieder hatte und besser etabliert war, würde er Neuwahlen vorschlagen und sein Amt zur Verfügung stellen.

Am Ende der Sitzung war ihm wieder einmal bewusst, wie viel Espy zu ihren Treffen beigetragen hatte. Sie war nicht nur der Grund, warum ihre Freunde gekommen waren, sondern sie hatte gute Ideen gehabt, Begeisterung und die Fähigkeit, eine Brücke zwischen den beiden Gruppen junger Leute zu schlagen.

Während Warren Christina und Annalise nach Hause geleitete, sprach er nur wenig. Seit ihrer Begegnung auf der Straße hatte er Espy nicht mehr gesehen. Und obwohl er sich immer wieder einredete, er wäre erleichtert darüber, suchte er doch weiterhin die Straßen nach ihr ab, wann immer er unterwegs war, und hoffte, sie wenigstens kurz zu sehen.

„Warum bist du heute Abend so schweigsam?", drang Christinas Stimme in sein Bewusstsein.

„Das hat keinen besonderen Grund. Ich habe nur bei unserem Treffen genug geredet."

„Wir haben doch eine Menge erreicht, nicht wahr?"

„Was? Ach ja, kann sein."

Christina hatte die meisten Ideen vorgebracht und alle anderen hatten ihnen zugestimmt.

„Kann sein?" Ein Anflug von Verärgerung lag in ihrer Stimme. „Ich bin mir nicht sicher, was du erwartest, aber ich fand es wunderbar, wie gut wir vorangekommen sind." Sie atmete hörbar aus. „Es hat schon etwas für sich, wenn man in einer Gruppe überschüssiges

Fett los wird und einen starken Kern behält. Einen, der so viel mehr bewerkstelligen kann."

Warren warf ihr im Dämmerlicht einen Blick zu. Überschüssiges Fett. So betrachtete sie die anderen also.

„Mir tut es leid, dass so viele gegangen sind", sagte er leise und blickte von Christina zu Annalise, die nichts sagte, ihn aber mitfühlend ansah.

„Sie waren doch nur ein streitsüchtiger Haufen mit zweifelhaften Manieren", sagte Christina und rümpfte die Nase. „Ich staune über deine Sicht der Dinge."

„Das spielt ja jetzt keine Rolle mehr." Er war zu müde, um sich zu streiten.

„Ich habe gehört, dass Espy die Stadt verlassen hat. Gut, dass wir sie los sind, würde ich sagen." Christina wischte über ihren Rock, als würde sie eine Fliege davonschnipsen.

„Verlassen? Was meinst du damit?" Nur mit Mühe gelang es Warren weiterzugehen, anstatt mitten auf dem Gehweg stehen zu bleiben und eine Antwort zu verlangen.

Christina zuckte mit den Schultern. Annalises Augen waren weit aufgerissen und Warren fragte sich, ob in seiner eigenen Miene der gleiche Schock zu lesen war.

„Was ich gesagt habe. Sie hat Holliston verlassen."

„Woher weißt du das denn?" Wahrscheinlich wieder so ein Gerücht.

„Von meiner Mutter." Christina musterte ihn. „Sie hat es von Mrs Tyson gehört, die zur Frauengruppe gehört. Sie haben über die Tatsache gesprochen, dass Espy keinerlei Tadel oder Strafe von Pastor Curtis erhalten hat. Meine Mutter wollte das bei der nächsten Vorstandssitzung ansprechen. Und da hat Mrs Tyson gesagt, es spiele keine Rolle mehr."

Warren wandte den Blick ab. Seine Gedanken überschlugen sich und er versuchte sich daran zu erinnern, wie Espy sich bei ihrem letzten Zusammentreffen verhalten hatte.

„Geh langsamer, wir kommen ja kaum noch mit."

Ihm war nicht bewusst gewesen, dass er seine Schritte beschleunigt hatte. „Tut mir leid." Warren konzentrierte sich darauf, gemessenen Schrittes weiterzugehen, obwohl er am liebsten umgekehrt und zu Pastor Curtis gelaufen wäre, um ihn zu fragen, was er wusste.

Nein, es war besser, Angela aufzusuchen und ihr die Wahrheit zu entlocken. Das würde er morgen tun.

Nachdem er diesen Entschluss gefasst hatte, lenkte er die Unterhaltung auf ein anderes Thema, um Christina zu zeigen, wie gleichgültig Espy ihm war.

„Wohin ist sie gegangen?" Warren stand vor der Tür der Estradas und starrte Angela an. Es war gegen acht Uhr abends, ziemlich spät also, doch er hatte gehofft, dass sie um diese Uhrzeit auf jeden Fall von der Konservenfabrik zurück sein würde. Angela hatte weder zur Begrüßung gelächelt noch ihn hereingebeten. Nicht, dass er das Angebot angenommen hätte. Aber so hatte er das Gefühl, im Nachteil zu sein.

Röte stieg seinen Nacken hinauf, als er sich fragte, ob Angela wohl von dem Kuss wusste.

Die beiden Schwestern standen sich nahe und er konnte sich vorstellen, dass Schwestern, die beinah gleich alt waren, einander ihre Geheimnisse anvertrauten.

„Nach Bangor", sagte sie schließlich.

„Warum?" Das Wort entfuhr ihm, bevor er die Frage weniger direkt formulieren konnte.

Angelas braune Augen – die ein wenig dunkler waren als die von Espy – starrten eindringlich in seine, und ihm wurde klar, dass sie tatsächlich eine Menge wissen musste.

Verlegen trat er von einem Fuß auf den anderen. „Ich meine, kommt das nicht etwas plötzlich? Sie hat keinem von uns von ihren … äh … Plänen erzählt."

Angela schnaubte. „Warum sollte sie jemandem davon erzählen? Es würde doch sowieso keinen interessieren." Sie trat einen Schritt zurück ins Haus. „Wenn das alles ist – ich hab zu tun."

„Ja, tut mir leid, aber ich … habe mir einfach Sorgen gemacht." Er räusperte sich. Mit jeder Sekunde, die verging, wurde er verlegener. „Ich war besorgt, als ich hörte, sie habe die Stadt verlassen, so plötzlich und ohne jemandem davon zu erzählen."

„Sie ist jedenfalls weg. Sie hatte Geld gespart und wollte nicht den Rest ihres Lebens in der Konservenfabrik arbeiten."

Es kam Warren vor, als wäre jedes Wort ein Vorwurf gegen ihn. „Das kann ich verstehen. Sie ist sehr klug und wissbegierig." Diese Äußerung ließ ihn sofort wieder an Mr Stockton denken.

Das peinliche Schweigen dehnte sich aus, bis Angela den Türknauf umfasste und begann, die Tür zuzuziehen. „Wenn du hast, was du wolltest, muss ich die Kinder zu Bett bringen."

Warren trat zurück. „Ja, natürlich. Danke." Er wollte fragen, ob man Espy irgendwie erreichen konnte, aber die offene Feindseligkeit ihrer Schwester hielt ihn davon ab.

Während er den staubigen Weg zurück in die Stadt lief, versuchte er sich an den Gedanken zu gewöhnen, dass Espy fort war.

Er sollte erleichtert sein. Froh und erleichtert. Froh darüber, dass sie woanders neu anfangen konnte, wo sie vielleicht eine bessere Zukunft erwartete. Erleichtert darüber, dass Gott seine Bitte um Hilfe erhört hatte. Er hatte diese Versuchung aus Warrens Leben entfernt.

Jetzt war Warren frei. Er konnte gehorsam den Weg einschlagen, den sein Vater und seine Mutter sich für ihn wünschten und für den er sein ganzes Leben lang gearbeitet und gelernt hatte.

Und wenn Christina dazugehörte, dann war das nun einmal so.

Espy wurde nach vorne geschleudert, als die Postkutsche hielt. „Endstation! Alle aussteigen!", rief der Fahrer. Eine Sekunde später wurde die Tür aufgerissen und die Passagiere suchten ihre Sachen zusammen, froh, die enge Kabine verlassen zu können.

Trotz ihrer Ungeduld, das stickige, übelriechende Gefährt hinter sich zu lassen, musste Espy noch eine Weile warten. Sie war in der hinteren Ecke eingequetscht und konnte erst aufstehen, nachdem alle anderen Passagiere ausgestiegen waren.

Endlich war sie an der Reihe. Ganz zerknittert und durstig von der langen, unbequemen Fahrt, stieg sie die Stufen hinunter. Sie ignorierte ihre Mitreisenden und wartete, wobei sie ihre Tasche auf dem Dach immer im Blick behielt, während der Kutscher hinaufkletterte und begann, einem Burschen das Gepäck zuzuwerfen.

Nachdem sie ihre Reisetasche in Empfang genommen hatte, sah sie sich um. Über den nächsten Schritt hatte sie sich noch keine genaueren Gedanken gemacht. Espy blickte zu der großen Turmuhr am Ende des Bahnhofs hinauf. Halb neun.

Außer ihr schienen alle zu wissen, wohin sie wollten.

Jemand stieß sie von hinten an. „Entschuldigung", sagte sie und ging schnell aus dem Weg, als ein stämmiger Mann sich an ihr vorbeidrängte, einen Koffer auf dem Rücken.

Espy überquerte die Straße, wobei sie vorsichtig über die Schienen der Straßenbahn stieg, und ging auf den Bahnhof zu. In dem riesigen Gebäude blickte sie sich suchend nach dem Fahrkartenschalter um, aber er war geschlossen.

Sie zögerte, aber als ein Herr anfing, sie zu mustern, ging sie eilig weiter und versuchte so auszusehen, als wüsste sie, wohin sie ging.

Sobald sie wieder draußen war, blickte sie zu der Haltestelle der Postkutsche zurück, aber der Wagen war abgefahren und von den anderen Passagieren war nichts mehr zu sehen. Sie hätte eine der Frauen im Wagen fragen sollen, wo sie eine anständige Unterkunft finden konnte. Aber sie hatte nicht mit den anderen reden wollen, weil sie Angst hatte, jemand könnte sie nach ihren Umständen fragen.

Die Einzigen, denen sie von ihrem Vorhaben erzählt hatte, waren ihre Mutter und ihre Geschwister.

„Na, es ist wohl Zeit, dass du deinen eigenen Weg gehst", hatte ihre Mutter gesagt und ihr mit einer müden Geste eine Haarsträhne aus dem Gesicht gestrichen. „Aber sei vorsichtig und gib keinem Mann, was ihm nicht zusteht, hörst du?"

„Ja, Mama." Diese Gefahr bestand nicht, das hätte Espy ihr versichern können, jetzt, wo Warren aus ihrem Leben verschwunden war. Es machte ihr immer noch Angst, wie bereitwillig sie ihm alles gegeben hätte, was er verlangt hätte. Obwohl er oft so schlecht von ihr dachte.

Espy blickte sich um, aber in der näheren Umgebung schien es nur Lagerhäuser und Fabriken zu geben. Die Gebäude waren fünf oder sechs Stockwerke hoch. Noch nie hatte sie so viele hohe Häuser nebeneinander gesehen. Die meisten sahen verlassen aus.

Sie holte die zerknitterte Zeitungsanzeige aus ihrer Tasche und fragte sich, wo sich das Büro der Firma wohl befand. Am Ende sprach sie einen älteren Mann an, der eine weiße Schürze trug und Kisten mit Lebensmitteln von einem Gemüsehändler trug. „Entschuldigen Sie, Sir. Könnten Sie mir vielleicht sagen, wo ich eine … eine Pension finde?"

Er musterte sie mit unverhohlener Missbilligung. Schließlich machte er eine ruckartige Bewegung mit dem Kinn. „Unten am Ufer, vier Blocks weiter, dann rechts, da gibt es eine ganze Reihe."

Espy beobachtete die wenigen Menschen, die noch auf der Straße unterwegs waren. Ein großer Gebäudekomplex aus Backstein mit hohen Schornsteinen überschattete die Straße, sodass sie noch dunkler war, als sie es im dämmrigen Abendlicht ohnehin gewesen wäre. Es roch nach Schwefel und leicht metallisch. Espy blickte nach rechts. Zwar versperrten die Lagerhäuser die Sicht auf den Fluss, aber sie konnte ihn anhand des strengen Geruchs ausmachen und über den Dächern erspähte sie die hohen Masten von Schiffen. Sie nahm ihre Reisetasche und ihre Handtasche und machte sich in die Richtung auf, in die der Mann gezeigt hatte.

Am Fluss angekommen, blickte sie nach rechts und links. Sie entdeckte einen freundlich aussehenden Mann mittleren Alters und gab sich selbstbewusst. „Entschuldigen Sie, Sir."

Er blieb stehen, offensichtlich überrascht darüber, dass sie ihn ansprach. „Was kann ich für Sie tun, Miss?"

„Könnten Sie mir vielleicht sagen, wo ich eine … eine Pension finde, eine anständige?"

Er musterte sie von Kopf bis Fuß und sie fragte sich, wie ungewöhnlich es für eine junge Dame war, allein durch die Stadt zu laufen oder zumindest durch diesen Teil der Stadt. „Sie könnten es die Straße hinunter probieren. Im Hafenviertel gibt es viele Gasthäuser."

Espy gefiel der Klang von „Hafenviertel" nicht, aber es war schon spät, und sie wagte nicht, ihn noch etwas zu fragen. Bangor war für seine gefährliche Hafengegend bekannt, die auch den Spitznamen Teufelsacker trug. Sie murmelte ein „Danke sehr" und eilte davon.

Während sie ihre Tasche in die andere Hand nahm, lief sie weiter. Dabei versuchte sie so auszusehen, als kenne sie ihr Ziel, und betete die ganze Zeit um ein Zeichen.

Vor ihr erstreckte sich der breite Penobscot River, halb verdeckt von den dunklen Masten der vertäuten Schiffe. Stege unterschiedlicher Länge ragten in den Fluss hinein. Einige Straßenlaternen waren bereits angegangen und erleuchteten das Viertel.

Espy musste mehrere lange Häuserblöcke entlanglaufen, ohne dass sie irgendein Gasthaus oder eine Pension erblickte. Um sie herum waren nur verdunkelte Fabriken oder Lagerhäuser. Dann kam sie an einen Abschnitt mit mehreren Tavernen. Stimmen und Gelächter erklangen.

Sie zögerte, als sie sah, wie Leute spazieren gingen oder an Hauswänden lehnten. Es waren überwiegend Männer. Ein Blick über ihre Schulter verriet ihr, dass der Himmel sich am Horizont rosa färbte, sodass die Umrisse der Gebäude davor wie schwarze Silhouetten aussahen.

„Brauchen Sie Hilfe, Miss?“, fragte ein Mann mit tiefer Stimme.

Espy umklammerte den Griff ihrer Reisetasche noch fester. „Nein, danke.“

Ein zweiter Mann lachte, als sie vorbeiging. „Die Tasche da ist doch viel zu schwer für ein junges Mädchen wie Sie. Ich kann sie Ihnen tragen.“

„Ich bin stärker, als ich aussehe“, entgegnete Espy. Das Lachen der Männer folgte ihr und sie musste sich beherrschen, damit sie nicht losrannte.

Endlich erreichte sie einen Häuserblock, der aus Wohnhäusern zu bestehen schien, die dicht gedrängt nebeneinanderstanden.

Als sie hinter sich Schritte vernahm, wandte sie sich nicht um, sondern ging über die Bahnschienen auf die andere Straßenseite. Es gab zwei Gleise und beim zweiten wäre sie beinahe gestolpert.

Das Herz schlug Espy bis zum Hals und sie war trotz der kühlen Abendluft schweißgebadet, aber sie wurde erst langsamer, als sie keine Schritte mehr hörte.

Sie musste eine Unterkunft finden, bevor es dunkel wurde. Sie packte die Bügel ihrer Tasche, obwohl ihre Schultern schmerzten, ihr Magen knurrte und ihr Mund ganz ausgetrocknet war.

Als neben ihr eine schemenhafte Gestalt erschien, fuhr Espy erschrocken zusammen. „Bis' du auf der Suche nach 'n bisschen Gesellschaft für heut' Abend, Süße?" Die rauchige Stimme war ganz nahe. Der Geruch von Bier, den sie von ihrem Vater nur zu gut kannte, stieg ihr in die Nase. „Nein, bin ich nicht!" Sie wollte sich von ihm entfernen, aber er folgte ihr.

„Hey, ich wollt' Sie nich' beleidigen, schöne Frau. Brauch 'n Sie 'n Plätzchen für die Nacht? Bei mir hab'n Sie's schön warm."

Obwohl Espy ihre Schritte beschleunigte, redete er weiter auf sie ein. Kurz darauf gesellte sich ein anderer Mann zu ihm, dann ein dritter. Sie schienen aus den Schatten zwischen den Tavernen zu kommen.

Espy betete um Rettung und rannte los, während ihre Augen einen Fluchtweg suchten. Ein Mann packte sie am Arm. „Ich tu dir nichts, Schätzchen, ich will nur sehen, was du zu bieten hast." Seine tiefe Stimme hatte einen irischen Einschlag.

Ihr Herz schlug so heftig, dass es schmerzte, als sie ihn fortstieß. „L...lassen Sie mich in Ruhe!", keuchte sie. Die meisten anderen Männer hatten die Verfolgung aufgegeben, aber zwei andere erschienen im Hintergrund. Sie waren noch halbe Kinder, vielleicht achtzehn oder neunzehn Jahre alt.

Der Mann zog sie näher. „Das meinst du nicht ernst."

Sie riss sich von ihm los. Doch vergebens. Der Mann zog sie am Riemen ihrer Handtasche zurück. Espy presste den Beutel fester an sich, aber er zog nur noch mehr. Die beiden jungen Männer kamen immer näher.

Panik stieg in ihr auf und raubte ihr den Atem. Hastig raffte sie ihren Rock und stieß die beiden jungen Männer beiseite. Sie hatte Seitenstiche und ihre Lunge brannte, aber sie wagte nicht anzuhalten oder sich umzusehen, bis sie um eine Ecke gebogen war und eine andere große Straße erreichte. Ihre Reisetasche schlug ihr bei jedem Schritt schmerzhaft gegen das Bein.

Als sie hinter sich Rufen und Schritte hörte, lief sie noch schneller, eine Hand in ihre schmerzende Seite gepresst. Wieder bog sie um eine Ecke, lief eine schmale Straße hinauf und bog dann um die nächste Ecke. Da sie zu sehr außer Atem war, um weiterlaufen zu können, blieb sie schließlich in einem Hauseingang stehen und rang vornüber gebeugt keuchend nach Luft.

Als Espys Atmung sich wieder etwas beruhigt hatte, lehnte sie sich an die Tür und betete um Kraft. Dann traute sie sich, die Straße hinauf- und hinunterzuspähen. Eine einsame Katze überquerte die Straße und verschwand in einer Gasse. In den oberen Stockwerken drang gedämpftes Licht hinter Gardinen hervor, aber die Hauseingänge lagen im Dunkeln.

Sie stellte sich vor, wie ihre Brüder und Schwestern am Küchentisch mit der karierten Wachstuchtischdecke saßen, ihre Mutter am einen Ende, Angela am anderen, damit sie besser aufstehen und das Essen vom Herd holen konnte.

Hoffentlich hatte ihr Vater nichts von ihrem Geld gefunden. Der Sommer würde bald vorbei sein und sie brauchten jeden Penny für Feuerholz, einige neue Mäntel und Stiefel für die Kinder. Sie schienen wie Unkraut zu wachsen.

War es falsch gewesen zu gehen? Hatte sie nur aus selbstsüchtigem Ehrgeiz und aus Angst gehandelt?

Aber dann erinnerte sie sich wieder an die vernichtenden Blicke der Leute in der Kirche und in ihrem Klub. Wie könnte sie jemals etwas Besseres aus ihrem Leben machen, wenn alle das Schlimmste von ihr dachten?

Espy sank in dem Hauseingang zu Boden und ließ die Reisetasche los, die zu ihren Füßen auf die Steintreppe fiel.

Erst jetzt bemerkte sie, dass sie ihren anderen Beutel nicht mehr in der Hand hielt. Espy riss die Augen auf und wieder machte sich Panik in ihr breit. Sie suchte überall, aber sie wusste, dass es vergebliche Mühe war.

19. Kapitel

Espy dachte an den jungen Mann, der an dem Riemen ihrer Tasche gezogen hatte. Er musste ihr den Beutel gestohlen haben, als sie fortgerannt war.

Ihr erster Impuls war, zum Hafen zurückzugehen, den jungen Mann ausfindig zu machen und ihr Hab und Gut zurückzuverlangen. Aber dieses Gefühl wich schnell der Angst.

Lieber Gott, was soll ich denn jetzt tun? In der Tasche war ihr ganzes Geld gewesen. Während der Fahrt mit der Postkutsche hatte sie so gut darauf aufgepasst. Und jetzt befand sie sich spätabends völlig mittellos in einer fremden Stadt.

Verzweiflung überwältigte sie. Espy vergrub das Gesicht in den Händen und schrie zu Gott.

Sie wusste nicht, wie lange sie so dagesessen hatte, aber irgendwann fingen ihre Füße an zu kribbeln und ihr wurde bewusst, dass sie nicht die ganze Nacht dort sitzen bleiben konnte. Als Espy aufstand, zuckte sie vor Schmerzen zusammen.

Die Straße war menschenleer. Sie würde einfach weitergehen müssen, bis sie einen Ort fand, an dem sie übernachten konnte. Allerdings hatte sie kein Geld. Vielleicht könnte sie eine mitfühlende Vermieterin oder einen Hotelangestellten überreden, sie für die Unterkunft arbeiten zu lassen, wenigstens einige Tage lang, bis sie Arbeit in einem Büro fand.

Espy tastete nach dem Zeitungsausschnitt in ihrer Tasche und hörte das beruhigende Knistern. Wenigstens diese Hoffnung blieb ihr noch. Und sie hatte ihren Koffer mit sauberen Kleidern. Sie hatte Dinge, für die sie dankbar sein konnte.

Als sie das Ende der Straße erreichte, stellte Espy fest, dass sie sich wieder am Flussufer befand. Aber anstelle von Tavernen schienen diese Häuser Wohngebäude zu sein. Sie blickte nach rechts und links und überlegte. Schließlich wandte sie sich nach links und ging flussaufwärts – in entgegengesetzter Richtung zum Hafenviertel, aus dem sie geflohen war.

An der nächsten Ecke blieb sie wie festgewurzelt stehen, weil sie eine Männerstimme hörte. Ihr Herz fing wieder an zu rasen und sie war versucht, sich zurückzuziehen, aber die Stimme des Mannes hielt sie zurück.

„Komm schon, Bill, dann hast du eine warme Suppe und ein sauberes Bett für die Nacht."

Eine andere Stimme, die ziemlich undeutlich und kläglich klang, antwortete: „Ach John, ich will nich', dass deine Frau mich so sieht. Das is' nich' richtig."

Als Espy sich vorsichtig vorschob und die Gestalten im Licht der Straßenlaterne erblickte, sah sie, dass der erste Mann ihr den Rücken zugekehrt hatte. Der andere saß an ein Gebäude gelehnt, dessen ungestrichene Holzverkleidung ganz alt und grau war.

Bevor Espy sich zurückziehen konnte, entdeckte der Betrunkene sie. „Hallo, Schätzchen, suchs' du jeman'?"

Der erste Mann drehte sich um. Er war mittleren Alters. Sofort war Espy auf der Hut.

Als er lächelte und einen Schritt auf sie zumachte, wich sie zurück. Der Mann blieb stehen. „Sie brauchen keine Angst vor mir zu haben. Sind Sie in Not, Miss?"

Espy überlegte krampfhaft, ob sie die Flucht ergreifen oder so tun sollte, als wüsste sie, wo sie übernachten sollte. Aber der Mann rührte sich nicht mehr vom Fleck, sondern stand ruhig da, als hätte er alle Zeit der Welt.

Der Betrunkene sprach: „So 'n hübsches Ding wie du sollte nich' alleine hier rumlaufen. Bis' du neu in der Stadt?"

Espy bemerkte, dass er ihre Reisetasche musterte. Sie wandte sich an den anderen Mann. „Ja." Sie umklammerte den Griff ihrer Tasche fester. „Ich besuche Verwandte", log sie, „aber ich habe mich verlaufen. Wenn Sie mir sagen könnten, wo ich für die Nacht ein Zimmer finden könnte?"

„Gerne, Miss. Meine Frau und ich führen eine Art Gästehaus." Ohne auf sie zuzugehen, zeigte er hinter sich. „Es ist nur zwei Blöcke von hier. Ich wollte meinen Freund Bill gerade davon überzeugen, dass er mitkommt und bei uns übernachtet."

Espy rümpfte die Nase und warf dem Betrunkenen einen Blick zu. Was für eine Art Pension würde denn sowohl einen Trinker aufnehmen als auch eine anständige junge Frau? Sie wiederholte im Geiste seine Worte. *Eine Art Gästehaus*, hatte er gesagt. „Was für ein Gästehaus führen Sie denn, Sir?“

„Ein Haus für alle, die ein Bett für die Nacht brauchen. Wir nennen es ‚Haus der Hoffnung‘.“ Nach einer kurzen Pause fügte er hinzu: „Es ist eine christliche Mission für Obdachlose. Sie können gerne bei uns bleiben, bis Sie Ihre Verwandten gefunden haben.“ Daran, wie der Mann das sagte, glaubte sie zu erkennen, dass er ihre Lüge durchschaut hatte.

Hielt er sie etwa für eine … eine Frau von zweifelhaftem Ruf? Sie hielt ihre Tasche mit beiden Händen vor sich wie einen Schild.

Wieder schien der Mann ihre Gedanken zu erraten, denn nun stellte er sich vor: „Ich heiße John Talbot.“

Er schien ein Ehrenmann zu sein. Andererseits hatte sie das von Mr Stockton auch gedacht. Aber sie wusste nicht, wohin sie ansonsten gehen sollte, und inzwischen war es dunkel. „Ich brauche nur eine Unterkunft für heute Nacht.“

Mr Talbot nickte. „Das geht in Ordnung. Kommen Sie doch mit. Meine Frau hatte einen Eintopf auf dem Herd stehen, als ich vorhin fortging.“

Espys Magen knurrte. Zum Glück konnte das bei dem Rauschen des Flusses hinter ihnen niemand hören. *Lieber Gott, bitte beschütze mich. Lass nicht zu, dass er mir etwas tut.* „Gut, dann folge ich Ihnen.“ Wenn Mr Talbot in irgendeine einsame Gasse abbog, würde sie Reißaus nehmen.

Er lächelte und wandte sich dann wieder dem Betrunkenen zu. „Ich komme später noch einmal her und sehe nach, ob du es dir anders überlegt hast.“

Der ältere Mann winkte ab. „Nich’ nötig, John. Ich komm schon zurecht. Bleib du zu Hause bei deiner schön’ Frau.“

Espy atmete auf. Anscheinend war das mit der Ehefrau nicht gelogen gewesen.

Mit einem letzten Nicken ließ Mr Talbot den Betrunkenen zurück und machte sich auf den Weg. Er lief die Straße hinunter, wobei er sich kurz umblickte, um sich davon zu überzeugen, dass Espy ihm folgte.

„Schöne Grüße von mir“, rief Bill ihnen nach.

„Die richte ich gerne aus", antwortete Mr Talbot über die Schulter.

„Wie weit ist es noch?", fragte Espy, nachdem sie einige Minuten gegangen waren. Vor einer Weile waren sie abgebogen und hatten den Fluss hinter sich gelassen. Jetzt befanden sie sich auf einer richtigen Straße und keiner dunklen Gasse. Einige Anwohner saßen auf ihren Terrassen.

Mr Talbot zeigte geradeaus. „Sehen Sie das Schild am nächsten Häuserblock, wo das Licht an ist?"

Sie blickte in die Richtung, in die er deutete. „Ja."

„Das ist es. ‚Haus der Hoffnung'."

Kurz darauf erreichten sie das zweigeschossige, mit Holz verkleidete Haus mit Spitzdach, Gauben und einer breiten Veranda vor dem Eingang. Es sah den anderen Häusern in der Straße sehr ähnlich, mit dem Unterschied, dass dieses hellblau gestrichen war und anstelle von nackter Erde einen kleinen Rasen vor dem Haus hatte. Das Schild, das sie von Weitem gesehen hatte, hing an zwei Metallösen. *Haus der Hoffnung, gegründet 1884*, stand in goldenen Buchstaben auf dem hellblauen Hintergrund.

Haus der Hoffnung. Schlagartig wurde Espy etwas bewusst. Ihr eigener Name bedeutete Hoffnung. Hatte vielleicht Gott sie hierher geführt?

„Kommen Sie, ich nehme Ihre Tasche."

Sie zog sie an sich. „Nein, danke, es geht schon."

„Dann darf ich bitten?" Mr Talbot machte eine einladende Handbewegung und forderte Espy damit auf, vor ihm die breite Treppe zur Veranda hinaufzugehen.

Alles wirkte sehr einladend. Eine Gaslaterne erleuchtete den Eingang und durch das ovale Glas in der Haustür schien ebenfalls Licht.

Mr Talbot griff an ihr vorbei und drehte den Türknauf. Sobald die Tür aufging, sah Espy, dass noch andere Leute im Haus waren. Eine Frau kam den Flur hinunter und ein Mann saß nahe der Treppe auf einem Stuhl.

„Du bist aber früh wieder da", sagte der Mann, während sein Blick zu Espy huschte, dann jedoch gleich zu Mr Talbot zurückwanderte. Er sprach Englisch mit Akzent, aber Espy hatte keine

Ahnung, wo er wohl herkam. Außer ihrem Vater kannte sie nicht viele Ausländer.

Die Frau blieb stehen und auch sie sah Espy an.

„Ja, ich habe diese junge Dame hier gefunden ...“ Mr Talbot wandte sich mit einem Lächeln zu Espy um. „Es tut mir leid, ich habe Sie noch gar nicht nach Ihrem Namen gefragt.“

„Espy Estrada.“

„Miss Estrada, die eine Unterkunft für heute Abend braucht.“

Die andere junge Frau trat näher und ein Lächeln trat auf ihr sommersprossiges Gesicht. „Hallo, Miss Estrada. Ich bin Mary O'Leary“, sagte sie mit irischem Akzent und streckte die Hand aus.

„Hallo.“ Espy ergriff die Hand automatisch, zu benommen, um klar zu denken.

„Möchten Sie sich vor dem Essen ein wenig frisch machen?“ Ihr Blick wanderte zu Espys Tasche. „Sie sind auf Reisen?“

„Ja.“

„Bring sie doch in dein Zimmer hinauf, zeig ihr ein freies Bett, und wenn sie sich frisch gemacht hat, kommt ihr in die Küche, in Ordnung?“

Mr Talbot lächelte Espy an. „In der Zwischenzeit werde ich meine Frau suchen und ihr sagen, dass wir zum Essen eine Person mehr sind.“

Espy folgte der jungen Frau zwei Stockwerke hinauf. „Es wird Ihnen hier gefallen. Es ist überhaupt nicht wie eine Anstalt oder ein Armenhaus, wie wir sie in der Grafschaft Wicklow hatten.“

Anstalt? Armenhaus? „Ich bin nicht auf Almosen aus. Ich will hier in Bangor Arbeit finden.“

Das Mädchen lächelte sie an. „Und das werden Sie bestimmt auch, Miss. Das habe ich auch getan, als ich hier ankam. Aber die Talbots bieten Menschen wie uns ein gutes, christliches Haus, in dem sie wohnen können, bis sie sich eingelebt haben.“

Etwas beruhigt stieg Espy weiter die Treppe hinauf. Sie war froh, als sie oben angekommen waren.

„Kommen Sie, ich nehme Ihnen die Tasche ab. Sie sehen ganz erschöpft aus.“

Diesmal leistete Espy keinen Widerstand. Sie fühlte sich leichter, als sie die Reisetasche nicht mehr tragen musste. Doch dann fiel ihr wieder die gestohlene Handtasche mit all dem Geld ein. Mutlos ließ sie die Schultern hängen.

Am Ende des Treppenabsatzes blieb Mary O'Leary stehen. „Da sind wir. Das ist das Zimmer für die Mädchen." Mit einer schwungvollen Bewegung öffnete sie die Tür. Espy spähte an ihr vorbei in einen langen Raum mit gebohnertem Holzfußboden, der mit Flickenteppichen bedeckt war. Eine Reihe schmaler Metallbetten mit unterschiedlichen bunten Decken darauf standen an der Wand aufgereiht, die, wie Espy vermutete, zur Straße hinausging. Drei mit Vorhängen versehene Gaubenfenster teilten die Bettenreihe. An der gegenüberliegenden Wand standen Kommoden und Waschtische.

„Es sieht sehr hübsch aus", sagte Espy langsam.

„Wir haben versucht, es ein bisschen heimelig zu machen. Wir nähen unsere eigenen Tagesdecken und stricken diese Wolldecken." Mary O'Leary schleppte Espys Gepäck zu einem Bett am Ende der Reihe. „Sie haben Glück, dass ein Bett frei ist. Das Mädchen, das vor Ihnen hier war, hat gerade geheiratet. Sie und ihr Mann haben eine Mietwohnung gefunden."

Espy trat an das Bett mit der schlichten weißen Bettdecke und der Schiffsdecke am Fußende.

„In meinem Krug ist noch sauberes Wasser, wenn Sie sich Gesicht und Hände waschen wollen. Ich nehme Ihren Krug gleich mit hinunter, wenn wir in die Küche gehen, dann können Sie nachher heißes Wasser mit heraufbringen."

Espy nahm ihren Hut ab. Sie hörte kaum, als Mary O'Leary sagte: „Dann lasse ich Sie jetzt mal allein. Gehen Sie einfach die Treppe hinunter, wenn Sie so weit sind. Die Küche ist hinten im Haus. Sie können sie gar nicht verfehlen."

Sobald sie allein war, sank Espy auf ihr Bett. Erst jetzt wurde ihr bewusst, wie erschöpft sie war. Sie wollte sich nur noch hinlegen und schlafen. Und bis morgen früh alles vergessen. Doch stattdessen beugte sie sich vor und stützte die Ellbogen auf die Knie.

Lieber Gott, danke, dass du mich hierher gebracht hast. Ich weiß nicht, wer diese Leute sind, aber ich danke dir, dass du mich an einen sicheren Ort geführt hast. Als sie daran dachte, dass sie ansonsten vermutlich irgendwo draußen im Freien hätte schlafen müssen, lief ihr ein kalter Schauer über den Rücken. Wie gut, dass sie diesen freundlichen Herrn getroffen hatte.

Gott war wirklich gnädig mit ihr gewesen. Als sie ihn angerufen hatte, hatte er ihr geholfen.

Mit einem müden Seufzer und schmerzenden Muskeln erhob Espy sich vom Bett und ging zum Waschtisch. Ein Blick in den Spiegel zeigte ein blasses Gesicht mit Ringen unter den Augen. Ihre Frisur hatte sich aufgelöst, als sie vor den Männern fortgelaufen war, und ihre Haare fielen ihr ungezähmt über die Schultern.

Hastig zog Espy die restlichen Haarnadeln heraus und kämmte ihre Haare mit den Fingern. Ihre Bürste war in der Handtasche gewesen und sie war zu müde, um in ihrer Reisetasche nach dem Kamm zu suchen. Nachdem sie ihre Haare zusammengedreht hatte, steckte sie sie mit den wenigen Nadeln, die sie noch hatte, zu einem Knoten zusammen. Sie hoffte, dass er während des Abendessens halten würde.

Als sie sich Wasser ins Gesicht gespritzt und mit einem eingeseiften Waschlappen ihre Haut geschrubbt hatte, sah sie nicht mehr ganz so bleich aus. Genussvoll atmete sie den Rosenduft der Seife ein.

Nachdem sie sich ein letztes Mal mit dem Handtuch durchs Gesicht gefahren war, eilte sie auf den Gang hinaus. Ihr knurrender Magen erinnerte sie daran, wie hungrig sie war.

Wie angekündigt fand sie die Küche ohne Mühe, zumal fröhliche Stimmen durch die geöffnete Tür drangen. Ein halbes Dutzend Personen saß an einem langen Tisch, zwei weitere teilten Essen aus.

Mr Talbot winkte sie herbei. „Kommen Sie herein und setzen Sie sich. Ich möchte Ihnen gerne meine Frau vorstellen, Marion Talbot."

Die Frau stellte eine Schüssel ab und kam auf Espy zu. „Hallo, meine Liebe, wie schön, Sie kennenzulernen."

Espys Hand wurde von dem warmen, festen Händedruck der Frau umfangen. „Danke, dass Sie mich aufnehmen."

„Es ist uns ein Vergnügen." Sie deutete auf den Tisch und sagte mit einem energischeren Tonfall. „Kommen Sie, essen Sie etwas, solange es noch heiß ist. Die anderen können sich vorstellen, während Sie essen. Es sind nicht alle da, weil einige im Schichtbetrieb in Hotels oder Fabriken arbeiten."

Gleich darauf saß Espy zwischen Mary O'Leary und einer älteren Frau. Der Mann mittleren Alters, den sie im Flur gesehen hatte, saß ihr gegenüber. Er lächelte und neigte ein wenig den Kopf.

Mrs Talbot nahm an einem Ende des Tisches Platz und ihr Mann setzte sich wieder auf seinen Stuhl am gegenüberliegenden Ende. Er neigte den Kopf. „Lieber Gott, wir danken dir dafür, dass du für uns sorgst. Bitte segne diese Speise und die Hände, die sie zubereitet haben. Im Namen deines lieben Sohnes Jesus, amen."

Hastig faltete Espy die Hände und schloss die Augen. Nachdem das Tischgebet zu Ende war, nahm sie die karierte Serviette, die auf ihrem Platz lag, und entfaltete sie, um sie auf ihren Schoß zu legen. Als man ihr die Schüssel mit dem Eintopf reichte, nahm sie sich von dem duftenden Essen. Federleichte Brötchen und sahnige Butter waren die Beilagen. Anschließend wurde eine Schale mit Obst herumgereicht. Espy nahm sich einen gelben Apfel.

Mr Talbot lächelte ihr zu. „Einer von der frühen Sorte." Er schob ihr ein kleines Holzbrett zu. Darauf lagen ein Stück Käse und ein scharfes Messer. „Versuchen Sie es mit einer Scheibe Cheddar. Wir sind in diesem Jahr von einem Farmer reich beschenkt worden. Er hat uns ein Stück Land zum Bebauen gegeben. Und weil wir ihm mit seinem Vieh und seinem Obstgarten helfen, belohnt er uns mit Milchprodukten, Eiern, Äpfeln, Birnen und sogar Fleisch, wenn er ein Rind oder Schwein schlachtet."

„Wie nett", murmelte Espy, während sie ihren Apfel in Schnitze schnitt und an einem davon knabberte. Sie war sich nicht sicher, was sie mit dieser Information anfangen sollte.

Der Mann ihr gegenüber stand als Erster auf. „Wenn ihr mich entschuldigen wollt, ich gehe schlafen. Muss morgen früh raus."

„Klar, Stanislas."

Auch die anderen erhoben sich einer nach dem anderen. Sie brachten ihre Teller zur Spüle, schoben ihre Stühle unter den Tisch, rollten ihre Servietten auf und legten sie in die Fächer an der Wand neben der Tür.

Zwei der Gäste blieben und begannen das Geschirr abzuwaschen, während Mr und Mrs Talbot am Tisch sitzen blieben. Überrascht stellte Espy fest, dass einer der beiden Helfer ein junger Mann war. Sie hatte noch nie gesehen, dass ein Mann Frauenarbeit verrichtete.

„Gut, nicht wahr?“

„Was?“ Als sie sah, dass Mr Talbot mit der Spitze seines Obstmessers auf ihren Apfel und das Stück Käse zeigte, nickte sie. „Ja, köstlich.“ Der saure Apfel passte hervorragend zu dem würzigen Käse – eine Kombination, die sie noch nie probiert hatte.

Mr Talbot schob seinen Obstteller fort und lehnte sich zurück. Espy hatte das Gefühl, dass dies der Auftakt zu einer ernsten Unterhaltung war. Während sie sich für seine Fragen wappnete, warf sie seiner Frau schnell einen Blick zu. Mrs Talbot lächelte ihr beruhigend zu.

„Wollen Sie uns nicht erzählen, wie es dazu kam, dass Sie heute Abend in einer nicht gerade vornehmen Gegend von Bangor herumgelaufen sind?“

Espy starrte auf das Apfelkerngehäuse und die kleinen dunklen Samen auf ihrem weißen Porzellanteller.

„Sie brauchen keine Angst zu haben“, drang Mrs Talbots Stimme leise an ihr Ohr. „Wir sind nicht hier, um Sie zu verurteilen, sondern um Ihnen zu helfen. Wir alle brauchen von Zeit zu Zeit Hilfe.“

Bei ihren mitfühlenden Worten wurde Espys Blick trüb und ihre Kehle war wie zugeschnürt, sodass sie kein Wort herausbrachte. Die beiden schienen sie zu verstehen, denn sie drängten sie nicht. Im Hintergrund waren das leise Murmeln der beiden Personen an der Spüle, das Klappern des Geschirrs und das Öffnen und Schließen von Schranktüren zu hören.

Schließlich war Espy in der Lage, tief Luft zu holen. Sie betupfte mit der Serviette ihre Augenwinkel. „D...danke.“

„Fangen Sie doch einfach ganz vorne an“, schlug Mr Talbot vor.

„Ich … ich wurde ausgeraubt, kurz bevor Sie mich gefunden haben“ – sie warf Mr Talbot einen Blick zu – „sonst wäre ich jetzt in einer Pension. Ich bin nach Bangor gekommen, um als Schreibkraft zu arbeiten.“

„Und wo kommen Sie her?“, fragte Mrs Talbot.

„Aus Holliston.“

„Haben Sie denn schon einmal als Schreibkraft gearbeitet?“, fragte ihr Mann.

Espy schüttelte den Kopf. Dann kramte sie in ihrer Rocktasche und zog die Anzeige heraus. „Aber hier steht, dass keine Erfahrung notwendig ist. Ich habe immer fleißig gearbeitet und mit vierzehn habe ich in der Konservenfabrik angefangen.“

Dann, als würde sich eine Schleuse öffnen, begann sie, ihre Geschichte zu erzählen. Mr und Mrs Talbot nickten hin und wieder oder murmelten verständnisvoll und stellten nur wenige Fragen.

Obwohl sein Name ihr mehrmals auf der Zunge lag und sie wünschte, sie könnte jemandem ihr Herz ausschütten, was ihn betraf, sagte Espy nichts über ihre Freundschaft mit Warren. Stattdessen sprach sie über das, was mit Mr Stockton passiert war. Wenn die Talbots Espy wegen dieser Geschichte des Hauses verweisen wollten, dann sollten sie es lieber gleich tun.

Aber Mrs und Mr Talbot zeigten weder Entsetzen noch Missbilligung. Ermutigt fuhr Espy damit fort zu beschreiben, wie die Wochen nach ihrer Entlassung durch die Stocktons gewesen waren.

Währenddessen hielt sie den Blick unverwandt auf ihren Teller gerichtet und blickte nur ein oder zwei Mal kurz zu den beiden auf. Sie schloss mit den Worten: „Ich konnte es in Holliston einfach nicht mehr aushalten. Alle haben mich angesehen, als hätte ich etwas Unrechtes getan, dabei habe ich überhaupt nichts getan.“ Espy holte noch einmal tief Luft. „Als ich diese Anzeige sah, beschloss ich, nach Bangor zu kommen, wo mich keiner kennt. Ich hatte ein bisschen Geld gespart … genug, um einen oder zwei Tage in einer Pension zu wohnen, bis ich Arbeit finde. Aber ich wusste nicht, dass Bangor so groß ist und es so … so ...“

„So einfach sein würde, sich hier zu verlaufen?“, ergänzte Mr Talbot lächelnd.

Espy nickte.

Er sah sie an. „Was Ihnen bei den Stocktons widerfahren ist, ist gar nicht so ungewöhnlich.“

Sie schluckte. „Nein?“

„Leider nein.“

„Aber alle schätzen Mr Stockton. Er ist ein Mitglied der Gemeinde, unterrichtet in der Schule … ich meine, er ist ein so netter, vornehmer ...“ Sie wurde rot. „Deshalb dachte ich, als ich Sie sah …“

Mr Talbot lächelte. „Das ist verständlich. Ein Mann muss nicht wie der arme Bill aussehen – der Betrunkene von vorhin ...“, fügte er hinzu, als er ihren verwirrten Blick sah, und Espy erinnerte sich an den abgerissenen Kerl, mit dem Mr Talbot auf der Straße gesprochen hatte, „um gefährlich zu sein."

„Meine Liebe", ergriff Mrs Talbot zum ersten Mal das Wort, seit Espy ihre Geschichte erzählt hatte, „wie schrecklich für Sie … und dann auch noch alles Vertraute zurückzulassen. Es muss Ihnen ein großes Anliegen gewesen sein zu entkommen."

„Das war es. Ich konnte es dort nicht mehr ertragen. Aber es war natürlich hart, Mama und Angela und meine kleineren Geschwister zu verlassen. Und ich hätte es auch nicht getan, wenn ich der Meinung gewesen wäre, dass sie mich noch brauchten."

Espy hob den Blick und sah die beiden eindringlich an, als könnte sie sie allein durch ihren Willen dazu bringen, ihre Lage zu verstehen. „Ich habe mich immer bemüht, dafür zu sorgen, dass es zu Hause besser wird. Es war nicht so wichtig, dass ich die Schule verlassen musste, obwohl ich sehr gerne zur Schule ging. Es spielte keine Rolle, dass ich in der Konservenfabrik arbeiten musste, solange meine Brüder und Schwestern weiter zur Schule gehen konnten. Als ich die Putzstelle bei Mrs Stockton annahm, war ich heilfroh, nicht mehr in die Fabrik zu müssen. Und als Mr Stockton sagte, ich könne jedes Buch aus dem Regal lesen, und dann anbot, mir die Dinge beizubringen, die ich in der Schule verpasst hatte – das war wie ein Stück Himmel für mich!"

Mrs Talbot legte ihre Hand auf Espys. Unter der wärmenden Berührung entspannte sich Espys Faust allmählich. „Das ist ganz verständlich."

Espy schluckte. „Nach Bangor zu gehen, bedeutete für mich, endlich etwas aus meinem Leben machen zu können. War das so falsch? Ich wäre nicht gegangen, wenn … wenn Mr Stockton nicht gewesen wäre."

„Natürlich nicht." Mrs Talbots Stimme tröstete sie.

„Wenn Sie eine gute Arbeit finden, was Sie zweifellos irgendwann werden, dann können Sie Ihrer Familie hin und wieder etwas Geld schicken."

Während Espy sich an Mr Talbot wandte, stieg Hoffnung in ihrer Brust auf. „Kann ich das?"

„Natürlich."

Sie runzelte die Stirn. „Sie sagten ‚irgendwann'. Glauben Sie nicht, dass ich sofort eine Arbeit finde?"

Er zuckte mit den Schultern. „Es gibt viele Fabriken in Bangor. Ich bin mir sicher, dort werden Sie schnell etwas finden."

Wieder schluckte Espy. „In einer Fabrik?"

„Sie wollen als Schreibkraft arbeiten, nicht wahr?", fragte Mrs Talbot.

Erleichtert, weil die Frau sie zu verstehen schien, nickte Espy. „Ja, Ma'am. Ich hatte gehofft, ich könnte gleich eine Arbeit in einem Büro finden. Es hat mir nichts ausgemacht, bei den Stocktons zu putzen, aber irgendwann möchte ich so leben können wie sie und eine andere Arbeit machen als Putzen oder Fische filetieren."

Mrs Talbot tätschelte ihre Hand. „Ich bin mir sicher, Sie werden hier in Bangor die richtige Ausbildung finden."

Jetzt ergriff Mr Talbot wieder das Wort. „Sagen Sie mir etwas, Espy. Darf ich Sie so nennen? Wir sind hier wie eine Familie, deshalb reden wir einander beim Vornamen an. Wir heißen John und Marion."

Espy nickte und wartete auf seine Frage.

Seine braunen Augen musterten sie nachdenklich, bis sie das Gefühl hatte, sie würden jede Verstellung durchschauen. „Haben Sie gebetet, bevor Sie nach Bangor gekommen sind?"

Die Frage überrumpelte sie. „Ich … ich habe um Gottes Bewahrung und Hilfe gebetet", begann sie.

„Aber haben Sie ihn auch gefragt, ob es sein Wille für Sie ist, dass Sie die Stadt verlassen und Ihr Glück hier in Bangor versuchen?"

Espy begann zu nicken, aber als sie zurückdachte, war sie sich plötzlich nicht mehr sicher. Sie hatte es so eilig gehabt zu gehen, dass sie eigentlich über kaum etwas anderes nachgedacht hatte als darüber, wie sie entkommen konnte. „Ich bin mir nicht sicher, ob ich Gott wirklich gebeten habe, mir seinen Willen zu zeigen", antwortete sie schließlich zögernd. „Ich habe den Herrn gebeten, mir zu helfen, aber wahrscheinlich war ich einfach der Meinung, er würde auch nicht wollen, dass ich in Holliston bleibe."

Mr Talbot nickte nur. „Darf ich die Anzeige sehen, die Sie aus der Zeitung ausgeschnitten haben?"

Sie reichte sie ihm. Er las sie und reichte sie seiner Frau.

Espy sah ihn besorgt an, aber dann lächelte Mr Talbot. „Ich kann Ihnen zeigen, wo das ist. Ich bin mir sicher, dass sie dort Schreibkräfte brauchen, aber sie sind ziemlich streng mit den Frauen, die dort arbeiten. Sollen wir gemeinsam beten, bevor Sie dorthin gehen? Was ist, wenn Gott eine bessere Stelle für Sie in einer anderen Firma bereithält?"

Espy schluckte, während ihre Hoffnung bei seinen Worten erst stieg und dann wieder sank. Wenn sie überlegte, dass sie vielleicht schon morgen ihre Ausbildung zur Schreibkraft beginnen konnte … „Aber … was mache ich, wenn nicht? Wie soll ich für meinen Lebensunterhalt sorgen? Ich habe kein Geld mehr. Und ich kann nicht erwarten, dass Sie mich ohne Bezahlung hier aufnehmen."

„Sie können bei den Hausarbeiten helfen, so wie es alle tun, die hier wohnen", sagte Marion Talbot.

„In der Zwischenzeit können wir Sie zu einer Schule für Stenotypistinnen bringen, wo Sie sich für einen Kurs einschreiben können. Er dauert nicht lange, nur ungefähr sechs Wochen. Mit den Kenntnissen im Schreibmaschineschreiben und in Stenografie können Sie sich auf alle möglichen Stellen bewerben. Währenddessen können Sie sich mit der Stadt vertraut machen und sich informieren, was für Firmen es hier gibt." Mr Talbot machte eine ausladende Handbewegung, als läge die ganze Stadt vor ihr. „Und sehen, wohin der Herr Sie führt."

„Aber … kostet so ein Kurs nicht Geld?"

„Machen Sie sich deswegen keine Sorgen", sagte Mrs Talbot. „Der Herr hat uns in dieses Viertel geführt, das, wie Sie sicher gemerkt haben, voller Neuankömmlinge ist, die aus aller Herren Länder kommen. Vor allem Iren, wie Sie bald feststellen werden. Wenn Sie uns helfen, werden Sie staunen, wie der Herr in Ihrem Leben wirkt."

Espy biss sich auf die Lippe. „Ich weiß nicht, Ma'am. In einer Fabrik wäre ich vielleicht besser aufgehoben. Ich habe die Erfahrung gemacht, dass Kirchenleute manchmal die Ersten sind, die einen verurteilen und schlecht behandeln."

„Das kommt leider vor", sagte Mr Talbot leise. „Aber vielleicht hat Gott Sie ja hierher geführt, um Ihnen einen anderen Teil seiner Gemeinde zu zeigen."

„Es ist schon komisch. Der Pastor meiner Kirche hatte mich gebeten zu helfen …“ Espy schluckte, als sie an Warren dachte. „Er wollte einen Klub für junge Leute gründen, um etwas für die in der Stadt zu tun, die sonst das Gefühl haben, in der Kirche nicht willkommen zu sein.“

„Das ist sehr löblich. Was ist geschehen?“

Espy schnitt eine Grimasse. „Eigentlich fing es ganz gut an, aber die Mitglieder des Klubs gehörten zu den Ersten, die mich loswerden wollten, als die Sache passierte.“ Espy faltete die Hände und knetete ihre Finger. Sie wollte nicht daran denken.

„Wie wäre es, wenn wir nun beten und Gott fragen, was Sie tun sollen?“

Sie nickte und war überrascht, als er die Hand ausstreckte und die ihre ergriff. Beinahe hätte sie sie zurückzugezogen, aber dann nahm Mrs Talbot ihre andere Hand. Als sie sich alle drei an den Händen hielten, senkten sie den Kopf und schlossen die Augen. Mr Talbots ruhige, aber feste Stimme sagte: „Himmlischer Vater, wir kommen zu dir und bitten dich, dass du unserer Schwester Espy deinen vollkommenen göttlichen Willen zeigst …“

Nachdem er gebetet hatte, betete Mrs Talbot. Espy staunte, weil sie nie erlebt hatte, dass die Frau von Pastor Curtis ebenbürtig mit ihrem Mann gebetet hätte. Dann verstummten die beiden und Espy spürte, dass nun sie selbst an der Reihe war.

Der warme Händedruck auf beiden Seiten gab ihr Kraft. Espy befeuchtete ihre Lippen und holte tief Luft, wobei sie das Gefühl hatte, als würde sie über einen Abgrund treten.

„Lieber Gott, danke, dass du mich hierher geführt hast.“ Jedes Wort kam langsam, zögernd heraus. „Danke für Mr und Mrs Talbot und das, was sie mir schenken. Bitte segne sie für alles, was ich von ihnen erfahren durfte.“ Sie bemerkte, dass sie die Gebete des Ehepaares nachahmte, die mit viel Dank und Würdigung dessen begonnen hatten, was Gott bereits getan hatte. Ihr wurde bewusst, dass ihre eigenen Gebete immer voller Bitten waren.

„Bitte beschütze Mama und Angela, Alvaro, Hortensia, Josiah, Daniel, Gus, Orrie, Gina, Alicia und Julia.“ Sie senkte die Stimme zu einem Flüstern. „Und bitte lass nicht zu, dass Papa ihr Geld findet und … es für Schnaps ausgibt. Bitte segne sie alle.“

Wieder fuhr sie sich mit der Zungenspitze über die Lippen. War sie dazu bereit, Gott zu bitten, ihr seinen Willen zu zeigen – selbst wenn er ihr sagte, sie solle wieder nach Hause zurückkehren?

„Bitte …" Sie suchte nach der passenden Formulierung und fing dann noch einmal an. „Bitte zeig mir, was ich tun soll. Wenn … wenn du nicht willst, dass ich in einem Büro arbeite, dann zeig es mir bitte. Nur mach bitte, dass ich den Talbots hier nicht zur Last falle. Hilf mir, meinen Lebensunterhalt zu verdienen und … und das zu lernen, was du willst. Amen."

Sie hatte das Gefühl, etwas Kostbares aufgegeben zu haben, und doch war ihr zugleich leichter ums Herz.

20. Kapitel

29. Dezember 1892

Warren blickte durch das beschlagene Fenster zum Fluss hinüber. Das Wasser war grau und gefroren und große Eisschollen türmten sich dort auf, wo die Stromschnellen waren. Auf dem Hof war es jetzt still, da ein Großteil der Mannschaft in die Wälder flussaufwärts gezogen war, um Holz zu schlagen, das dann im Mai und Juni mit der Strömung des Flusses hergebracht werden würde.

Sein Blick wanderte zu dem geöffneten Brief in seiner Hand zurück. Er war auf feinem, cremefarbenem Büttenpapier geschrieben und trug oben die Worte *Theologisches Seminar Bangor* in dunkelblauer Schrift. Die Adresse stand kleiner am Ende der Seite.

Der Brief selbst war getippt und an Reverend Jeremiah Curtis adressiert. Pastor Curtis hatte ihm den Brief am gestrigen Abend vor dem Klubtreffen gegeben. Er hatte nur gesagt, er habe einem alten Freund und Kollegen im Seminar geschrieben und er wolle, dass Warren seine Antwort lese.

Nach den einleitenden Bemerkungen kam Warren zum Kern des Briefes.

> *Danke vielmals für Ihre jüngste Mitteilung bezüglich Ihres Gemeindemitglieds Warren Brentwood III. Wenn der junge Mann nur zur Hälfte dem entspricht, was Sie sagen – und ich zweifle nicht an Ihrer Einschätzung, da ich Sie schon seit so vielen Jahren kenne –, werden wir ihn im Seminar gerne willkommen heißen. Der Leib Christi braucht solche engagierten, suchenden Seelen. Wir wären froh, ihn hier Anfang Januar zum Beginn des neuen Semesters begrüßen zu dürfen.*

Es folgten einige praktische Einzelheiten und das ermutigende Versprechen, dass der Autor des Briefes Warren persönlich in Empfang nehmen und ihm beim Einleben im Seminar behilflich sein würde.

Wieder wanderte Warrens Blick zum Fenster hinaus. Seit Anfang August glich sein Leben der grauen Szenerie da draußen … seit Espy Estrada die Stadt verlassen hatte. Irgendwann hatte er von Angela erfahren, dass es ihrer Schwester gut ging, aber nähere Einzelheiten darüber, wo sie war, erfuhr er von ihrer Familie nicht.

Gleichgültig, wie oft sein Verstand ihm gesagt hatte, es sei besser so – sie konnte an ihrem neuen Wohnort noch einmal von vorne anfangen und er diese Episode in seinem Leben hinter sich lassen und weiter auf dem Weg trotten, der ihm bestimmt war –, fand sein Herz doch keine Freude daran.

Trott. Dieses Wort beschrieb genau, wie sein Leben sich anfühlte. Nachdem einige Wochen verstrichen waren und klar war, dass Espy nicht nur aus einer Laune heraus verschwunden, sondern für immer fort war, hatte Warren beschlossen, sich mit den Tatsachen abzufinden und sich auf wichtigere Dinge zu konzentrieren.

Die Arbeit nahm den größten Teil seiner Zeit in Anspruch. Er trat den Komitees bei, denen sein Vater und dessen Geschäftspartner angehörten, um eine Ausrede zu haben, warum er nicht an den gesellschaftlichen Ereignissen teilnahm, die seine Mutter plante – und um nicht länger als Christinas Verehrer betrachtet zu werden.

Er hatte die „Holliston Lights" nicht verlassen, aber den Versuch, die Gruppe zu leiten, hatte er aufgegeben. Stattdessen ließ er Christina bei den Treffen ihren Willen und unterstützte ihre Ideen für das Sammeln von Spenden. Er selbst genoss es hingegen, die Empfänger dieser Gelder besser kennenzulernen.

Dazu hatte er Alvaro um Hilfe bitten müssen. Zuerst hatte der Junge sich geweigert, aber Warren gab sich große Mühe, die Freundschaft mit ihm zu pflegen und die mit den anderen jungen Männern, mit denen er Zeit verbrachte. Warren trainierte die Jugendlichen in Baseball und ganz allmählich lernte er auch ihre Familien kennen.

Besonders erfreut war er gewesen, als Angela in den Gemeindeklub zurückgekehrt war. Will und Henry waren ihr gefolgt.

Das, was er aktiv tat, um den Bedürftigen zu helfen, war das Einzige, was Warren derzeit Freude machte. Er ertrug die organisatorische Seite der Klubtreffen, bei denen er Christina zuhörte und so tat, als würde er ihre Ideen befürworten, er hörte den Geschäftsleuten in der Stadt zu, wenn sie Verbesserungen vorschlugen, aber letzten Endes kam er immer wieder zu dem Schluss, dass das alles nur Worte waren. Worte, Worte, Worte – ohne wirkliche Veränderung.

Freude erfüllte ihn, wenn er Lebensmittelkörbe packte oder dafür sorgte, dass eine Ladung Feuerholz oder Kohle zu einem der Häuser am Hafen oder am Stadtrand gebracht wurde, wo Einwanderer und Arbeiter aus der Konservenfabrik lebten.

Gerade hatten sie ihr bislang größtes Projekt beendet: Dutzende Weihnachtsgeschenke zu packen, und zwar nicht nur für die armen Kinder in der Stadt, sondern auch für bedürftige Familien in den umliegenden Dörfern.

Die Weihnachtsfeierlichkeiten in seiner eigenen Familie waren ihm wie eine Enttäuschung erschienen, nachdem er einen Abend lang den Weihnachtsmann für diese Kinder gespielt hatte.

Nach dem Auspacken der Geschenke unterm Weihnachtsbaum, gefolgt von einer üppigen Mahlzeit und dem Besuch verschiedener Gäste im Laufe des Nachmittags, hatte er sich nur übersättigt und ausgelaugt gefühlt.

Warrens Blick wanderte zu dem Brief zurück.

Sein Vater rührte sich keinen Zentimeter vom Fleck, was die Zellstoffproduktion betraf, trotz der Zahlen, die Warren ihm immer wieder vorlegte. Die Holzbestellungen nahmen kontinuierlich ab, da immer mehr Sägewerke an der Pazifikküste errichtet wurden.

Es blieb abzuwarten, wann sein Vater endlich einsah, dass es notwendig war, das Angebot seiner Firma zu erweitern. Doch so spät noch in einen neuen Industriezweig einzusteigen, würde mit Sicherheit schwierig.

Gedankenversunken spielte Warren mit dem Briefpapier. Wenn er Theologie studieren wollte, dann jetzt oder nie, solange er noch relativ jung und unverheiratet war. Er konnte nicht von einer Ehefrau verlangen, dass sie ihr angenehmes Leben für eine ungewisse und möglicherweise mittellose Zukunft aufgab. Nicht, dass er beabsichtigte, in absehbarer Zeit zu heiraten.

Warren faltete den Brief wieder zusammen und schob ihn in den Umschlag, den er anschließend in seiner Brusttasche verstaute. Dann straffte er die Schultern, während er sich die Reaktion seines Vaters ausmalte, wenn er heute Abend mit ihm sprach.

Aber zuerst würde er mit Pastor Curtis reden und mit ihm beten.

21. Kapitel

Bangor, April 1893

Espy drückte die Messingklinke des Haupteingangs von Peabodys Kleidermanufaktur herunter und trat auf die Harlow Street hinaus. Sie blickte kurz zum Himmel hinauf, der zwischen den hohen Gebäuden auf beiden Seiten der geschäftigen Straße zu sehen war, und atmete tief die Frühlingsluft ein.

Sie hatte eine halbe Stunde frei. Um nicht einen Augenblick davon zu verschwenden, ging sie direkt los in Richtung des kleinen Restaurants, in dem sie für gewöhnlich ihr Mittagessen zu sich nahm.

An der Straßenecke blieb sie wie angewurzelt stehen.

Sie blinzelte. Konnte das sein? Fußgänger schoben sich an ihr vorbei, aber sie konnte sich nicht vom Fleck rühren, so als wären ihre Füße auf dem Boden festgenagelt. Ihr Blick war starr auf den vertrauten großen jungen Mann auf der anderen Straßenseite gerichtet, der den Verkehr beobachtete. Als er in ihre Richtung sah und sich ihre Blicke trafen, starrte er sie genauso überrascht an wie sie ihn.

Eine Sekunde lang war Espy versucht umzukehren und zu fliehen.

Warren überquerte die Straße und kam mit seinen langen Schritten direkt auf sie zu. Er sah genauso aus wie früher, das hellbraune Haar ordentlich aus dem Gesicht gekämmt, seine grünen Augen durchdringend und forschend.

„Espy, bist du das?“, fragte er mit verblüfftem Tonfall.

Plötzlich empfand sie nichts als Freude. Es war Warren und er war froh, sie zu sehen. Sie nickte lebhaft und ein Lachen entwich ihrer Kehle.

„W...was machst du denn hier?“, fragte er.

Ihr Lächeln wurde breiter. „Diese Frage sollte ich dir stellen. Was machst du in Bangor?“

Er schüttelte den Kopf, wie um sich zu besinnen. „Das ist eine lange Geschichte. Hör zu, wo gehst du denn gerade hin? Ich meine, hast du ein paar Minuten, um dich mit … mit einem … alten Freund zu unterhalten?“ Er stolperte über die Formulierung.

„Ja! Ja, die habe ich.“ Espy zeigte auf das Gebäude hinter sich. „Ich arbeite dort drüben, aber ich wollte gerade zu Mittag essen. Ich habe eine halbe Stunde Zeit.“

Wieder schüttelte Warren den Kopf, als könnte er das alles gar nicht begreifen. „W...wäre … ich meine, darf ich dich begleiten? Oder besser noch, darf ich dich einladen?“ Wieder grinste er mit einer gewissen Wehmut. „Ich habe nicht viel Geld, aber fürs Mittagessen reicht es.“

„Du brauchst mir kein Essen auszugeben ...“

Bevor sie den Satz beenden konnte, nahm Warren ihren Arm und zog sie mit sich. „Kein Wort mehr davon. Du weißt ja gar nicht, wie schön es ist, fern der Heimat ein freundliches Gesicht zu sehen. Komm mit. Gibt es ein Lokal, in das du sonst gehst?“

Espy nickte und ließ sich von ihm mitziehen.

Bis sie die Straße überquert hatten, hatte sie ihre Fassung wiedergewonnen und ihr wurde bewusst, was er gesagt hatte. „Ein freundliches Gesicht fern der Heimat? Was meinst du damit?“

„Ich lebe seit Januar hier in Bangor.“

Espy starrte Warren mit offenem Mund an. Bevor sie nachfragen konnte, fügte er hinzu: „Ich habe mich am theologischen Seminar auf dem Berg eingeschrieben.“ Warren grinste sie schief an. „Pastor Curtis hat ein paar Fäden gezogen, damit ich nach Weihnachten zum neuen Semester anfangen konnte.“

„Theologisches Seminar?“ War das nicht ein Ort, an dem Männer studierten, um Pastor zu werden?

„Wohin gehen wir?“

„Was? Ach so, dort drüben ist ein kleines Restaurant mit sehr leckerem Essen und nicht zu teuer“, sagte sie mit schlechtem Gewissen, weil Warren das Gefühl hatte, für sie bezahlen zu müssen. Sie fragte sich, was er mit „nicht viel Geld“ gemeint hatte.

Er lächelte über ihre Erwähnung des Preises und wieder spürte Espy, wie ein merkwürdiges Gefühl sie durchströmte. Wie konnte es sein, dass er noch immer diese Wirkung auf sie hatte? Hatte sie ihn nicht in ihre Vergangenheit verbannt – ihre beschämende Vergangenheit, die dank der Talbots und des neuen Lebens, das sie ihr ermöglicht hatten, hinter ihr lag?

„Ich erkläre dir alles, sobald wir etwas zu essen bestellt haben. Ich weiß nicht, wie es dir geht, aber ich habe einen Bärenhunger. Ist dies das Lokal?“

Espy nickte und blieb vor der verglasten Fassade des Restaurants stehen. Als Warren ihr die Tür aufhielt, trat sie ein.

„Hallo, Espy.“ Die untersetzte Besitzerin, eine Frau mittleren Alters, strahlte sie über die vollen Tische hinweg an.

„Hallo, Mrs Pratt. Haben Sie noch einen freien Tisch?“

Mit einem neugierigen Blick auf Warren wandte Mrs Pratt sich an Espy. „Sie wissen doch, wie es mittags hier ist. Alle Büros und Läden machen Pause und es ist, als hätten die Angestellten und Schreibkräfte wochenlang nichts gegessen.“ Sie lachte und wischte sich die Hände an ihrem Schürzensaum ab. „Aber kommen Sie mit – für Sie finde ich immer ein Plätzchen.“

Während sie sprach, ging sie zwischen den runden Tischen hindurch, sodass ihre Worte in dem lärmenden Geräuschpegel fast untergingen.

„Bitte schön.“ Mrs Pratt zeigte auf einen Tisch, der mit einer blau karierten Decke versehen war. „Wer ist denn Ihr neuer Freund, Liebes?“

Warren zog einen Stuhl für Espy heraus. „Danke“, murmelte sie. Sie war es nicht gewöhnt, dass ein Herr so aufmerksam zu ihr war. Dann wandte sie sich an Mrs Pratt, die ganz offensichtlich nicht gehen würde, bevor Espy ihre Frage beantwortet hatte. „Dies ist ein … ein Freund von zu Hause, Warren Brentwood.“

„Wie schön, jemanden aus der Heimat zu sehen. Freut mich, Sie kennenzulernen, Mr Brentwood.“ Sie lächelte Warren an, ihre rundlichen Hände vor ihrer Schürze gefaltet.

„Ganz meinerseits, Mrs Pratt.“ Warren setzte sich. „Ich habe gehört, das Essen hier sei sehr gut“, sagte er mit einem Zwinkern in Espys Richtung.

Espys Wangen röteten sich und sie griff schnell nach der Speisekarte, die zwischen Zuckerschälchen und Salz- und Pfefferstreuer eingeklemmt war.

Mrs Pratt ratterte die Tageskarte herunter. Nachdem sie beide bestellt hatten, wobei Espy lediglich einen Teller kräftiger Ochsenschwanzsuppe wählte, damit es nicht zu teuer wurde, wandten sie sich einander zu und verstummten.

Espy konzentrierte sich auf Warrens Hände, die gefaltet auf dem Tisch lagen, und stellte fest, dass sie beide genau die gleiche Haltung eingenommen hatten. Sie nahm ihre Serviette und entfaltete sie auf ihrem Schoß, damit sie einen Vorwand hatte, ihre Hände unter dem Tisch zu verstecken.

„So."

Als Warren dieses eine Wort aussprach, hob Espy den Blick. Seine Augen funkelten immer noch.

„So", wiederholte sie.

„Angela hat mir damals gesagt, dass du nach Bangor gegangen bist, nachdem du Holliston verlassen hattest." Jetzt verschwand alle Belustigung aus seinen grünen Augen und Bedauern trat in seinen Blick.

Wo war der Mann, der sie ebenso streng verurteilt hatte wie alle anderen? Espy presste die Lippen aufeinander, fest entschlossen, alle bitteren Gedanken zurückzudrängen. John und Marion Talbot hatten ihr beigebracht, wie wichtig es war, die Bitterkeit nicht in ihrem Herzen Wurzeln schlagen zu lassen.

Ihr eigenes Bibelstudium hatte diese Weisheit bestätigt und ihr geholfen, ein neues Leben zu beginnen, frei von den Lasten der Vergangenheit.

Aber jetzt starrte die Vergangenheit ihr direkt ins Gesicht. Espy holte tief Luft. „Ja. Ich bin hierhergekommen."

Warren zog eine Augenbraue hoch. „Hast du Verwandte hier?"

Sie schüttelte den Kopf.

Er schluckte. „Angela hat sich geweigert, mir irgendwelche Einzelheiten zu erzählen, aber sie hat mir versichert, dass es dir gut geht."

„Das stimmt auch."

Seine Augen sahen forschend in ihre. „Ich vermute, es war für dich ein logischer Schritt, in einer Stadt neu anzufangen, die so groß ist, dass niemand … dich kannte." Er blickte kurz zur Seite und sie sah, dass seine Wangen sich leicht röteten.

„Ja."

Warren räusperte sich. „Es war sehr mutig von dir, so weit von zu Hause fortzugehen, ohne jemanden hier zu kennen. Ich hatte wenigstens Pastor Curtis, der mir geholfen hat."

„Ich habe damals eine Anzeige in der Zeitung gesehen, in der Schreibkräfte gesucht wurden. Deshalb bin ich hergekommen."

Er zog die Augenbrauen zusammen. „Schreibkräfte? Ich wusste nicht, dass du Schreibmaschine schreiben kannst."

„Das konnte ich auch nicht, aber dort stand, man brauche keine Erfahrung."

Warren nickte langsam, als müsse er diese Information erst einmal verarbeiten. „Ich verstehe." Er sah an ihr vorbei in Richtung Straße. „Ich habe vergessen, wie geschäftig Bangor ist. Wahrscheinlich suchen sie händeringend Angestellte."

„Es gibt hier viele Möglichkeiten. Nachdem ich Maschineschreiben gelernt hatte, dauerte es nicht lange, bis ich eine Stelle als Stenotypistin in einer großen Bekleidungsfabrik fand. Sie haben ein Schreibbüro im vierten Stock. In der einen Hälfte sitzen die Näherinnen, die andere ist mit Glaswänden aufgeteilt, dort sitzen die Schreibkräfte."

Als Espy Warrens staunenden Blick sah, hob sie das Kinn – froh, dass er sehen konnte, wie gut sie zurechtkam. „Vor zwei Monaten wurde ich befördert. Ich bin jetzt Mr Hills persönliche Assistentin. Er ist der stellvertretende Geschäftsführer."

„Mensch, das ist wunderbar, Espy. Ich wusste immer, dass du schlau bist."

Espy genoss das Lob. „Er sagte, ich sei fleißig und er könne sehen, dass ich mit allen anderen gut auskomme. Natürlich hat er auch gesagt, dass er gerne ein hübsches Mädchen in seinem Vorzimmer sitzen hat." Sie errötete und bereute ihre Worte sofort, obwohl sie der Wahrheit entsprachen. Wieso war sie plötzlich so verunsichert? Es lag wohl daran, dass sie nervös war.

„Sei vorsichtig, Espy."

Er glaubte doch wohl nicht, dass sie sich noch einmal in eine solche Situation bringen lassen würde? „Er ist ein dicker alter Mann mit einer Frau, die fast jeden Tag wie ein Drachen hereinkommt und kontrolliert, was ich tue, als befürchte sie, ich würde etwas aus meinem Schreibtisch stehlen.“ Sie schüttelte den Kopf. „Als bräuchte ich einen ihrer Bleistifte.“

Warren runzelte die Stirn. Espy fürchtete, dass sie ein zu düsteres Bild gezeichnet hatte, und fügte hinzu: „Ansonsten ist es eine sehr gute Arbeit. Ich verdiene zwölf Dollar die Woche. Zwei Dollar mehr als vorher, als ich noch im Schreibbüro war.“ Sie lehnte sich zurück und lächelte zufrieden, als Warren leise pfiff.

„Du wirst bald im Geld schwimmen.“

Espy lachte leise, froh darüber, dass der unbehagliche Augenblick zwischen ihnen vorüber war.

„Bitte sehr.“ Es war Mr Pratt, der mit ihrem Essen kam. Er stellte einen Teller vor Warren und die Suppe vor Espy. „Vorsicht, die Teller sind heiß. Guten Appetit.“ Während er das sagte, sah er Warren an, und Espy wurde bewusst, dass er ebenso neugierig war wie seine Frau, was Espys Begleitung betraf.

Nachdem er gegangen war, zögerte Espy einen Augenblick. „Möchtest du das Tischgebet sprechen?“

Warren lächelte. „Gerne.“ Er neigte den Kopf und faltete die Hände. Espy tat es ihm gleich.

„Danke, Herr, für dieses Essen und für all deine Fürsorge.“ Er machte eine Pause und Espy fragte sich, ob er fertig war. Aber als sie gerade Amen sagen wollte, sprach er wieder. „Danke, dass du mich heute Espy hast finden lassen. Danke, dass du sie die ganze Zeit behütet hast.“ Er holte Luft. „Bitte segne diese Speise an unserem Leib. In deinem teuren Namen, Herr Jesus, amen.“

Espy sah Warren überrascht an. Sein Gebet klang ganz ähnlich wie das von John Talbot, das er jeden Abend sprach. Bevor sie eine entsprechende Bemerkung machen konnte, stürzte Warren sich auf sein Essen und sie tat dasselbe, weil ihr plötzlich bewusst wurde, wie hungrig sie war. Sie erinnerte sich daran, wie wenig Zeit sie hatte, und verspürte einen Anflug von Bedauern.

Als sie beim Essen einen Moment lang innehielten, sagte Warren: „Du verdienst mehr Geld als einige der Männer im Sägewerk. Ich bin beeindruckt.“

Espy lächelte. „Ich spare Geld und kann trotzdem noch etwas nach Hause schicken. Ich hatte ein schlechtes Gewissen, weil ich Mama und Angela im Stich gelassen habe, aber sie sagten, sie kämen schon klar, vor allem, weil Alvaro Arbeit hat." Sie beugte sich vor. „Ich wollte dir dafür danken, dass du ihn behalten hast. Angela hat mir geschrieben, dass er sich im Sägewerk gut macht."

„Er ist ein guter Arbeiter." Erneut röteten sich Warrens Wangen leicht. „Ich glaube – hoffe –, dass ich einen guten Einfluss auf ihn ausgeübt habe." Seine grünen Augen blickten ernst in ihre, als suchten sie ihre Zustimmung. „Wir haben im Herbst eine Baseballmannschaft auf die Beine gestellt, Alvaro und ein paar seiner Freunde, einige Arbeiter aus dem Werk und ich."

Er lächelte schüchtern und sah dadurch jungenhafter aus, als Espy es von ihm gewohnt war. Warren war noch immer so attraktiv, dass es ihr den Atem raubte.

Als er den Kopf wieder über sein Essen beugte, betrachtete sie ihn einen Augenblick lang. Irgendetwas an ihm war anders. Es war schwierig, genau den Finger darauf zu legen. Bevor sie jedoch herausfinden konnte, was es war, fragte er: „Wie geht es deiner Mutter und deinen Geschwistern? Ich bin seit Januar fort." Eine kleine Falte bildete sich auf seiner Stirn. „Seitdem höre ich nichts mehr von ihnen."

„Die Brut? Denen geht es gut, sie wachsen wie Unkraut. Und Mama … Mama ist auch wohlauf. Im Winter war sie krank und Hortensia musste eine Auszeit in der Schule nehmen, um sie zu pflegen, weil Angela gearbeitet hat. Aber jetzt geht es ihr besser und sie arbeitet wieder in der Fabrik. Papa war den ganzen Winter nicht da."

Bevor Warren irgendwelche Fragen über ihren Vater stellen konnte, fuhr sie eilig fort: „Alvaro ist immer noch im Sägewerk, das weißt du ja. Und die anderen gehen zur Schule, außer Julia und Alicia natürlich. Die Jungen haben nicht immer Lust, aber Angela sorgt dafür, dass sie gehen."

Warrens Blick war warm und freundlich, während sie erzählte – so ganz anders als beim letzten Mal, als Espy ihn gesehen hatte. Damals war er vor ihr weggerannt, als hätte sie eine ansteckende Krankheit. Espy wurde bewusst, dass ihnen nicht mehr viel Zeit blieb, und sie hatte noch nichts über ihn in Erfahrung gebracht, also fragte sie schnell: „Erzähl mir, wie es dir hier in Bangor geht. Mich hat beinahe der Schlag getroffen, als ich dich auf der Straße sah … als würdest du wie jeder andere Mann zur Arbeit gehen."

Warrens Miene wurde ernst und mit einem Mal war sie wieder nervös. „Was ist denn? Ist zu Hause etwas geschehen? Geht es deiner Familie gut?“

Er nickte und zerstreute ihre Angst mit einem kleinen Lächeln. „Sie sind alle wohlauf, jedenfalls nach Annalises letztem Brief zu schließen.“

Espy wartete, weil sie spürte, dass das noch nicht alles war. „Sie ist die Einzige, die mir schreibt. Weißt du, ich habe Holliston gegen den Willen meines Vaters verlassen.“

Warren ließ Espy nicht aus den Augen, als er das sagte. Er hatte diesen Augenblick gefürchtet – und ihn doch zugleich herbeigesehnt. Als er nach Bangor aufgebrochen war, hatte er beschlossen, sie nicht zu suchen. Er bereitete sich auf den Pastorendienst vor und musste sich ganz auf seine Ausbildung konzentrieren.

Was für ein Schock, ihr nun so unvermittelt wiederzubegegnen. All die Monate hatte er sie aus seinen Gedanken verbannt und doch war ihm in dem Augenblick, als er in der Menge ihr Gesicht gesehen hatte, bewusst geworden, dass sie die ganze Zeit in seinem Hinterkopf gelauert hatte.

Wenn überhaupt war Espy nur noch schöner als zuvor. Ihre dunkelbraunen Augen, die langen schwarzen Wimpern, die olivfarbene Haut ... Ihr ebenholzfarbenes Haar war adrett im Nacken zusammengesteckt. Sie trug eine gestärkte Bluse mit rosafarbenen Nadelstreifen und einer kurzen dunkelblauen Krawatte um den hohen Kragen. Die männlich anmutende Ernsthaftigkeit ließ sie noch reizender aussehen.

Sie starrte ihn mit weit aufgerissenen Augen an. „Gegen seinen Willen ... was meinst du damit? Bitte sag es mir, bevor ich zurück zur Arbeit muss.“

Als Warren die Dringlichkeit in ihrer Stimme hörte, schob er seinen leeren Teller zur Seite. So kurz wie möglich erklärte er die Entwicklung, die er durchgemacht hatte, seit er zu Beginn des vergangenen Sommers nach Holliston zurückgekehrt war. Bei jedem Wort beobachtete er ihre Miene und wünschte, er wüsste, was in ihr vorging. Hielt sie ihn für einen kompletten Narren oder nur für naiv und irregeleitet, so wie die meisten Menschen zu Hause es taten? Und wie er selbst es auch zunehmend vermutete?

„Da war ich die ganze Zeit durch die Welt gereist und als ich dann wieder zu Hause war, fühlte ich mich rastloser als je zuvor. Aber es war kein Fernweh.“ Warren tippte sich auf die Brust. „Es war etwas hier drin und das hätte auch keine Reise heilen können.“

Er räusperte sich. „Ich hatte das Gefühl, dass Gott mich zum Pastorendienst beruft, so weit hergeholt das auch klingen mag. Du kannst ruhig lachen. Du wärest nicht die Einzige.“

„Oh nein, Warren“, sagte Espy leise und ihre braunen Augen sahen ihn voller Bewunderung an. „Ich finde das wunderbar.“

Er starrte sie an. „Wirklich?“

Sie nickte. „Ist es nicht erstaunlich, wie Gott in unserem Leben wirkt, wenn wir es ihm erlauben? Wer hätte gedacht, dass er dich nach Hause bringt und dann hierher führt, um Theologie zu studieren? Und Pastor Curtis unterstützt dich.“

„Ja, er war mein einziger Verbündeter. Ich weiß nicht, ob Vater aus seiner Gemeinde ausgetreten ist. Vielleicht geht er ja jetzt zu den Methodisten“, sagte Warren in einem Versuch, einen Scherz zu machen.

„Das hätte Annalise dir doch sicher erzählt, oder?“

„Ja, du hast recht. Sie darf mir eigentlich nicht schreiben, schafft es aber trotzdem irgendwie. Ich hätte nie gedacht, dass sie den Mut hat, Vater die Stirn zu bieten … auch wenn er natürlich nichts davon weiß.“

„Ich glaube, deine Schwester hat mehr Mumm, als die meisten Leute glauben.“

Warren lächelte. „Meinst du? Ich glaube, ihr beide könntet gute Freundinnen werden.“ Dann wurde ihm bewusst, wie dumm seine Worte waren, und er räusperte sich. „Hör zu, Espy, es tut mir leid, wie … wie die Dinge in Holliston für dich gelaufen sind … ich meine, dass du so gehen musstest.“

Zu seiner Überraschung streckte Espy die Hand aus und tätschelte seinen Arm. Dann zog sie die Hand schnell zurück, als bereue sie die Geste, und ihre Wangen röteten sich.

Warren spürte ihre Berührung trotzdem noch.

„Ist schon gut. Das liegt jetzt alles hinter mir. Ich glaube, auch bei mir war es Gott, der mich hierher nach Bangor gebracht hat. Nicht, dass er das, was in Holliston geschehen ist, wollte, aber wie John manchmal sagt: ‚Gott hat etwas Gutes daraus werden lassen.'"

Warren runzelte die Stirn: „John?"

Espy nickte lebhaft und die Farbe in ihren Wangen wurde noch kräftiger. „John und Marion Talbot sind meine besten Freunde hier in Bangor. Ich wohne sogar bei ihnen. John hat mich an meinem ersten Abend hier in Bangor gerettet."

Bevor Warren nachhaken konnte, warf Espy einen Blick auf ihre Armbanduhr und erschrak. „Du liebe Güte, ich muss zurück ins Büro. Mr Hill zieht mir das Fell über die Ohren!"

Warren stand auf und legte etwas Geld auf den Tisch. „Warte, ich bringe dich hin."

Espy dankte ihm für das Essen und bahnte sich einen Weg zwischen den Tischen hindurch. Warren eilte ihr nach, weil er schreckliche Angst hatte, sie wieder zu verlieren, nachdem er sie doch gerade erst wiedergefunden hatte.

Er erreichte die Tür gerade noch rechtzeitig, um sie für Espy aufzuhalten. Mit einem dankbaren Blick murmelte sie ein Dankeschön, dann trat sie auf die Straße hinaus.

Fast hätte Warren ihren Arm genommen, aber dann fiel ihm wieder ein, wie schnell Espy vorhin die Hand zurückgezogen hatte. Er hatte sie damals in Holliston, als sie von allen geächtet worden war, abscheulich behandelt. Was auch immer Espy im Haus des Professors getan hatte, rechtfertigte nicht Warrens verurteilende Haltung und seine Feigheit.

In den Monaten, die seither vergangen waren, hatte Warren viel gelernt. Er wünschte, er könnte zurückgehen und sein früheres Verhalten ändern – in vielerlei Hinsicht. „Wie gefällt dir Bangor?", fragte er, um ihre Unterhaltung fortzusetzen, während er sich Espys zügigem Gang anpasste.

Sie warf ihm ein Lächeln zu. „Sehr gut! Zuerst war das anders. Aber dann habe ich John und Marion kennengelernt. Sie haben mir sehr geholfen. Ich glaube nicht, dass ich durchgehalten hätte, wenn sie nicht gewesen wären. Sie leiten ein … Haus für Menschen, die in Bangor kein Zuhause haben."

„Was ist das für ein Haus?“

„Es ist ein christliches Gästehaus, eine Pension, die ‚Haus der Hoffnung‘ heißt. John – Mr Talbot – ist Pastor.“ Espy lächelte. „Nicht wie Pastor Curtis. Er trägt nie einen weißen Kragen und wenn man ihm auf der Straße begegnet, würde man es nicht vermuten. Alle nennen ihn John. Aber wenn du anfängst, dich mit ihm zu unterhalten, fällt dir auf, wie viel er über die Bibel weiß. Eigentlich unterscheidet er sich gar nicht so sehr von Pastor Curtis.“

Faszinierte bohrte Warren nach. „Hat er eine Gemeinde?“

„Nein, aber wir haben abends oft Bibelstunden. Und wir gehen in eine nahe gelegene Kirche. Er bezeichnet das ‚Haus der Hoffnung‘ als Mission.“

„Ich verstehe.“ Bevor er die Chance hatte, noch mehr zu erfahren, kamen sie zu einem großen Gebäude, das sich über den gesamten Häuserblock erstreckte.

„Hier sind wir.“

Warren nickte. „Hättest … du vielleicht Lust, morgen wieder gemeinsam zu essen?“ Er kam sich so unsicher vor wie ein Schuljunge.

Espys Lächeln beruhigte ihn. „Gerne. Aber ich erwarte nicht, dass du mich einlädst.“ Ihre Augen leuchteten auf. „Was hältst du davon, wenn ich etwas zu essen einpacke und wir uns in den Park setzen?“ Sie zeigte hinter sich. „Hinter dem Bangor Hotel?“

Warren lächelte. Die Vorstellung gefiel ihm. „Ja.“ Er blickte zum Himmel hinauf. „Hoffen wir, dass es morgen so schön wird wie heute. Sag mir, was ich mitbringen soll.“

Sie überlegte kurz. „Eine Decke, auf der wir sitzen können, wobei es dort auch Bänke gibt.“

„Zur gleichen Zeit wie heute?“

„Zwölf Uhr ist gut.“

Es hatte den Anschein, als wollte keiner von ihnen der Erste sein, der sich verabschiedete. „Ich gehe besser hinein.“

„Darf ich?“ Warren hielt ihr die Tür auf.

„Danke.“

Da jemand hinter ihr stand, war Espy gezwungen, das Gebäude zu betreten. Sie winkte und lächelte, und dann verschwand sie, während sich andere Leute durch den Eingang schoben. Warren stand noch einige Sekunden lang da, bis ihm bewusst wurde, dass er im Weg stand.

Er schob die Hände in die Hosentaschen und lief die Straße hinunter, während sein Herz sich so leicht anfühlte wie seit Tagen nicht mehr … seit Wochen.

Es war gut gewesen, Espy zu sehen. Ein freundliches Gesicht fern der Heimat. Es hatte ihm bewusst gemacht, wie einsam er gewesen war.

Espy hatte so schön ausgesehen wie immer – aber so adrett und anständig. Es war mehr als ihr verändertes Äußeres. Trotz ihrer freundlichen Begrüßung hatte er eine neue Zurückhaltung bei ihr gespürt. Er verstand diese neue Eigenart nicht so recht und freute sich darauf, Espy wiederzusehen, um herauszufinden, ob er sich das nur eingebildet hatte. Lag es vielleicht daran, dass sie bei dieser christlichen Familie lebte? Natürlich war Espy früher auch in die Kirche gegangen, aber abgesehen von ihrem Wunsch, den Armen zu helfen, war sie ihm nicht besonders fromm erschienen. Außer bei der einen Gelegenheit, als sie ihm erzählt hatte, wie sehr sie es liebte, Bibeltexte zu hören. Es war ihm damals schon aufgefallen, aber er hatte es wieder vergessen.

Jetzt dachte er daran, dass Espy ihn aufgefordert hatte, das Tischgebet für ihr einfaches Mittagessen zu sprechen. Anscheinend hatte sich bei ihr geistlich genauso viel getan wie bei ihm.

Er hatte viel aufgegeben, um hierher nach Bangor zu kommen. Als er endlich mit seinem Vater gesprochen hatte, war dessen Reaktion schlimmer ausgefallen, als Warren sie sich ausgemalt hatte. Am Ende ihrer Unterredung hatten sie einander angeschrien. Die Erinnerung daran schmerzte selbst jetzt noch.

Am nächsten Tag hatte sein Vater gedacht, Warren würde alles, was er gesagt hatte, wieder zurücknehmen. Als er gesehen hatte, dass Warren nach wie vor entschlossen war, nach Bangor zu gehen, hatte er ohne einen Anflug der Emotionen vom Vortag sein Urteil verkündet: *Gut. Mach, was du willst. Tu, was du nicht lassen kannst. Aber erwarte keine Hilfe von deiner Familie. Was mich betrifft, verrätst du uns, also will ich deutlich machen, dass es keine finanzielle Unterstützung und auch keine Kommunikation zwischen uns geben wird.*

Da hätte Warren beinahe aufgegeben. Aber etwas in seinem Innern hatte ihn an seiner Entscheidung festhalten lassen. Er glaubte nicht, dass es Stolz war. Wenn er gedacht hätte, er könnte sich den Plänen seines Vaters für sein Leben unterordnen, hätte er es liebend gerne getan. Schließlich hätte er sich dadurch mit seinem Vater – und seiner ganzen Familie – wieder gutstellen können.

Stolz hätte auch den inständigen Bitten seiner Mutter nicht widerstanden. Sie war ihm nachgelaufen und hatte ihn mit Tränen in den Augen angefleht, von seinem Ansinnen Abstand zu nehmen. Stolz hätte nicht zugesehen, wie seiner Mutter das Herz brach, ohne nachzugeben.

Annalise hatte spät an jenem Abend an seine Tür geklopft, nachdem alle schlafen gegangen waren. Sie war die Einzige, die ihm zuhörte und versuchte zu verstehen, warum er so plötzlich, aus einer Laune heraus, alles wegzuwerfen schien.

Aber nachdem er ihr gestanden hatte, wie es ihm in den vergangenen Monaten seit seiner Rückkehr nach Hause gegangen war, nahm sie seine Hand und drückte sie, während sie ihm alles Gute wünschte.

Außerdem nahm sie ihm das Versprechen ab, dass er ihr an Dexters Adresse schreiben würde.

Warren schrieb nicht nur ihr, sondern auch Pastor Curtis regelmäßig, auch wenn ihm das in den letzten Wochen zunehmend schwergefallen war. Er hatte wenig Zeit zwischen den Unterrichtsstunden am Seminar, den Gartenarbeiten für den Professor, bei dem er wohnte, und seiner Arbeit als Nachtwache auf dem Seminargelände, um für sein Studium zu bezahlen.

Warren nahm die Brücke über den Kenduskeag River und ging bergauf zum Seminar. Er hatte noch eine Stunde, bevor sein Unterricht wieder begann, und er wollte sie in der Bibliothek mit Lernen verbringen.

Hebräisch und Griechisch, Altes und Neues Testament, Kirchengeschichte, biblische Exegese, Religionsphilosophie und systematische Theologie. Einen Großteil der Zeit fühlte Warren sich überfordert. Vieles davon war Stoff, den die anderen Studenten im Semester zuvor gelernt hatten und den er jetzt nachholen musste. Deshalb verbrachte er die Zeit zwischen seinen Kontrollgängen in der Nacht auch immer über den Büchern.

In letzter Zeit fragte er sich des Öfteren, ob er die richtige Entscheidung getroffen hatte.

Das harte Arbeiten machte ihm nichts aus. Warren wusste, dass er viel leisten konnte, wenn er sich seines Ziels sicher war. Aber anstatt Gott näherzukommen, hatte er das Gefühl, dass eine intensivere persönliche Beziehung zu Gott durch all die akademischen theologischen Kurse eher behindert wurde.

Seine Seele fühlte sich so trocken an wie die dicken Bände, über denen er brütete.

Warren fragte sich, ob etwas mit ihm nicht stimmte. Deshalb hatte er auch Schwierigkeiten, Pastor Curtis zu schreiben. Der Mann hatte sehr viel getan, um ihm zu helfen. Und mit dem Professor, bei dem er wohnte, konnte er auch nicht reden. Der Mann war ihm gegenüber streng und distanziert und Warren hatte das Gefühl, der Familie zur Last zu fallen, indem er ein Zimmer dort bewohnte.

Die anderen Studenten schienen sich ganz ihren Studien zu verschreiben. Keiner von ihnen arbeitete neben dem Studium, also hatten sie Zeit, einander kennenzulernen. Warren hingegen hatte zum ersten Mal im Leben keine Unterstützung von anderen; für das, was er wollte oder brauchte, musste er arbeiten.

Und er hatte das Gefühl, dass ihm sein Ziel immer mehr entglitt.

22. Kapitel

Espy verließ ihr Bürogebäude pünktlich um zwölf, den Picknickkorb in der einen und ihren Sonnenschirm in der anderen Hand. Sie holte tief Luft und versuchte, ihre Nerven zu beruhigen, während ihr Blick die Straße auf und ab wanderte.

„Hallo."

Sie fuhr zusammen, als sie hinter sich Warrens tiefe Stimme hörte. „Huch, hast du mich erschreckt."

Er stand lächelnd vor ihr. Seine grünen Augen funkelten voller Belustigung – und Freude, sie zu sehen, hoffte sie. „Tut mir leid. Das wollte ich nicht, aber ich habe deinen suchenden Blick gesehen."

„W...wie lange wartest du schon?"

Warren zuckte mit den Schultern. „Ach, fünf Minuten vielleicht."

Wieder nickte Espy, weil sie plötzlich nicht mehr wusste, was sie sagen sollte.

„Sollen wir gehen?"

Sie nickte. Ihr war nur allzu bewusst, wie kurz ihre Mittagspause war.

Warren streckte die Hand aus. „Darf ich?" Er nahm ihr den Korb ab und sie sah, dass er eine dunkle, gefaltete Decke trug. Rasch öffnete sie ihren Schirm und ging dann neben ihm her.

Sie musste ihm nicht den Weg zeigen; er kannte die Stadt ebenso gut wie sie. Nach wenigen Minuten erreichten sie den Innenstadtpark, der einen ganzen Häuserblock einnahm. Die Bäume entfalteten gerade ihre blassgrünen Blätter. Tulpenbeete ließen die Mitte des Parks rot und gelb aufleuchten. Warren ging mit ihr zu einer sonnigen Stelle und vergewisserte sich, dass das Gras nicht feucht war.

Zufrieden stellte er den Korb ab und breitete die Decke aus. Espy griff nach den gegenüberliegenden Ecken und half ihm dabei.

Nachdem er den Korb in die Mitte der Decke gestellt hatte, lud Warren sie mit einem Lächeln ein, Platz zu nehmen. „Bitte sehr."

Espy setzte sich, zupfte ihren blauen Rock zurecht und beugte sich vor, um den Picknickkorb zu öffnen. „Brote mit Hühnersalat", sagte sie, während sie das Essen herausholte, „hart gekochte Eier, Apfelmus."

Warren half ihr, das Essen auszupacken und Servietten und Besteck zu verteilen. „Klingt köstlich. Besser als das, was ich für gewöhnlich esse."

Während Espy ihn ansah, fragte sie sich, wo er wohl wohnte.

Nachdem alles ausgebreitet war, neigten sie wie verabredet beide den Kopf und dankten für das Essen.

Espy biss in ihr Sandwich, ohne Warren dabei aus den Augen zu lassen.

„Mmm", machte er mit vollem Mund und sie lächelte, froh darüber, dass er das Essen genoss.

„Marion hat mir geholfen, deshalb kann ich die Lorbeeren nicht alle für mich selbst einheimsen", sagte sie, sobald sie den Bissen in ihrem Mund hinuntergeschluckt hatte. Sie schenkte ihnen beiden Limonade ein. Dann lehnte sie sich zurück.

„Das war sehr nett von ihr."

„Wie ist es dort, wo du wohnst?", fragte sie, weil sie einen besseren Eindruck davon bekommen wollte, wie Warren in Bangor lebte.

Aber er zuckte nur mit den Schultern. „Typisch Untermiete, würde ich sagen. Einer der Professoren am Seminar nimmt Studenten auf, wenn sie eine Unterkunft brauchen, aber er hat auch einige jüngere Söhne und seine Frau scheint auch ohne zusätzliche Mitbewohner genug zu tun zu haben." Er biss in das hart gekochte Ei. „Dies ist ein schöner Platz."

Espy blickte sich um. Offenbar wollte Warren nicht weiter darüber reden. Die Rückseite eines großen Hotels bildete die eine Seite des Parks und links und rechts wurde er von einigen kleineren Gebäuden gesäumt, aber im Süden, jenseits der Bahnlinie, konnten sie den breiten Fluss und die Stadt Brewer am gegenüberliegenden Ufer sehen. Mehrere Schoner waren an den Anlegern festgemacht. „Ja, er ist sehr friedvoll für einen Ort mitten in der Stadt."

Warrens Blick begegnete dem ihrem, als verstünde er mehr, als sie ausdrücken konnte. „Gar nicht wie Holliston, nicht wahr?"

„Vermisst du unsere Stadt?"

Er ließ sich mit der Antwort Zeit, aß zuerst sein Ei auf und trank dann noch einen Schluck Limonade. Nachdem er sich mit der Stoffserviette den Mund abgewischt hatte, lehnte er sich zurück auf die Ellbogen und blickte in Richtung Fluss.

„Ja." Er holte tief Luft. „Besonders, wenn ich mich frage, ob es richtig war hierherzukommen."

„Du wärst ein guter Pastor", sagte Espy, ohne nachzudenken.

Warren sah sie mit großen Augen an, so als erschreckten ihre Worte ihn. „Meinst du wirklich?"

„Ja." Die Überzeugung in ihrer Stimme nahm zu. „Das konnte ich letzten Sommer sehen, als Pastor Curtis dich gebeten hat, die „Holliston Lights" zu leiten. Wann immer du dich an die Gruppe gewandt hast – und selbst am vierten Juli, als du die Unabhängigkeitserklärung vorgelesen hast –, klangst du so selbstbewusst, wie ein richtiger Anführer."

Ein Schatten fiel über Warrens Gesicht und es hatte den Anschein, als wäre er von ihrer Reaktion enttäuscht. Espy war geknickt. Offenbar hatte sie ihm nicht die Antwort gegeben, die er brauchte.

„Ich glaube nicht, dass es etwas Besonderes ist, wenn man vor einer Menschenmenge sprechen kann. Ich fürchte, ich habe nicht die Eigenschaften, die man braucht, um ein guter Pastor zu sein." Wieder wanderte Warrens Blick zum Fluss. „Meinst du, ich habe das Herz eines Hirten?"

Espy zog die Knie an und stützte die Ellbogen darauf. Dann legte sie das Kinn auf ihre Hände. „Ich glaube schon. Du warst es, der uns im Klub dazu gebracht hat zusammenzuarbeiten, du hast Alvaro eine Chance gegeben, und nach dem, was du erzählst, hast du dich sogar mit ihm und seinen Freunden angefreundet." Ihre Stimme wurde jetzt noch weicher. „Dir liegen die Menschen am Herzen, auch wenn du es vielleicht nicht glaubst."

Seine Mundwinkel wanderten nach oben. „Danke, Espy."

Sie sah ihn fragend an. „Wofür?"

„Du bist seit Pastor Curtis der erste Mensch, der mir das Gefühl gibt, die richtige Entscheidung getroffen zu haben."

Bei seinen Worten wurde ihr ganz warm ums Herz. Bevor sie ihn noch etwas fragen konnte, sagte er: „Und was ist mit dir? Du wirkst …" – er zögerte, als suche er nach dem passenden Wort – „glücklich."

Espy wischte einige Krümel von ihrem Rock. „Das bin ich auch. Glücklicher, als ich es jemals war – nur dass ich meine Familie vermisse."

Warren räusperte sich. „Was in Holliston geschehen ist …"

Eine leichte Röte zog in seine Wangen und Espy merkte, wie unangenehm es ihm war, das Thema anzuschneiden. Er dachte immer noch, es wäre ihre Schuld gewesen. „Damit habe ich abgeschlossen."

Er blinzelte und wich ein wenig zurück. Es war offensichtlich, dass ihre Worte ihn überraschten. „Ich verstehe. Also erzähl mir von deinem Leben hier."

Er hatte sich schnell wieder gefangen. Espy spürte ein Verlangen, das sie längst für tot gehalten hatte – den Wunsch, er möge an ihre Unschuld glauben.

Sie begann ihm von der Wärme und Herzlichkeit zu erzählen, die sie im „Haus der Hoffnung" gefunden hatte.

Warren hatte ihr auch zugehört, als sie begeistert von Mr Stocktons Unterricht berichtet hatte, und sie ermutigt, aber mehr wie ein Erwachsener, der einem Kind Mut macht, das einen Weg einschlägt, den der ältere Mensch bereits hinter sich hat.

Jetzt war es, als würde sie Warren etwas Neues erzählen, etwas, das er selbst nie erlebt hatte. Immer, wenn sie eine Pause machte, stellte er eine Frage, als hätte er Angst, sie könnte aufhören zu reden.

„Ich habe das Gefühl, dass ich Jesus so viel besser kennengelernt habe, seit ich hier in Bangor bin. Gott hat mir wirklich gezeigt, dass er mich niemals verlassen oder aufgeben wird. Ich bin mit so wenig hergekommen." Espy hob lachend die Hände. „Und das wenige, was ich hatte, wurde mir bei meiner Ankunft auch noch gestohlen. Aber der Herr hat mich direkt zu John geschickt. Ich habe von ihm und seiner Frau unendlich viel gelernt." Beinahe hätte sie es mit Mr Stockton und seinem Unterricht verglichen, aber dann hielt sie sich zurück. Diese Episode ihres Lebens lag hinter ihr.

„Aus der Bibel habe ich auch eine Menge gelernt. Wenn wir nicht den Leuten auf der Straße helfen oder in der Suppenküche arbeiten, sitzen wir um den Küchentisch und lesen in der Heiligen Schrift und beten für die Menschen, die um uns herum leben."

In Warrens Augen flackerte etwas auf.

Espy lachte. „Du liebe Zeit, ich rede ohne Punkt und Komma. Und ich habe noch kaum etwas von dir und deinem Studium im Seminar gehört. Ich bin schon mal an dem Gebäude vorbeigegangen. Mit seinen roten Backsteinen und dem Efeu sieht es aus wie ein Ort für gelehrte Männer. Die Studenten und Professoren, die über den ordentlich gemähten Rasen liefen, sahen sehr ernst aus."

Warren lächelte nur.

Als Espy auf ihre Uhr sah, stellte sie mit Bedauern fest, dass ihre halbe Stunde vorbei war. Es tat ihr leid, dass sie kaum etwas von Warren erfahren hatte. „Ich gehe besser wieder an die Arbeit."

Augenblicklich begann Warren die Sachen einzupacken und sie half ihm.

„Es war alles sehr köstlich, Espy. Bitte danke Mrs Talbot von mir."

„Das mache ich." Nachdem sie aufgestanden waren, griff Warren nach der Decke, um sie auszuschütteln. Espy sagte lachend: „Und du kannst deiner Vermieterin für die Decke danken."

Er zog eine Grimasse. „Es ist nur eine Pferdedecke aus dem Stall. Etwas anderes konnte ich nicht bekommen."

„Sie hat uns doch gute Dienste geleistet."

Als er den Korb und die Decke nahm und sie durch den Park in Richtung Straße gingen, fragte sie spontan: „Möchtest du John und Marion einmal kennenlernen?" Sie errötete, weil sie fürchtete, sie könnte aufdringlich wirken. „Da du doch Pastor werden willst und John einer ist, dachte ich, es würde dir vielleicht helfen."

Anstatt beleidigt zu sein, leuchteten Warrens Augen auf. „Das würde ich sehr gerne."

„Ich sage ihm Bescheid und dann lasse ich dich wissen, an welchem Tag es ihm passt." Sie würde John und Marion fragen, ob sie Warren zum Essen mitbringen durfte.

„Ich freue mich darauf."

Am Eingang zu ihrem Bürogebäude reichte er ihr den Picknickkorb. „Danke, Espy. Das Mittagessen war wirklich köstlich. Aber deine Gesellschaft war noch besser."

Sie spürte, wie ihr die Hitze in die Wangen stieg. „Danke."

Ein Angestellter drängte sich an ihnen vorbei und sagte: „Sie gehen besser rein, Miss Esperanza, wenn Sie nicht wollen, dass Mr Hill einen Wutanfall bekommt." Mit einem Lächeln und einem vielsagenden Blick auf Warren ging er durch die Glastür.

Warren streckte die Hand aus. „Dann will ich dich mal nicht länger aufhalten. Wir wollen ja nicht, dass du angebrüllt wirst." Er zögerte. „Darf ich morgen vorbeikommen oder ist das zu bald?"

Seine Hand fühlte sich warm an, als sie sie ergriff. „Morgen ist gut." Sie hatte Angst zu fragen, ob sie wieder zusammen mittagessen wollten. Sie wollte sich nicht aufdrängen.

„Dann bin ich morgen um die gleiche Zeit hier." Er ließ ihre Hand los und zog die Tür für sie auf.

Als Espy sich umdrehte, um das Gebäude zu betreten, sagte er: „Es wäre mir eine Ehre, wenn du mit mir zu Mittag essen würdest."

Zwei Mädchen aus dem Büro erschienen hinter ihr, sodass sie gezwungen war weiterzugehen, aber sie konnte noch nicken. „Gut, das wäre nett."

Das Letzte, was sie sah, war ein erleichterter Ausdruck auf seinem Gesicht. Langsam ging sie zum Aufzug.

Konnte es sein, dass er ebenso erfreut – und ebenso unsicher – wie sie war, was ihre ... Freundschaft betraf?

Am nächsten Tag erzählte Warren Espy etwas mehr darüber, wie schwer ihm der Abschied von seiner Familie gefallen war. Er hatte gezögert, dieses schmerzliche Thema anzuschneiden, vor allem weil er sich mit jedem Tag, der verging, ernsthafter fragte, ob er die richtige Entscheidung getroffen hatte.

Aber Espy hatte ihn nach seiner Familie gefragt und Warren stellte fest, dass er mit ihr auf eine Weise sprechen konnte, wie er noch nie zuvor mit jemandem hatte reden können.

Er erinnerte sich an die düsteren Umstände, unter denen sie gegangen war, und ihm wurde bewusst, dass vermutlich niemand Heimweh und Zweifel besser verstehen konnte als Espy.

Sie wirkte so verändert. Die junge Frau vor ihm wirkte im Vergleich zu dem Mädchen in Holliston so zurückhaltend und doch zugleich reizvoller denn je.

Warren fiel auf, wie ihre dichten dunklen Wimpern ihre Augen bedeckten, wenn er ihr ein Kompliment machte, und ihre Wangen sich zart röteten. Diese Bescheidenheit kannte er an ihr nicht.

Dies war ganz anders als das, was er in Holliston für sie empfunden hatte. Es war ein tieferes Gefühl, so als hätte er endlich jemanden getroffen, der ihn verstand. Warren zerknüllte seine Serviette und blickte auf seinen leeren Teller hinunter. Er hatte Geld ausgegeben, das er eigentlich nicht hatte, um sie in dasselbe Restaurant einzuladen, in dem sie am ersten Tag gegessen hatten. Aber es war ihm egal. Er wollte Espy wenn möglich jeden Tag sehen.

„Und jetzt bin ich mir nicht mehr sicher", sagte er und blickte in ihre mitfühlenden Augen. „Je länger ich hier studiere, desto mehr scheine ich mich von dem Leben zu entfernen, von dem ich glaube, dass Gott es für mich im Sinn hat."

Espy tippte mit ihrem schlanken Zeigefinger nachdenklich an ihr Kinn. „Ich finde, du solltest mit John darüber reden. Ich bin mir sicher, dass er dir helfen kann. Er tut das, was auch dein Anliegen zu sein scheint – Menschen zu erreichen."

„Ich will ihn nicht belästigen."

„Unsinn. Marion und John haben gesagt, du seist jederzeit willkommen. Sie haben dich sogar für heute Abend zum Essen eingeladen, wenn das nicht zu kurzfristig ist."

Warren schluckte und ein Gefühl der Vorfreude stieg in ihm auf. „Überhaupt nicht – es sei denn, du bist es leid, mich zu sehen." Schüchtern lachte er auf.

Am liebsten hätte er Espys Hand ergriffen, aber er hielt sich zurück, weil er sich nur zu gut daran erinnerte, wie schrecklich er sie in Holliston behandelt hatte. Er hatte das Thema nicht noch einmal angesprochen, weil er fürchtete, sie würde ihn wieder so entschlossen aufhalten wie beim ersten Mal, als er auf den Skandal zu sprechen gekommen war. Aber er hatte das Gefühl, dass ihre eigene Geschichte zwischen ihnen stand wie ein Haufen Baumstämme, der den Fluss blockierte. Je länger er wartete, desto größer schien ihm das Hindernis zu werden, sodass es eine Vertiefung ihrer neuen Freundschaft verhinderte.

Am Abend zuvor hatte er lange wach gelegen und zur dunklen

Decke hinaufgestarrt, während er über die Ironie ihrer Situation nachdachte.

Er war nicht mehr in der Lage, einer Frau irgendetwas zu bieten. Er hatte kein Geld und keine beruflichen Aussichten außer einem vagen Traum, irgendwann das Evangelium zu predigen – wo und wann, wusste er nicht. Diesen Magisterabschluss in Theologie, für den er lernte, würde er erst in einem Jahr bekommen – wenn er es überhaupt schaffte.

Als seine Eltern nichts lieber gesehen hätten, war er nicht bereit gewesen zu heiraten. Jetzt sehnte er sich nach der Gemeinschaft und Partnerschaft, die eine tiefe Liebe zu der richtigen Frau mit sich bringen konnte.

Was hatte Espy nur an sich, das ihm den Mut gab, sich ihr gegenüber zu öffnen und zu riskieren, dass sie ihn geringer schätzte, wenn er seine Schwächen offenbarte? Vielleicht lag es daran, dass sie ihm gegenüber nie etwas anderes als Verständnis und Mitgefühl gezeigt hatte.

Was ihren Ausrutscher mit Mr Stockton betraf, so machte Warren sich diesbezüglich keine Sorgen. Espy hatte sich sehr zu ihrem Besseren verändert und war in Bangor in guten Händen.

Ihr altes Leben lag hinter ihr, da war er sich sicher.

Als sie sich nach dem Mittagessen verabschiedeten, zählte er bereits die Stunden, bis er sie an diesem Abend wiedersehen würde.

Pünktlich um fünf Uhr stand Warren wieder vor der Bekleidungsmanufaktur Peabody und wartete darauf, dass Espy erschien. Sie würden mit der Straßenbahn zu ihrer Pension fahren. Endlich würde er die Leute kennenlernen, durch die Espy sich so verändert hatte und die ihr so viel bedeuteten.

Unzählige junge Männer und Frauen, Büroangestellte und Schreibkräfte, strömten aus dem Eingang. Espy erschien ebenfalls und lächelte, sobald sie ihn erblickte.

Wie jedes Mal wärmte ihr Lächeln Warren das Herz. Er ging auf sie zu, um sie zu begrüßen.

„Bist du so weit?"

„Ja. Wir können an der Ecke in die Straßenbahn steigen. Es dauert bestimmt nicht lange, bis eine kommt."

Warren hielt ihr den Arm hin und eine Sekunde später fühlte er, wie Espy sich unterhakte.

Sie plauderten über ihren Tag im Büro und über seinen im Unterricht, während sie auf die Bahn warteten, und redeten auch dann noch weiter, als sie eingestiegen waren. Das Gefährt war voll mit Menschen, die von der Arbeit kamen.

Einige Haltestellen nach dem Hauptbahnhof stiegen sie aus. „Von hier aus können wir laufen. Es sind nur ein paar Häuserblöcke bis zum Fluss."

Warren sah sich um, weil er in diesem Teil der Stadt noch nie gewesen war. Es war ein Viertel, in dem viele Einwanderer wohnten, vor allem Iren, aber auch Osteuropäer. In den Straßen drängten sich die Reihenhäuser dicht an dicht. Sie standen neben Fabriken und Lagerhäusern. Als sie sich den Gleisen am Fluss näherten, war das donnernde Rattern eines Zuges zu hören.

„Gleich sind wir da", sagte Espy und zeigte mit der Hand die Straße hinauf.

„Der Zug muss dich nachts doch stören."

„Man gewöhnt sich daran. Ich höre ihn kaum noch."

Die meisten der mit Schindeln versehenen Häuser in diesem Viertel waren kaum mehr als Baracken. Trotz der kühlen Abendluft saßen mehrere Personen draußen auf den Veranden. Der Geruch von Tabak und Stimmengemurmel waberten herüber.

Warren wurde schwer ums Herz, als er dachte, dass Espys Los sich gegenüber ihrem Leben in Holliston kaum verbessert hatte.

Espy führte ihn zu einer breiten, überdachten Veranda eines zweigeschossigen Hauses, das etwas ordentlicher und gepflegter aussah als die anderen. Eine Glaslaterne brannte vor der Tür. Verwundert betrachtete Warren das Schild: *Haus der Hoffnung*.

Espy öffnete die Tür und bat ihn herein. Ein herzhafter Duft stieg ihm in die Nase. Gleich darauf erschien eine attraktive Frau mit einem Lächeln auf den Lippen und ausgestreckter Hand.

„Sie müssen Warren Brentwood sein. Willkommen im ‚Haus der Hoffnung'. Ich bin Marion Talbot."

Er ergriff die Hand der Frau. „Danke für die Einladung, Mrs Talbot."

„Freunde von Espy sind auch unsere Freunde. Bitte nennen Sie mich Marion. Ihr habt bestimmt Hunger, ihr beiden. Espy, zeig Warren doch, wo er sich die Hände waschen kann. Dann können Sie ins Esszimmer kommen, wo Sie den Rest der ‚Sippe' kennenlernen können", fügte sie lachend über die Schulter hinzu.

Als Warren wenige Minuten später das Speisezimmer betrat, war dort eine große Gruppe versammelt, bestehend aus Männern und Frauen unterschiedlichen Alters. Bevor er Espy irgendwo entdecken konnte, kam ein muskulöser Mann mittleren Alters mit grauen Schläfen lächelnd auf ihn zu. „Warren Brentwood?"

Als er nickte, streckte der Mann ihm die Hand entgegen. „John Talbot. Bitte nennen Sie mich John. Ich bin mir sicher, meine Frau hat Sie bereits willkommen geheißen, aber gestatten Sie mir die Ehre, Ihnen einige Mitglieder unserer ‚Familie' vorzustellen."

Warren konnte sich nur wenige der Namen merken. Was ihm auffiel, war die herzliche Offenheit in allen Blicken und Worten.

„Ist alles in Ordnung?", flüsterte Espy, als sie sich neben ihn an den langen Tisch setzte.

Warren grinste sie an. „Ich fühle mich ein bisschen überwältigt, aber sonst gut."

„Ich brauchte ein paar Tage, um mir alle Namen zu merken. Und es kommen ständig neue Leute, wenn ältere Bewohner ausziehen, weil sie wieder auf die Beine gekommen sind."

„Mr … äh … John hat sie als ‚Familie' bezeichnet."

„Das sind sie auch. Wir gehören hier alle zur Familie Christi."

Warren dachte noch darüber nach, als John mit der Gabel leicht an sein Glas schlug. „Wir wollen für das Essen danken."

Alle neigten den Kopf und Warren tat es ihnen gleich.

Nachdem sie alle „Amen" gesagt hatten, erhoben sich die Stimmen wieder. Schüsseln wurden hin und her gereicht und Besteck schlug gegen Porzellan. Als die Bewohner anfingen zu essen, wurde es ruhiger, aber dann wurde die Unterhaltung fortgesetzt.

Warren war zufrieden damit, den Gesprächsfetzen um sich herum zu lauschen. Die Leute fragten einander nach ihrem Tag und er hatte den Eindruck, dass alle in Büros oder Fabriken arbeiteten.

Zu den Bewohnern zählten junge Mädchen in Espys Alter, aber auch Männer mit grauen Haaren und dicken Backenbärten und alle Altersgruppen dazwischen.

Hin und wieder stellte John ihm eine Frage, um ihn in die Unterhaltung an seinem Ende des Tisches einzubeziehen.

Warren war froh, dass er nicht besonders auffiel. Zumal er Hunger hatte und das Essen deutlich schmackhafter war als das, was er sonst aß.

Nachdem alle gegessen hatten und sich vom Tisch erhoben, lehnte John sich zurück.

Espy machte sich mit den anderen daran, das Geschirr abzuräumen. Als Warren ebenfalls aufstehen wollte, schüttelte sie den Kopf. „Ich komme gleich wieder. Bei so vielen Helfern dauert der Abwasch nicht lange."

Als sie davonging, lächelte John. „Espy hat mir erzählt, wie Sie sich über den Weg gelaufen sind. Lustig, dass Sie beide in Bangor waren, ohne es zu wissen."

„Es tat gut, sie zu sehen – ein freundliches Gesicht aus der Heimat."

„Espy war ziemlich überrascht zu hören, dass Sie am Seminar studieren. Meine Alma Mater", fügte John lächelnd hinzu.

Warren sah ihn mit großem Interesse an. „Sie haben auch dort studiert, Sir?"

Er lachte leise. „Ist schon ein paar Jahre her."

Warren wollte ihn so vieles fragen, aber er zögerte. Er hatte den Mann gerade erst kennengelernt. Trotzdem spürte er irgendwie eine Verbundenheit mit ihm. Obwohl das Schweigen sich zwischen ihnen ausdehnte, wirkte John Talbot gelassen und als habe er es kein bisschen eilig.

Warren räusperte sich. „Erzählen Sie mir vom ‚Haus der Hoffnung'. Wie hat es damit angefangen?"

„Gott hat mir die Gabe der Evangelisation geschenkt – das heißt, außerhalb der Kirche das Evangelium zu predigen. Trotzdem zog ich, nachdem ich das theologische Seminar beendet hatte, mit der Guten Nachricht von der Erlösung erst einmal von Gemeinde zu Gemeinde. Aber auf meinen Reisen durch viele Städte fielen mir die Menschen außerhalb der Kirche auf – diejenigen, die in Mietwohnungen wohnten, die nicht gut Englisch sprachen, weil sie erst vor Kurzem in unser Land gekommen sind. Also kehrte ich nach Bangor zurück und fing an, auf der Straße zu predigen, hier in diesem Viertel, in dem die meisten Einwanderer landen.

Allmählich wurde das Ganze zu einer Arbeit, die auch praktische Dinge umfasste. Man kann den Menschen nicht predigen, wenn es ihnen am Nötigsten fehlt. Da dies eine Hafengegend ist, gibt es auch viele Herumtreiber, Seemänner, Leute von der Handelsmarine und Holzfäller, und das führt zu Problemen mit Alkohol und Landstreicherei. Also richtete ich eine Suppenküche ein, die wir immer noch betreiben. Mit der Zeit kam ein Ort dazu, an dem Menschen unterkommen können."

Er streckte seiner Frau, die gerade aus der Küche kam, die Hand entgegen. „Ich muss nicht betonen, dass ich nichts von alle dem ohne die gute Gehilfin hätte tun können, die Gott mir mit dieser lieben Frau so großzügig an die Seite gestellt hat."

Sie sahen einander mit gegenseitiger Bewunderung an, bevor Marion sich Warren gegenüber an den Tisch setzte.

Einige Minuten später kam Espy mit einem Tablett und Tee herein. Während John weiter von seiner Arbeit erzählte, gab sie jedem eine Tasse. Warren lächelte ihr dankbar zu und war froh, als sie wieder neben ihm Platz nahm.

Warren stellte John und Marion noch einige Fragen, aber vor allem hörte er einfach zu, während sie von all den Jahren berichteten, die sie aus dem Glauben heraus gelebt hatten.

„Nach und nach, als wir das, was der Herr jedem von uns gegeben hat – mir das Predigen, Marion die Gastfreundschaft, unter anderem –, treu verwalteten, konnten wir anfangen, die Ernte einzubringen."

Marion nahm den roten Faden auf. „Unsere Nachbarn sahen, dass Menschen, die hierherkamen und die von der Gesellschaft ausgestoßen wurden – Trunksüchtige, aus denen nie etwas werden würde; junge Frauen, die hergekommen waren, um in einer Fabrik zu arbeiten, aber in Schwierigkeiten geraten waren –, ihr Leben wieder in den Griff bekamen. Ehemalige Trinker behielten ihre Arbeit oder konnten vielleicht etwas Neues lernen, junge Frauen fanden gute Ehemänner. Dieselben Nachbarn, die uns früher feindlich gesinnt gewesen waren, wollten uns jetzt helfen. Auch sie hörten das Evangelium. Irgendwann konnten wir hier im Viertel eine Gemeinde gründen."

„Sie sind zusätzlich auch noch Pastor einer Gemeinde?"

John nickte. „Das war ich. Jetzt hat ein junger Mann diese Aufgabe übernommen. Jemand, der durch mich zum Glauben gekommen ist."

Warren schüttelte den Kopf. „Ich wünschte, ich hätte das Gefühl, dass Gott mich auch so gebraucht. Ich komme mir vor, als ob das, weswegen ich hierher nach Bangor gekommen bin, nichts mit dem zu tun hat, was Sie hier bewirken."

„Erzählen Sie mir von Ihrem Weg nach Bangor", sagte John leise.

Warren sah in seine ruhigen Augen und begann ihm alles zu erzählen, was ihn auf diesen Weg gebracht hatte.

„Ich habe mir den Zorn meines Vaters und den Kummer meiner Mutter zugezogen. Ich habe das Gefühl, alle enttäuscht zu haben, denen ich in meiner Stadt gefallen wollte, indem ich alles stehen und liegen gelassen habe. Und das ausgerechnet in dem Moment, in dem ich die Aufgabe übernehmen sollte, für die ich ausgebildet wurde. Mein Vater hat mich all diese Jahre über erzogen – damit ich ihm alles vor die Füße werfe und gehe?" Warren ballte frustriert die Faust.

Dann schüttelte er den Kopf und atmete resigniert aus. „Und wofür? Damit ich in einem Klassenzimmer sitze und gelehrten Männern zuhöre, die über Dinge reden, die nichts mit dem gemein zu haben scheinen, was ich als Gottes Berufung verstanden habe?"

Anstatt schockiert zu sein, lächelte John nur.

„Ich bin froh, dass Sie das amüsiert. Ich habe ein furchtbar schlechtes Gewissen und ehrlich gesagt frage ich mich, ob ich nicht einfach nach Hause fahren und meinem Vater sagen soll, dass er recht hatte und ich einen Fehler gemacht habe." Warren lächelte freudlos. „Wie der verlorene Sohn, nur dass ich nicht weggegangen bin, um ein wildes Leben zu führen. Ich glaube nicht, dass ich jemals zuvor so asketisch gelebt oder so viel gearbeitet habe."

John beugte sich vor und faltete die Hände auf der Tischplatte. „Sagen Sie mir, welchen Ihrer Umstände Sie im Moment am schwierigsten finden."

Warren rieb sich das Kinn. Wenn er den Pastor bis jetzt noch nicht aus der Fassung gebracht hatte, würden es seine nächsten Worte vielleicht tun. „Die Tatsache, dass ich mich ganz ausgetrocknet fühle."

Der Blick des Pastors ruhte weiter gelassen auf ihm.

Während Warren fortfuhr, fragte er sich, ob der Mann ihn überhaupt gehört hatte. „Ich sitze im Unterricht vor Männern, die beeindruckende Titel vor ihren Namen haben und von den angesehensten theologischen Schulen des Landes kommen; ältere Männer, die ihr ganzes Leben als Theologen verbracht haben. Ich sollte ihre weisen Worte verschlingen."

Er rutschte auf seinem Stuhl hin und her. „Warum also fühle ich mich dann so rastlos und sehe keinen Zusammenhang zwischen ihrer hochtrabenden Sprache und meinem jetzigen Leben? Ich frage mich, ob Gott wirklich wollte, dass ich dafür alles aufgebe und – das ist das Schlimmste – meine Familie enttäusche und verletze? Ich brüte bis in die frühen Morgenstunden hinein über theologischen Aufsätzen, finde aber nur wenig, das für mein Leben jetzt eine Bedeutung hat."

„Haben Sie die Apostelgeschichte studiert?"

Johns Frage überraschte ihn und ließ ihn verdutzt zurück.

Der Pastor beugte sich vor. „Wenn Sie dieses Buch in letzter Zeit nicht gelesen haben, schlage ich vor, dass Sie es noch einmal tun. Achten Sie besonders auf die Erfahrung der Jünger an Pfingsten und darauf, wie die Kirche von da an wuchs."

Warren hatte die Apostelgeschichte gelesen, aber der Vorschlag des Mannes faszinierte ihn trotzdem.

„Gottes Heiligen Geist – ich glaube, das ist es, was Sie brauchen. Er wird Ihr Leben mit Gott verändern … und Ihre Arbeit." John lächelte. „Das beste Heilmittel gegen Dürre, das ich kenne."

Der Blick des Pastors richtete sich auf seine Frau und Espy. „Ich schlage vor, dass wir für Warren beten."

Marion lächelte und streckte beide Hände aus. „Ja, das sollten wir tun."

Sie fassten einander bei den Händen, etwas, das Warren beim Beten nicht gewohnt war.

Das Gebet erschütterte ihn. Die leisen Worte sprachen von Offenbarung und davon, dass seine Augen geöffnet werden mögen und andere Dinge in dieser Richtung, so als würde er blind herumlaufen.

Als Warren an diesem Abend nach Hause kam, ging ihm immer noch durch den Kopf, was der Pastor gesagt hatte. Er blieb auf und las die Apostelgeschichte so genau, wie er es noch nie getan hatte.

23. Kapitel

Die folgenden Wochen verliefen so, wie Espy es sich niemals hätte träumen lassen. Warren und sie verbrachten jede Mittagspause miteinander. Da die Tage stetig wärmer wurden, brachten sie immer abwechselnd ein Mittagessen mit und verspeisten es gemeinsam im Park. Wann immer er einen freien Abend hatte, kam Warren in die Mission und nahm an den Bibelstunden teil oder begleitete John bei seiner Runde durch die Straßen oder half Espy, wenn die Suppenküche geöffnet hatte.

Mit dem Mai kamen auch die Holzfäller nach Bangor, da das Holz nun den Fluss hinuntergetrieben wurde. Nach dem langen Winter im Wald hatten sie Geld in den Taschen. Jeder Abend schien neue Prügeleien mit sich zu bringen und Männer, die nach einer durchzechten Nacht keinen Penny mehr besaßen.

Inzwischen zog Warren beinahe jeden Abend mit John los, bevor er seine Arbeit als Wachmann beim Seminar antrat. Marion und Espy blieben normalerweise zu Hause, da sie es mit rauen Gesellen zu tun hatten. Aber sonntagabends begleiteten sie die Männer, zusammen mit einigen anderen Bewohnern des Hauses. Es war an einem dieser Sonntage Ende Mai, als Warren Espy erzählte, John habe ihn gebeten zu predigen.

„Wirklich?“, freute sich Espy. „Warren, das ist wunderbar!“

Er sah sie prüfend an. „Findest du?“

„Ja“, sagte sie mit aller Gewissheit, die sie in ihre Stimme legen konnte. „Du wirst das großartig machen.“

Er lächelte schief. „Ich hoffe, du hast recht, obwohl ich bezweifle, dass ich das ‚großartig‘ machen werde. Passabel würde mir schon reichen.“

„Deine Predigt wird mehr als passabel sein.“

Während sie gemeinsam die dämmrige Straße hinuntergingen, stellte sie ihm eine Frage, die ihr schon seit Längerem auf der Seele brannte. „Hast du die Apostelgeschichte eigentlich gelesen?“

Es dauerte einige Minuten, bis Warren antwortete. Espy hoffte, dass sie nicht einen wunden Punkt berührt hatte, über den er vielleicht nicht mit ihr sprechen wollte. „Ja, an jenem Abend noch."

Nichts an Warrens Tonfall ließ vermuten, dass ihm das Thema unangenehm war. „Und wie war es?"

„Es war merkwürdig. Es ist ja nicht so, als hätte ich die Texte noch nie gelesen, aber es war, als würde ich sie zum ersten Mal lesen … so als hätte Gott Johns Gebet sofort erhört und eine Art geistliche Blindheit von mir genommen und mir die Augen für die Wahrheit geöffnet."

Bevor Espy weiterfragen konnte, wandte er sich zu ihr um. „Hast du die Apostelgeschichte mal gelesen – ich meine, so wie John es gesagt hat, dass du darin etwas für dein eigenes geistliches Leben gesucht hast?"

„Ja. Kurz nachdem ich hierherkam, schlugen er und seine Frau vor, dass ich sie lese. Anschließend haben wir in der Bibelstunde mit einigen anderen darüber gesprochen. Sie hatten alle erstaunliche Dinge zu erzählen." Sie staunte noch immer über die Zeugnisse der einzelnen Teilnehmer. „Eines Abends fragte John mich, ob ich die Vergangenheit wirklich hinter mir lassen wolle." Sie errötete, zwang sich aber, über ihre Zeit in Holliston zu sprechen. „Er hat mit mir ein Bußgebet gesprochen und ich habe Jesus gebeten, in mein Herz zu kommen, wie ich es noch nie zuvor getan hatte. Doch, vielleicht als kleines Mädchen. Aber jetzt bedeutete es viel mehr."

„Was ist geschehen?"

Espy erinnerte sich noch genau an jenen Abend. „Alle haben sich um mich versammelt und für mich gebetet. Erst John, dann Marion und schließlich Jacob, einer der Männer, die damals hier wohnten."

Sie schluckte und ihre Stimme war von den intensiven Emotionen selbst jetzt noch belegt, obwohl seitdem beinahe ein Jahr vergangen war. „Ich habe gespürt, wie mich eine Wärme überkam, und ich fühlte mich rein, zum ersten Mal in meinem Leben wirklich rein. Und die Freude … ich empfand eine Freude, die ich noch nie erlebt hatte. Natürlich war ich früher auch glücklich, wenn mir etwas Schönes widerfahren war oder ich bekam, was ich wollte, aber dies war anders. John sagte hinterher zu mir, dass das wahre Freude sei, und ich konnte den Unterschied zwischen diesem Zustand und einfachem Glücklichsein ganz klar erkennen."

Warren schluckte. In seinem Blick lag so etwas wie Sehnsucht. Aber er nickte nur und blickte wieder geradeaus.

Sie kamen zu dem Platz in der Nähe der Gasthäuser, in denen die Holzfäller und Waldarbeiter in der Regel abstiegen. Espy dachte an jenen ersten Abend, an dem sie hier allein und voller Angst herumgeirrt war.

Die Straßenlaternen beschienen Bretterstapel und aufgeschichtete Holzstämme, die auf den Anlegern darauf warteten, auf die Schoner geladen zu werden.

Espy stand mit den anderen im Kreis, während sie für den Abend beteten. Dann teilten sie sich in kleinere Gruppen auf, bewaffneten sich mit Handzetteln und erzählten den Leuten, dass sie gleich einen christlichen Gottesdienst abhalten würden und sie herzlich dazu eingeladen waren.

Espy bildete mit Warren und einem anderen Mann eine Gruppe. John zog mit seiner Frau und zwei weiteren Männern los.

Hin und wieder spottete jemand, aber die meisten Männer waren freundlich und sagten Dinge wie: „Ich bin nicht mehr zu retten, aber trotzdem danke, Pastor“ oder: „Ich komme gleich, sobald ich was getrunken habe“. Dann folgte Gelächter.

Aber viele waren auch dankbar. Espy fühlte mit ihnen, wenn sie den einsamen Blick in ihren Augen sah. Einige erzählten davon, welches Pech sie gehabt hatten. Warren hörte höflich zu, wiederholte dann seine Einladung zu dem Gottesdienst und versprach anschließend, für ihre Situation zu beten.

Wenn es sich um eine Frau handelte, die bereit war, sich an den erstbesten Mann zu verkaufen, war Espy diejenige, die die Einladung aussprach. Warren schwieg dann, obwohl die Frauen immer nur ihn ansahen.

Anstatt sich darüber zu ärgern, wie sie es früher tat, empfand Espy Mitleid. „Klar, Süßer, ich komm und hör mir an, was du zu sagen hast, wenn du der Prediger bist“, sagte eine Frau lachend zu Warren.

Schließlich versammelten sie sich alle an einer Straßenecke und sangen einige Lieder. Ihre Stimmen waren in der Nachtluft gut zu hören und zogen einige Neugierige an, die kein Geld mehr hatten, die sich langweilten oder die eine vertraute Melodie an zu Hause und bessere Zeiten erinnerte.

Nach einem kurzen Gebet stellte John Warren vor als einen „jungen Mann, der etwas vom Holzgeschäft versteht und heute Abend über einige Bibelverse sprechen will“.

Warren dankte ihm und schlug die kleine Bibel auf, die er bei sich trug. „Danke, Bruder John.“ Er blickte in die bunte Runde. „Wenn Sie mit mir ein Stück aus dem Buch …“ Er hatte Mühe mit den Seiten und räusperte sich, „Epheser lesen wollen.“

Als Warren zu lesen anfing, wurde seine Stimme mit jedem Vers fester. Espy betete im Stillen für ihn, weil sie wusste, wie unsicher er war, obwohl er Selbstbewusstsein und Stärke ausstrahlte.

Herr, gib ihm die Vollmacht deines Heiligen Geistes. Lass ihn spüren, dass du bei ihm bist, und schenk ihm die Gewissheit, dass du ihn dazu berufen hast zu predigen.

Als Warren spät an diesem Abend sein Zimmer betrat, war er viel zu aufgedreht, um zu schlafen. Er setzte sich auf sein Bett und las noch einmal die Apostelgeschichte.

Aber ihr werdet die Kraft des Heiligen Geistes empfangen, der auf euch kommen wird, und werdet meine Zeugen sein in Jerusalem und in ganz Judäa und Samarien und bis an das Ende der Erde.

Und ein Stück weiter las er: *Und sie wurden alle erfüllt von dem Heiligen Geist und fingen an zu predigen in andern Sprachen, wie der Geist ihnen gab auszusprechen.*

Warren las weiter, bis er das ganze Buch durchgelesen hatte, und staunte über die Verwandlung der früheren Jünger, nachdem sie die neue Kraft aus der Höhe erhalten hatten. Sie fingen tatsächlich an, „die Werke des Herrn“ zu tun, nachdem sie die Kraft des Heiligen Geistes empfangen hatten.

War es das, was Johns Arbeit so erfolgreich machte? Wobei *erfolgreich* nicht ganz das richtige Wort war, dachte Warren, obwohl auch das stimmte. Es war mehr als das. Johns Dienst brachte Frucht – und der Beweis waren die veränderten Menschen, die er gesehen hatte.

Warren verglich die Menschen, die er hier kennengelernt hatte, mit den Freunden und Nachbarn, mit denen er aufgewachsen war und die jeden Sonntag treu in die Kirche gingen. Dort hatte er nie gesehen, dass ein Leben verwandelt wurde. Die Menschen dort waren ganz anders als John und Marion und die Menschen im „Haus der Hoffnung". In seiner alten Gemeinde hatte er nie wirklich einen solchen Aufbruch erlebt.

Selbst sein armseliger Versuch, mehr junge Leute in die Kirche zu bringen und den Graben zwischen Begüterten und Habenichtsen zu überbrücken, wie er es insgeheim genannt hatte, war kläglich gescheitert beziehungsweise hatte nichts wirklich verändert.

Warren fühlte sich körperlich erschöpft, als er die Bibel zuklappte und fortlegte, aber sein Geist war immer noch hellwach. Einem inneren Bedürfnis folgend faltete er die Hände, neigte den Kopf und betete: „Lieber Gott, gib mir, was die ersten Jünger hatten. Ich möchte die Macht deines Heiligen Geistes in mir spüren. Das wünsche ich mir von ganzem Herzen. Ich möchte als Prediger des Evangeliums Frucht bringen, wenn das dein Plan für mich ist. Ich will nicht mehr diese Leere, diese Dürre in mir haben."

Als er geendet hatte, wartete er einen Moment und hoffte auf etwas, auch wenn er nicht genau wusste, auf was. Er dachte an die züngelnden Flammen bei der ersten Ausgießung des Heiligen Geistes, von denen die Apostelgeschichte erzählte, und an Espys Schilderung ihrer persönlichen Erfahrung.

Aber er spürte nichts. Mit einem müden Seufzer erhob er sich, machte sich bettfertig und kroch unter die Decke. Die Hände hinter dem Kopf gefaltet, starrte er zur dunklen Decke hinauf.

Am nächsten Nachmittag kam Warren spät in seine Unterkunft zurück. Er hatte den ganzen Tag über Vorlesungen gehabt, war extrem hungrig, und ihm graute bei dem Gedanken an die lange Nacht als Wachmann. Da er zu viel lernen musste, hatte er Espy nicht zum Mittagessen treffen können. In der kommenden Woche würden die Abschlussprüfungen stattfinden. Aber er vermisste die Zeit mit ihr.

Als Warren das Haus betrat, war von seiner Vermieterin nichts zu sehen. Erleichtert atmete er auf. Bevor er in sein Zimmer ging, sah er auf dem Tisch im Flur nach, ob Post für ihn gekommen war.

Sein Herz machte einen kleinen Satz, als er einen handgeschriebenen Brief sah. Er verschlang Annalises Briefe wie ein Verhungernder, dem man ein Festmahl vorsetzte. Aber diesmal erkannte er in der schwarzen Tinte die Handschrift seines Vaters.

Mit zitternden Fingern nahm er den länglichen Umschlag, riss ihn auf und entfaltete das Blatt.

Lieber Sohn,

Warren überflog den Brief, während er die Treppe hinaufstieg. In seinem Zimmer setzte er sich dann auf einen Stuhl und las den Brief seines Vaters noch einmal in Ruhe.

Lieber Sohn,
bitte komm nach Hause. Ich habe die letzten viereinhalb Monate darüber nachgedacht und bin bereit, dir die Führung vorbehaltlos zu überlassen, wenn du nur heimkommst.
Ich habe kein Wort von dir gehört, seit du gegangen bist. Offen gestanden hatte ich dich längst zurückerwartet, aber ich hätte wissen müssen, dass du aus härterem Holz geschnitzt bist.
Schließlich hast du bei mir gelernt. (Das war der Versuch, einen Scherz zu machen für den Fall, dass du es nicht gemerkt hast.)
Ich bin bereit zu tun, was immer du willst, um dir entgegenzukommen, wenn du nach Hause kommst. Mir ist jetzt bewusst, dass ich nicht so kompromisslos hätte sein dürfen und dass du nicht von einer Berufung zum Pastorendienst gesprochen hättest, wenn du nicht wahrhaftig diese Neigung verspüren würdest.
Ich merke mein Alter und erkenne, dass ich jemanden brauche, der mir hilft, die Last des Unternehmens zu tragen, das dein Urgroßvater aufgebaut hat und dass ich das Vorrecht hatte, im Laufe der Jahre weiterzuführen.

Der Brief fuhr noch einen Absatz lang in ähnlicher Weise fort. Was Warren am meisten erstaunte, war der versöhnliche Ton seines Vaters. Noch nie hatte er bei seinem Vater die Bereitschaft erlebt zu verhandeln. Er hatte ihn mit eiserner, wenn auch gerechter Hand erzogen und Warren war es gewohnt gewesen zu gehorchen und der größeren Weisheit und Erfahrung seines Vaters zu vertrauen.

Doch dann hatte eine höhere Macht Warren dazu berufen, etwas anderes zu tun, und jetzt fing sein Vater tatsächlich an, dies anzuerkennen.

Das andere, was Warren erstaunte, aber auch mit Sorge erfüllte, war die Tatsache, dass sein Vater über das Altern sprach. Warren starrte auf die energische Handschrift und konnte sich einfach nicht vorstellen, dass sein Vater älter wurde.

Aber etwas an seinem Tonfall hatte sich verändert.

Der Brief endete mit einer Bitte, Warren möge im Sommer nach Hause kommen, damit sie beide reden konnten, bevor Warren eine Entscheidung hinsichtlich der Rückkehr ins Seminar fällte.

Lieber Gott, was soll ich tun? Ich dachte, dein Wille sei eindeutig, aber wie kann ich die Bitte meines Vaters ausschlagen?

Er wäre ein undankbarer Sohn, wenn er nicht wenigstens dem Wunsch seines Vaters nach einer Unterredung nachkommen würde.

Warren dachte über den Mann nach, der gesagt hatte, er wolle Jesus folgen, müsse sich aber zuerst von seiner Familie verabschieden. *Wer seine Hand an den Pflug legt und sieht zurück, der ist nicht geschickt für das Reich Gottes.*

Warren hatte alles für das Reich Gottes aufgegeben. Warum befand er sich dann jetzt in dieser Zwickmühle?

Ihm fiel sein Gebet vom Abend zuvor ein. Während er auf die Tapete an der gegenüberliegenden Wand starrte, fragte er sich, ob dies eine Antwort auf sein Gebet war oder eine Versuchung des Teufels. *Lieber Gott, zeig mir, was ich tun soll. Willst du, dass ich nach Hause gehe?*

Das Semester war beinahe zu Ende und Warren hatte sich bereits gefragt, was er während der langen Sommermonate tun sollte.

In einem Anflug von Entschlossenheit griff er nach seinem Federhalter, um den Brief seines Vaters zu beantworten. Er würde ihm sagen, dass er beabsichtigte, die Abschlussprüfungen zu machen und dann nach Hause zu kommen, aber nur zu Besuch. Er würde darauf vertrauen, dass Gott ihm irgendwann zeigte, was er tun sollte.

Das Herz wurde Warren schwer, als er an Espy und John und

Marion dachte und an die Welt, die sich ihm gerade erst eröffnet hatte.

Gott würde doch bestimmt nicht wollen, dass er sie so schnell wieder aufgab.

*

Espy saß Warren im Park gegenüber und starrte ihn über die Reste ihres Mittagessens hinweg an. Es fiel ihr schwer zu sprechen, weil Warrens Neuigkeit ihr die Kehle zuschnürte. „Du hast also beschlossen zurückzugehen?"

Seine grünen Augen sahen in die ihren. „Nur zu einem Besuch." Fahrig fuhr sich Warren mit der Hand über den Mund und wandte dann den Blick ab, als wäre er unglücklich. „Offen gestanden weiß ich nicht, was ich tun soll, aber ich finde, ich bin es Vater schuldig, dass ich ihn zumindest anhöre." Sein Brustkorb hob und senkte sich in einem müden Seufzer. „Ich will nicht mit meiner Familie im Streit liegen. Es ist mir wichtig, dass meine Eltern meine Entscheidung, hier zu sein, wenigstens akzeptieren."

„Das ist doch verständlich. Du kannst nicht zulassen, dass es so weitergeht."

Warrens Blick kehrte zu ihr zurück. Er sah sie voller Wärme an und ein kleines Lächeln lag auf seinen Lippen.

Im nächsten Augenblick war er jedoch wieder ernst. „Aber ich will nicht von hier fortgehen. Ich habe das Gefühl, gerade erst …" Was auch immer er hatte sagen wollen, er schien es sich anders zu überlegen. „Ich habe gerade erst John und Marion kennengelernt und damit begonnen, mich in ihrer Arbeit zu engagieren. Zum ersten Mal habe ich das Gefühl, dass mein Aufenthalt in Bangor einen echten Sinn hat."

Wehmütig lächelte er sie an. „Ich weiß, Gott hat wahrscheinlich wichtigere Dinge zu tun, als darüber nachzudenken, ob ich mein Studium in Bangor fortsetzen oder nach Hause zurückkehren und im Werk meines Vaters arbeiten soll."

„Das ist nicht wahr, Warren! Natürlich ist es ihm wichtig, was du tust." Die nächsten Worte kosteten Espy einige Überwindung.

„Und er wird es dir ganz deutlich zeigen. Warte nur ab. Vertraue auf ihn und seine Güte."

„Dein Leben hat er jedenfalls von Grund auf umgekrempelt. Ich meine, du hast dich auf so vielfältige Weise verändert."

In Espys Augen brannten Tränen. „Ich lebe, doch nun nicht ich", sagte sie leise, „sondern Christus lebt in mir."

Warren lächelte als Erwiderung auf den Bibelvers. Worte waren zwischen ihnen nicht nötig.

Sie würde ihn vermissen und sie würde sich mit der Tatsache auseinandersetzen müssen, dass sie ihn vielleicht nie wiedersah. Aber daran wollte sie jetzt nicht denken. Sie wollte sich lieber mit ihm darüber freuen, dass er sich mit seiner Familie aussöhnen konnte. Wie gerne würde sie heimfahren und ihre Mutter und Angela und all ihre anderen Geschwister besuchen.

Aber sie war noch nicht bereit dazu, nach Holliston zurückzugehen. Bangor hatte ihr die Möglichkeit gegeben, ein neues Leben zu beginnen. Sie würde nicht an einen Ort zurückkehren, an dem die Menschen sie nur als Versuchung betrachteten.

Eine Woche später reiste Warren ab. Espy hatte in den Tagen zuvor nicht viel von ihm gesehen, weil er für seine Prüfungen lernen und nachts seinen Wachposten hatte ausüben müssen. Da war nicht viel Zeit für andere Dinge geblieben.

Zusammen mit John und Marion brachte Espy Warren zur Postkutsche. Bevor er einstieg, fragte Warren, ob er ihr schreiben dürfe.

„Natürlich", sagte sie sofort. Dann zögerte sie. „Aber ich habe Verständnis, wenn du zu viel zu tun hast."

Warren sah ihr unverwandt in die Augen. „Dafür werde ich nicht zu beschäftigt sein. Wirst … wirst du mir antworten?"

Wollte er tatsächlich von ihr, Espy Estrada, hören oder war es nur die höfliche Bitte eines Freundes? Aber die Eindringlichkeit, mit der er sie ansah und auf ihre Antwort wartete, ließ sie hoffen, dass dieser Abschied auch ihm nicht leichtfiel.

„Wenn du willst", flüsterte sie schließlich.

„Ich würde mich freuen."

Warren erreichte Holliston nach mehreren Stunden. Als der Wagen endlich in die Stadt einfuhr, war er froh, seine geschundenen Knochen aus der Postkutsche herauswinden zu können.

Der erste Mensch, den er sah, war sein Vater. Warren nickte ihm zu, bevor er den Blick weiterwandern ließ. Neben seinem Vater sah er seine Mutter und Annalise stehen. Die beiden Frauen rannten auf Warren zu und er schlang die Arme um sie.

„Endlich bist du zu Hause!", sagte seine Mutter und blickte mit Tränen in den Augen zu ihm auf. Warren schluckte schwer. Er war es nicht gewohnt, seine Mutter so emotional zu sehen. Er drückte ihre Schulter und lächelte dann Annalise an, der die Tränen, die über ihre Wangen liefen, nichts auszumachen schienen.

„Hey, ich hoffe doch, meine Rückkehr ist kein Anlass zum Weinen."

Ein Lachen entstieg ihrer Kehle. „Das sind Freudentränen, Warren."

„Dann ist es ja gut", sagte er lächelnd. Er löste sich von den beiden und wandte sich zu seinem Vater um.

„Hallo, Vater." Zögernd streckte er die Hand aus, aber sein Vater trat einen Schritt vor und umarmte ihn.

Keiner von ihnen sagte etwas. Als er sich aus der Umarmung löste, hatte Warren ein ungutes Gefühl. Er meinte zu spüren, wie sich die Schlinge um ihn bereits zuzog.

„Du siehst gut aus, mein Sohn. Wie war die Reise?"

„Gut."

Es war ein gutes Gefühl, wieder daheim zu sein – wenn nur sein Herz nicht in Bangor gewesen wäre.

„Christina wollte mitkommen, aber wir haben gesagt, wir wollten dich am ersten Tag ganz für uns haben", sagte seine Mutter. Ihre Hand klammerte sich an seinen Arm, als hätte sie Angst, ihn loszulassen.

„Danke, das weiß ich zu schätzen." Bevor Warren nach Bangor abgereist war, hatte er Christina unmissverständlich klargemacht, dass er nicht vorhatte, eine ernsthafte Beziehung mit irgendeiner Frau einzugehen. Sie hatte ihn mit neckender Stimme gefragt, ob er denn schreiben würde oder ob er vorhabe, alle seine Freunde zu vergessen. Natürlich nicht, hatte er da notgedrungen geantwortet. Aber er hatte keine Korrespondenz initiiert. Als er eine Valentinskarte von ihr erhalten hatte, hatte er eine Woche später zurückgeschrieben. Darauf hatte sie mit einem langen Brief geantwortet. Danach hatte er noch länger gewartet, bis er schließlich eine kurze Nachricht geschickt hatte.

Er war nicht erpicht darauf, sie wiederzusehen.

Warrens Gedanken kehrten zu Espy zurück, die er schon jetzt vermisste. Genau genommen hatte er sie bereits in dem Moment vermisst, als er in Bangor in die Postkutsche gestiegen war. Während er aus dem Fenster des Wagens die vorbeiziehenden Felder und Wälder und Berge betrachtet hatte, war ihm bewusst geworden, dass sie die Richtige für ihn war. Er hatte sich ein Leben mit ihr ausgemalt – so ähnlich wie das von John und Marion.

Aber jetzt, wo er wieder in Holliston war und seinen Eltern zuhörte, wie sie die Neuigkeiten der Stadt zum Besten gaben, schien all die Förmlichkeit, die er sich in Bangor ganz abgewöhnt hatte, seine Verbindung zu Espy von Minute zu Minute zu schwächen.

Nach einem entspannten Abendessen bat sein Vater ihn zu einer Zigarre auf die Terrasse. Warren wusste, dass der Augenblick der Wahrheit gekommen war, wenigstens in Bezug auf das, was seinen Vater am meisten bewegte.

Warren setzte sich in einen der Weidenkorbsessel. Der Flieder blühte und erfüllte die Abendluft mit seinem berauschenden Duft.

Als sein Vater ihm eine Zigarre anbot, schüttelte er den Kopf.

„Nein?“ Sein Vater zog eine Augenbraue hoch. „Erzähl mir nicht, dass du auch dem Alkohol abgeschworen hast.“

„Nein.“ Er hatte zum Essen ein Glas Wein getrunken, aber es war sein erstes Glas seit Monaten gewesen. Die Talbots schenkten nie Alkohol in ihrem Haus aus und auf dem Gelände rauchte auch niemand. Dem hatte Warren sich angepasst, weil er die Gründe verstand. Die Gäste, die zu den Talbots kamen, litten meist unter der Bürde so vieler Laster, dass sie nicht dem Sog des alten Lebens ausgesetzt werden sollten.

Nach einigen Minuten, in denen sie schweigend dagesessen hatten und Warren in der warmen Juniluft schläfrig geworden war, ergriff sein Vater das Wort. „Ich will an deinem ersten Abend hier keine ernsthaften Dinge besprechen, Warren, aber ich wüsste gerne, ob du über meinen Brief nachgedacht hast. Deiner Antwort war nicht viel zu entnehmen, außer dass du uns besuchen kommst. Ich hoffe, dass es ein langer Besuch ist.“

Warren sah seinem Vater in die Augen. „Ich habe über deine Worte nachgedacht und viel über meine Zukunft gebetet.“ Verlegen zuckte er mit den Schultern. „Ich bin mir nicht sicher, ob ich die Antwort schon weiß, aber ich hoffe, dass ich unvoreingenommen an die Sache herangehe.“

Sein Vater nickte. „Das freut mich.“ Die Erleichterung in seiner Stimme war nicht zu überhören. „Geht diese Unvoreingenommenheit so weit, dass du mich ins Büro begleitest? Ich gestehe, dass ich Hilfe gebrauchen könnte.“

„Du hast noch niemanden gefunden, der mich ersetzt?“, fragte Warren überrascht.

Sein Vater schüttelte den Kopf. „Ehrlich gesagt habe ich noch keinen ernsthaften Versuch unternommen, weil ich hoffte, du würdest zurückkommen. Aber wenn du mir am Ende des Sommers sagst, dass du ans Seminar zurückkehrst, suche ich jemanden.“

Sie sahen einander eine Weile unverwandt an. Warrens Herz wurde schwer bei dem Gedanken, dass er den ganzen Sommer über nicht in Bangor sein würde.

Aber sein Vater hatte gesagt, er würde am Ende des Sommers einen Ersatz suchen, und Warren wusste, dass sein Vater sein Wort halten würde. Also nickte er langsam. „In Ordnung.“

Er hatte gerade eingewilligt, den Sommer über wieder im Sägewerk zu arbeiten. Als sich diese Entscheidung schwer auf sein Gemüt legte, wurde ihm bewusst, wie wenig er diese Arbeit vermisst hatte.

Und dass er drei Monate ohne Espy auskommen musste.

24. Kapitel

Espy hielt Warrens jüngsten Brief in der Hand.

Den ersten Brief hatte sie bereits wenige Tage nach seiner Abreise erhalten. Darin hatte er ihr von seiner Entscheidung geschrieben, den ganzen Sommer in Holliston zu verbringen. Diese Nachricht hatte sie nicht überrascht.

Sie hatte sofort geantwortet und ihn in seiner Entscheidung ermutigt. Dabei hatte sie versucht, fröhlich und locker zu klingen, auch wenn ihr klar war, dass dieser Entschluss bedeutete, dass er im Herbst womöglich nicht nach Bangor zurückkehren würde.

Ihre Briefe gingen so häufig hin und her, dass John und Marion und die anderen im „Haus der Hoffnung" mittlerweile lächelnd die Augenbrauen hochzogen, wann immer Espy einen Brief vom Tisch im Flur nahm, auf den die Tagespost gelegt wurde.

Mit dem Lesen der Briefe wartete Espy immer, bis sie allein war – entweder wählte sie Augenblicke, von denen sie wusste, dass niemand anderer in ihrem Zimmer war, oder sie setzte sich auf die Treppe hinter dem Haus. Sie sog jedes von Warrens Worten in sich auf, auch wenn er nie irgendetwas Romantisches schrieb, abgesehen von den letzten Zeilen. Da schrieb er immer, dass er sie vermisse und hoffe, sie bald wiederzusehen. Und dann unterzeichnete er mit „Herzlichst, Warren". Sie musste mit diesen wenigen Brosamen zufrieden sein.

Die Briefe erzählten von dem, was in Holliston vor sich ging. Warren schrieb immer auch von Alvaro und Angela und sie merkte, dass es ihm wichtig war, sie zu besuchen oder in der Stadt zu treffen. Außerdem erzählte er offen von seiner Arbeit im Sägewerk und der Beziehung zu seinem Vater. Er sprach auch von Pastor Curtis und den Ratschlägen, die der Geistliche ihm gab.

Er lässt dich grüßen und hofft, dass du irgendwann wieder nach Holliston zurückkommst.

Holliston. Kein Tag verging, an dem Espy nicht an ihre Heimatstadt dachte – an ihre Familie und Freunde. Aber wenn sie an ihren Ruf und die Leute aus Warrens Kreisen dachte – und vor allem an die Stocktons, die Warren ihr gegenüber niemals erwähnte –, dann wand sie sich innerlich und wusste, dass sie nicht zurückgehen konnte.

Espy las weiter in Warrens Brief.

Weißt du was? Pastor Curtis hat mich eingeladen, nächsten Sonntag zu predigen. Kannst du dir das vorstellen? Zuerst habe ich Nein gesagt, weil ich das Gefühl hatte, nicht gut genug zu sein. Es ist eine Sache, auf der Straße im Hafenviertel zu predigen, aber auf der Kanzel der größten Kirche der Stadt zu stehen, ist etwas ganz anderes. Aber er sagte etwas Ähnliches wie John, nämlich dass man das Predigen nur dadurch lerne, dass man predige. Ich habe ihn gefragt, ob er keine Schwierigkeiten mit seinem Kirchenvorstand oder den Ältesten bekäme, und er sagte, er habe bereits mit ihnen darüber gesprochen und sie unterstützten seine Entscheidung alle.

Seit meiner Rückkehr habe ich mich mehrmals lange mit Pastor Curtis unterhalten. Er hat mir erzählt, dass er schon seit Längerem einen Nachfolger ausbilden möchte, und er glaubt, dass der Herr mich aus gutem Grund hierher zurückgebracht hat.

Kannst du das auch glauben? Ich selbst weiß nicht, wie ich darüber denken soll. Ich bete immer noch darüber und würde mich freuen, wenn du diesbezüglich auch für mich beten könntest. Ich werde John noch einen gesonderten Brief schreiben, aber du kannst gerne schon mit ihm darüber sprechen.

Von Gott habe ich noch nichts gehört. Ich habe das Gefühl, auf etwas zu warten … auf ein Zeichen von ihm. Ich hoffe, das klingt nicht zu anmaßend, aber seit ich die Apostelgeschichte gelesen – und wieder und wieder gelesen – habe, glaube ich, dass Gott auf irgendeine Weise zu mir sprechen und mir den Weg zeigen wird.

Gehörte dies zu Gottes Plan für Warrens Dienst? Espy hielt sich die Hand vor den Mund und kämpfte gegen die aufsteigenden Tränen an. Sie konnte sich dagegen wehren, dass Warrens Vater und seine

Familie ihn in Holliston festhalten wollten, aber gegen Gottes Willen für Warren konnte sie sich nicht stellen.

Hatte sie einen Platz in all dem? Die Antwort kam schnell und mit Gewissheit. Natürlich nicht.

Schweren Herzens las sie weiter. Es blieben nur noch wenige Absätze.

Ich möchte dich um einen Gefallen bitten, Espy. Ich weiß, dass es viel verlangt ist, aber ich möchte, dass du darüber nachdenkst – und betest.

Würdest du herkommen und bei meiner ersten Predigt in der Kirche dabei sein? Ich weiß, dass du mich in Bangor predigen gehört hast, aber dies ist etwas anderes. Zum einen werde ich viel mehr Angst haben. Es ist schließlich so, wie Jesus sagte, dass ein Prophet im eigenen Lande nichts gilt.

So fühle ich mich im Moment. Ich werde allen gegenüberstehen, die mich kennen. Sie werden mich dort oben sehen und sich an den kleinen Jungen erinnern, dessen Schuhbänder lose waren, oder an den Jugendlichen, der mit seinen Freunden Unsinn gemacht hat. Ich werde mir wie ein Hochstapler vorkommen.

Könntest du bitte kommen, damit ich mir sicher sein kann, zumindest ein freundliches Gesicht in der Gemeinde zu sehen? Ich weiß, meine Familie wird auch da sein, aber du weißt ja, dass sie es lieber sähen, wenn ich so bliebe wie früher und in die Fußstapfen meines Vaters träte. Dies wird eine Art Prüfung – werde ich in ihren Ohren wie ein Pastor klingen?

Obwohl Warrens Einladung Espy einen Schauer der Angst über den Rücken jagte, konnte ihr Herz dem Flehen seiner Worte nicht widerstehen.

Sie ließ den Brief auf ihren Schoß sinken und blickte in den schmalen, eingezäunten Garten hinaus. Würde sie es überstehen, nach Holliston zurückzugehen? Nicht nur nach Hause zu ihrer Familie … sie müsste ja auch die Gemeinde betreten, in der alle sie mit verächtlichen Blicken ansahen.

Würde Mr Stockton auch dort sein? Sie war sich nicht sicher, ob sie es ertragen könnte, ihn wiederzusehen.

Ich werde dich nicht verlassen und nicht von dir weichen. Die Worte Jesu kamen Espy in den Sinn und sie spürte, dass dies sein Wille war.

Gestärkt nahm sie den Brief erneut in die Hand, neugierig darauf, was Warren sonst noch schrieb.

Ich weiß, dass du nicht hierher zurückkommen willst, und der Gedanke, diese Kirche zu betreten, ist dir sicher unangenehm, aber ich kann dir versichern, dass ich mit Pastor Curtis über dich gesprochen habe, und er schließt sich meiner Einladung von Herzen an. Ich habe ihm erzählt, wie sehr du dich entwickelt hast. Ich will auch betonen, dass du gerne bei meiner Familie wohnen kannst. Ich möchte, dass meine Eltern dich besser kennenlernen.
Außerdem möchte ich für deine Fahrt bezahlen. Bitte fasse dieses Angebot nicht als Beleidigung auf. Aber wie du weißt, arbeite ich wieder im Sägewerk und mein Gehalt ist etwas besser als das in Bangor. Außerdem habe ich weniger Ausgaben.
Aber jetzt mache ich besser Schluss. Bitte, bitte denk über meine Einladung nach. Nicht zuletzt, weil ich dich unheimlich gerne wiedersehen würde. Die Zeit bis zum Herbst kommt mir schrecklich lang vor.

Herzlichst
Warren

Den letzten Absatz musste sie mehrmals lesen. *Er will, dass ich bei seiner Familie zu Gast bin.* Die Vorstellung raubte Espy den Atem. Er schrieb, dass er sie *unheimlich* gerne wiedersehen wollte – nicht nur gerne –, und es klang so, als würde er im Herbst nach Bangor zurückkehren.

Wenn er ihr so viel geben wollte, wie konnte sie dann seine Bitte abschlagen?

Sie würde nicht bei seiner Familie übernachten und sein Angebot, die Kosten für die Fahrt zu übernehmen, würde sie auch nicht annehmen, aber sie würde sich Holliston und der Kirchengemeinde stellen, auch den Stocktons. Und sie würde an diesem Sonntagmorgen nicht nur ein freundliches Gesicht in der Menge sein, sondern Warrens größte Anhängerin.

Warren schritt vor der Haltestelle am Mietstall auf und ab und wartete ungeduldig auf das Eintreffen der Postkutsche. Alle paar Minuten blieb er stehen und zog seine Uhr heraus, um zu sehen, wie spät es war. Mit jeder Minute, die verstrich, wurde er nervöser.

Er hatte Espy seit eineinhalb Monaten nicht mehr gesehen. Und seit sie ihm geschrieben hatte, dass sie kommen würde, waren Ängste in ihm aufgestiegen, die vermutlich albern waren.

Seine Hand wanderte zu seiner Brusttasche, in der er für gewöhnlich Espys jüngstes Schreiben aufbewahrte, damit er es herausholen und noch einmal lesen konnte, wann immer ihm danach war. Das vertraute Knistern des Papiers beruhigte ihn.

Er war enttäuscht gewesen, als Espy seine Einladung, im Haus seiner Eltern zu übernachten, ausgeschlagen hatte, aber wahrscheinlich war das eine kluge Entscheidung gewesen. Sie hatte ihre eigene Familie sehr lange nicht gesehen und er wusste nicht, was seine Eltern zu dieser Einladung gesagt hätten. An diesem Wochenende musste er schon genügend Hürden nehmen. Auf keinen Fall wollte er, dass seine Eltern Espy durch Worte oder Blicke kränkten.

Aber er hatte ihnen gesagt, dass sie kommen würde, und seine Mutter gebeten, Espy zu einer Mahlzeit oder zum Tee einzuladen, während sie da war.

Seine Mutter hatte mehr als einen Tag lang überlegt, bevor sie eingewilligt hatte. Schließlich hatte sie gesagt, Espy sei zum Tee willkommen, und wenn es gut laufe, könne sie am Sonntag auch zum Essen kommen.

„Immerhin“, hatte sie entschuldigend gesagt, „wissen wir nicht, wie sie mit unseren … Bekannten zurechtkommen würde, Warren. Du willst doch nicht, dass sie sich unwohl fühlt.“

Warren hatte die Lippen zusammengepresst, weil ihm ihre Worte missfielen, aber er hatte seiner Mutter gegenüber nicht respektlos sein wollen.

„Was ist mit Christina?“

„Mutter, ich habe dir doch gesagt, dass zwischen Christina und mir nichts ist und auch nie etwas war. Ich habe ihr das ganz deutlich gesagt, bevor ich abgereist bin. Und ich weiß die Tatsache zu schätzen, dass du sie noch nicht eingeladen hast, seit ich zurück bin."

„Ich fand es ihr gegenüber nicht fair, wenn du sie doch nur enttäuschst." Seine Mutter hatte auf ihre Hände hinuntergeblickt, die sie auf dem Schoß gefaltet hatte. „Sie ist eine so geeignete junge Dame. Bist du dir wirklich sicher, dass nicht nur Trotz der Grund für deinen .... deinen Wunsch ist, einer jungen Frau den Hof zu machen, die sich in unseren Kreisen so fehl am Platze fühlen wird – und die unsere Stadt in Schmach und Schande verlassen hat?"

„Ich mag sie. Sehr." Mehr hatte er nicht gesagt. Seine Eltern würden selbst sehen, dass Espy nicht mehr dieselbe Espy war. Seine Mutter hatte ihn lange angestarrt, bevor sie einen tiefen Seufzer ausgestoßen hatte.

„Also gut. Wir können sie genauso gut kennenlernen." Sie hatte nicht gerade erfreut geklungen.

Warren wurde durch das Donnern von Hufen und das Rattern von Kutschenrädern aus seinen Gedanken gerissen. Die Leute strömten zusammen und warteten ungeduldig darauf, dass der Wagen vor dem Stall hielt. Überall ertönten Stimmen.

Warren, der über die meisten Leute vor ihm leicht hinwegsehen konnte, hielt die Luft an, als die Tür aufschwang und die ersten Passagiere ausstiegen.

Frauen und Kinder kletterten aus der Kutsche und wurden von ihren Lieben umarmt. Dann stiegen die ersten Männer aus.

Als die Menschenmenge sich verlief und der Kutscher und sein Gehilfe anfingen, das Gepäck abzuladen, wagte Warren sich näher, um in den Wagen hineinzuspähen.

Espy saß ganz hinten in der Ecke.

Sie sah ängstlich aus und es brach ihm das Herz, als ihm bewusst wurde, wie schwierig diese Ankunft für sie sein musste. Er lächelte breit und streckte eine Hand aus. „Da bist du ja. Ich hatte schon Angst, du hättest die Kutsche verpasst."

Espy lächelte zögernd und erhob sich, um ihre Sachen einzusammeln. Warren half ihr aus dem Wagen und atmete ihren schwachen Blumenduft ein. Eine Hand sanft an ihrem Ellbogen, führte er sie weiter, während er Konversation betrieb.

„Wie war die Reise? Warte, lass mich deine Tasche nehmen. Komm, wir holen dein Gepäck."

„Ich habe nicht viel dabei." Espy zeigte auf die Reisetasche, die der Fahrer gerade herunterreichte. Warren nahm sie ihm mit einem „Danke" und einem Trinkgeld ab.

„Ich habe den Einspänner mitgebracht." Er zeigte die Straße hinunter. „Damit kann ich dich zu deiner Familie fahren."

„Das wäre aber nicht nötig gewesen. Ich hätte doch laufen können."

„Unsinn." Er sah sie an und hielt ihre Tasche mit beiden Händen umklammert. „Es ist schön, dich zu sehen."

Ihr Blick wich dem seinen aus. Röte stieg in ihre Wangen. „Ich freue mich auch, dich zu sehen."

„Ich habe dich vermisst."

Jetzt begegneten ihre dunkelbraunen Augen kurz den seinen, bevor sie den Blick wieder abwandte, als wären seine Worte ihr unangenehm. „Ich dich auch", sagte sie schließlich.

Warren ging das Herz auf, aber bevor er überlegen konnte, was er erwidern sollte, rief jemand: „Espy! Was machst du denn hier?"

Warrens Stimmung sank, als er Wills Stimme erkannte. Würde er Espy zu ihrem Freundeskreis entführen – Freunden, die zu ihr gehalten hatten, als sie in Schwierigkeiten gewesen war, ganz im Gegensatz zu Warren?

Espy lächelte und trat von Warren zurück.

„Hallo, Will. Wie geht es dir?"

Will beugte sich vor und drückte einen Kuss auf ihre Wange. Warrens Knöchel traten weiß hervor, so fest umklammerte er Espys Tasche. Er hatte Mühe, eine unbeteiligte Miene aufzusetzen, aber er wusste, er würde gleich ein Lächeln zustande bringen müssen.

Espy sprach lebhafter mit Will, als sie es mit Warren getan hatte, und fragte ihn nach ihren gemeinsamen Freunden.

Schließlich wandte sie sich wieder Warren zu. „Ich sollte wohl besser los. Angela wartet bestimmt schon auf mich."

Will nickte Warren nur kurz zu, also reagierte Warren ebenfalls mit einem Nicken. „Wie lange bleibst du?"

„Nur bis Sonntag."

Als Warren das hörte, wurde sein Herz noch schwerer. Dann hatten sie nur zwei Tage.

Will sah Espy bestürzt an. „So kurz nur! Kannst du nicht länger bleiben? Was ist denn in Bangor so wichtig?"

„Meine Arbeit", gab sie mit einem Anflug ihrer alten Frechheit zurück.

„Gibt es in Bangor auch Konservenfabriken?"

In ihren Augen flackerte Stolz auf. „Ich arbeite nicht in einer Dosenfabrik."

„Wo denn dann?"

„Komm doch später vorbei, dann erzähle ich dir davon."

Alle Pläne, die Warren geschmiedet hatte, fielen in sich zusammen wie eine Sandburg, die von der Flut mitgerissen wurde. Er wollte die beiden unterbrechen und Espy von der Einladung seiner Mutter erzählen, aber irgendwie hatte er das Gefühl, dass sie das nur in Wills Richtung treiben würde.

„Gut. Ich komme später. Und bringe ein paar von der alten Truppe mit." Will tippte kurz an seine Mütze, um sich von Warren zu verabschieden, bevor er Espy anlächelte und ihren Arm berührte. „Schön, dich zu sehen."

Espy blickte Will so lange nach, dass Warren sich gezwungen fühlte, sich zu räuspern. „Wenn ich dich jetzt nach Hause bringen darf?"

„Oh … natürlich, gerne." Espy schreckte auf wie aus einem Traum.

All die Dinge, die Warren ihr hatte sagen wollen, blieben ihm im Hals stecken. Stattdessen herrschte ein verlegenes Schweigen zwischen ihnen. „Komm mit, der Wagen steht gleich da vorne."

Espy ging wortlos neben ihm her. Als Warren ihr einen Blick zuwarf, bemerkte er, dass sie sich umsah, als wäre sie noch nie in dieser Stadt gewesen. „Hat sich etwas verändert?"

Sie blinzelte und schüttelte ein wenig den Kopf. „N...nein. Es ist nur so merkwürdig, wieder hier zu sein. Es ist beinahe ein Jahr her."

„Ich weiß, was du meinst. Wann immer ich fort war, kamen mir die ersten Tage zu Hause auch seltsam vor."

Ein bittersüßes Lächeln umzuckte Espys Mundwinkel. „Wenigstens bist du nicht schmachvoll gegangen."

Warren hätte sich die Zunge abbeißen können, weil er so taktlos gewesen war. Krampfhaft überlegte er, was er sagen konnte, um den Schaden wiedergutzumachen, während sie zu seinem Gefährt gingen. „Na ja, diesmal war ich zumindest bei meinem Vater in Ungnade gefallen."

Espy zögerte. „Das tut mir leid. Aber wenigstens hat dein Vater dich wieder willkommen geheißen, nicht wahr?"

Er half ihr auf den Wagen. „Ja. Und dafür danke ich Gott. Meine Heimkehr war besser, als ich erhofft hatte", fuhr er fort und stieg auf der anderen Seite auf, nachdem er das Pferd von dem Pfosten losgemacht hatte.

Während er den Wagen durch die geschäftigen Straßen lenkte, musste er sich darauf konzentrieren, die Zügel kurz zu halten, aber als sie die Stadt verließen und die unbefestigte Straße zu Espys Viertel entlangfuhren, konnte er zu seinem Thema zurückkehren.

„Ich bin sehr froh darüber, wie meine Familie mich aufgenommen hat, aber es ist auch ein zweischneidiges Schwert."

„Oh entschuldige … was hast du gesagt?" Espy riss den Blick von den Bäumen und Wiesen los und wandte sich ihm zu.

Warren wiederholte den Satz und kam sich wieder wie ein Narr vor. Natürlich hatte sie kein Interesse an dem, was er durchmachte. Sie war beinahe ein ganzes Jahr fort gewesen und hatte keine Ahnung, was sie hier erwartete. Er hätte sich besser in sie hineinversetzen sollen. Obwohl Espy hier herzlich willkommen zu sein schien, wenn man aus Wills Begrüßung irgendwelche Schlüsse ziehen konnte, dachte Warren grimmig.

Es hätte sein Vorrecht sein sollen, Espy freundlich zu begrüßen. Doch sobald Warren dieser Gedanke kam, stutzte er, denn er merkte selbst, wie absurd er war. Gerade er hatte dieses Recht verspielt – denn im Gegensatz zu Will war er nicht für Espy eingetreten, als er es hätte tun sollen.

Warrens Worte rissen Espy aus der Benommenheit, die ihre Rückkehr nach Holliston ausgelöst hatte. „Was meinst du mit ‚zweischneidiges Schwert'?"

Er zuckte mit den Schultern. „Wahrscheinlich übertreibe ich. Es ist nur so: Mein Vater ist so verständnisvoll, dass es mir immer schwerer fällt, ihm zu sagen, dass ich am Ende des Sommers trotzdem nach Bangor zurückgehen werde."

Obwohl Warren das Gegenteil behauptete, war Espy sich sicher, dass er sein Studium nicht wieder aufnehmen würde.

Sie wandte den Blick ab. Jetzt kamen sie an dem Streifen Nadelwald vorbei, in dem Warren sie geküsst hatte. Dann machte die Straße einen Bogen und sie fuhren an einer Wiese entlang. Die Lupinen standen in voller Blüte und ergaben ein Meer aus Blau- und Lilatönen mit gelegentlichen weißen oder rosafarbenen Tupfern darin.

„Es war richtig, dass du hergekommen bist." Die Worte kosteten Espy viel Überwindung, aber sie wusste, dass er kaum etwas anderes hätte tun können.

„Ich vertraue darauf, dass Gott mir die Situation klarmacht."

Sie bogen in Esyps Weg ein.

Alles sah so aus wie immer. Zerbrochene Zäune, spielende Kinder, verstreutes Spielzeug und Werkzeug und eine Ziege, die in einem Garten angebunden war und Gras kaute.

Als der Einspänner sich ihrem Haus näherte, zog er die neugierigen Blicke der Kinder auf sich. Ein Pferdewagen war in diesem Viertel eine Besonderheit, doch dann erkannten sie die junge Frau auf dem Kutschsitz.

„Espy!" Die Kinder winkten und einige von ihnen sprangen auf und ab. „Espy, du bist wieder da!"

Sie lächelte, obwohl ihr Magen so verknotet war wie ein Laken in einer Mangel. „Hallo! Ja, ich bin zu Besuch hier", erwiderte sie lächelnd in alle Richtungen und begrüßte die Kinder mit Namen.

Vor dem Gartentor hielt Warren den Wagen an. Espy bemerkte, dass es repariert worden war und der Zaun einen neuen weißen Anstrich erhalten hatte. Als Warren die Bremse anzog und das Pferd am Zaun anband, begann sie, ihre Sachen zusammenzusuchen.

Gerade als sie absteigen wollte, erschien Warren auf ihrer Seite des Wagens. Er streckte eine Hand aus und sie legte ihre Hand in die seine. Er drückte sie.

Mit einem Mal hatte sie einen Kloß im Hals.

Als sie auf seiner Höhe war, neigte er den Kopf und flüsterte ihr ins Ohr: „Keine Sorge, es ist doch nicht die Höhle des Löwen. Außerdem bin ich ja da, um dich zu verteidigen."

Bevor Espy sich eine Erwiderung überlegen konnte, nahm er ihr die Reisetasche ab und schob ihre Hand in seine Armbeuge.

Warren stieß das Tor auf und begleitete sie in den Hof.

„Du liebe Güte, das sieht ja so ordentlich aus." Das Gras war kurz geschnitten und die Büsche waren gestutzt. Jemand hatte sogar einige Pflanzen in ein Beet gesetzt, wobei sie noch nicht blühten.

„Ich glaube, du wirst feststellen, dass Alvaro für die Gartenpflege verantwortlich ist."

Espy blickte zu ihm auf und fragte sich, wie groß Warrens Einfluss hier war.

Dann holte sie tief Luft. Warrens entschlossenes Klopfen an der Haustür kam ihr vor wie ein Echo ihres hämmernden Herzens. Gleich darauf flog die Tür auf und Angela stand mit einem breiten Lächeln da, die jüngeren Kinder dicht um sie gedrängt.

In dem Durcheinander hörte Espy, wie ihre Geschwister ihren Namen riefen, während sie von allen Seiten umarmt wurde.

Als sie sich irgendwann aus der Gruppenumarmung befreit hatte, sah sie im Hintergrund ihre Mutter mit Alvaro stehen. Mit einem schüchternen Lächeln ging sie auf die beiden zu. Ihre Mutter tätschelte ihren Arm. „Meine Güte, du bist ja eine richtige Dame. Ich hätte dich beinahe nicht erkannt."

Espy schluckte ihre Enttäuschung über die lauwarme Begrüßung ihrer Mutter hinunter und lächelte Alvaro an. „Wer ist denn dieser hübsche junge Mann?" Sie streckte die Arme aus und er begab sich in ihre Umarmung, drückte sie aber nur kurz, bevor er sie wieder losließ.

„Du siehst gut aus, Espy. Willkommen zu Hause."

Espy wandte sich wieder zu Angela und ihren jüngeren Geschwistern um. Angela sah aus wie immer, nur dass sie über ihrem Baumwollkleid eine saubere Schürze trug. Ihre Haare waren ordentlich hochgesteckt. Die Kinder sahen auch alle frisch geschrubbt aus. Espy vermutete, dass Angela anlässlich ihrer Heimkehr dafür gesorgt hatte.

Dann fiel ihr Blick auf Warren, der noch an der Tür stand. Sie eilte zu ihm. „Bitte komm doch rein."

„Ich will euer Wiedersehen nicht stören. Ich stelle deine Tasche hier ab und mache mich auf den Weg."

„Ich bringe dich hinaus." Würde sie ihn vor dem Gottesdienst am Sonntag noch einmal sehen?

„Ist schon gut." Auf der Treppe blieb er stehen und seine Augen suchten die ihren. „Meine Mutter hat dich zum Tee eingeladen. Darf ich dich um kurz vor fünf abholen?"

Tee bei seinen Eltern? Staunen und Angst erfüllten sie zugleich. Aber Warrens grüne Augen sahen sie flehentlich an und Espy wurde bewusst, dass sie sonst nicht viel Gelegenheit haben würde, ihn zu sehen. „Ist gut."

Im nächsten Augenblick war er fort und Alicia, Gina und Orrie buhlten wieder um ihre Aufmerksamkeit. Espy wandte sich zum Wohnzimmer um.

25. Kapitel

Warrens Hände waren ganz feucht, als er wieder vor Espys Tür stand, um sie zum Tee abzuholen. Als er zu Hause aufgebrochen war, hatte seine Mutter gerade die letzten Vorbereitungen auf der Terrasse beaufsichtigt. Obwohl er sie gebeten hatte, möglichst wenig Aufwand zu betreiben, hatte er sehen können, dass sie die besten Tischtücher und das gute Porzellan herausgeholt hatte.

Sobald Espy die Tür öffnete, lächelte Warren. „Hallo." Sie sah in der weißen Bluse mit dem hohen Rüschenkragen und dem dunkelbraunen Rock entzückend aus. Auf ihren hochgesteckten Locken trug sie einen flachen Strohhut, der mit einem hübschen gelben Band verziert war.

„Hallo." Ihre dunklen Wimpern senkten sich auf ihre Wangen und Warren wurde bewusst, dass sie noch viel nervöser sein musste als er. Dies war eine Art Prüfung für sie beide und er wünschte sich nichts sehnlicher, als dass sie erfolgreich verlief.

„Bereit?"

„So bereit wie möglich."

Auf der Fahrt zu Warrens Haus schwieg Espy die meiste Zeit. Da sie noch nicht vielen Leuten begegnet war, die sie kannten, konnte sie die Reaktion anderer auf ihre Ankunft bisher nicht einschätzen und sie war schrecklich nervös.

Als sie die erste Brücke überquerten und dann kurz darauf die lange überdachte Brücke erreichten, beschleunigte sich ihr Herzschlag. Sie fuhren wieder in den Sonnenschein hinaus, dann machte die Straße eine Kurve und schon waren sie in der Elm Street.

Es dauerte nicht lange, bis sie das elegante Haus der Brentwoods erreicht hatten. Warren lenkte den Einspänner die Auffahrt hinauf, die neben dem Haus zum Stall führte. Ein Bursche kam herausgelaufen und Warren sprang vom Wagen und reichte ihm die Zügel. „Danke, Jeb."

Und dann drehte er sich mit einem Lächeln zu ihr herum, als verstehe er ihre Angst, und reichte ihr seine feste Hand.

Stimmen drangen durch die Flieder- und Rhododendronbüsche, die an das Haus angrenzten. Zu ihrer Überraschung führte Warren sie über einen Weg aus Natursteinplatten um das Haus herum.

Espys Schritte stockten, als sie die versammelten Damen auf der großen Steinterrasse sah. „Mir war nicht klar, dass es eine so große … Angelegenheit sein würde."

„Mir auch nicht", murmelte Warren und tätschelte ihre Hand, während er sie zwischen den terrassenförmig angelegten Blumenbeeten hindurchführte, die Alvaros Gärtnerversuche stümperhaft wirken ließen. Gemeinsam stiegen sie die flachen Steinstufen hinauf.

Die Gespräche stockten und verstummten schließlich völlig, als sie die Terrasse betraten. „Hallo allerseits. Ich glaube, ihr kennt alle Espy Estrada. Sie ist dieses Wochenende zu Besuch. Ich hoffe, ihr werdet sie willkommen heißen."

Warrens Stimme klang unnatürlich forsch. Am liebsten hätte Espy sich hinter seinem breiten Rücken versteckt.

Aber Mrs Brentwood kam auf sie zu, die Lippen zu einem dünnen Strich verzogen, der wohl als Lächeln durchgehen sollte. „Guten Tag, Miss Estrada. Wie schön, dass Sie uns Gesellschaft leisten." Sie streckte die Rechte aus, den Handrücken nach oben gewandt, so als erwarte sie, dass Espy sich darüberbeugte und ihre Hand küsste.

Stattdessen ergriff Espy die schlaffe Hand, dann trennten sie sich wieder.

Annalise trat mit einem ehrlichen Lächeln auf den Lippen zu ihnen. „Wie schön, dich wiederzusehen, Espy." Ihr Händedruck war zwar auch nicht sehr fest, aber wenigstens nicht so schlaff wie der ihrer Mutter.

„Hallo, Annalise. Ich freue mich auch, dich zu sehen."

Warren legte sanft die Hand auf ihren Ellbogen. „Ich hole dir Tee und ein paar Leckereien. Kümmerst du dich so lange um sie, Annalise?"

Dann war ihr Rettungsanker verschwunden. Espy setzte ein Lächeln auf und wagte einen Blick in die Runde. Ihr wurde das Herz schwer, als sie Christina sah, die keinerlei Begrüßung von sich gab. Die Frauen unterhielten sich jetzt wieder in kleinen Gruppen, Teetassen und Unterteller in den Händen. Espy wurde bewusst, dass sie für diesen Anlass nicht richtig gekleidet war. Die Frauen auf der Terrasse boten die ganze Farbpalette dar. Selbst Mrs Brentwood trug ein umwerfendes gestreiftes blaugrünes Seidengewand. Annalises Kleid war hellrosa mit einem breiten Mieder aus weißer Spitze.

Christinas Kleid war leuchtend rot und hatte auf dem Rücken lauter rote Satinschleifen.

Lieber Gott, was versuchst du mir hier zu zeigen? Wie wenig ich in diese Gesellschaft passe?

Aber dann kamen ihr die Worte *Kind des Höchsten* in den Sinn. Espy straffte die Schultern und nickte den wenigen Damen zu, deren Blicke die ihren kreuzten.

Als Warren mit einer Tasse in der einen und einem kleinen Teller mit winzigen Kuchen und dreieckigen Sandwiches in der anderen Hand zurückkam, atmete sie erleichtert auf. Er grinste verlegen. „Ich wusste nicht, was du magst, also habe ich verschiedene Sachen ausgesucht, so viel draufpasste."

Sie nahm ihm die Tasse ab und dankte ihm, als er ihr den Teller hinhielt.

Mrs Hawkins trat zu ihr. „Ich wundere mich, dass Sie zurück sind, Esperanza. Ich dachte, Sie wären für immer fort. Was hat Sie zurückgebracht?"

Der Vorwurf in ihrem unverwandten Blick war nicht zu übersehen.

„Ich habe sie eingeladen", sagte Warren freundlich, aber mit einem stählernen Unterton.

„Und ich wollte meine Familie sehen", antwortete Espy ehrlich.

Mrs Hawkins schniefte. „Ich hoffe, Sie haben etwas gelernt, als Sie fort waren."

Espys Tasse klapperte auf der Untertasse. „Das habe ich."

Angesichts dieser schlichten Worte schien der älteren Dame keine Erwiderung einzufallen. „Hmpf." Mit einem abrupten Nicken ging sie wieder.

„Wie ist es, in Bangor zu leben?"

Espy erschrak, als sie Annalises leise Frage hörte. Sie trank einen Schluck Tee, um sich zu stärken, und fing dann an, ein wenig von ihrem Leben in der Stadt zu erzählen, froh, dass sie etwas hatte, worüber sie sprechen konnte. Warren flüsterte leise: „Entschuldige mich einen Augenblick", und verschwand, nachdem er Annalise den Teller in die Hand gedrückt hatte und bevor Espy ihn anflehen konnte, sie nicht allein zu lassen.

Annalise stellte ihr genügend Fragen, damit die Unterhaltung nicht ins Stocken geriet. Espy war froh darüber, dass das Mädchen echtes Interesse zu haben schien. Einige andere junge Damen kamen herübergeschlendert und hörten zu.

„Ich glaube nicht, dass ich jemals so tippen könnte", sagte Emily. Sie streckte eine Hand aus und betrachtete ihre Finger. „Ich hätte Angst, dass meine Finger ganz knorrig würden wie die einer alten Frau." Sie kicherte und die anderen stimmten ein.

Sie gingen weiter und ein unbehagliches Schweigen hing zwischen Annalise und ihr. „Und was gibt es in Holliston Neues?"

Annalise zuckte mit den Schultern und ihr Mund verzog sich zu einem schüchternen Lächeln. „Eigentlich nichts."

„Was … was macht der Klub?"

Ein Anflug von Lebhaftigkeit ließ Annalises Augen aufleuchten. „Der läuft gut, aber das haben wir Warren zu verdanken." Sie sah ernst in Espys Augen. „Er war es, der die Gruppe zusammengehalten hat. Er und Angela und Alvaro haben gute Fortschritte in der Stadt gemacht. Deshalb sind Will und Henry auch zurückgekommen."

„Zurückgekommen? Wer?", fragte Warren über die Schulter seiner Schwester hinweg.

„Ich erzähle Espy gerade von den „Holliston Lights"."

„Ach, das." Er wandte sich an Espy. „Es war schön, dass sie wieder mitmachen wollten. Sie sind die ganze Zeit dabei gewesen, während ich fort war." Er wurde ernst. „Obwohl ich höre, dass die Teilnehmerzahlen momentan wieder sinken."

„Nur ein wenig, seit du gegangen bist. Aber mit Christina als Vorsitzender und James als Stellvertreter … du weißt ja, wie es ist", endete Annalise, als täte es ihr leid, den Satz überhaupt begonnen zu haben.

„Das weiß ich tatsächlich", sagte Warren grimmig. „Jedenfalls bin ich hergekommen, um dir zu sagen, dass mein Vater dich gerne kennenlernen würde, Espy."

Espy umklammerte ihre Teetasse. „Wirklich?"

Seine Stimme klang belustigt. „Du siehst aus wie ein Kaninchen, das am liebsten weglaufen würde."

„So fühle ich mich auch. Wo … wo ist er denn?" Espy hatte Angst, sich umzudrehen.

„Bei meiner Mutter."

Es wurde immer schlimmer.

„Keine Angst, er fühlt sich bei all diesen Damen wahrscheinlich unwohler als du. Er ist nur kurz vorbeigekommen, um Hallo zu sagen. Warte, ich nehme den Teller", sagte er zu Annalise, bevor er Espy einen vorwurfsvollen Blick zuwarf. „Du hast ja gar nichts angerührt."

„Ich habe keinen rechten Hunger."

Warren stellte den Teller auf einen Tisch in der Nähe und nahm dann ihren Arm, um sie zwischen den Damen hindurchzuführen. Alle musterten sie, als sie vorbeikam.

Aber am prüfendsten war der Blick von Mr Brentwood. Espy fiel auf, dass er in Mr Stocktons Alter war, und sofort stieg Scham in ihr auf und sie fragte sich, was er wohl von ihr dachte. Ob er alles glaubte, wessen Mrs Stockton sie beschuldigt hatte?

Warrens Vater nickte ruckartig. „Miss Estrada."

Sie knickste ein wenig. „Freut mich, Sie kennenzulernen, Sir."

„Espy war so freundlich, auf einen kurzen Besuch herzukommen, um mich morgen predigen zu hören", sagte Warren in dem aufgesetzt forschen Tonfall, der ihr noch unangenehmer war als die Tatsache, dass die anderen sie ignorierten.

„Wirklich?" Mr Brentwoods erbarmungsloser Blick ruhte unverwandt auf ihr.

Sie konnte nur nicken, weil ihre Kehle ihr den Dienst verweigerte.

„Sie arbeitet in der Bekleidungsmanufaktur Peabody, deshalb muss sie anschließend gleich wieder abreisen."

„Ich verstehe. Sie sind Näherin?"

„Stenotypistin", antwortete Warren.

Mr Brentwood musterte sie von Kopf bis Fuß und Espy fühlte sich bloßgestellt, als würde sie vorgeben, jemand zu sein, der sie nicht war. „Viele junge Frauen tun das heutzutage, nicht wahr? Jungen Männern, die ihre Familien ernähren müssen, die Arbeit wegnehmen."

Der indirekte Vorwurf stieß Espy vor den Kopf. „Entschuldigen Sie, Sir, das war mir nicht bewusst."

„Nein, natürlich nicht."

„Es … es gibt dort viele junge Frauen, die als Schreibkräfte arbeiten."

„Wo haben Sie denn Stenografieren gelernt?"

„Bei Mr Talbot. Er ist Pastor. Ich habe ihn und … und seine Frau kennengelernt, als ich gerade in Bangor angekommen war." Sie hatte Mühe, es zu erklären. „Er schlug vor, dass ich einen Schreibmaschinenkurs belege. Sie waren so freundlich, die Kosten dafür zu übernehmen."

„Da hatten Sie aber Glück, nicht wahr?"

„Ja, Sir." Sie blickte auf ihre Tasse hinunter und fühlte sich, als hätte sie etwas Unrechtes getan.

„Gut. Ich wünsche Ihnen viel Erfolg bei Ihren Unternehmungen. Freut mich, Sie kennengelernt zu haben." Er wandte sich an Warren. „Ich gehe zu Jim Keller hinüber. Wir wollen ein Männerfrühstück planen."

Mr Brentwood besprach diese Aktivität einige Minuten lang mit seinem Sohn. Währenddessen ließ Espy ihre Gedanken wandern, spielte mit dem Henkel ihrer Teetasse und betrachtete ihre Umgebung zum ersten Mal näher.

Von der Terrasse aus hatte man einen herrlichen Blick auf den Fluss, und zwar ohne dass man die Holzlager sah. Stattdessen fiel der Blick auf sanfte Hügel, Bauernhöfe und Felder am anderen Flussufer, die eine hübsche grüne Aussicht boten. Dahinter erhob sich das dunklere Grün des Waldes.

Der Garten, der sich an die Terrasse anschloss, war mit allen möglichen Blumen und Sträuchern gefüllt. Ein Segelboot lag an einem kleinen Anleger am Flussufer.

Als Espy spürte, dass jemand sie ansah, wandte sie sich um. Christina musterte sie. Dann beugte sie sich zu einer Freundin und flüsterte etwas. Die andere Dame sah Espy an und schüttelte missbilligend den Kopf.

Bald darauf hatte Christina eine kleine Gruppe Frauen um sich versammelt, die mit gedämpften Stimmen sprachen, wobei diejenigen, die mit dem Rücken zu Espy standen, ihr gelegentliche Blicke über die Schulter zuwarfen.

Mr Brentwood ging davon und Warren wandte seine Aufmerksamkeit wieder Espy zu. „Ich sehe mal, ob ich dir einen neuen Teller besorgen kann."

„Nein, bitte, mach dir keine Umstände. Ich könnte sowieso nichts essen. Zeigst du mir bitte den Garten?"

Sie musste von diesen Leuten fort. Sie gehörte nicht hierhin. Was hatte sie sich nur gedacht? Wie sollte sie all diesen Menschen morgen in der Kirche gegenübertreten?

Warren ging auf ihre Bitte, den Garten zu betrachten, so schnell ein, dass Espy vermutete, es sei ihm ebenso recht wie ihr, der erdrückenden Atmosphäre der Teegesellschaft zu entkommen. Er gab ihre halb leere Teetasse einem Dienstmädchen, das vorbeikam, und schob ihre Hand in seine Armbeuge.

Sofort verspürte Espy eine innere Ruhe. Seite an Seite ging sie mit Warren zwischen den blühenden Beeten hindurch, die von großen Steinen begrenzt wurden. Steinplatten bildeten Wege zwischen den terrassenförmig angelegten Flächen.

„Wie hübsch", sagte sie. „Es muss schön sein, im Sommer hier zu sitzen, die Blumen zu riechen und zuzusehen, wenn die Schiffe vorbeiziehen."

„Das ist es. Wenn das Wetter schön ist, sitzen wir vor dem Abendessen immer hier draußen."

Sie gingen bis zum Anleger hinunter. „Ich wünschte, du wärest länger hier", sagte Warren. „Dann würde ich mit dir segeln gehen."

Espy stellte sich vor, wie es wäre, die Häuser vom Fluss aus zu sehen, am Hafen von Holliston vorbeizusegeln und dann in die Bucht hinaus. Sie fragte sich, wie oft Warren schon mit jungen Damen segeln gewesen war … zum Beispiel mit Christina.

Espy nahm ihre Hand von Warrens Arm und ging bis zum Ende des Steges. Das behagliche Gefühl, das sie in seiner Gegenwart verspürte, stand in komplettem Gegensatz zu der Erkenntnis, wie fehl am Platze sie hier war. Dies war nicht ihre Welt, und wenn sie eine Bestätigung gebraucht hatte, dann war diese Teegesellschaft genau die richtige.

„Hör zu, Espy. Es tut mir leid, dass du dich in der Gegenwart der Freundinnen meiner Mutter nicht wohlfühlst."

Espys Blick wanderte zu Warren zurück, der die Hände in die Hosentaschen geschoben hatte und in seinem ockerfarbenen Sakko, den etwas helleren Hosen und der braun gemusterten Seidenkrawatte auf dem makellos weißen Hemd umwerfend gut aussah. Er musste Dienstboten haben, die seine Hemden wuschen und bügelten, wenn er zu Hause war.

Mit einem Mal bewunderte sie ihn noch mehr für das Leben in Bangor, für das er sich entschieden hatte, obwohl er hier zu Hause all das hatte. Ihr Herz wünschte sich sehnlichst, dass er nach Bangor zurückkehren würde. Es war die einzige Hoffnung für eine gemeinsame Zukunft.

Sie lächelte Warren an und wünschte, sie könnte den sorgenvollen Blick aus seinen Augen vertreiben. „Ist schon gut. Was mich nicht umbringt, macht mich härter." Sie zog einen Mundwinkel hoch, aber der Scherz misslang.

„Ich gehe wohl besser nach Hause", sagte sie schließlich, obwohl sie Warren nicht verlassen wollte. „Ich habe meine Familie bisher kaum gesehen."

„Natürlich. Ich muss sowieso noch meine Predigt für morgen fertig schreiben."

Sie gingen den Hügel hinauf und zurück zur Terrasse.

„Du liebe Güte, wo wart ihr beiden denn? Es ist nicht sehr höflich, sich von seiner eigenen Gesellschaft zu entfernen." Mrs Brentwood warf Espy einen vorwurfsvollen Blick zu.

„Tut mir leid", flüsterte sie.

Warrens Stimme klang entschlossen. „Wir waren kaum ein paar Minuten fort. Ich wollte Espy nur den Garten und den Anleger zeigen."

„Na gut."

„Ich muss gehen", sagte Espy. „Danke, dass Sie mich zum Tee eingeladen haben."

„Gehen? Sie sind doch gerade erst gekommen."

„Espy hat nicht viel Zeit, bis sie nach Bangor zurück muss. Sie möchte gerne mit ihrer Familie zusammen sein."

Seine Mutter spitzte die Lippen. „Ja, natürlich, wenn Sie müssen. Es war mir ein Vergnügen, Ihre Bekanntschaft zu machen."

„Ganz meinerseits."

Die Fahrt zurück verlief noch schweigsamer als die Hinfahrt. Hin und wieder warf Espy Warren einen verstohlenen Blick zu, den er zu spüren schien, denn er drehte sich jedes Mal zu ihr um und lächelte, aber er sprach nur wenig. Sie fragte sich, ob es ihn auch so beunruhigte, wie wenig sie in seine Welt passte.

Am Sonntagmorgen setzte die Gemeinde sich raschelnd, während Warren mit zitternden Händen und weichen Knien zur Kanzel ging.

Die Choräle waren gesungen, die Ankündigungen gemacht, die Kollekte eingesammelt und die Lesungen gelesen. Warren trat zu der schweren hölzernen Kanzel und umklammerte beide Seiten des Pultes, als würde er sich im stürmischen Wasser an ein Floß klammern. Die Gemeinde, die ihn anstarrte, schien ihm wie ein weites Meer. Ein Meer aus Gesichtern, mit erwartungsvollen oder teilnahmslosen Mienen.

Plötzlich kam ihm der Traum in den Sinn, den er vor so langer Zeit gehabt hatte. Wie damals blickte er jetzt an sich hinunter – sogar die Soutane und das Chorhemd trug er. Wieder durchlebte Warren das Gefühl völliger Hilflosigkeit. *Lieber Gott, ich habe keine Perlen der Weisheit, die ich ihnen geben kann. Wie konnte ich glauben, ich hätte sie?*

In sein Bewusstsein drängten sich die Worte: *Aber ich habe sie.*

Sein Herz fing an zu hämmern. *Vertrau auf mich und nicht auf deine eigene Erkenntnis.*

Warrens Herz wurde weit, als ihm die Gegenwart Gottes so bewusst wurde wie noch niemals zuvor in seinem Leben. Sein Blick schweifte noch einmal über die Gemeinde, aber diesmal ohne Schrecken, sondern voller Staunen. Er entdeckte Espy eingequetscht zwischen Angela und Alvaro. Als er ihr zulächelte, erwiderte sie sein Lächeln schüchtern.

Ein Gefühl der Kraft erfüllte Warren, aber es war nicht seine eigene Kraft.

Er blickte auf seine Bibel hinunter. „Lasst uns den Römerbrief, Kapitel eins, Vers drei aufschlagen." Er las und jetzt fühlte er sich nicht mehr unsicher. „Von seinem Sohn Jesus Christus, unserm Herrn, der geboren ist aus dem Geschlecht Davids nach dem Fleisch, und nach dem Geist, der heiligt, eingesetzt ist als Sohn Gottes in Kraft durch die Auferstehung von den Toten."

Dann sah er wieder die Gemeinde an und ließ die Worte wirken. Er fing an zu predigen und spürte, wie eine Vollmacht ihn durchströmte, eine Vollmacht, die aus der Heiligen Schrift kam, die vor ihm lag. Er predigte die Herrlichkeit Jesu Christi und was sie für das Leben eines jeden Einzelnen in der Gegenwart bedeutete.

Die Augen der Anwesenden verrieten ihm, dass sie zuhörten. Es ertönte kein Rascheln oder Husten. Als er endete, herrschte einige Sekunden lang Stille, dann trat Pastor Curtis zu ihm. „Danke, Warren." Dem festen Händedruck des Mannes auf seiner Schulter und dem Leuchten in seinen Augen konnte Warren entnehmen, dass der Mann erfreut war. Warren neigte den Kopf und ging zu seinem Platz zurück. Als der Pastor noch einige anerkennende Worte sagte, war aus der Gemeinde zustimmendes Murmeln zu hören. Sie sangen ein letztes Lied, sprachen ein Gebet und dann erhoben sich die Leute und setzten sich in Bewegung. Pastor Curtis trat zu Warren, der noch ganz benommen dasaß.

„Komm, gehen wir zum Ausgang und sprechen mit der Gemeinde. Ich bin mir sicher, alle wollen dir etwas sagen. Du warst erstaunlich, junger Mann. Ich wusste ja, dass du eine Begabung hast, aber du hast selbst meine Erwartungen übertroffen. Dieses Seminar hat dir in kurzer Zeit eine Menge beigebracht."

Während er sprach, gingen sie die Stufen vom Altar hinunter und in Richtung Ausgang.

Warren wurde unterwegs von mehreren Personen aufgehalten und begrüßt – Menschen, die er schon sein Leben lang kannte. Aber jetzt sahen sie ihn anders an, mit einer Ehrerbietung, die er noch nie erlebt hatte. Er wollte ihnen sagen, dass er sie nicht verdient hatte; es war Gottes Geist in ihm gewesen, der ihm die richtigen Worte eingegeben hatte.

Warren fiel sein Gebet in seinem Zimmer in Bangor wieder ein. Gott hatte dieses Gebet erhört, wurde ihm mit neuem Staunen bewusst, aber er hatte diesen Augenblick gewählt, um seinen Geist auszugießen. Warren dachte an Petrus. Erst als er aus dem Boot ins Wasser gestiegen war, hatte der Herr ihm gezeigt, dass er darauf gehen konnte.

Das musste er unbedingt Espy erzählen. Warrens Augen suchten den Kirchenraum ab. Als er sie in einer Ecke stehen sah, atmete er erleichtert aus.

„Entschuldigen Sie mich einen Augenblick, Pastor Curtis. Ich muss Espy etwas sagen."

„Gut, mein Junge. Aber beeil dich, diese Leute wollen mit dir reden, nicht mit mir."

„Entschuldigung ... Verzeihung, Ma'am." So schnell er konnte, ohne jemanden aus dem Weg zu schubsen, bahnte er sich einen Weg in Espys Ecke.

Als er bei ihr ankam, konnte er sich ein breites Grinsen nicht verkneifen. „Ich bin froh, dass du nicht gegangen bist."

Sie antwortete mit einem strahlenden Lächeln ihrerseits. „Du warst wundervoll, Warren!"

„Findest du wirklich?" Abgesehen von Pastor Curtis' Meinung war Espys die Einzige, die ihm wichtig war, das wurde Warren in diesem Augenblick bewusst. Er wusste, dass er an diesem Vormittag die Menschen erreicht hatte und dass es nicht sein Verdient gewesen war. Aber er sehnte sich nach Espys Anerkennung.

Die Wärme in ihren Augen und ihrer Stimme erfüllten ihn mit solcher Freude, dass er nicht anders konnte, als ihre Hände zu ergreifen.

„Ja, das finde ich." Sanft zog sie ihre Hände aus seinem Griff.

Warren ließ sie mit einem Gefühl der Enttäuschung los, sagte aber gleich darauf: „Wartest du auf mich?" Er machte eine entschuldigende Handbewegung in Richtung Eingang. „Ich weiß allerdings nicht genau, wie lange es dauert."

Espy zögerte. Als sie schließlich „Ist gut" sagte, atmete Warren erleichtert auf.

„Ich mache, so schnell ich kann.“ Dann wurde ihm bewusst, wie schwer es für sie sein musste, in dieser Kirche zu sein. „Ich habe eine bessere Idee. Komm mit.“ Er streckte die Hand aus, aber Espy wich mit entsetzter Miene zurück.

„Warum nicht?“

Sie sah ihn mit großen Augen an. „Wie kannst du das fragen? Sie werden denken, du wärst mit mir zusammen. Das würde alles zunichtemachen, was du erreicht hast.“

Warren lachte und erkannte, dass Gottes Geist immer noch bei ihm war, denn er spürte nichts von der Angst, die ihn früher befallen hatte, wenn er mit Espy gesehen worden war. Er nahm ihren Arm und zog sie mit sich, obwohl er ihren Widerstand spürte. „Da ich nichts erreicht habe, spielt es keine Rolle.“

„Was meinst du damit?“

Er sah sie an. „Ich meine damit, dass nicht ich es war, der etwas erreicht hat, sondern der Heilige Geist.“

Er nahm Espys Hand.

An der Kirchentür stellte sich Warren neben Pastor Curtis, mit Espy auf seiner anderen Seite, ihre Hand fest in seine Armbeuge geklemmt.

„Hallo, Espy. Wie schön, dass Sie hier sind. Wann sind Sie angekommen?“ Pastor Curtis wirkte nur freundlich, nicht misstrauisch.

Die nächsten Minuten waren sie damit beschäftigt, Gottesdienstbesucher zu begrüßen. Warren bemerkte die Blicke, die manch einer Espy zuwarf, und nur wenige grüßten sie. Erst nachdem er von mehreren Gemeindemitgliedern abgelenkt worden war, bemerkte er, dass Espys Hand nicht mehr auf seinem Arm lag. Hastig sah er sich um und stellte erleichtert fest, dass sie immer noch neben ihm stand. Sie warf ihm ein angespanntes Lächeln zu.

„Hallo, Espy.“ Eine Frau mittleren Alters lächelte sie freundlich an, bevor sie Warren mit einem Nicken und Lächeln begrüßte.

„Hallo, Mrs Thompson.“ Espy erwiderte das Lächeln der Frau. Wenigstens schien diese Frau ehrlich froh darüber zu sein, Espy zu sehen. Warren hatte keine Zeit, weiter zuzuhören, weil ein Mann auf ihn zukam und ihm auf die Schulter klopfte, während er sich an den Pastor wandte. „Sie passen besser auf, sonst sind Sie bald arbeitslos.“

Pastor Curtis lachte nur. „Das ist doch der Sinn und Zweck. Ich muss meinen Nachfolger anlernen."

Schließlich, als alle gegangen waren, wandte Warren sich Espy zu. „Das war doch nicht so schlimm, oder?"

Wieder lächelte sie leicht gequält und er wünschte, es gäbe etwas, das er sagen könnte, damit sie sich besser fühlte. Aber ihm war klar, dass es Zeit brauchen würde, bis das Bild, das die Gemeinde von Espy hatte, verblasste. Es würde eine Weile dauern, bis sie in ihr die gottesfürchtige, großartige Frau sahen, die er in ihr sah.

„Sind Sie wieder ganz zurück, Espy?", fragte Pastor Curtis sie.

„Nein, nur auf Besuch. Ich fahre heute um eins mit der Postkutsche zurück." Sie sah auf ihre Uhr. „Du liebe Güte, ich muss schnell nach Hause."

Bestürzt sah Warren sie an. „Musst du die frühe Kutsche nehmen? Ich hatte gehofft, ich könnte dich zu mir nach Hause zum Essen einladen."

Der Pastor tätschelte Espys Arm, als spürte er ihre Verlegenheit. „Schön, Sie zu sehen, meine Liebe. Ich hoffe, Sie werden sich in Zukunft nicht mehr so rar machen. Ich würde gerne hören, wie es Ihnen in Bangor ergeht. Sie sehen gut aus."

Sein Blick galt ihnen beiden, als er sagte: „Da Sie nicht viel Zeit haben, will ich nicht noch mehr davon beanspruchen." Er wandte sich an Warren. „Wir können irgendwann unter der Woche über deine Predigt sprechen." Mit einem Nicken verschwand er in Richtung Sakristei.

Warren nahm Espy am Ellbogen und führte sie in den hellen Sonnenschein hinaus. Draußen war es jetzt ruhig, da die meisten Leute zu ihrem Sonntagsessen aufgebrochen waren.

Auf der Straße zog Espy ihren Arm fort und brach in die entgegengesetzte Richtung auf.

„Warte … wo willst du denn hin?"

„Nach Hause. Ich habe Angela gesagt, dass ich ihr beim Kochen helfe."

„Dann bringe ich dich heim. Aber ich hoffe, du überlegst dir noch mal, die spätere Kutsche zu nehmen. Dann wäre für alles Zeit: Du kannst erst Angela helfen, dann hole ich dich ab, du kommst zum Essen zu uns und anschließend bringe ich dich zur Haltestelle."

Espy sagte nichts und Warren musste seine Schritte beschleunigen, um mit ihr mitzuhalten. „Nun renn doch nicht so. Wo brennt es denn?" Als sie weiterlief, berührte er ihren Arm. „Hör zu, Espy, ich weiß, dass es schwer für dich war, hierher zurückzukommen, und ich weiß es wirklich zu schätzen, dass du den ganzen Weg zurückgelegt hast, um mich predigen zu hören."

Er schluckte. „Ich habe in all die Gesichter gesehen, die mich angesehen haben, und deins war das einzige Gesicht, das mir Mut gemacht hat. Du warst mein Rettungsanker."

„Das freut mich. Aber das war, bevor Gott dich erfüllt hat", sagte sie mit Ehrfurcht in der Stimme.

Sie lächelten einander an und einen Augenblick lang war zwischen ihnen alles so gut, wie es in Bangor gewesen war.

Warren holte tief Luft. „Jedenfalls bin ich froh, dass du noch hier bist. Ich weiß, dass es schwer war, meine Eltern gestern zu treffen. Sie waren nicht sehr nett zu dir. Sie werden etwas Zeit brauchen, um sich an … an unsere Freundschaft zu gewöhnen, aber ich versichere dir, dass sie dich bald akzeptieren werden."

„Werden sie das?"

„Wenn sie die Gelegenheit hatten, dich kennenzulernen. Deshalb möchte ich, dass du heute zum Essen zu uns kommst. Ich weiß, dass meine Eltern schrecklich steif sind, und ein Essen bei ihnen kommt dir vielleicht wie eine sehr förmliche Angelegenheit vor, aber es wird besser sein als gestern, das verspreche ich."

Espy blieb stehen und sah ihn an. „Ich glaube wirklich nicht, dass das eine gute Idee ist."

„Es gibt nichts, wofür du dich schämen müsstest, Espy. Du bist nicht mehr derselbe Mensch wie früher. Du musst den anderen nur die Chance geben, die neue Espy zu sehen."

Ihr Lächeln wirkte gequält. „So, wie das gestern gelaufen ist, glaube ich nicht, dass deine Eltern mich ein zweites Mal sehen wollen."

„Du warst nur zu nervös." Warren presste die Lippen aufeinander. „Außerdem wird meine Mutter nur so verstehen, dass du meine Freundin bist und dass sie dich als solche akzeptieren muss." Er sah sie flehentlich an. „Bitte komm, Espy."

„Also gut." Es war, als müsste er ihr die Worte mit Gewalt abringen.

26. Kapitel

Als Espy sich an ihrer Haustür von Warren verabschiedete, brach es ihr das Herz. Sie beobachtete durch den Spalt in der Gardine, wie er mit langen Schritten zur Straße zurückging, und wusste einfach, dass sie gehen musste.

Sie konnte ihm – oder sich selbst – nicht weitere qualvolle Stunden im Haus seiner Eltern zumuten. Sie kamen aus verschiedenen Welten. Ihre Zeit in Bangor hatte diese Unterschiede verwischt, aber jetzt hatte Gott Warren hierher nach Hause geführt. Sie würde kein Hemmschuh für ihn sein.

„Espy, bist du das?", rief Angela aus der Küche. „Ich habe das Essen alleine fertig gemacht. Es steht auf dem Tisch."

„Ich komme gleich." Seufzend wandte Espy sich vom Fenster ab. Es gab noch viel zu tun, bevor die Postkutsche abfuhr.

Um viertel vor eins fuhr Warren wieder mit dem Einspänner zu Espys Haus, fest entschlossen, die Begegnung mit seiner Familie diesmal positiver zu gestalten. Er hatte kurz mit seinen Eltern gesprochen und ihnen klargemacht, wie viel es ihm bedeutete, dass sie Espy akzeptierten.

Wenigstens würden diesmal keine anderen Gäste dabei sein.

Warren hielt vor Espys Tor, band das Pferd fest und eilte zur Haustür.

Nachdem er geklopft hatte, erschien niemand. Er klopfte heftiger, während ihn Sorge beschlich und er sich fragte, ob sich alle im hinteren Teil des Hauses aufhielten.

Schließlich sah er durch die Gardine einen Schatten. Die Tür ging auf und Espys Mutter trat auf die Schwelle. „Hallo, Mrs Estrada. Schön, Sie zu sehen."

Die Frau schob sich eine Haarsträhne aus dem Gesicht. „Suchen Sie Espy?"

„Ja, Ma'am. Ist sie bereit?"

„Mehr als bereit, würde ich sagen. Sie ist schon weg."

„Weg?" Warren zügelte seine Panik. „Wohin ist sie denn gegangen?"

„Zum Bahnhof. Sie ist mit Angela und Alvaro zu Fuß gegangen." Sie blickte an ihm vorbei. „Wollten Sie sie fahren? Es wäre gut gewesen, den Wagen zu haben, auch wenn sie nicht viel Gepäck hatte."

„Sie meinen den Mietstall?" Als Mrs Estrada nickte, trat er einen Schritt zurück. „Danke. Entschuldigen Sie die Störung."

Warren eilte zu seinem Wagen und trieb die Stute zum Trab an, sobald sie die Häuserreihe hinter sich gelassen hatten. *Herr, lass mich rechtzeitig dort ankommen. Bitte lass Espy nicht abreisen.*

Während er in die Stadt zurückfuhr und sich einen Weg durch den dichteren Verkehr in der Nähe des Hotels und des Mietstalls bahnte, kämpfte er gegen die aufsteigende Panik an. Endlich fand er einen Platz, an dem er Pferd und Wagen festmachen konnte, und wischte sich mit einem Taschentuch den Schweiß von der Stirn. Erleichtert stellte er fest, dass die Postkutsche noch am Bordstein stand.

„Entschuldigen Sie bitte", sagte er immer wieder, während er sich durch das Gedränge schob. Endlich sah er Espys Strohhut. Mit einem stillen Dankgebet kämpfte er sich zu ihr durch. Alvaro reichte gerade dem Fahrer ihre Tasche hinauf, damit er sie auf dem Dach verstaute.

„Espy."

Sie fuhr herum und ihr Blick war voller Angst. „Warren!"

Schwer atmend starrte er sie an. „Du wärst einfach so gefahren?"

Sie schluckte. „Es tut mir leid, Warren. Es … ist das Beste so."

Er nickte Angela zu, die neben ihrer Schwester stand. Alvaro gesellte sich ebenfalls zu ihnen. „Warren … wo kommst du denn jetzt her?" Doch dann schien er die Anspannung zu spüren, die in der Luft lag. Sein Begrüßungslächeln erstarb und er ließ die Hand, die er ausgestreckt hatte, sinken. Angela legte eine Hand auf seinen Arm. „Komm, wir warten dort drüben."

„In Ordnung."

Nachdem Angela und Alvaro gegangen waren, versuchte Warren krampfhaft, sich seine Argumente zurechtzulegen. „Was ist das Beste so?"

Espy fuhr sich mit der Zunge über die Lippen. „Ich gehöre nicht zu deiner Familie, Warren."

„Aber du gehörst zu mir." Ihre dunkelbraunen Augen weiteten sich. Mit jedem Wort wuchs Warrens Gewissheit und er packte ihre Arme. „Heirate mich, Espy. Ich liebe dich."

Tränen traten in ihre Augen, als sie anfing, den Kopf zu schütteln. „N...nein ... das meinst du nicht ernst."

Seine Mundwinkel wanderten ein wenig nach oben. „Was meinst du damit, dass ich das nicht ernst meine? Weißt du eigentlich, wie lange ich dich schon liebe? Ich hatte nur zu viel Angst, es zuzugeben!"

Sie presste die Lippen zusammen und schüttelte heftig den Kopf. „Es war richtig, es nicht zuzugeben. Du gehörst hierhin. Gott hat dich nach Hause geführt und dir eine Aufgabe gegeben. Ich würde das nur verderben."

„Das ist mir egal. Gott hat mit dir einen Neuanfang gemacht, genau wie mit mir. Gemeinsam können wir allem trotzen. Bitte, Espy, gib uns eine Chance ... es sei denn, du erwiderst meine Gefühle nicht." Er räusperte sich voller Scham. „Ich habe dich nicht immer richtig behandelt und das tut mir leid."

Sie streckte eine Hand aus und legte sie auf seinen Arm. „Oh, Warren."

„Bitte heirate mich."

Sie starrte ihn lange an. Dann schüttelte sie erneut den Kopf. „Ich kann dich nicht heiraten, Warren. Es wäre nicht recht. Es tut mir leid", flüsterte sie unglücklich und wandte sich ab.

Er versuchte sie aufzuhalten, aber sie riss sich los.

„Alle einsteigen", ertönte der laute Ruf des Kutschers über dem Stimmengewirr um sie herum.

Espy raffte ihren Rock und rannte fast zur Kutsche. Atemlos und mit Tränen in den Augen, die ihre Sicht trübten, war sie die Erste, die einstieg. Sie ignorierte, dass Warren „Espy!" rief, und setzte sich in die hinterste Ecke. Gleich darauf stiegen andere Passagiere ein, bis sie und die anderen Fahrgäste wieder wie Sardinen in der Dose nebeneinandersaßen.

Warrens Gesicht erschien über den anderen an der Tür und sein Blick war flehentlich. Ihre Lippen formten lautlos die Worte „Es tut mir leid", bevor sie den Blick abwandte.

Kurz darauf schlug die Tür zu. Der Wagen schwankte, als männliche Passagiere auf das Dach kletterten und der Fahrer auf seinen Kutschbock. Mit einem lauten „Hü!" und einem Peitschenhieb setzte sich die Postkutsche in Bewegung. Erst jetzt beugte Espy sich vor, um hinauszusehen. Angela und Alvaro lächelten und winkten. Warren erreichte ihre Seite des Wagens erst, als die Kutsche bereits angefahren war, und sie musste den Hals recken, um einen letzten Blick auf ihn zu erhaschen.

Espy ignorierte das Geplauder ihrer Mitreisenden und biss sich auf die Unterlippe, während sie die letzten Häuser von Holliston an sich vorüberziehen sah.

Er *liebte* sie. Obwohl ihr das Herz aufgegangen war, als sie endlich die Worte gehört hatte, von denen sie so viele Jahre ihres Lebens geträumt hatte, war ihr klar gewesen, dass sie ihn aufgeben musste. Warren hatte mit seinen Eltern bereits genug durchgemacht – sie durfte ihm nicht noch mehr zumuten.

Espy schloss die Augen und betete um die Kraft, an ihrer Weigerung festzuhalten. Die Zeit und die Wirklichkeit des Alltags würden Warren zeigen, dass ihre Entscheidung richtig war.

Als sie spürte, dass ihr erneut die Tränen kamen, kramte sie ein Taschentuch aus ihrer Handtasche und betupfte ihre Augenwinkel.

Bislang ist noch niemand an gebrochenem Herzen gestorben, wiederholte sie die Worte, die ihre Mutter so oft gesagt hatte.

Lieber Gott, heile mein Herz, denn ich weiß nicht, ob ich den Schmerz sonst ertragen kann.

Warren stand am Straßenrand und starrte der Postkutsche nach, bis sich die letzte Staubwolke, die die Wagenräder aufgewirbelt hatten, aufgelöst hatte. Er hatte sich mit seinem Antrag selbst überrascht, hatte ihn nicht geplant gehabt, aber er wusste, dass es die richtige Entscheidung gewesen war. Er und Espy gehörten zusammen.

Er stand immer noch unter Schock, weil Espy Nein gesagt hatte. Lag es daran, dass sie ihr Leben in Bangor nicht aufgeben wollte, oder daran, dass sie es nicht ertragen konnte, an den Ort ihrer Schande in Holliston zurückzukehren?

„Es tut mir leid, Warren." Angelas leise Stimme riss ihn aus seinen Gedanken. „Mir war nicht klar, dass sie dir nichts von ihrer Abreise gesagt hat."

Er sah Espys Geschwister mit einem traurigen Lächeln an. „Ist schon gut. Ich hätte es wissen müssen. Es war für sie wohl nicht einfach, hierher zurückzukommen."

Angelas Miene verdüsterte sich. „Das kann man wohl sagen. Diese Stadt hat sie schändlich behandelt. Wenn ich gehen könnte, würde ich es auch tun."

Zu dritt ließen sie den Mietstall hinter sich. Warren bot den anderen an, sie nach Hause zu fahren, aber sie lehnten dankend ab.

Insgeheim war Warren erleichtert, weil er jetzt am liebsten allein sein wollte. Er stieg in seinen Wagen und zügelte den Impuls, der Postkutsche einfach nach Bangor zu folgen.

Er musste nach Hause fahren und seinen Eltern sagen, dass Espy nun doch nicht zum Essen kommen würde. Sie würden erleichtert sein.

Geknickt fragte er sich, wie er die kommenden Tage überstehen sollte. Er hatte sich verpflichtet, für seinen Vater zu arbeiten, also konnte er vor dem Herbst nicht nach Bangor zurückkehren. Er würde Espy natürlich schreiben, aber er wusste, dass er sie brieflich nicht würde umstimmen können.

Warren konnte es nur Gottes Gnade zuschreiben, dass er jeden Morgen in der Lage war aufzustehen und zur Arbeit zu gehen. Seine Freizeit verbrachte er mit Gottes Wort und im Gespräch mit Pastor Curtis.

Er schrieb Espy jeden Tag, wild entschlossen, sie mürbe zu machen, wenn sonst nichts half. Sie antwortete nicht, aber er durchsuchte trotzdem jeden Tag voller Erwartung die Post und spürte jedes Mal einen Stich der Enttäuschung, weil kein Brief von ihr dabei war.

Der Schmerz, der zunächst scharf und stechend war und jedes Handeln zu einer Willensanstrengung machte, wurde mit der Zeit zu einem dumpfen Kummer, der nie ganz verschwand, auch wenn es ihm gelang, sich in seine tägliche Arbeit zu stürzen.

Warren stand zudem in regem Briefkontakt mit John, der sich von Herzen über das freute, was Gott in Warrens Leben getan hatte, und der ihn in seiner Entscheidung, den Sommer über in Holliston zu bleiben, bestätigte.

Als Warren ihm anvertraute, dass er Espy einen Heiratsantrag gemacht hatte, schrieb John zurück, er und seine Frau hätten bemerkt, dass Espy litt, aber sie habe nichts über die Gründe erzählt. Sie versprachen, Gott um eine Antwort zu bitten.

> *Wir freuen uns sehr über deinen Wunsch, dein Leben mit dem von Espy zu verbinden. Wir können uns keine bessere Ehefrau und Gehilfin vorstellen. Sie hat riesige Schritte im Glauben gemacht, seit sie aus Holliston zu uns kam. Aber nur Gott weiß, wer der beste Mensch ist, um uns auf unserem Lebensweg zu begleiten. Marion und ich versprechen, dass wir jeden Tag gewissenhaft für euch beten werden, und ich ermutige dich, auch nach Gottes Willen zu forschen. Wenn Espy die Richtige für dich ist, wird der Herr einen Weg finden.*

Die Worte taten Warren gut, als er sie las, aber sie boten nur wenig Trost in den langen Stunden, die er tagtäglich gezwungen war, seine Pflichten mit aller Sorgfalt zu erledigen. Er brütete über Bibeltexten zum Thema Treue: *Ein treuer Mann wird von vielen gesegnet … Recht so, du tüchtiger und treuer Knecht, du bist über wenigem treu gewesen … Ich danke unserm Herrn Christus Jesus, der mich stark gemacht und für treu erachtet hat und in das Amt eingesetzt.*

Warren wünschte sich von ganzem Herzen, Gott treu zu sein, auch wenn es bedeutete, dass er in der Firma seines Vaters arbeiten musste.

Ein Monat verstrich. Die Feiern zum vierten Juli kamen und

gingen. Wieder hatten sie ein Hummeressen veranstaltet, um Geld für die Bedürftigen zu sammeln. Christina hatte den Großteil der Organisation übernommen, während Angela und ihre Freunde den Großteil des Kochens bewältigt hatten. Warren hatte die Veranstaltung auch diesmal genossen, vor allem mit den anderen Mitgliedern des Klubs zusammen zu kochen und die Gäste zu bedienen. Aber ohne Espy war es nicht dasselbe gewesen.

Jetzt schien sich der Rest des Sommers dahinzuschleppen und es gab nichts, worauf er sich freuen konnte, außer auf den Herbst und seine Rückkehr nach Bangor. Seine Zeit der geistlichen Trockenheit war vorüber und er sehnte sich danach, wieder unter der Anleitung gottesfürchtiger Männer die Heilige Schrift zu studieren.

Warren blickte gerade aus dem Fenster seines Büros, als es an der Tür klopfte. Er wandte sich um und sah zu seiner Überraschung Pastor Curtis im Türrahmen stehen.

„Hallo! Kommen Sie herein. Was führt Sie zu mir?"

Der Pastor wirkte nicht so heiter wie sonst, sondern vielmehr bestürzt, und seine Stirn war in Falten gelegt. Er trat ein und zeigte auf die offene Tür. „Macht es dir etwas aus, wenn ich die schließe?"

Warren blinzelte verdutzt, denn seine Tür war sonst nur zu, wenn er mit Zahlen hantierte. „Natürlich nicht."

Der Geistliche sagte nichts mehr, bis er sich gesetzt hatte. Warren nahm auf einem Stuhl neben ihm Platz. „Was ist los? Ist etwas geschehen?"

Der Pastor legte die Hände auf seine Knie und sah Warren an, bis dieser das Gefühl hatte, dass es um ihn ging. Er hatte allerdings keine Ahnung, was los war. Hatte jemand in der Gemeinde sich über ihn beschwert?

„Ich habe etwas Alarmierendes über Espy Estrada erfahren."

Als er ihren Namen hörte, war sofort jede Faser in Warrens Körper angespannt. „Ist ihr etwas zugestoßen?" Seine Stimme bebte.

„Nein, nein. Es ist eigentlich etwas Gutes ... wenn auch auf schreckliche Weise." Pastor Curtis schüttelte den Kopf, als könne er die Sache noch immer nicht ganz begreifen.

Warrens Puls raste immer schneller, während er wartete. „Bitte sagen Sie mir, was los ist."

„Eine weitere junge Frau ist zu mir gekommen und hat Mr Stockton beschuldigt, ihr unschickliche Avancen gemacht zu haben."

Das Blut pochte in Warrens Ohren, sodass er kaum verstehen konnte, was der Pastor sagte.

„Sie hat früher auch für die Stocktons gearbeitet. Annie Green. Sie kündigte, als der Professor sie immer wieder allein aufsuchte und anzügliche Bemerkungen machte. Mrs Stockton bekam nie etwas davon mit und Annie traute sich nicht, etwas zu sagen, weil sie Angst hatte, niemand würde ihr glauben."

Pastor Curtis schüttelte den Kopf. „Aber es hat ihr sehr zu schaffen gemacht, vor allem, als Espy dann beschuldigt wurde, Mr Stockton nachgestellt zu haben, und das Ganze sich zu einem öffentlichen Skandal entwickelte. Seit sie Espy vor einigen Wochen in der Kirche gesehen und gehört hat, wie die Gerüchte wieder auflebten, sind Annies Schuldgefühle immer weiter gewachsen und sie ist zu der Entscheidung gelangt, dass sie es jemandem erzählen muss. Sie findet es nicht richtig, dass Espy immer noch mit diesen Anschuldigungen leben muss."

Warren stand auf, unfähig, sitzen zu bleiben. Er rieb sich den Nacken und versuchte, die veränderte Sachlage zu verdauen. „Sie wollen also sagen, dass Espy sich gar nichts hat zuschulden kommen lassen? Aber was ist damit, dass Mrs Stockton sie ertappt hat?"

„Espy hat mir damals erzählt, dass es der Professor war, der sie geküsst hat. Bevor sie etwas dagegen unternehmen konnte, kam Mrs Stockton herein. Sie verlangte, dass Espy sofort das Haus verließ."

Warren starrte den Pastor fassungslos an. „Espy hat Ihnen das erzählt? Warum hat sie mir nichts davon gesagt? Warum hat sie mich in dem Glauben gelassen, sie hätte das, was man ihr vorwarf, wirklich getan?" Er fühlte sich zutiefst verletzt.

„Hättest du ihr geglaubt?"

Die unverblümte Frage ließ Warren stutzen. „Damals vielleicht nicht … aber als ich sie in Bangor wiedergetroffen hatte und sie so verändert wirkte, bestimmt. Ich dachte, wir wären Freunde geworden. Warum hat sie mir nicht genug vertraut, um mir zu erzählen, was wirklich geschehen war?"

Der Geistliche schüttelte den Kopf. „Das musst du sie selbst fragen, aber vielleicht wollte sie, dass du ihr glaubst, ohne dass sie sich verteidigen muss."

Warren spürte, wie Schuldgefühle seine Seele durchbohrten, als er sein Verhalten Espy gegenüber Revue passieren ließ. Er hatte sie immer nach seinen hohen Maßstäben beurteilt, obwohl er selbst diesen Maßstäben auch nicht gerecht geworden war.

Als spürte er seine Not, stand Pastor Curtis auf, trat zu ihm und legte ihm eine Hand auf die Schulter. „Sie bedeutet dir viel, nicht wahr?"

Warren nickte.

„Das dachte ich mir. Deshalb fand ich auch, dass du es wissen solltest. Ich glaube Annie. Und ich werde mit den Stocktons sprechen. Es ist höchste Zeit, dass Espys Name reingewaschen wird."

„Lassen Sie mich wissen, wie es gelaufen ist." Warren spreizte die Finger und traf eine Entscheidung. „Ich fahre nach Bangor – nachdem ich mit meinen Eltern gesprochen habe."

Pastor Curtis nickte. Offenbar verstand er die Entschlossenheit in Warrens Blick und Tonfall richtig. „Das scheint mir ein guter Plan zu sein." Er zwinkerte und ging zur Tür. „Meinen Segen hast du", fügte er mit einem kleinen Lachen hinzu.

Espy stieg aus der Straßenbahn und trottete müde nach Hause. An diesem Abend fühlte sie sich erschöpfter als sonst. Mr Hill war besonders anspruchsvoll gewesen und hatte sie mehrere Briefe, die er ihr diktiert hatte, noch einmal schreiben lassen, weil er aus heiterem Himmel noch einen Satz hatte ändern oder einfügen wollen.

Die Tage waren lang und stickig im vierten Stock der Peabody-Manufaktur. Und die Mittagspause erinnerte sie jedes Mal an ihre Zeit mit Warren.

Espy bog in ihre Straße ein, froh, gleich zu Hause zu sein. Da bemerkte sie plötzlich eine groß gewachsene Männergestalt am Eingang zum „Haus der Hoffnung". Ihre Schritte stockten, weil sie ihren Augen nicht traute.

Aber dann bemerkte der Mann sie, richtete sich auf und kam auf sie zu.

„Warren", flüsterte Espy. Er hatte ihr nicht gesagt, dass er nach Bangor kommen würde, und es war noch längst nicht Herbst. Seit ihrem Besuch in Holliston hatte sie ihm nicht geschrieben, obwohl sie jeden seiner Briefe verschlungen hatte. Aber sie hatte ihn in keiner Weise ermutigen wollen, gleichgültig, wie viel ihr Schweigen sie kostete.

Jetzt, wo sie ihn sah, befürchtete sie, dass jemandem in ihrer Familie etwas zugestoßen sein könnte und er gekommen war, um es ihr persönlich zu sagen.

Sie lief schneller, bis sie beinahe rannte.

„Warren", sagte sie atemlos.

Er lächelte. Dann streckte er beide Hände aus und sie ergriff sie, ohne nachzudenken. „Hallo, Espy. Wie schön, dich zu sehen."

Im nächsten Augenblick schwang er sie herum, die Arme fest um sie geschlungen. Espy schlang die Arme um seinen Hals und atmete seinen Duft ein, diesen leichten Holzgeruch, während sie ihre Wange an sein Sakko presste. Dann kam sie wieder zur Besinnung und sie begann sich von ihm zu lösen. Er hielt sie jedoch nur noch fester. „Nein, das wirst du nicht."

Sie blickte zu ihm auf. „Was werde ich nicht?"

„Mir entkommen."

„Warren, das darfst du nicht!"

„Was darf ich nicht?"

Ihre Wangen wurden warm und sie senkte verlegen den Blick. „Du weißt schon … das hier …"

„Warum denn nicht, wenn du doch meine Frau wirst?"

Ihr Kopf fuhr hoch und sie sah ihm direkt in die Augen. Sie lachten sie an. *Ich darf nicht zulassen, dass er sein Leben ruiniert. Ich darf ihn nicht ermutigen.* „Du darfst so etwas nicht sagen. Es geht einfach nicht."

„Wer sagt das?"

Sie machte eine hilflose Handbewegung. „Alle. Deine Eltern. Christina. Es würde deinen Ruf ruinieren und deinem Dienst schaden."

„Ich habe dir doch gesagt, dass mir das egal ist." Warren lachte und beugte sich zu ihr herunter und dann berührten seine Lippen sanft die ihren. Espy sog scharf die Luft ein. „Das wollte ich seit dem ersten Mal tun."

„Wirklich?“ Sie konnte die Frage nicht zurückhalten.

„Mhm. Aber ich habe mich nicht getraut. Espy, ich habe ein so schlechtes Gewissen, weil ich dir im letzten Sommer nicht die Stange gehalten habe, als alle dich beschuldigt haben. Ich habe diese Geschichten geglaubt.“ Sein Blick suchte den ihren. „Warum hast du mir nicht die Wahrheit gesagt, Espy?“

Sie konnte nicht schlucken und Tränen traten ihr in die Augen. „Woher weißt du es?“

„Eine junge Frau hat Pastor Curtis erzählt, dass Mr Stockton ihr ebenfalls Avancen gemacht hat, als sie dort angestellt war. Sie hat daraufhin gekündigt. Es war schrecklich für sie, als du beschuldigt wurdest, aber sie traute sich nicht, etwas zu sagen. In ihrem Fall hat Mrs Stockton nie davon erfahren. Als sie aber neulich bei deinem Besuch in Holliston mitbekam, wie die Gerüchte wieder aufflammten, hatte sie das Bedürfnis, die Wahrheit über Mr Stockton zu sagen.“

Plötzlich stand der furchtbare Zwischenfall Espy wieder ganz lebendig vor Augen. Der Schrecken der Ereignisse schlug wie eine Welle über ihr zusammen und ließ sie erschauern, woraufhin sie das Gesicht an Warrens Schulter vergrub. „Ganz ruhig“, sagte er leise, „ist schon gut. Ich wollte dich mit dieser Neuigkeit nicht aufregen.“

„Was ist passiert … mit den Stocktons, meine ich?“ Espys Stimme klang gedämpft.

„Pastor Curtis hat sich darum gekümmert. Zuerst hat er mit den Stocktons gesprochen und Mr Stockton die Gelegenheit gegeben, deinen guten Ruf wiederherzustellen. Doch Mr Stockton weigerte sich. Also hat Pastor Curtis in der Kirche öffentlich bekannt gegeben, neue Informationen hätten bewiesen, dass du im Haus der Stocktons nichts Unrechtes getan habest. Er hat die Stocktons dazu aufgefordert, dies zu bestätigen – mitten im Gottesdienst, wohlgemerkt – und Mrs Stockton stand auf und sagte, es sei alles ein Missverständnis gewesen.“

Espy konnte es nicht glauben. Die Vorwürfe hatten so lange über ihr geschwebt, auch wenn sie das in ihrem neuen Leben in Bangor kaum gespürt hatte, weil dort außer den Talbots niemand davon wusste. Aber ihre Rückkehr nach Holliston hatte ihr gezeigt, wie lebendig die Anschuldigungen immer noch waren.

„Jetzt kannst du erhobenen Hauptes zurückkommen. Niemand wird dich mehr zu Unrecht verurteilen, Espy.“ Warren legte einen Finger unter ihr Kinn und hob ihr Gesicht sanft zu sich auf. „Erlaubst du mir jetzt, dir noch einmal einen Antrag zu machen?“

„Aber deine Eltern … sie werden trotzdem dagegen sein.“ Espy versuchte krampfhaft, sich all die anderen Gründe für ihre Ablehnung ins Gedächtnis zu rufen.

„Ich habe ihnen klar gesagt, dass du meine erste und einzige Wahl bist, und das haben sie akzeptiert.“ Er blickte auf sie hinunter. „Espy, bitte vergib mir, dass ich dich für schuldig gehalten habe und dann auch noch die Frechheit hatte zu meinen, jetzt seist du gut genug für mich, weil du deine Vergangenheit bereut hast und ein neues Leben führst.“

„Ach, Warren, verstehst du denn nicht, dass ich dich noch viel mehr liebe, weil du mich heiraten wolltest, obwohl du mich für schuldig hieltest?“

Er sah sie staunend an. Dann leuchtete ein Lächeln in seinen Augen auf und wanderte bis zu seinem Mund, der sich zu einem breiten Grinsen verzog. „Dann liebst du mich also?“

Espy errötete und senkte den Blick auf seine Krawatte. „Habe ich das gesagt?“

Warren drückte sie an sich. „Du kannst mir doch nichts vormachen.“

Ihre eigenen Lippen zuckten. „Nein, das kann ich wirklich nicht, oder?“

„Dann ist die Antwort also diesmal Ja?“

Espy sah ihm tief in die Augen, plötzlich wieder ganz ernst. „Bist du dir auch wirklich sicher?“

„Ich bin mir sicher, dass du Gottes Wahl für mich bist, Esperanza Estrada. Ich weiß nicht, was die Zukunft bringt – wo wir leben werden, welchen Dienst Gott für mich im Sinn hat, ob in Holliston oder hier in Bangor –, aber ich kann mir nicht vorstellen, ihn ohne dich an meiner Seite zu tun.“

Warren erwiderte ihren Blick voller Ernsthaftigkeit. Dann beugte er sich zu ihr hinunter und seine Lippen berührten erneut die ihren, nur dass sie diesmal dort verweilten.

Ein gellender Pfiff und lautes Gelächter ließen sie zusammenfahren. Warren grinste reumütig und ließ Espy widerstrebend los. „Ich glaube, dies ist nicht der richtige Ort für ein solches Betragen."

Er nahm ihre Hand und schob sie in seine Armbeuge, um Espy zum Tor zu führen. „Also, wie lautet die Antwort, Ja oder Nein?"

Sie legte den Kopf ein wenig schief und holte dann tief Luft, weil sie das Gefühl hatte, ins Ungewisse zu springen. „Ja."

„So kenne ich meine Espy." Warren gab ihr den Vortritt. „Sollen wir es den Talbots sagen?"

Sie nahm seine Hand. „Ja, lass uns das tun … mein liebster Brenty."

Warren runzelte spielerisch die Stirn. „Muss ich mich etwa daran gewöhnen, diesen albernen Spitznamen den Rest unseres Ehelebens zu hören?"

Espy lachte. „Nur, wenn mir besonders zärtlich zumute ist."

Warren stimmte in ihr Lachen ein und ging Hand in Hand mit ihr ins Haus, um ihre Gute Nachricht zu verkünden.

Wenn Ihnen „Esperanzas" Weg gefallen hat, werden Sie auch die folgenden historischen Romane mögen.

Elizabeth Camden
Ein Schritt ins Ungewisse
ISBN 978-3-86827-596-4
304 Seiten, Paperback

Washington 1891.
Kate Livingston ist begeistert, als ihr eine Stelle in der Forschungsabteilung eines renommierten Krankenhauses angeboten wird. Doch dann erfährt sie, dass sich hinter dem weltberühmten Arzt Dr. T. M. Kendall, ihrem zukünftigen Chef, kein anderer verbirgt als ihr einstiger Widersacher Trevor McDonough. Ausgerechnet für den Mann, der ihr einst das ersehnte Collegestipendium wegschnappte und damit ihre einzige Chance zu studieren nahm, soll sie jetzt arbeiten?
Als Kate die Stelle wider besseres Wissen antritt, ahnt sie nicht, dass dieser Schritt ins Ungewisse ihr Leben komplett auf den Kopf stellen wird …

Rosslyn Elliott
Süßer als das Lied der Lerche
ISBN 978-3-86827-628-2
334 Seiten, Paperback

Ohio, 1855: Als eine der ersten weiblichen Studentinnen träumt Kate Winter von einer selbstbestimmten Zukunft – weit weg von ihrer kaputten Familie. Doch zwei Dinge stehen diesen Träumen im Weg: die Absicht ihrer Mutter, Kate reich zu verheiraten, und Kates unüberwindbare Schüchternheit. Nur ihrem Kommilitonen Ben Hanby gelingt es, Kate mithilfe der Musik aus ihrem Schneckenhaus zu locken.
Eine turbulente Reise stellt Kates Welt auf den Kopf. Unvermutet findet sie ihre Bestimmung darin, gemeinsam mit Ben für das Ende der Sklaverei zu kämpfen. Doch können ihre Gefühle für Ben alle Hindernisse überwinden?

Rosslyn Elliott
Das Glück, von dem ich träume
ISBN 978-3-86827-559-9
364 Seiten, Paperback

Ohio 1826. Ann Miller träumt von einem Leben an der Seite von Eli, der Arzt werden will und Literatur und Poesie genauso liebt wie sie. Doch als er ihr einen Heiratsantrag macht, verspürt sie nichts als Panik. Sie weiß, dass ihr Vater gegen eine Eheschließung ist, zumal sie sich seit dem Tod ihrer Mutter um die zwei kleinen Schwestern kümmert.

Eine Reise nach Pittsburgh soll Ann auf andere Gedanken bringen. Und tatsächlich stellt diese Reise ihr Leben auf den Kopf. Sie kommt hinter lange gehütete Geheimnisse ihres Vaters, lernt einen jungen Mann kennen, der tagtäglich ums Überleben kämpfen muss, und gerät in Lebensgefahr. Mit einem Mal stellt Ann alles infrage, was ihr bisher wichtig war. Worauf kommt es im Leben wirklich an?

Jody Hedlund
Die Stimme meines Herzens
ISBN 978-3-86827-561-2
336 Seiten, Paperback

Britische Kolonien, Massachusetts, 1763. Susanna ist die Tochter einer wohlhabenden Pfarrersfamilie, die in vornehmen Kreisen verkehrt. Sie hat das Herz auf dem rechten Fleck und unterrichtet die Töchter armer Witwen. Doch ihr scharfer Verstand sehnt sich nach höherer Bildung, die ihr als Frau verwehrt blieb, und ihr Herz nach einem ebenbürtigen Gesprächspartner. Da wird ihr Benjamin vorgestellt, ein mittelloser Anwalt mit unkonventionellen Ansichten. Susanna gerät in höchste Gefahr, als sie seine heimlichen Aktivitäten gegen die britische Kolonialmacht unterstützt. Doch während die Vertrautheit zwischen ihnen wächst, scheint der Abgrund zwischen ihren Welten immer größer zu werden …

Jody Hedlund
Ein Bräutigam aus gutem Haus
ISBN 978-3-86827-458-5
336 Seiten, Paperback

Michigan 1881, in einer Gemeinde von deutschen Auswanderern:

Annalisas Mann kommt auf mysteriöse Weise ums Leben. Da die junge Mutter die Farm allein nicht halten kann, lässt ihr Vater in der alten Heimat nach einem neuen Ehemann für sie suchen. Eines Tages erscheint der galante Carl Richards auf ihrer Farm. Er hat zwei linke Hände, doch mit seiner charmanten und fürsorglichen Art zieht er Annalisa in seinen Bann. Durch ihn begegnet Annalisa etwas von der Liebe Gottes, auf die sie schon nicht mehr zu hoffen wagte. In dieser Situation kommt die Ankunft von Annalisas Zukünftigem äußerst ungelegen. Und leider ist Carl nicht der, für den alle ihn halten …

Tamera Alexander
Wie die Weiten des Himmels
ISBN 978-3-86827-513-1
473 Seiten, Paperback

Colorado 1876:
Hals über Kopf gibt Dr. Molly Whitcomb ihre Stelle als Dozentin für moderne Sprachen auf und reist in den Westen, um an einer Dorfschule in den Rocky Mountains als Lehrerin zu arbeiten. Aber warum kauft sie sich in einem Juwelierladen einen Ehering? Welches Geheimnis umgibt diese talentierte junge Frau?
James McPherson, der sympathische Sheriff von Timber Ridge, ist von den ungewöhnlichen Unterrichtsmethoden der neuen Lehrerin beeindruckt. Bald redet das ganze Dorf von ihr und Timber Ridge verändert sich. Aber wie lange wird es dauern, bis ihr Geheimnis ans Licht kommt? Und wie wird der Sheriff dann reagieren, der in der attraktiven Lehrerin inzwischen mehr sieht als nur eine begabte Pädagogin?

Tamera Alexander
Wer um Liebe ringt
ISBN 978-386827-555-1
448 Seiten, Paperback

Nashville, 1869. Maggie Linden ist eine passionierte Reiterin und trainiert ihr Pferd Bourbon Belle für ein großes Rennen. Doch als der Farm ihres Vaters die Zwangsversteigerung droht, scheinen ihre Träume zu zerplatzen. Unterdessen versucht der attraktive, etwas kantige irische Einwanderer Cullen McGrath in Tennessee Fuß zu fassen. Überall stößt er auf verschlossene Türen, bis Maggies Vater ihm ein ungewöhnliches Angebot macht …

Eine spannende, manchmal zum Weinen und manchmal zum Lachen bringende Geschichte von Menschen, die gegen alle Konventionen ihren Überzeugungen und Träumen folgen.